TERI HOLBROOK

Letzte Glut

Buch

Mayley, Nordengland, 1833: Als im Ort eine mechanische Weberei errichtet wird, verlieren die Brüder Michael und Nathan ihre Arbeit als Weber. Voller Hass brennen die beiden das Symbol der industriellen Revolution nieder. Unglücklicherweise befinden sich die Kinder der Aufsässigen zum Zeitpunkt des Anschlags in der Weberei und stürzen sich als lebende Fackeln in den nahe gelegenen Fluss – kein Kind überlebt. Die Eigentümer der Weberei lassen sich von dem Vorfall nicht beeindrucken und bauen ihre Fabrik am selben Ort wieder auf. Zeitsprung ins heutige England: Die amerikanische Fotografin Nadianna Jesup fährt nach Yorkshire, um die alte Weberei zu fotografieren. Sie wird von ihrer Freundin Gale Grayson begleitet, die einen Essay über die Maschinenstürmer schreiben möchte. Als Nadianna die Weberei besichtigen will, sieht sie etwas im Fluss vorbeitreiben. Bei näherem Hinsehen erkennt sie einen verbrannten Torso. Nadianna geht sofort zur Polizei, aber niemand will ihr glauben. Alle denken, die Fotografin hätte sich zu sehr von den Geschichten aus der Vergangenheit beeinflussen lassen. Erst als Gales Tochter Katie Pru im Wald Knochenreste findet und Gale ihren alten Freund Daniel Halford von Scotland Yard um Hilfe bittet, nimmt die Polizei den Fall ernst. Aber da ist es schon fast zu spät, denn die Ereignisse überstürzen sich.

Autorin

Teri Holbrook erhielt für »Schrei im Wind«, ihren ersten Roman mit Gale Grayson, Katie Pru und Inspector Halford, den begehrten *Agatha Award*. Die ehemalige Journalistin lebt mit ihrem Mann, einem Cartoonisten, und ihren zwei Kindern in Atlanta, Georgia.

Von Teri Holbrook außerdem bei Goldmann erschienen:

Schrei im Wind. Roman (43533)
Der Junge am Fenster. Roman (44068)

Teri Holbrook

Letzte Glut

Roman

Aus dem Amerikanischen
von Karin Diemerling

GOLDMANN

Die Originalausgabe erschien 1999
unter dem Titel »Sad Water«
bei Bantam Books, a division of Random House Inc.,
New York.

Umwelthinweis:
Alle bedruckten Materialien dieses Taschenbuches
sind chlorfrei und umweltschonend.
Das Papier enthält Recycling-Anteile.

Der Goldmann Verlag
ist ein Unternehmen der Verlagsgruppe Bertelsmann.

Deutsche Erstausgabe 7/2000

Umschlaggestaltung: Design Team München
Satz: deutsch-türkischer fotosatz, Berlin
Druck: Elsnerdruck, Berlin
Titelnummer: 44640
Redaktion: Viola Eigenberz
BH · Herstellung: Peter Papenbrok
Made in Germany
ISBN 3-442-44640-6
www.goldmann-verlag.de

3 5 7 9 10 8 6 4 2

*Für meine Schwiegermutter Joyce Holbrook,
deren Geschichten über die Kindheit ihrer Mutter
im Schatten der Baumwollspinnereien Nordenglands
den Anstoß für diese Erzählung gaben.*

Michaels Tagebuch

16. Februar 1833

Ein weißer Spitzenhandschuh, die Finger ausgestreckt, der abgetrennte Kopf einer Katze, die noch eine Ratte in den Fängen hält, ein Teller mit einem Löffel darauf, als hätte jemand gerade seine Mahlzeit beendet – diese Dinge, erzählt man sich, sind von der reißenden Strömung des Sette davongetragen worden. Eine Braut fiel einst in vollem Staat in den Fluss. Als das Wasser über ihrem Gesicht zusammenschlug, lächelte sie zur Hochzeitsgesellschaft hinauf. Die langen Bänder an ihrem Kleid verwandelten sich in Schlangen und zogen sie schnell davon, das Lied auf ihren Lippen wehte durchs Tal.

Das sind Kamingeschichten, von alten Männern augenzwinkernd erzählt, und wahrscheinlich Lügen. Meine Geschichte aber ist wahr, und dieses Tagebuch dient als Beweis. Es war ein Wagnis und ein Akt der Überheblichkeit, überhaupt Aufzeichnungen zu machen. »Ich, Michael Dodd, erkläre und schwöre feierlich, dass ich keiner Menschenseele unter dem Himmelszelt verraten werde …« Diesen Eid legte ich mit Aufrichtigkeit ab und brach ihn in gutem Glauben. Ich glaubte, wir wären stolze Helden, doch stattdessen wurden wir zu Verbrechern. Schlimmer noch. Wir haben unsere eigenen Kinder getötet. Welchen Namen gibt man Kreaturen, die so etwas tun?

Die Ereignisse, von denen ich berichte, geschahen in der Nacht vom 30. April 1812. Dreißig von uns – sechsundzwanzig Männer und vier Frauen – trafen sich zu einem verabredeten Zeitpunkt im Blandon Wood, einem Wald bei Mayley im westlichen Teil der Grafschaft Yorkshire. Von dort gingen wir noch wenige, dunkle Meilen zu Fuß zur Yates-Spinnerei. Wir führten Hammer, Langspieße und Äxte mit uns. Unsere Absicht war es, die Spinnerei samt den Maschinen zu zerstören, die uns unsere Lebensgrundlage genommen hatten. Wer dieses Tagebuch einst liest, wird in Anbetracht der Geschehnisse vielleicht nicht glauben, dass wir uns für rechtschaffene Leute hielten. Doch wir waren nicht die Ersten, die kämpften, wir waren nicht die Ersten, die mordeten. Wie ich heute weiß, ein tot geborener Trost.

Die Spinnerei hockte wie ein Grabmal am Ufer des Sette. Ich schreibe das Wort »Grabmal« voll Bitterkeit, wohl wissend, dass keine Toten innerhalb dieser Mauern ruhen. Es war Neumond in jener Aprilnacht, und wir stießen fast gegen die grob behauenen Steine des Gebäudes, ehe wir seinen Umriss erkannten. Der schnell dahinströmende Fluss übertönte jegliches Geräusch, als wir zum Eingang schlichen. In unseren Köpfen gingen Gedanken an Rawfolds um, wo eine Gruppe Ludditen von einem Spinnereibesitzer überrascht worden war, der mit mehreren Männern, die Gewehre im Anschlag, auf sie gewartet hatte. Vier Ludditen waren bei dem Kampf gestorben, acht weitere sollten in den kommenden Monaten hingerichtet werden. Wir wollten nicht so leicht zu überwältigen sein. Das Haus von William Yates, dem Eigentümer der Yates-Spinnerei, stand jenseits des Sette. Kein Licht brannte darin, und wir würden es tunlichst vermeiden, ihn aufzuwecken.

Leise, beim Licht einer einzigen Fackel, versuchte einer von uns, die Tür der Spinnerei aufzubrechen. Ein weiterer machte sich an einem Fenster zu schaffen. Es war ein langes, nervöses Warten. Schließlich zog jemand ein Fass unter seinem Umhang hervor und winkte ungeduldig fünf Männern, ihm zu folgen und nach einem Hintereingang zu suchen.

Der Geruch von Wasser, selbst von einem fließenden Gewässer, ist sehr stark, und ich weiß nicht mehr, wie lange ich den anderen scharfen Geruch, der mir in die Nase stieg, schon wahrgenommen hatte, ehe ich seine wahre Ursache erkannte. Irgendwer rief etwas, und ich sah nach oben, wo Flammen an den Fenstern der Vorderseite leckten. Gut so, dachte ich. Egal, wie es getan wird, es ist in jedem Fall wohl getan.

Wir entfernten uns, und ich stellte mir vor, wie die Flammen, genährt von dem Talg aus dem Fass, über die Bodendielen krochen und an den Maschinen hinaufstiegen, die Baumwolle schneller spannen, als es irgendein Mensch vermochte. Im Geiste sah ich das Feuer von Spule zu Spule springen, seine roten, tanzenden Beine Fasern und Garn und Stoff entzünden. Feinspinnmaschinen krachten und zerbrachen. Keine geheuerten Hände werden sie morgen früh anfassen, dachte ich und schwang mit den anderen meinen Spieß in die Luft.

Der erste Schrei kam von einem Mädchen, kaum dreizehn Jahre alt. Sie tauchte an einem der oberen Fenster auf, ihr Haar hatte Feuer gefangen. Die Kleider an ihrem Leib kräuselten sich unter den Flammen, während wir von unten hilflos mit entsetzt aufgerissenen Mäulern zusahen. Hinter ihr erschien ein junger Mann, seine Kleider brannten ebenfalls lichterloh. Unter schrecklichem Husten hob er das Mädchen in die Höhe und stieß sie durchs Fenster. Ihr brennender Körper fiel in den rauschenden Fluss. »Mary!«, schrie jemand. »O Gott, es ist meine Mary!«

Insgesamt waren es sechs, die wie Fackeln nacheinander durch die Nacht flogen. Das Wasser nahm sie auf und trug sie talwärts. Wir rannten hinterher, arme, heulende Hunde, die auf dem schlammigen Ufer ausrutschten, aber die Strömung war zu schnell, und ihre lodernden Körper trieben davon. Immer weiter stampften wir den Flusspfad entlang, und als der Morgen graute, kamen wir an eine Biegung und stürzten uns vor ihnen in das eiskalte Wasser.

Ein Wunder inmitten von furchtbarem Leid: Sie kamen auf uns zu, diese sechs, ihre Rücken immer noch in Flammen. Im grauen Morgenlicht trieben sie wie Körbe voller Mohnblumen in die Arme ihrer Eltern.

Mein vierzehnjähriger Sohn John war unter ihnen. Wir haben nie erfahren, was sie in der Spinnerei zu suchen hatten – ein heimliches Treffen, ein verliebtes Stelldichein? Ihre Begräbnisse fanden im Verborgenen statt, um Mitternacht auf Friedhöfen, wo die Pfarrer keine Fragen stellten. Wir mussten uns nicht gegenseitig schwören, Stillschweigen zu bewahren. Wir waren sprachlos, seelenlos. Was die Herren mit Aufhängen und Totschießen und Aushungern nicht erreicht hatten, hatten wir uns selbst angetan.

Vor einundzwanzig Jahren habe ich dieses Buch als trotzigen Bericht unseres Kampfes begonnen; nun beende ich es als Dokument des Grams. Alle sollen erfahren, dass wir es für König Ludd getan haben, Gott helfe uns.

Mayley wurde 1330 am schroffen Südhang des oberen Caldertals gegründet, dessen Besiedelung auf Grund seiner unwirtlichen Beschaffenheit später einsetzte als die des lieblicheren nördlichen Teils.

G. Graysons Notizen

1. Kapitel

Montag

Nadianna Jesup stopfte den Saum ihres Kleides in die Unterhose und dankte Gott für den Nebel.

Zu Hause in Georgia hatte ihr Daddy ihr und ihrer kleinen Schwester Ivy viele Glaubensweisheiten beigebracht: Öffne höflich die Autotür, und Jesus wird mit dir einsteigen. Bete fest genug in der Kirche, und Gott der Herr wird dich von der hintersten Bank in die vorderste katapultieren, ohne dass du Schaden nimmst. Es gab noch weitere Lektionen: Kartenspielen führt zuerst zur Spielsucht, dann zur Trunksucht, dann zu allgemeiner Zügellosigkeit; Frauen, die Lippenstift tragen, spucken auf Gott; im Theater gerät man in die Gesellschaft von Sündern, die sich nicht waschen. Als Nadianna neun war und Ivy vier, lief ihre Mutter davon. Nadianna wuchs mit schemenhaften Bildern im Kopf auf, in denen ihre hochgewachsene, rotlippige Mutter Karten auf den Tisch knallte und Schnaps in sich hineinschüttete, umgeben von lasterhaften Männern mit Zigarren zwischen den Zähnen.

Ihre gefallene Mutter würde Nadiannas Vorhaben vielleicht gutheißen, nicht aber ihr Daddy. *Kleine Mädchen sollen auf ihrem Popo sitzen und ihn nicht zeigen.*

Fünftausend Meilen von ihrem Vater entfernt, allein in einem dunklen Wald in West Yorkshire, wurde Nadianna plötzlich rot und betastete ihr stoffgepolstertes Hinterteil. Jenseits der Bäume rauschte Wasser; der Geruch von feuchten Blättern stieg von der Erde auf. Sie atmete tief durch, um sich zu beruhigen, doch es half nichts. Sie sollte nicht hier herumstreifen, ganz allein und noch vor Sonnenaufgang. War das nicht die eigentliche Botschaft ihres Daddys gewesen: Begib dich nicht in Gefahr? Und war Jesus nicht am Ende wie ein besorgter Einheimischer, der Fremde vor unsicheren Ecken warnte? Selbst sie, die sündige Tochter einer liederlichen Mutter, sollte das begreifen können.

Sie steckte eine sandfarbene Haarsträhne in den lockeren Knoten an ihrem Hinterkopf zurück, atmete aus und machte einen zögerlichen Schritt nach vorn. Die hüfthohen Anglerstiefel, die sie sich ausgeliehen hatte, klatschten gegen ihre Oberschenkel. Es waren Männerstiefel, die ihr aber auf Grund ihrer Körpergröße einigermaßen passten. Sie packte den Wanderstock fester, den sie im Cottage hinter einer Kohlenkiste gefunden hatte, ein knorriger Ast, gewunden wie eine Schlange. Sie hörte ihren Vater missbilligend mit der Zunge schnalzen.

Wessen Stimme ist es, der du da folgst, Nadianna Sara? S' ist nicht die Stimme Gottes. Ich hab's dir schon oft gesagt: Gott befiehlt seinen Kindern nicht, sich auf Schlangen zu stützen.

Aber manchmal hat man eben nichts anderes, worauf man sich stützen kann, dachte sie trotzig. Manchmal müssen Frauen sich auf das stützen, was gerade zur Hand ist.

An jenem Tag vor drei Monaten, als Nadianna den Brief der Kulturbehörde von Calwyn County erhalten hatte, war sie ohne einen Blick auf ihren Vater zur Tür hinausgerannt, über die Bahngleise hinweg, die das Städtchen Statlers Cross durchschnitten, und die Kiesauffahrt zu Gale Graysons Haus hinauf. Völlig außer Atem hatte sie an die Tür geklopft.

»Sie haben es angenommen«, keuchte sie, als Gale öffnete. »Mein Yorkshire-Projekt. Sie wollen es. Was soll ich jetzt bloß tun?«

Gale hatte sie herzlich angelächelt. »Wie es dort drüben so schön heißt: Wer A sagt, muss auch B sagen. Junge Dame, du wirst einen Reisepass brauchen.«

Schon die Vorstellung hatte Nadianna erschreckt. Als Kind war sie einmal ganz weit weggefahren, bis nach Atlanta. Ein Sturm hatte sich zusammengebraut, mit so großen Wolken, dass Atlanta von da an für sie der Ort war, an dem riesige Steine durch die Luft rollten. Sie war nie wieder dorthin gefahren. Der Gedanke, einen Reisepass zu besitzen, einen Koffer zu packen …

Der Brief hatte in ihrer Hand gezittert, und Gale hatte ihr einen Arm um die Taille gelegt und sie lachend ins Wohnzimmer geführt. »Du erstaunst mich. Was ist aus dem Mädel mit dem stolzen Blick geworden, an das wir hier alle gewöhnt sind?«

Ohne es auszusprechen, hatte Nadianna bei sich gedacht, dass es leicht war, in einem kleinen Ort wie Statlers Cross einen stolzen Blick zu haben. Die Furcht mochte hier tief gehen, aber zumindest war sie schmal. Man konnte sie überspringen.

Im Moment jedenfalls fühlte sie sich überhaupt nicht stolz. Gestern Abend hatten sie im Radio eine Tagestemperatur von sechzehn Grad vorhergesagt, recht mild für Anfang November in Nordengland – aber jetzt konnten es nicht mehr als fünf Grad sein. Nadianna bibberte in der Kälte. Ihr Daddy hätte ihr geraten, es aufzuschieben, zu warten, bis die Sonne draußen war und das Wasser sich erwärmt hatte. Gale hätte ihr die Expedition rundheraus verboten. Aber Gale schlief noch friedlich im Cottage, und ihr Daddy war außer Reichweite, abgesehen von den Schuldgefühlen, die sie seinetwegen empfand.

Ihre Fotografenweste, neu und noch ganz steif, lag auf einem Baumstamm. Als sie sich hinunterbeugte, um sie aufzuheben, warf sie die rostige, batteriebetriebene Laterne um. Licht ergoss sich über den laubbedeckten Boden. Über ihr ragten hohe Bäume auf, purpurfarben wie Prellungen in der Dunkelheit.

Nadianna Sara, was ist das für ein Ruf, der dich an einen solchen Ort des Schmerzes führt?

Geh weg, befahl sie der Stimme ihres Vaters, schlüpfte in die Weste, zog den Reißverschluss zu und machte sich auf zum Fluss.

An den Waldrand schloss sich ein schmales Wiesenstück an, hinter dem steil die Uferböschung abfiel. Der Sette vor ihr war zu schmal für einen richtigen Fluss und zu breit für einen Bach. Stellenweise schäumte er weiß über ein paar Steine, ehe er ruhig und glatt weiterfloss. Sie holte erneut tief Luft – wer A sagt, muss auch B sagen – und schlitterte die Böschung hinunter. Dann hob Miss Nadianna Sara Jesup, im sechsten Monat schwanger und fern der Heimat, ihre Kamera in die Höhe und watete in den Fluss.

Die Strömung war nicht so stark, wie sie erwartet hatte. Das Wasser strudelte zuerst auf Wadenhöhe um ihre Stiefel und stieg dann zentimeterweise an. Sie konzentrierte sich auf ihre Schritte und bohrte den Stock in das Flussbett, um die Tiefe zu prüfen. Treibgut – hauptsächlich Blätter und Zweige – umspülte sie. Sie ignorierte es. Noch drei Schritte, dann zwei ... Zwölf Schritte vom Ufer entfernt, das Wasser wirbelte jetzt um ihre Oberschenkel, blieb sie stehen und wandte sich nach Norden.

Schon gestern, als sie die Yates-Spinnerei zum ersten Mal erblickt hatte, hatte sie gewusst, dass sie von dieser Stelle aus fotografieren würde. Aus der Nähe betrachtet war das Gebäude ganz offensichtlich in einem Zustand des Verfalls – zerbrochene Fenster, mit Brettern vernagelte Türen, abgebröckelte Steinstufen. Auch davon würde sie Fotos machen, sicher. Aber sie wusste, dass diese Bilder ohne ein ganz bestimmtes Foto unvollständig wären. Ehe sie letzte Nacht zu Bett gegangen war, hatte sie um Nebel gebetet.

Jetzt drückte gleich einer schweren Hand weißer Dunst auf das Wasser. Es ist ein Wunder, dachte sie, dass die Luft allein etwas wiederbeleben kann. Dort im Nebel aufragend, war die Yates-Spinnerei keine Ruine mehr. Ihre Steine lebten.

Sie hob die Kamera und begann mit ihrer Arbeit, während die Farbe des Lichts sich von Pflaume in Muschelgrau in Lavendel verwandelte. Die Nebelschwaden waberten so dicht, dass sie das Paket erst sah, als es nur noch wenige Meter von ihr entfernt war. Merkwürdigerweise dachte sie sofort an Moses, Moses, der in seinem Körbchen im Schilf trieb. Dann sah sie, dass es sich weder um ein Paket noch um einen Korb handelte, es war einfach ein großer, schwarzer Klumpen im Wasser. Sie machte einen Schritt zur Seite, der Fluss spülte den Gegenstand auf sie zu. Mit ihrem Schlangenstock hielt sie ihn auf und stieß ihn zurück. Langsam drehte er sich, und eine schreckliche Kälte überkam sie. Es hatte keine Arme. Es hatte keine Beine. Doch trotz der verbrannten und aufgeplatzten Haut waren der Kopf und die wütende, erstarrte Grimasse mit den gebleckten Zähnen deutlich zu erkennen.

Chalice Hibbert parkte ihren zerbeulten Escort am oberen Ende der Old Ground Lane, in der dünnsten Nebelschwade, die sie ausmachen konnte. Neben ihr auf dem Beifahrersitz stand ein großer, vergoldeter Geschenkkorb der Ferienhausvermittlung »Hibberts Cottages«, versehen mit Zellophanpapier, grünen und blauen Schleifen und einer glänzenden Karte, auf der stand: *Für Mrs. Grayson und ihre Familie. Willkommen in West Yorkshire. Fühlen Sie sich in Hibberts Cottages wie zu Hause.* Im Korb befanden sich kleine Leckerbissen, die die Touristen gnädig stimmen sollten: Teegebäck, Makronen, Gewürzküchlein, außerdem Tee und eine von Chalices selbstgetöpferten Teeschalen. Fluchend hievte sie den Korb vom Sitz und kletterte aus dem Auto. Ihre ältere Schwester Totty hatte in einem seltenen Anflug von Desorganisation vergessen, das Begrüßungspräsent auf den Küchentisch des Mill Cottage zu platzieren, und Chalice im Befehlston aufgetragen, es noch vor dem Frühstück abzuliefern. »Bei Amerikanern bedeutet das selbst im Urlaub vor acht Uhr«, hatte sie hinzugefügt. »Vertrau auf dein Gefühl, Chally. Falls sie noch schlafen, stell den Korb auf die Treppe. Dann erkennen sie wenigstens unseren guten Willen.«

Chalice stützte den Korb mit einem Knie ab, während sie auf ihre Uhr sah. Kurz nach acht. Egal, schließlich ging die Sonne gerade erst auf. So wie sie die Amerikaner kannte, hätten sie womöglich auf sie geschossen, wenn sie im Dunkeln ums Haus geschlichen wäre.

Mit dem Geschenkkorb in den Armen überquerte sie die Straße, um zu dem Pfad zu gelangen, der durch ein Waldstück zum Cottage führte. Gerade hatte sie den Kiespfad betreten, als sie das Geräusch hörte. Ein seltsamer Laut, halb Seufzer, halb Keuchen, drang aus dem Nebel. Sie drehte sich um, versuchte festzustellen, aus welcher Richtung er gekommen war. *Aah.* Kurze Pause. *Aah.* Ein Tier, dachte Chalice. Nein – Tierschreie waren nicht von so schwerem Schnaufen begleitet. Und normalerweise auch nicht von einem ohrfeigenartigen Klatschen.

Die junge Frau, die aus dem nebelverhangenen Wald auftauchte, hatte nichts Tierhaftes – sie war eine Erscheinung. Zerzauste Strähnen, nass und blond, hingen ihr in das blasse Gesicht. Sie trug nur einen Schuh, der mit Schlamm überkrustet war; ein blaues Jeanskleid umspannte feucht und schmutzig ihren geschwollenen Bauch, und der schwere Stoff schlug bei jedem Schritt klatschend gegen ihre Beine. Ihr Mund stand weit offen, und sie hatte die Arme ausgestreckt wie eine Kind, das hingefallen war und nun getröstet werden wollte. Ohne in Chalices Richtung zu sehen, taumelte sie auf die Straße und auf den dort geparkten Escort zu. Chalice unterdrückte einen Fluchtimpuls, ließ den bändergeschmückten Korb fallen und eilte zu ihr.

Die Finger des Mädchens gruben sich in Chalices Arme. Ein Wortschwall sprudelte aus ihr heraus, aber die Mühe war vergeblich – Chalice konnte nichts verstehen. Sie versuchte, sich zu befreien, worauf das Mädchen seinen Griff verstärkte.

Chalice warf einen Blick auf den Bauch der Schwangeren und schluckte ihre Panik herunter. »Schsch«, machte sie beruhigend, »schsch«. Ihre Arme schmerzten an den Ellbogen, wo die andere sie umklammerte. Sie ist wie eine Ertrinkende, dachte Chalice. Sie wird mich und das Baby mit hinunterziehen. Mit einem kräftigen Ruck riss sie sich los.

Das Mädchen begann zu zittern; Chalice legte einen Arm um

seine Schultern und gab besänftigende, gurrende Geräusche von sich, bis es sich beruhigte. Sie waren etwa gleich alt, neunzehn oder zwanzig, und obwohl Chalice die andere noch überragte, erkannte sie, dass diese ebenfalls recht groß war. So standen sie mitten auf der Straße, ihre langen Glieder ineinander verschlungen. Zur Linken konnte Chalice Schafe blöken hören. Sie wusste, dass keine zwei Meter vor ihnen eine Trockenmauer die Straße säumte, die der Nebel jedoch verschluckt hatte. Wir sind ebenfalls unsichtbar, dachte sie, und ihr fiel ein, dass die Old Ground Lane, obwohl abgelegen, zu einer beliebten Route für die Pendler geworden war, die morgens mit ihren Range Rovers und Vauxhalls zum Bahnhof nach Mytholmroyd fuhren.

Sie führte das Mädchen von der Straße weg auf den sicheren Schotterpfad. Das Mill Cottage lag nur wenige Meter entfernt, dort konnten sie um Hilfe telefonieren. Erst da kam ihr der Gedanke, dass die Fremde zu den Amerikanerinnen gehören musste, die das Cottage gemietet hatten und ein für Chalice beinahe unverständliches Englisch sprachen. Das Mädchen war jedenfalls eindeutig nicht aus der Gegend.

Die Old Ground Lane wand sich etwa zehn Kilometer lang durch das Tal und berührte nur hier und da eine Farm und eine Hand voll allein stehender Häuser. Jenseits des Flusses lag der Ort Mayley mit seinen rund dreitausend Einwohnern, und Chalice, die ihr ganzes bisheriges Leben in der Gegend verbracht hatte, kannte die meisten zumindest vom Sehen. Abgesehen von durchreisenden Touristen, die in den Pubs und Bed & Breakfasts einkehrten, blieb die Bevölkerung ziemlich konstant. Und das Mill Cottage wurde so selten vermietet, dass seine Bewohner kaum einen Eindruck hinterließen.

Das würde diesmal anders sein, dachte sie, verwarf den Gedanken aber im gleichen Atemzug wieder. Welche Ironie, dass das erste ungewöhnliche Ereignis in der Umgebung von Mayley seit Jahrzehnten nicht von einem der geselligen Farmer bezeugt worden war, die im örtlichen Pub namens The Crown & Drover Hof hielten, oder von einer der Damen des Frauenclubs mit ihren hochgezogenen Augenbrauen und zischendem Flüstern, sondern ausgerechnet von ihr. *Sie ist wie ein Waldgeist aus dem Nebel aufgetaucht, wisst ihr, das Haar hing ihr ins Gesicht, und ihr roter Mund war weit aufgerissen vor Entsetzen.* Nur sie, Chalice Hibbert, hatte diese Erscheinung gesehen, und jeder in Mayley wusste, dass Chalice Hibbert keine Geschichten erzählte.

Am Waldpfad angekommen, hielt Chalice inne und betrachtete den schuhlosen Fuß des Mädchens. Ein schlammiger Zeh lugte aus einem Loch in ihrem Strumpf, und die restlichen Zehen wirkten verkrampft und kalt unter der Wolle. Chalice drückte die Schulter der anderen in einer, wie sie hoffte, tröstlichen Geste und kniete sich auf den nassen Untergrund, um die Schnürsenkel ihres linken Turnschuhs zu lösen. Vorsichtig hob sie den Fuß des Mädchens an, streifte den Turnschuh über und band ihn, so fest sie konnte. Trotzdem war er ein ganzes Stück zu groß. Als sie schließlich die Lichtung erreichten, auf der das Cottage stand, war der Fuß hundertmal hinein- und hinausgeschlüpft, aber der Schuh hielt. Chalices linker Fuß war mittlerweile wund und laubbedeckt, und auch sie hatte angefangen zu zittern.

Kaum hatten sie die Lichtung betreten, ging die Tür des Cottages auf, und eine zierliche Frau in den Dreißigern kam herausgerannt.

»Nadianna.« Die Stimme der Frau war ruhig, aber eindringlich, während sie das Mädchen in eine Decke hüllte. »Komm …«

Das Mädchen klammerte sich an sie und begann hektisch und erregt zu sprechen. Diesmal konnte Chalice die Worte »Fluss« und »Mann« heraushören. Und »verbrannt«. Bei Letzterem musste sie sich wohl getäuscht haben.

Ein seltsamer Ausdruck überzog das Gesicht der Älteren. »Du irrst dich, Nadianna, da bin ich ganz sicher.«

Sie wandte sich an Chalice. »Haben Sie es auch gesehen? Haben Sie eine Ahnung, wovon sie redet?«

Chalice schüttelte den Kopf. Die Frau wartete einen Moment ab, ihre dunklen Augen drängten sie, etwas zu sagen. Als Chalice weiter schwieg, nahm sie sanft ihre Hand, ohne den anderen Arm von Nadianna abzuziehen, und sagte: »Ich bin Gale. Kommt jetzt beide mit ins Haus. Ihr Mädchen müsst euch erst einmal aufwärmen, dann rufen wir die Polizei.«

Die vorherrschende Gesteinsart der Gegend ist Kohlensandstein, der in Verbindung mit Feldspat und Quarz eine raue, harte Oberfläche ergibt, die auch im Laufe der Zeit nicht glatter wird.

G. Graysons Notizen

2. Kapitel

Daniel Halford hörte auf zu pfeifen. Seit gestern Abend hatte er fast ununterbrochen vor sich hin gepfiffen, seit er zum Abschied auf den unordentlichen Schreibtisch von Detective Sergeant Maura Ramsden geklopft und sich stirnrunzelnd ihr hinterhältiges »Bis bald, Chef« angehört hatte. Dann war er zum Parkplatz des Dienstgebäudes gegangen und in seinen Wagen gestiegen, entschlossen, New Scotland Yard und die Londoner Metropolitan Police für vierzehn schwer verdiente Urlaubstage zu vergessen. Nach einem unruhigen Schlaf, der durch den um vier Uhr morgens losrasselnden Wecker beendet wurde, hatte er, unter der Dusche und während er in Jeans und einen dunkelblauen Wollpullover schlüpfte, von neuem zu pfeifen begonnen. Erst jetzt, als sein Wagen auf der M1 in nordwestliche Richtung schnurrte und die Dämmerung in ein hartes, kaltes Morgenlicht überging, hörte er mit dem Pfeifen auf. Er hatte Gale Grayson seit fast einem Jahr nicht mehr gesehen und nur selten mit ihr telefoniert. Die unmittelbare Aussicht, sie wiederzusehen, ganz in ihrer Nähe zu sein, war zu beunruhigend, um weiteres fröhliches Pfeifen zu rechtfertigen.

Sie hatte ihn vor zwei Monaten angerufen. Eine Freundin von ihr, Nadianna Jesup *(Du wirst sie mögen, Daniel, sie schätzen. Manche Leute halten nicht viel von ihr, aber ein Blick auf ihre Ar-*

heit ...), hatte ein Stipendium für eine Fotodokumentation über eine alte Spinnerei in West Yorkshire erhalten. *(Eine erstaunliche Sache. Ich hätte nie gedacht, dass Gebäude eine Ahnenreihe oder Wurzeln haben können, aber genau das ist hier der Fall. Eine Spinnerei im ländlichen Georgia kann einen direkt zurück nach England führen.)* Gale begleitete ihre Freundin, um als Historikerin und Expertin für die Geschichte der amerikanischen Südstaaten die Texte zu den Fotos zu schreiben.

In ihrer Stimme hatte ein fast unmerkliches Zögern gelegen. *Ich bringe Katie Pru mit. Wir haben vor, etwa einen Monat zu bleiben, wenn nötig länger. Als Unterkunft haben wir ein etwas abseits gelegenes Cottage gemietet. Wenn du dir ein paar Tage frei nehmen könntest ...*

Allerdings hatte er sich ein paar Tage frei genommen. Er und ein Team, zu dem auch Maura gehörte, hatten gerade einen schwierigen Fall abgeschlossen – die Vergewaltigung und Ermordung eines sechsjährigen Mädchens, das in der Herrentoilette der internationalen Abflughalle von Heathrow gefunden worden war. Es hatte Wochen gedauert, die Identität des Kindes festzustellen, und drei Monate, den Vater in einer kirchlichen Obdachlosenunterkunft in Toronto aufzuspüren. In seinem Rucksack war eine blutbeschmierte Locke des Mädchens gefunden worden. Halford hatte diese Untersuchung Gale gegenüber nicht erwähnt, obwohl sie ihm oft schlaflose Nächte bereitete. Er kannte den Grund dafür. Er wollte nicht, dass sich sein Bild in ihrer Vorstellung mit einem ermordeten Kind verband.

Ab Coventry verlief die Autobahn gerader und führte direkt in nördliche Richtung. Der Verkehr wurde spärlicher. Anzeichen des industriellen Nordens tauchten auf – hier und da eine rußgeschwärzte Wand, dunkle Schornsteinreihen und schließlich dicht gedrängte Ortschaften mit schwarzen Kirchtürmen und schmutzgestreiften Dächern. Die Wiesen und Felder dazwischen nahmen in der feuchten Luft die Farbe von Frühlingsmoos an, unterbrochen von Baumgruppen und dem gelegentlichen weißen Tupfen einer einsamen Kuh. Je weiter er fuhr, desto welliger wurde die Landschaft. Nachdem er die Autobahn verlassen hatte, schlängelte die Straße sich zwischen zwei grasbewachsenen Hügelrücken dahin, die sich in hellstem Grün zu beiden Seiten gen Himmel wölbten.

Er kam nicht oft nach West Yorkshire, aber wenn es ihn mal wieder dahin verschlug, empfand Halford jedes Mal eine Mischung aus Fremdheit und Vertrautheit. Seine Kindheit in Nottingham ließ ihm die etwas nördlicher gelegene Region heimatlich erscheinen, aber wie ein Junge, der nicht gegen die Porzellanvitrine seiner Großtante stoßen will, bewegte er sich dort mit Vorsicht.

Ein Angestellter seines Vaters hatte ihm einmal erzählt, wie es war, zwischen den beiden Weltkriegen im westlichen Bezirk der Grafschaft Yorkshire aufzuwachsen. Er hatte von einer magischen Landschaft gesprochen, in der Feen in den Gärten tanzten und die Bäche vogeleiblau und osterglockengelb von den Hügeln rannen, wenn in den Spinnereien das Garn gefärbt wurde. Aber es war auch eine Gegend, hatte der Mann gewarnt, in der Gespenster die Form von Gebäuden mit schwarzen Augen annahmen; sie heulten bei Nacht, wenn der Wind durch die leeren Räume fegte. Spinnereien hatten diese Gegend aufgebaut, doch als die Wirtschaft sich globalisierte, waren die Spinnereien in anderen Ländern ihr Untergang geworden. Jetzt ragten überall verlassene Fabriken in den Mooren auf; Gras überzog die vernachlässigten Gerippe der Trockenmauern. Und in seinem Heimatdorf Mytholm, flüsterte der Mann, konnte man auf dem Friedhof die schmalen Gräber von Spinnerei-Kindern besichtigen, die so dicht beieinander lagen, dass ein im Wind zitterndes Unkraut die Grabsteine zu beiden Seiten berührte.

Die Erinnerung an das kleine Mädchen mit dem brutal eingeschlagenen Gesicht auf der Toilette von Heathrow schnitt in seine Gedanken. Als er abbog, um auf der A638 weiterzufahren, klammerten sich seine Hände um das Lenkrad.

Was hatte er vor – wollte er einer Frau nachlaufen, die ihm zögernd ihre Freundschaft angeboten hatte, aber nicht mehr? Es war ein geziertes Menuett, das er und Gale Grayson da tanzten, bei dem er ihre Fingerspitzen, aber nie ihre Hand berühren durfte. Irgendwann vor ein paar Monaten hatte er den Eindruck erhalten, dass sich eine Veränderung anbahnte, und vielleicht war es so, aber er wusste nicht, wie weit diese Veränderung ging. Er hatte keine Ahnung, was ihn erwartete, als er unter Missachtung der Geschwindigkeitsbegrenzung in das Hinterland von Yorkshire vorstieß.

Was er auf keinen Fall erwartet hatte, waren schwarz-weiße Streifenwagen, die genau an der Stelle der Old Ground Lane standen, an der er nach Gales Anweisung parken sollte. Noch während er aus dem Auto stieg, versuchte er sich einzureden, dass sie nichts mit Gale zu tun haben konnten. Unmöglich. Keine Frau der Welt konnte so viel Pech haben.

Zwei Constables der Polizei von West Yorkshire schlenderten vorbei, die Gesichter zu spöttischem Grinsen verzogen.

»Verrückte Amerikanerin.«

»Die haben sie nicht alle, die Amis. Als Nächstes wird sie wahrscheinlich draußen im Moor herumrennen und nach Lassie rufen.«

Gelächter. Halford tastete nach seiner Dienstmarke, ließ sie dann aber stecken. Fünf Autos standen am Straßenrand – zwei Polizeifahrzeuge, ein neuer grüner Fiat, ein älterer roter Escort und ein schwarzer Rover. Auf der Motorhaube des einen Streifenwagens prangte ein Geschenkkorb mit traurig hängenden, schlammbeschmutzten Bändern und Schleifen. Trotz der planlos geparkten Fahrzeuge machte das Ganze nicht den Eindruck eines Tatorts. Und wenn es sich nicht um eine ernste Sache handelte, waren wilde Vermutungen der Einheimischen über einen Besuch von der Londoner Metropolitan Police das Letzte, was die Frauen im Cottage gebrauchen konnten. Er schnappte sich eine Tüte vom Beifahrersitz, knallte die Wagentür zu und winkte die Constables herbei.

»Entschuldigen Sie. Ich will Freunde im Mill Cottage dort drüben besuchen. Ist etwas passiert?«

Der Größere der beiden Beamten setzte eine strenge Miene auf. »Nein, bis jetzt nicht.«

»Niemand verletzt?«

Der Polizist betrachtete ihn abschätzend von oben bis unten. »Nein, Sir. Erwartet man Sie im Cottage?«

»Ja. Ich habe Bescheid gegeben, dass ich irgendwann heute Vormittag eintreffe.«

»Dann kommen Sie, ich begleite Sie hinein. Der Inspector ist noch dort und wird Ihre Fragen beantworten.«

Gale hatte Halford erzählt, dass das Cottage nicht oft vermietet würde, und jetzt war ihm klar, warum. Touristen hatten es vielleicht gern einsam und romantisch, stellten sich darunter jedoch bestimmt kein so düsteres Gemäuer vor. Das Cottage wirkte ungepflegt – an den Fensterrahmen blätterte die Farbe ab, hier und da war ein Ziegel vom Dach gefallen. Das einzige Anzeichen von Instandhaltung war die hellrot gestrichene Tür, die von unbeschnittenem Efeu wie von einem Schnurrbart überwuchert wurde. Halford griff automatisch nach seinem eigenen Schnurrbart und glättete ihn. Er kannte die glänzenden Broschüren, die Urlaubern Cottages in Großbritannien schmackhaft machen sollten. Das Mill Cottage entsprach keineswegs dem üblichen Standard, und Halford fragte sich, wie zum Teufel Gale daran gekommen war, und vor allem, welcher Teufel sie geritten hatte, es zu mieten.

Der Constable bedeutete ihm, vor der Tür zu warten. »Geben Sie mir bitte Ihren Namen, Sir, dann werde ich dem Inspector sagen, dass Sie zu Besuch hier sind.«

Er verschwand durch die rote Tür. Kaum eine Minute später öffnete sie sich wieder, und Halfords Rechte wurde überraschend und mit kräftigem Händedruck geschüttelt.

»Du bist wie Falschgeld. Jedes Mal, wenn ich an einer faulen Geschichte dran bin, tauchst du auf.« Der Besitzer der Hand lachte laut, sein fleischiges Gesicht glänzte. »Schön, dich zu sehen, Chief Inspector.«

»Mark Reston! Meine Güte, das muss ja acht, neun Jahre her sein. Ich wusste nicht, dass du jetzt in West Yorkshire bist. Wie habe ich dich bloß aus den Augen verloren?«

»Du warst zu sehr damit beschäftigt, die Jungs in London zu beeindrucken. Und brav die Karriereleiter emporzuklettern. Bisschen grau geworden an den Schläfen, alter Knabe.« Restons Ton wurde nüchtern. »Schlimmer Fall, der mit dem kleinen Mädchen. Tut mir Leid, dass es dich getroffen hat, Danny. Du hast deine Sache gut gemacht.«

Mark Reston, Ende dreißig, war in Halfords Alter. Beide waren zur gleichen Zeit, mit etwa der gleichen Schul- und Universitätsausbildung und der gleichen Menge an Idealismus der Londoner Metropolitan Police beigetreten. Ansonsten waren sie sich nicht sehr ähnlich. In den ersten Jahren hingen sie ständig zusammen und bekamen von den anderen die Spitznamen Don Quichotte und Sancho Pansa verliehen, weil Halford so groß, schlank und melancholisch war wie Reston klein, untersetzt und fröhlich. Beide hatten sie die Kriminalinspektorenlaufbahn gewählt, beide suchten sich Freundinnen, die nichts mit der Polizei zu tun hatten, und heirateten im Abstand von wenigen Monaten. Drei Jahre später war Halford geschieden, und Reston hatte, in dem Bestreben, alle pessimistischen Prognosen für Polizistenehen zu widerlegen, den hektischen Dienst in der Hauptstadt gegen ruhigere Gefilde eingetauscht. Danach war ihr Kontakt eingeschlafen. Halford erinnerte sich an ein paar Weihnachtskarten und ein oder zwei Nachrichten auf seinem Anrufbeantworter, auf die er nicht reagiert hatte. Sie kamen zu einer unglücklichen Zeit in seinem Leben, in der er weder Restons Mitgefühl noch dessen Berichte über sein glückliches Familienleben ertragen konnte. Von ihrer Freundschaft waren nur sporadische berufliche Begegnungen geblieben, die immer gleich abliefen – ein kräftiges Händeschütteln, eine herzliche Begrüßung und hartnäckige, besorgte Erkundigungen vonseiten Marks.

Halford nickte. »Danke, Mark. Wie geht es Linda und den Kindern?«

Der Inspector strahlte. »Könnte nicht besser sein. Wir wohnen jetzt seit sechs Jahren in Mayley, und Stevie und Sally gedeihen prächtig. Linda hatte zuerst ein paar Eingewöhnungsschwierigkeiten, aber jetzt gefällt es ihr ganz gut hier.«

»Das freut mich zu hören. Ich habe gerade zwei Wochen Urlaub, es wäre schön, sie mal wieder zu sehen.« Halford deutete auf das Cottage. »Was ist da los?«

Restons Stimme senkte sich zu einem Murmeln. »Nicht viel, um die Wahrheit zu sagen. Ein Mädchen, das heute Morgen im Fluss herumwatete, behauptet, etwas im Wasser gesehen zu haben. Eine verbrannte Leiche.«

»Ein Mädchen? Ein Kind, meinst du?«

»Hoppla, das war wohl mal wieder politisch unkorrekt von mir. Eine junge *Frau,* hätte ich sagen sollen. Zwanzig Jahre alt, Amerikanerin. Aber wenn sie überhaupt etwas gesehen hat – es war nämlich verdammt neblig heute Morgen –, dann wahrscheinlich den Rucksack eines Wandertouristen oder höchstens einen toten Hund. Das ist zwar auch nicht sehr angenehm, aber noch lange keine menschliche Leiche. Trotzdem habe ich für alle Fälle ein Suchteam losgeschickt. Ich will ja nicht, dass irgendein Fischer weiter flussabwärts mir aufs Dach steigt, weil er etwas anderes als einen Fisch zum Frühstück geangelt hat.«

»Ist das nicht ein bisschen unter deiner Würde hier? Solltest du nicht gemütlich im Präsidium sitzen und eine Tasse Tee schlürfen?«

»Die Grippe ist schuld«, erklärte Reston. »Wir sind zurzeit unterbesetzt. Außerdem wohne ich nur zehn Minuten entfernt.«

»Es geht also allen gut …«

Reston schnippte plötzlich mit den Fingern. »Mein Constable sagte etwas von Freunden von dir … Verdammt. Ich wusste doch, dass ich den Namen Grayson schon mal irgendwo gehört habe. Dein großer Fall, stimmt's? Also, was wird das hier – ein Besuch um der guten alten Zeiten willen?«

»So ähnlich. Kann ich jetzt hineingehen?«

»Klar. Ich habe sie alle um das Kaminfeuer versammelt. Geh rein und wende ein paar von deinen Scotland-Yard-Tricks an, um diesen Fall für mich zu lösen.«

Halford brauchte ein paar Sekunden, um die Augen an die Dunkelheit im Hausinnern zu gewöhnen. Ein Feuer brannte in dem steingemauerten Kamin des Wohnzimmers, aber es war ein sehr spärliches, das kaum an den aufgeschichteten Holzscheiten leckte. Davor konnte er im Dämmerlicht ein Zweiersofa zu jeder Seite sehen; die Gestalten darauf saßen statuenhaft still. Auf dem Boden vor der Feuerstelle hockte etwas, das zuerst wie ein Fußschemel aussah, bis es sich bewegte und er ein Kind auf allen vieren erkannte.

»Heute sehe ich mir die Schafe an«, sagte das kleine Mädchen. »Ich werde jedem einen Namen geben. Sie sind bestimmt ganz schmutzig.«

Halford grinste. »Die Schafe oder die Namen, Miss Katie Pru?«

Katie Pru Grayson ließ sich auf den Rücken rollen und setzte sich erstaunt auf. »Ich kenne dich«, sagte sie. »Ich habe dich schon mal gesehen, als ich noch klein war.« Sie musterte ihn mit ernsten, dunklen Augen unter braunen Ponyfransen. »Namen kann man nicht waschen«, sagte sie altklug. »Die Schafe sind schmutzig. Das weiß ich von meiner Oma.«

»Aha.« Er passierte die Gestalten auf den Zweisitzern, kniete sich neben das Kind und stellte die Tüte aus dem Auto hinter sich ab.

Trotz des schummerigen Lichts konnte er sehen, dass sie sich verändert hatte. Ihre Beine, beim letzten Mal noch pummelig und voller Grübchen, hatten sich gestreckt und waren muskulöser geworden; ihr Gesicht hatte seine Rundlichkeit verloren, es war nun herzförmig und wurde von den großen, schwarzen Augen dominiert. Es gab ihm einen Stich, als er erkannte, wie ähnlich sie ihrer Mutter sah. Sogar ihre Stimme klang wie Gales – der merkliche englische Akzent, mit dem sie das Land verlassen hatte, war völlig durch diese weiche, gedehnte Südstaatenaussprache ersetzt worden, die er nur mit einem Menschen verband.

»Dann will ich mich noch einmal vorstellen«, sagte er. »Ich bin Daniel Halford. Als ich dich zuletzt gesehen habe, warst du drei

Jahre alt. Also müsstest du jetzt vier sein, stimmt's? Ich wollte dir ein Geschenk mitbringen, war mir aber nicht sicher, was Vierjährige mögen.«

»Vierjährige mögen Spielsachen«, sagte sie.

»Hmm. Wie steht es mit Malfarben?«

»Ich mag Malfarben.«

»Auch Papier dazu?«

»Klar.«

»Kartoffeln für Kartoffeldruck?«

Sie zog die Nase kraus und schlug lachend mit der flachen Hand auf den Boden. »Kartoffeln! Hast du Kartoffeln mitgebracht?«

»Ich hatte daran gedacht, aber dann fand ich, dass sie doch eher zum Essen gut sind.« Er gab ihr die Tüte. »Vielleicht ist da etwas drin, das dir gefällt.«

Katie Pru starrte die Tüte einen Augenblick lang an, bevor sie sie an sich nahm und aus dem Zimmer flitzte.

Als Halford aufsah, stand Gale hinter ihm, die Flammen beschienen ihr Gesicht.

»Sie freut sich nicht gern vor anderen«, sagte sie.

»Kann ich verstehen. Geht mir genauso.«

Genau wie die Tochter hatte auch die Mutter sich verändert. Bei ihrer letzten Begegnung war Gale vor Kälte in sich verkrochen gewesen, ihre Schultern hatten mager unter dem schwarzen Pullover gewirkt. Doch jetzt stand sie aufrecht und entspannt, und ihr auffälliges schwarz-weiß gesträhntes Haar, das den meisten Frauen ein strenges Aussehen verliehen hätte, wellte sich sanft bis unters Kinn. Er erhob sich und steckte die Hände in die Hosentaschen, um dem Impuls zu widerstehen, sie zu umarmen.

Halford war sich bewusst, dass Reston ihn von der Tür aus beobachtete. Er war sich der reglosen Gestalten auf den Sofas bewusst, der Beamten vor dem Haus, des Suchteams am Fluss. Und er war sich Gales Misstrauen gegenüber der Polizei bewusst und ihres zögerlichen Vertrauens zu ihm. Er hatte keine Ahnung, was er als Nächstes tun sollte. Also tat er, was siebzehn Jahre Erfahrung im Polizeidienst ihn gelehrt hatten, und wartete auf ein Stichwort von ihr.

Zu seinem Erstaunen begann sie zu lachen. »Ich wette, du denkst, ich hätte das hier geplant. Nach dem Motto: ›Chief Inspector Halford von Scotland Yard kommt zu Besuch, Mädels, sorgen wir dafür, dass er sich wie zu Hause fühlt. Rufen wir die Bullen.‹« Sie lächelte ein wenig schuldbewusst. »Ein Kuchen wäre ein schlichterer Willkommensgruß gewesen, aber ich bin nicht so gut in der Küche.«

Sie sahen sich einen Moment lang in die Augen. Er versuchte, ihre Stimmung zu lesen – Verwirrung, aber auch Unsicherheit. Sie war verlegen.

Halford grinste. »Ein Kuchen wäre nett gewesen, Gale, aber diese Überraschung ist passender. Vielen Dank.« Er wandte seine Aufmerksamkeit den Frauen auf den Sofas zu. »Also alles in Ordnung, niemand verletzt?«

Eine Rothaarige stand auf und zog die Jacke ihres Jogginganzugs zurecht. Sie war schlank und durchtrainiert wie eine Läuferin, aber Halford musste an ein nur halb gezähmtes, aggressives Tier denken. Sie hatte einen kräftigen Händedruck.

»Es geht uns allen gut. Wir sind nur ein wenig verwirrt.« Sie fügte nicht hinzu »und stinksauer«, aber ihr Ärger war nur allzu deutlich spürbar. »Ich bin Totty Hibbert. Mir gehört dieses Cottage. Meine Schwester ist auf Miss Jesup gestoßen, als sie gerade aus dem Wald kam. Hat Chally einen ganz schönen Schrecken eingejagt. Nicht unbedingt die übliche Art, den Tag zu beginnen.«

Gale hatte sich neben eine junge, schwangere Frau gestellt, die zurückgelehnt auf dem einen Zweisitzer saß, und tätschelte deren Schulter. »Ich bin sicher, dass es nicht schön für Chalice war, Totty, aber was immer Nadianna gesehen hat …«

»Was ich gesehen habe …« Die Schwangere sprach langsam und bemüht deutlich, aber Halford musste sich trotzdem sehr konzentrieren, um den stärksten Südstaatenakzent zu verstehen, den er je gehört hatte. »Was ich gesehen habe, war eine Leiche. Ein Toter. Er trieb mit dem Gesicht nach unten im Wasser. Er hatte Zähne, er hatte einen Hals. Die Arme und Beine waren abgehackt. Ich konnte die Knochen sehen.« Sie warf einen Blick auf Reston, der immer noch an der Tür stand. »Es war kein Hund, und es war kein Rucksack.«

Halford sah Gale an. Sie erwiderte seinen Blick, zuckte die Achseln, sah zur Seite.

Halford sagte sanft: »Wenn der Tote mit dem Gesicht nach unten lag, Miss Jesup, wie konnten Sie dann seine Zähne sehen?«

»Weil ich ihn mit meinem Stock umgedreht habe. Ich war bis zur Mitte des Flusses gewatet, und als das Ding auf mich zukam, hielt ich es mit dem Stock auf. Ich wollte nicht, dass es mich berührte.«

»Sie waren richtig im Wasser? Ganz allein? So früh am Morgen?«

Sie sah ihn mit klaren, blauen Augen an und antwortete ruhig: »Ja, schon gut. Ich hätte jemandem Bescheid sagen sollen. Aber ich wusste, dass Gale mir fünfzig Gründe aufgezählt hätte, weshalb eine Frau in meinem Zustand nicht vor Tagesanbruch in einem Fluss herumwaten sollte. Und ich musste es tun. Ich brauchte das Foto.«

Er suchte erneut Gales Blick. »Ein Foto von der Yates-Spinnerei im Nebel«, erklärte sie. »Das Projekt, von dem ich dir erzählt habe – Nadiannas Stipendium. Es gibt eine Verbindung zwischen der alten Spinnerei in Mayley hier und der in unserer Heimatstadt. Der Enkel des Erbauers der Spinnerei von Mayley wanderte gegen Ende des neunzehnten Jahrhunderts nach Georgia aus und gründete die Spinnerei in Statlers Cross, in der Nadiannas Familie jahrzehntelang gearbeitet hat. Darum geht es in ihrem Projekt – es ist eine Untersuchung ihrer kulturellen Wurzeln durch einen Vergleich der Architektur und Geschichte der beiden Baumwollspinnereien.«

»Verstehe. Und konnten Sie Ihr Foto machen, Miss Jesup?«

»Nadianna.« Sie verschränkte die Arme über ihrem gewölbten Bauch. »Das werde ich erst wissen, wenn ich den Film entwickelt habe.«

»Es wäre hilfreich, wenn Sie Inspector Reston den Film überließen. Vielleicht haben Sie das Objekt auf einem der Bilder festgehalten.«

»Es ist nicht auf dem Film, Mr. Halford. Das weiß ich – ich habe schließlich durch den Sucher geguckt. Und ich werde den Film niemandem übergeben. Sie können Abzüge der Fotos bekommen, aber das Entwickeln mache ich selbst. Ich werde wohl nicht noch einmal so ein Glück haben wie heute Morgen, solange ich hier bin ... mit dem Nebel, meine ich. Deswegen kann ich nicht zulassen, dass irgendein Polizeilabor meinen Film ruiniert.«

Reston mischte sich ein. »Wenn wir zu dem Schluss kommen, dass die Bilder wichtig sind, sagen wir Ihnen Bescheid, Miss Jesup. Wollen Sie den Film hier oder in den Staaten entwickeln?«

»Hier. Ich habe mich gestern mit einem Fotografen getroffen. Er hat sich bereit erklärt, mir seine Dunkelkammer zur Verfügung zu stellen.«

Halford nickte und wandte sich an die letzte Gestalt auf dem Zweisitzer. Die attraktive junge Frau mit dem kupferfarbenen Haar hatte während des ganzen Gesprächs geschwiegen. »Und Sie sind ...?«

Totty Hibbert mischte sich ein. »Meine Schwester Chalice, Chief Inspector. Sie hat ...«

Die junge Frau bedeutete ihrer Schwester, still zu sein, und erhob sich. Unwillkürlich trat Halford einen Schritt zurück, für einen Moment aus der Fassung gebracht. Sie war mindestens einen Meter neunzig groß, vielleicht sogar zwei Meter. Man kann sie in keinerlei ästhetische Kategorie einordnen, dachte er. Wäre sie schlank und hübsch, würde man sofort an ein Model denken. Dick und hässlich, würde sie eine verstörende Erscheinung abgeben. Doch so ist sie einfach ... er suchte angestrengt nach dem passenden Wort ... *beeindruckend.* Er fragte sich, wo sie wohl ihre Kleider kaufte, und in der Tat war dies wohl ein Problem, denn das weite, unförmige Oberteil und der Rock, den sie trug, schienen aus Mehlsäcken zusammengeschneidert zu sein. Doch die Fadheit des

Stoffes wurde durch eine lange Kette aus Malachitperlen, die sich zweifach um ihren Hals wand und bis zur Hüfte reichte, und den leuchtend blau-grün gemusterten Schal um ihre Taille wettgemacht. Als sie seine Hand schüttelte, rutschte der Ärmel ihres Hemdes ein Stück zurück und legte einen muskulösen Unterarm frei. Ein Funke von Herausforderung blitzte in ihren grünen Augen auf.

In der anderen Hand hielt sie einen kleinen Palmtop-Computer, auf dem sie flink etwas schrieb.

NENNEN SIE MICH CHALLY, stand auf dem Display zu lesen. ALLE, DIE EINE ZUNGE HABEN, TUN DAS.

Geographische Beschaffenheit der Umgebung von Mayley: Terrassen steigen auf eine Höhe von 700 bis 900 Fuß über dem Talboden an; über den Terrassen erheben sich Hochmoore (oder Heideland) bis zu einer Höhe von 1500 Fuß. Frühe Siedlungen drängten sich auf den landwirtschaftlich nutzbaren mittleren Terrassenflächen.

G. Graysons Notizen

3. Kapitel

In Katie Pru Graysons Augen sahen die Erwachsenen, die sich mit ernsten Mienen vom Cottage entfernten, wie Spielzeugfiguren aus, mit denen zu spielen sie keine Lust hätte – der komische, kleine Mann mit dem Puddingbauch, der dünne, junge Polizist, der hinter ihm dreinstolperte, die Frau mit dem strengen Gesicht, deren roter Schopf aussah, als wäre er mit Katie Prus Papierschere geschnitten worden. Als letztes kam das große Mädchen, das, wie Katie Pru vermutete, sie alle auf einem Arm davontragen könnte.

Katie Pru saß auf einem Stein an der Hausecke und sah zu, wie die Gruppe Erwachsener sich auf den Wald zu bewegte. Vor ihr lagen die Schätze aus Mr. Halfords Tüte: ein Zeichenblock, ein Kasten mit Malfarben und daneben eine Tasse mit Wasser aus der Küche. Die Erwachsenen blieben stehen, und sie fragte sich, ob sie sich von ihr verabschieden oder, schlimmer noch, die Nasen über ihren Block recken wollten, um zu sehen, was sie gemalt hatte. Doch sie steckten nur die Köpfe zusammen und murmelten.

»... würde mir keine Sorgen machen«, sagte der Mann mit dem Puddingbauch.

»... Scherereien«, sagte die rothaarige Frau.

»Na ja«, sagte der Puddingbauchmann laut, »es gibt Schlimmeres, Totty. Rufen Sie uns an, wenn sich noch etwas Neues ergibt.«

Dann verschwanden sie im Gänsemarsch im Wald. Das große starke Mädchen blieb zuerst etwas zurück, aber bald darauf war auch sie nicht mehr zu sehen. Katie Pru starrte ihnen nach. Sie gehen durch einen Walfisch, dachte sie, ob sie das wissen?

Mit ihrem Pinsel malte sie einen grauen Buckel auf das Papier. Katie Pru kannte sich aus mit Walen. Die Großen glaubten ihr nie, aber sie hatte mit zusammengekniffenen Augen bis zum äußersten Rand des Feldes ihrer Großmutter in Georgia geblickt und sie gesehen. Sie lagen weit draußen in der Ferne, ihre silbrigen Rücken wölbten sich stark und rund über dem gelben Kornfeld. Wenn sie genau hinsah, konnte sie erkennen, wie sie sich wanden und ihre nasse Haut im grellen Licht schimmerte. Sie wanden sich am meisten im Sommer, woraus Katie Pru geschlossen hatte, dass sie die heiße Sonne Georgias genauso wenig vertrugen wie sie selbst.

»Das sind keine Wale«, hatte Nadianna eines Tages erklärt, als sie auf Oma Ellas rückwärtiger Veranda saßen. »Du bist doch zu dumm. Das sind Hügel.«

Das sah den Walen ähnlich, sich als Hügel zu tarnen, und es sah den Erwachsenen ähnlich, das nicht zu erkennen. »Ich werde dir etwas über einen Wal erzählen«, hatte Nadianna gesagt. »Kennst du die Geschichte von Jonas? Dem Mann im Walfischbauch?«

Katie Pru kannte sie nicht. Sie hatte gesehen, wie Pinocchio verschluckt wurde und wie seine Füße verbrannten, aber von Jonas hatte sie noch nie gehört. Also erzählte Nadianna ihr die Geschichte von diesem dickköpfigen Mann im Bauch des Wals, der nach drei Tagen wieder ausgespuckt wurde. Es war keine schöne Geschichte.

Jetzt, in England, machte sich Katie Pru wieder Gedanken über Wale. Um sie herum stand ein dichter Kreis aus Bäumen, und der graue Himmel hing über ihr wie eine Tierhaut. Sie drehte ihren Pinsel um und stach ihn in die feuchte Erde. Kein Aufbäumen, kein Brüllen. Aber sie ließ sich nicht täuschen. Sie hatte gleich gewusst, dass sie in einen Wal hineingingen, als sie den Wald betraten und sich auf den langen Weg in seinen Bauch machten. Sie warf einen Blick auf die rote, zweigeteilte Cottagetür, deren obere Hälfte offen stand, und konnte ihre Mutter sprechen hören.

»Hör mal, Nadianna, ich bin sicher, sie werden alles tun …«

»Sie werden gar nichts tun. Sie glauben mir kein Wort. Du auch nicht.«

»Das stimmt nicht …«

Aber es stimmte. Katie Pru konnte es ihrer Mutter immer anhören, wenn sie nicht die Wahrheit sagte.

Der lange Mr. Halford sagte: »Nadianna, ich kenne Inspector Reston schon seit vielen Jahren. Er ist sehr gut. Er wird …«

»Er wird es unter ›Naive Hinterwäldlerin‹ ablegen und vergessen«, entgegnete Nadianna. »Ich mache jetzt ein Nickerchen.«

Schweigen. Dann ein gemurmeltes »Okay« von ihrer Mutter und Schritte.

»Wie geht's dir, K. P.? Ist dir nicht kalt?« Ihre Mutter lehnte sich zur Tür hinaus.

Katie Pru klopfte auf die Knöpfe ihres Mantels. »Nee«, sagte sie. »Mir ist ganz warm. Kann ich noch ein bisschen draußen spielen?«

»Na gut, noch ein Weilchen. Aber bleib in der Nähe des Hauses und geh nicht in den Wald. Ich möchte dich jederzeit sehen können. Wenn du irgendwohin verschwindest, wo ich dich nicht sehen kann, musst du für den Rest des Tages hereinkommen.«

»Ja, Mami.«

Katie Pru stach wieder in den Boden und schielte zum Wald hinüber. Wie komisch, dass ihre Mutter glaubte, es könnte dort gefährlicher sein als hier.

Sie wartete ein paar Sekunden und lauschte auf Geräusche aus dem Cottage. Als sie nichts hörte, ließ sie den Pinsel fallen und ging langsam auf den Waldrand zu. Ein schmaler Pfad führte zwischen den Bäumen hindurch, und Katie Pru betrat ihn vorsichtig.

Sie wusste nicht, was sie erwartet hatte – vielleicht ein gähnendes Geräusch, als würde sich die Erde öffnen, oder das entfernte Aufeinanderschlagen von Zähnen –, aber sie hörte nur das leise

Säuseln des Windes und das Rascheln von Blättern. Der Wald roch wie die tiefen Löcher, die sie in Oma Ellas Garten gegraben hatte, tief genug, dass sie ihren Kopf hineinstecken konnte. Sie ging weiter und achtete darauf, das Cottage im Blick zu behalten.

»Wo warst du denn? Warum ist die Polizei hier gewesen?« Sie blieb stehen. Es war eine sanfte Stimme. Sie dachte wieder an die Geschichte von Jonas, erinnerte sich aber nicht, dass Nadianna etwas von einem Wal gesagt hatte, der sprechen konnte.

Jetzt sagte er wieder etwas. »Machst du Witze?« Eine Pause. »Die Welt ist voll von Verrückten. Komm jetzt weiter. Du kannst mir später mehr erzählen.«

Das Laub raschelte wie bei einem Tier, das seinen Schwanz hinter sich herzog. Katie Pru blieb mucksmäuschenstill stehen, bis das Geräusch verklang. Sie hörte dem Wind zu. Sie hörte den Blättern zu. Aber der Wal schwieg. Er hatte sie nicht ausgespuckt, aber er hatte zu ihr gesprochen.

Gale Grayson ließ sich auf einen Zweisitzer fallen und schlang die Arme um ein fadenscheiniges, melonenfarbenes Kissen. »Ich weiß nicht, ob ich mich richtig verhalten habe.«

Halford blieb vor dem Kamin stehen und zuckte die Achseln. »Ich finde, du hast dich sehr gut verhalten, wenn man bedenkt, dass du ihr nicht glaubst.«

»Tja, das ist eben das Problem. Ich sollte ihr glauben.«

»Nein, du solltest glauben, dass ich mich freue, dich wiederzusehen. Und du solltest glauben, dass Katie Pru ein unglaublich süßer Fratz ist. Aber ob du glauben solltest, dass eine junge Frau, allein in einem fremden Land, eine zerstückelte Leiche in einem nebeligen Fluss gesehen hat, will ich mal dahingestellt sein lassen.«

Gale drückte das Kissen an sich und musterte ihn. Das vergangene Jahr hatte ihn verändert, dachte sie. Seine Haltung war nach wie vor Achtung gebietend, seine Stimme warm und humorvoll. Trotzdem kam er ihr älter vor. In seinem dunklen Haar schimmerte mehr Grau, die Linien um seinen Mund hatten sich vertieft. Sein

Blick war bedrückt, das konnte sie trotz des jungenhaften Grinsens, das er jetzt aufsetzte, erkennen.

Vielleicht war Erschöpfung der Grund, und sie fragte sich, was wohl geschehen sein mochte, dass er so dankbar nach einem Vorwand gegriffen hatte, um sich frei zu nehmen. Am Telefon hatte er nichts darüber gesagt, und sie würde das Thema nicht als Erste ansprechen.

Sie warf das Kissen beiseite, stand auf und tat, worüber sie tagelang nachgedacht hatte. Sie ging zu ihm und umarmte ihn.

Er erwiderte ihre Umarmung ohne Zögern. Die grobe Wolle seines Pullovers kratzte an ihrer Wange; er roch nach Seife und dem kräftigeren Aroma von Kaffee.

»Es ist schön, dich zu sehen, Daniel. Ich weiß nicht, was ich sonst sagen soll.«

Seine Umarmung wurde lockerer, aber er ließ sie noch nicht los. »Mehr erwarte ich auch nicht von dir.« Er schwieg einen Augenblick und seufzte dann. Die Erschöpfung in seinen Augen wurde deutlicher. »Ich bin sehr müde, Gale. Gibt es irgendwelche Vorräte in der Küche? Ich könnte eine Tasse Kaffee nach guter amerikanischer Art und einen gemütlichen Schwatz mit dir vertragen.«

Eine halbe Stunde später saßen sie an dem glänzend polierten Küchentisch, zwischen sich eine leere Kaffeekanne. Krümel von einer Packung getoasteter Sauerteigfladen sprenkelten die Tischplatte, ein Glas Orangenmarmelade erfüllte den Raum mit dem Duft von Zitrusfrüchten. Durch ein kleines Schiebefenster konnte Gale ihre Tochter am Waldrand stehen sehen; hin und wieder rannte das Kind zu der Seite des Cottages zurück, die sich ihrem Blick entzog, aber ein leiser Singsang hielt sie über Katie Prus Verbleib auf dem Laufenden. Von oben war kein Laut zu hören.

Gale wischte ihre Hände an einer Serviette ab und warf sie auf den Tisch.

»Frag schon«, sagte sie.

Halford, der entspannt auf seinem Stuhl lümmelte und den Kaffeebecher auf der Brust balancierte, sah auf. »Was soll ich fragen?«

»Du weißt schon. Die höflichen Fragen hast du jetzt alle gestellt: Wie es meiner Großmutter geht, wie es dem Rest der Familie geht, wie Katie Pru und ich zurechtkommen. Nun kannst du fragen, wozu du bisher zu höflich warst.«

Sein Gesicht blieb ausdruckslos. »Ach so. Du meinst, wer zum Teufel Nadianna ist?«

»Näi-di-änna«, verbesserte sie. »Du sprichst es wie ein Engländer aus.«

»Also gut.« Er senkte die Stimme, stellte den Kaffeebecher ab und beugte sich vor. »Näi-di-änna. Interessantes Mädchen. Im wievielten Monat ist sie?«

»Im fünften oder sechsten. Sie weiß es entweder nicht oder will es nicht sagen. Nein, sie will es wohl nicht sagen, denn sie geht regelmäßig zur Schwangerschaftsvorsorge, dann müsste sie es wissen. Sie verrät auch nicht, wer der Vater ist. ›Bloß ein Junge, der zu jung ist, um Vater zu werden‹ ist alles, was man aus ihr herausbekommt.«

»Von denen gibt es weiß Gott eine Menge.«

»Ja.« Gale tippte mit dem Messer gegen das Marmeladenglas. »Sie wohnt mir direkt gegenüber, auf der anderen Seite der Bahngleise, in dem Teil von Statlers Cross, der früher die Spinnereisiedlung war. Ich brauchte jemanden, der sich um Katie Pru kümmert, und sie suchte einen Job als Tagesmutter. Sie ist wirklich erstaunlich. Hat keine gute Ausbildung, was das Schulische betrifft, ist aber künstlerisch sehr begabt, mit einem guten Blick …«

»Ist sie religiös?«

»Gehört zu den Pfingstlern. Warum fragst du?«

»Ihre Kleidung ist so … einfach. Und sie hat eine merkwürdige Art zu reden, ist schwer zu verstehen. Ich weiß nicht. Irgendetwas an ihr brachte mich darauf.«

»Also, in diesem Fall hast du Recht, aber wenn du denkst, dass jeder Südstaatler mit schleppendem Akzent und einfacher Kleidung religiös ist, wärst du eine leichte Beute auf unseren Landstraßen. Es stimmt allerdings, Nadianna stammt aus einer religiösen Familie. Sie geht mindestens dreimal pro Woche in die Kirche, auch öfter, wenn sie es einrichten kann. Ich habe gehört, wie sie Katie Pru Bibelgeschichten erzählte, an die ich mich kaum noch erinnere.«

Halford nickte kurz und vermied ihren Blick, indem er mit dem Henkel der Kaffeekanne spielte. Gale spürte einen Anflug von Ärger. Er würde es nicht aussprechen, ob aus Loyalität zu ihr oder aufgrund seiner beruflichen Zurückhaltung als Polizist wusste sie nicht. Aber sie wusste, was er dachte. *Und was denken die Leute darüber, dass sie für dich arbeitet, Gale? Was bedeutet es für eine gläubige, unverheiratete, schwangere Frau, die sich weigert, den Vater zu benennen, mit jemandem wie dir, mit deiner Vergangenheit in Verbindung gebracht zu werden? Wie viele Tabus glaubt dieses Mädchen brechen zu müssen?*

Gale wusste, was Halford dachte, weil sie mehr als eine unruhige Nacht lang selbst darüber nachgegrübelt hatte. Die Nachbarschaft der beiden Häuser ließ es zwar im wahrsten Sinne des Wortes nahe liegend erscheinen, dass Nadianna sich als Tagesmutter für Katie Pru verdingte, aber Gales Ruf in Statlers Cross war nicht unbefleckt. Selbst nach einem Jahr wurde hinter ihrem Rücken noch getuschelt. Vor ein paar Monaten hatte Gale von einer Tante erfahren, dass ein Kabelsender einen Dokumentarfilm über Terrorismus in Großbritannien gebracht hatte. Ihr verstorbener Mann war kurz, aber nachdrücklich erwähnt worden. Zwar empfingen nur wenige Leute in Statlers Cross Kabelfernsehen, aber die neugierigen Blicke hatten trotzdem zugenommen. Die Witwe eines Selbstmörders mochte vielleicht Anspruch auf ein gewisses Maß an Mitgefühl haben; die Witwe eines Terroristen jedoch keinesfalls.

Halford schob seinen Becher über den Tisch. »Und was macht Nadianna sonst noch, außer Katie Prus Kindermädchen zu sein?«

»Sie hat früher in einem Geflügelschlachthof gearbeitet, bevor sie wegen Arbeitsmangel entlassen wurde. Ich weiß, dass sie etwas Geld mit ihren Fotos verdient – sie hat bereits mehrere Wettbewerbe gewonnen –, aber das kann nicht viel sein. Sie wohnt immer noch zu Hause bei ihrem Vater und ihrer Schwester, so dass sie in dieser Hinsicht wenigstens versorgt ist. Ich habe versucht, mit ihr über Geldangelegenheiten zu sprechen, aber sie hat sich nicht darauf eingelassen. Sie ist sehr unabhängig, macht alles mit sich selbst aus.«

»Du musst großes Vertrauen in sie haben.«

»Wenn ich gewusst hätte, dass du dich so für sie interessierst, hätte ich dir ihren Lebenslauf vorgelegt.«

Halford sah sie an, aus seiner Überraschung wurde Zerknirschung.

»Tut mir Leid, Gale«, sagte er. »Seit einem Monat nehme ich mir vor, keine Fragen zu stellen, dich nicht zu bedrängen. Aber ich kann offenbar nicht über meinen Schatten springen. Polizisten sind einfach ungenießbar im Privatleben. Ich kenne einige, die sogar Verhörlampen im Kofferraum mit sich herumfahren.«

Gale spürte, wie sich ihr Atem wieder entspannte, und musste lächeln. »Vielleicht bin ich auch ein bisschen reizbar in dieser Angelegenheit.«

»Hmm. Möglich.«

»Um die Wahrheit zu sagen, ich fühle mich hier verdammt fehl am Platz. Als das Flugzeug in Manchester landete, dachte ich die ganze Zeit: Bin ich verrückt? Was tue ich hier? Nadianna musste all ihre Überzeugungskraft aufbieten, um mich zum Mitkommen zu überreden. Als ich im vergangenen Jahr dieses Land verließ, schwor ich mir, nie zurückzukehren, jedenfalls nicht, bis Katie Pru älter ist und anfängt, Fragen zu stellen. Aber Nadianna war noch nie mehr als hundert Meilen von zu Hause weg und hatte furchtbare Angst vor der Reise. Außerdem wurde ihr Stipendium zwar von der hiesigen Kulturbehörde vergeben, aber das Geld selbst stammt aus privater Quelle. Die Bedingung war, dass ich die Texte zu dem Projekt verfasse.«

»Es soll also ein richtiger Bildband werden?«

»Nein, vor allem eine Ausstellung. Wenn auch ein Buch dabei herauskommt, umso besser für uns beide. Die Ausstellung wird ihre Fotos zeigen, und ich soll die Begleittexte schreiben.«

»Ist das nicht ein bisschen unter deinem Niveau?«

Gale zog die Nase kraus. »Soll das ein Kompliment sein? Ich glaube nicht, dass es eine einfache Aufgabe wird. Du kennst ja die Geschichte dieser Gegend.«

»Du meinst die Ludditen?«

»Genau. Sie hatten sich ein nettes, bescheidenes Leben aufgebaut – arbeiteten zu Hause, waren ihre eigenen Herren. Dann kam die industrielle Revolution, und plötzlich wurden sie durch Maschinen ersetzt. Also schlossen sich die Ludditen zusammen und wehrten sich.«

»Und zogen den Kürzeren.«

»Und zogen den Kürzeren. Die Spinnereiarbeitersiedlung in Statlers Cross ist das anschaulichste Ergebnis ihrer Niederlage. Ich glaube, es wird eine faszinierende Fotoserie.«

»Es fällt mir immer noch schwer zu glauben, dass du allein deshalb zurückgekommen bist.«

»Ich musste es tun, Daniel. Nadianna hat zwar genug Talent, um das Projekt auch alleine durchzuführen, aber sie hat noch keinen Namen und keinerlei akademischen Abschluss. Künstler und Kunstkritiker, jedenfalls die, nach deren Niveau sie strebt, können sehr misstrauisch und überheblich gegenüber Leuten ohne formelle Ausbildung sein. Es war verdammt hart für sie, es überhaupt so weit zu bringen. Hätte ich mich geweigert mitzukommen, hätte ich ihr womöglich die Zukunft verbaut.«

»Ist sie wirklich so gut?«

»Bilde dir selbst ein Urteil.«

Gale warf einen Blick aus dem Fenster auf Katie Pru, die gerade eine Reihe von Zweigen in den Erdboden steckte, stand dann auf und holte eine an der Wand lehnende große Mappe aus dem Flur. Sie trug sie in die Küche und schloss sorgfältig die dicke Eichentür hinter sich. Nachdem sie die Krümel weggewischt hatte, legte sie die Mappe vor Halford auf den Tisch und schlug sie auf.

Sie hatte die Fotografien schon ein Dutzend Mal gesehen, hatte Nadianna sogar geholfen, die Auswahl für die Reise nach England zu treffen. Dennoch gab Gale ohne weiteres zu, dass ihre Kenntnisse in den bildenden Künsten beschränkt waren. Kunst war nicht ihr Steckenpferd, wohl aber Halfords.

»Nicht schlecht.« Er blätterte langsam die Seiten um. »Sie entwickelt die Filme selbst, macht ihre eigenen Abzüge? Wo hat sie das gelernt?«

»Zwei Profifotografen haben sie als Lehrling unter ihre Fittiche genommen, und nebenbei hat sie verschiedene Kurse besucht. Außerdem hat sie ehrenamtlich im Kulturzentrum gearbeitet und beim Auf- und Abbau von Ausstellungen geholfen. All das, ob du es glaubst oder nicht, neben ihrem Job im Geflügelschlachthof, bei dem sie den ganzen Tag Hühnern die Federn ausrupfte.«

»Liebe Güte ... Ihre Arbeiten haben beinahe etwas Fotojournalistisches, aber gleichzeitig auch eine gewisse Magie.« Halford blätterte schweigend weiter, und Gale beobachtete ihn gespannt, während er das Foto von zwei Häusern studierte, zwischen denen ein Drahtzaun verlief – das eine groß und rot mit einem spitzen Giebel, das andere niedrig und blau, umgeben von einem Meer aus Gras. Im Vordergrund verlief ein Bahngleis.

»Cleveres Mädchen«, sagte er schließlich. »Sieh dir das an. Auf den ersten Blick denkt man, dass die gesellschaftliche Ordnung durch diesen Zaun bestimmt wird – das rote Haus links stellt Macht dar, das kleine blaue Unterwerfung. Aber dann entdeckt man die Bahngleise und versteht, dass die eigentliche Trennlinie dort verläuft, zwischen der Künstlerin und ihrem Objekt.«

»Statlers Cross auf den Punkt gebracht.« Gale klopfte mit dem Knöchel auf das rote Haus. »Es gehört meiner Großmutter Ella«, sagte sie tonlos. »Katie Pru und ich wohnen dort.«

Wenn das seltsame Haus, seine aggressive Form und Farbe ihn befremdeten, so behielt er das für sich. Seine Augen wanderten über das Foto, seine Lippen waren aufeinandergepresst. Er hat sich schon ein Bild von mir in diesem Haus gemacht, dachte sie, wie ich an einem Fenster stehe oder hinter der Haustür warte. Sie konnte die Gale in Halfords Vorstellung sehen, eingehüllt in einen Wintermantel, die Hand am Türgriff, wie festgefroren bewegte sie sich weder hinein noch hinaus. Panik stieg in ihr auf, sie beugte sich über ihn und blätterte die Seite um.

»Das ist sie«, sagte sie. »Die Spinnerei von Statlers Cross.«

Selbst Gale konnte erkennen, dass dieses Foto mit Liebe gemacht worden war, wenn auch von einer Liebenden mit sarkastischem Blick. Im Gegensatz zu den Häusern war die Spinnerei in Schwarzweiß aufgenommen worden. Es war eine Ruine, bei der das Dach fehlte und nur noch zwei Wände standen. Ein glänzender Schleier von Morgensonne fiel über die Mauerreste. Als sie das Bild zum ersten Mal sah, hatte Gale an ein Hochzeitsfoto gedacht, es war, als ob die Fotografin in einer Ecke wartete, um sich mit ihrem Gegenstand zu vermählen. Aber je länger sie es betrachtete, desto verfallener wirkten die Ziegel, desto niederdrückender die ganze Anlage. Am Ende hatte sie entschieden, dass es sich nicht um eine Hochzeit, sondern um ein Begräbnis handelte. Nadianna hatte die vergessene Tradition der Totenporträts wieder aufgenommen, sie war die Künstlerin als Witwe.

»Imponierend«, sagte Halford.

»Eben«, antwortete Gale. »Deswegen ist sie hier. Deswegen bin ich hier. Es wäre unverantwortlich gewesen, nicht mitzukommen.«

Halford starrte die Fotografie an, aber Gale glaubte nicht, dass er sie wirklich sah. »Ja«, sagte er sanft, »ich glaube, ich verstehe, warum du hier bist.«

Michaels Tagebuch

10. März 1812

Ich beginne diese Aufzeichnungen, wie ich viele meiner Tage beende, nämlich mit einer Geschichte. Mein Bruder Nathan spottet über diese Gewohnheit. Er besiegt mich beim Armdrücken im Crown & Drover und lärmt und trinkt und lacht. »Setz dich, Michael. Niemand will deine kleinen, unbedeutenden Geschichten hören.« Aber Geschichten sind nicht unbedeutend. Sie liegen in meiner Hand wie perfekt gerundete, glatte Steine, ihr Gewicht ist nicht unbeträchtlich. Wenn ich sie schleudere, durchbrechen sie Äste, Wände, Schädeldecken. Das ist das Geheimnis von Geschichten – sie bauen erst etwas auf, nachdem sie etwas zerstört haben. Also beginne ich mit dieser.

Ich ging am Flussufer entlang und traf auf einen Mann. (Wie viele gruselige Geschichten beginnen damit, dass jemand einem Fremden begegnet!) Er war außer Atem, als wäre er eine lange Strecke gerannt, beugte sich vornüber, die Hände auf die Knie gestützt; Speichel rann aus seinem Mund. Freund, rief ich, lass mich dir helfen. Er sah mich an, in seinen Augen lag stummes Entsetzen.

Nachdem er eine Weile verschnauft hatte, begann er zu sprechen. Ich bin Weber, sagte er, und komme vom Haus einer Frau, die Wolle für mich gesponnen hat. Sie hatte viele Kinder und keinen Mann, und die Kinder arbeiteten alle mit und bereiteten das Wollvlies vor. Sie mischten Urin mit heißem Wasser und weichten die schmutzige Wolle darin ein. Dann trockneten sie sie und krempelten sie und formten lange Faserbündel, die ihre Mutter spann. Sie saß stundenlang hinter ihrem Spinnrad und spann die Bündel zu Garn. Manche Leute behaupteten, sie habe ihre eigenen Kinder gesponnen, sie seien nicht zwischen ihren Schenkeln, sondern zwischen ihren Fingern entsprungen. Ihrer waren sehr viele, das ist wohl wahr, und alle hatten blondes Haar, so fein wie gekämmte Wolle.

An dieser Stelle verzerrte sich das Gesicht des Mannes zu einer schrecklichen Grimasse, und er musste sich auf den Boden setzen. Ich ging zu ihrem Haus, sprach er weiter, um meine gesponnene Wolle zu holen. Sie saß vor dem Haus auf einem Stein, Wangen und Rock waren voll Blut. Was ist passiert? rief ich, aber sie sagte nur: Tod früher, Tod später. Die Stille im Haus ließ mich erzittern. Ich rannte hinein und fand die Kinder alle dahingeschlachtet, in Decken eingehüllt und gegen die Wände gelehnt wie Weizengarben. Schnell lief ich wieder hinaus, um die Frau zur Rede zu stellen, aber sie war von ihrem Stein gesunken, ihre toten Augen starrten in den Staub.

Ich packte den Mann bei den Schultern. Dann müssen wir uns beeilen, schrie ich, wir müssen die Soldaten rufen und die Kinder begraben! Nein, entgegnete er. Es ist sehr weit von hier passiert. Ich laufe seit Tagen und kann nicht aufhören. Sieh mich an, sagte er und fasste mich am Kragen. Es ist alles meine Schuld. Denn ich habe bisher verschwiegen, dass es mein letzter Besuch bei der Frau sein sollte. Ich wollte ihr keine Wolle mehr zum Spinnen geben, denn ich hatte eine Spinnerei gefunden, in der es schneller geht. ›Dort geht es schneller‹ waren meine Worte zu ihr gewesen! Und jetzt sind sie alle tot!

Er lachte ein schauriges Lachen und ließ mich los, dann trat ich zur Seite, damit er weiter am Fluss entlanglaufen konnte.

Ist meine Geschichte unbedeutend oder ein Stein? Manche werden bezweifeln, dass sie wahr ist. Aber was macht das schon?

Heute Abend habe ich mich mit John Blaken, Robert Sawson, Liam Ward und meinem Bruder Nathan Dodd im Crown & Drover in Mayley getroffen, um eine Ludditenbande zu gründen. Wir haben von den Aufständen in Nottinghamshire gehört, von den zerschlagenen Spinnmaschinen in Marsh, Golcar, Clough, Linthwaite und Hoylehouse. Wir haben die Protestmärsche gegen Arbeitslosigkeit und Hunger gesehen. Letzte Woche kam ein Mann aus Huddersfield zu uns. Hört auf zu betteln, sagte er. Wir sind keine Kinder. Wir müssen die Maschinen zerstören. Auf in den Kampf.

Ich gestehe, dass ich zuerst meine Zweifel hatte. Aber Wut und Angst breiten sich im ganzen Land aus. Dreitausend Soldaten sind seit Januar in den Midlands stationiert, und viele tausend mehr sollen auf dem Weg nach West Yorkshire sein. Wo ich einst jeden Grashalm kannte, wird bald ein Schlachtfeld sein. Das Parlament hat das Zerstören einer Maschine mit der Todesstrafe belegt. Mit der Todesstrafe! Was für ein grausames Land, das in seinem eigenen Blut badet.

Ich bin ein bescheidener Hersteller von Baumwolltuch. Meine Familie lebt von meinem Webstuhl, aber das wird bald ein Ende haben, wie wir wissen. Tod früher, Tod später, sagte die Frau.

Also legte ich heute Nacht an einem geheimen Ort diesen Eid ab:

Ich, Michael Dodd, erkläre und schwöre feierlich und aus freiem Willen, dass ich keiner Menschenseele unter dem Himmelszelt die Namen der Mitglieder der geheimen Bruderschaft oder deren Vorhaben, Aufenthalt, Kleidung, Aussehen oder sonstiges verraten werde, das zu einer Entdeckung derselben führen könnte, weder durch Worte noch Taten. Sollte ich meinen Eid brechen, werde ich von dem ersten Bruder, der mir begegnet, aus der Welt geschafft werden, und man wird sich nur mit Verachtung und Abscheu an mich erinnern. Weiterhin schwöre ich, all meine Kräfte daranzusetzen, jeglichen Verräter unnachgiebig aufzuspüren und mit dem Tode zu bestrafen, und müsste ich ihm bis ans Ende der Welt folgen. So wahr mir Gott helfe. So verpfändete ich mein Wort und verband mich der Sache der Ludditen. Zugleich aber drehe und winde ich meinen Eid so fein, wie Baumwolle um eine Spindel tanzt. Ich werde schweigen, aber nicht wortlos sein. Heute beginne ich diese Aufzeichnungen. Ich werde Namen und Orte nennen. Ich werde tun, was zu unterlassen ich geschworen habe, damit meine Feinde mich nicht nach ihrem Gefallen zwirnen können wie Garn. Sollen denn nur die Mächtigen schriftliche Zeugnisse hinterlassen? Nein, so wahr mir Gott helfe.

Sind meine Geschichten wahr? So wahr wie Steine in meiner Hand.

Ludditen: Anhänger des englischen Arbeiters Ned Ludd, der 1811–1816 das Los der Arbeiter durch die Zerstörung der Maschinen in den Fabriken verbessern wollte. Allgemein: Geringschätziger Ausdruck für jemanden, der sich dem technologischen Fortschritt widersetzt.

G. Graysons Notizen

4. Kapitel

An dem Tag, an dem Chalice Hibbert aufhörte zu sprechen, war ihre Mutter in Blackpool, wo sie anschaffen ging. Chalice lebte mit ihrer Schwester Totty in einer Einzimmerwohnung in Mayley, unter dem Dach eines alten, ehemals zur Spinnerei gehörenden Cottages. Die Belüftung war zwar seit den Zeiten, als Krankheitserreger von Haus zu Haus weitergetragen wurden und jede Familie in der Straße ansteckten, verbessert worden, aber sie war längst nicht optimal. Das Zimmer stank nach totem Fisch, und an Regentagen ging ein zwiebelartiger Geruch von der Toilette aus. Keinerlei Putzanstrengung vertrieb diesen Geruch, und wenn Chalice an jenen Tag zurückdachte, waren zwei Dinge vorherrschend in ihrer Erinnerung: erstens, wie unbesiegbar Totty mit vierundzwanzig auf sie gewirkt hatte, und zweitens, wie ekelerregend sie den Geruch im Cottage fand, als der salzige Geschmack von Blut dazukam.

Auf Tottys Schoß lag ein kleines, rosa-weiß kariertes Kleid, dessen wundersame Entstehung Chalice im Verlauf von zwei Tagen verfolgt hatte: Zuerst war es nur ein Stück Stoff, dann waren es einzelne, zugeschnittene Teile, und dann kam nach und nach, unter viel Geratter der Nähmaschine, dieses nagelneue Kleid mit Perlmuttknöpfen an der Vorderseite und zwei großen Taschen dabei heraus.

»Hier, siehst du?«, sagte Totty. »Ich nähe den Saum mit ganz kleinen Stichen um. Das ist richtige Feinarbeit. Wenn man es nachlässig oder zu schnell macht, fällt der Saum heraus.«

Chalice hob den Saum dort an, wo er über Tottys Knie lag, und untersuchte ihn. »Wenn mein Saum herausfallen würde, würde sich der Rock um meine Beine ringeln wie eine Papierschlange.«

Totty lachte. »Du wirst in der Schule glänzen, Chally. Bist viel zu schlau für die anderen, wart's nur ab.«

Sie saßen in einem großen Sessel am Fenster, Chalice hatte die Beine über die Schenkel ihrer Schwester geschwungen. Sie trug eine rote Baumwollhose und feste blaue Schuhe, die glänzten und ein lautes Geräusch machten, wenn sie die Füße aneinanderschlug.

»Sitz ruhig, Chally«, mahnte Totty und hob den rosa-weißen Stoff in die Höhe. »Sonst kann ich nicht anständig nähen.«

Es war Mittag, die Sonne schien durch das vorhanglose Fenster und erwärmte den Stoff, von dem ein herber, unbekannter Duft ausging. Die Sonne verstärkte Farben und Gerüche – in dem blendenden Licht hatte Tottys Haar die Farbe von Ziegelsteinen und sah im Nacken so zottig und dick aus wie Pferdehaar. Als Chalice sich in ihren Schoß kuschelte, konnte sie Haarfestiger riechen und den weniger angenehmen Geruch von ungewaschenen Ohren. Die Nadel zog einen rosa Faden durch den Stoff – rosa waren auch die Fingernägel ihrer Schwester und die Reste von Lippenstift auf ihrem Mund. Mit jedem Stich wurde der Saum fester. Die Sonne brannte auf Chalices Kopf, und ihre Beine begannen zu kribbeln.

»Mir ist heiß«, klagte sie.

»Dann steh auf und streck dich ein bisschen«, antwortete Totty, »ich habe nicht gesagt, dass du hier sitzen und zusehen musst.«

Chalice rutschte vom Sessel. Kaum hatte sie sich von dem Kleid und seiner Schneiderin entfernt, wurde der Fischgeruch intensiver. Nachdem sie den Raum ein Jahr lang mit Desinfektionsmitteln bearbeitet hatte, hatte Totty schließlich aufgegeben und ihn mit Meeresmotiven dekoriert. Als sie irgendwo ein zerrissenes Fischernetz fand, brachte sie es mit nach Hause und hängte es in einer Zimmerecke auf. Ein Stück muschelbedruckten Stoffs vom Flohmarkt wurde ständig von neuem auf dem schäbigen Sofa festgesteckt. Als Farbtupfer hatte sie ein Mobile aus Blechkarpfen gebastelt, ihre Flossen waren sauber ausgestanzt und rot angemalt, ihre offenen Mäuler bildeten gezackte Halbkreise.

Die Karpfen faszinierten Chalice, und in ihrer Langeweile wedelte sie mit den Händen über dem Kopf, um sie in Bewegung zu versetzen.

Die Fische rotierten langsam, aber nicht genug, als dass die Sonne von dem bunten Blech reflektiert wurde. Ungeduldig streckte sie ihnen die Zunge heraus. Blöde Dinger. Sie würde sie schon zum Drehen bringen. Chalice begann herumzuwirbeln, ihre schweren blauen Schuhe stampften auf den Boden, schneller und schneller, sie peitschte die Luft mit den Armen. Plötzlich blieb sie mit der Kappe des linken Fußes an der Ferse des rechten hängen. Sie stürzte langsam. Noch Jahre später wunderte sie sich darüber, dass sie in der Zeit, die verging, bis sie tatsächlich auf dem Boden aufschlug, ihre Zunge nicht zurückgezogen hatte. Sie fiel auf die Hände, ihre Ellbogen gaben nach, und ihr Kinn knallte auf den Steinfußboden. Hinterher konnte sie sich nie an den Schmerz erinnern – wenn sie an den Unfall dachte, dann vor allem an ihre Überraschung. Auch spürte sie den salzigen Geschmack wieder, sah das Blut und hörte ihre Schreie im Zimmer widerhallen.

Totty war sofort bei ihr. Blut rann in Chalices Augen, und sie drehte und wand sich in dem Versuch, es wegzuwischen. Totty saß auf ihr und hielt ihre Arme fest. »Still, still«, sagte sie, aber in ihrer Stimme lag eine Wut, die Chalice noch nie zuvor gehört hatte.

Etwas Warmes schob sich in ihren Mund. Chalice musste würgen, als sich die Nadel in den verbliebenen Teil ihrer Zunge senkte. Totty machte fünf Stiche, aber sie bekam das zuckende Organ nicht gut genug zu fassen, um die beiden Teile richtig zu verbinden. Verzweifelt griff sie nach einem Stück des karierten Stoffes und stopfte es Chalice in den Mund. Mit blutbeschmierten Fingern hielt sie es fest und trug sie zum Telefon.

Die Zunge wurde im Krankenhaus wieder zusammengenäht, aber sie blieb ein nutzloser Klumpen und lag dick und unbeweglich in ihrem Mund. Schließlich gaben die Ärzte es auf und entfernten sie ganz. Chalice wurde in diesem Jahr nicht eingeschult, noch besuchte sie später irgendeine andere Schule. Sie blieb zu Hause und weigerte sich, die Gebärdensprache zu lernen.

Ich fühle mich wie der Dorftrottel schrieb sie einmal auf einen Notizzettel, der am Kühlschrank klebte. *Warum bin ich noch am Leben?*

»Du bist kein Dorftrottel«, widersprach Totty. Dann fügte sie hinzu: »Du hast eine besondere Begabung. Der menschliche Körper leidet nicht, ohne dass es eine Entschädigung gibt.«

Und was ist meine Entschädigung?

»Das werden wir noch sehen, Chally. Denk daran: Jeder Verlust bringt auch einen Gewinn mit sich.«

Möglicherweise stammten diese letzten Worte gar nicht von ihrer Schwester – Chalice vermutete, dass sie mit den Jahren etwa genauso viele Dialoge erfunden wie tatsächlich geführt hatte. Aber das waren die Worte, an die sie sich klammerte. Sie musste gerade wieder an sie denken, während sie in der Werkstatt der Töpferei Markham saß und die Tonmaske betrachtete, die gerade unter ihren Händen entstand. Reichlich kitschig und überhaupt nicht ihr Stil, aber diese Maske sicherte ihren Arbeitsplatz. Ihr vorläufiger Name lautete wegen des weit aufgerissenen Mundes »Der Schreiende«. Sie sah zu Olivia Markham am anderen Ende der Werkstatt hinüber, um den Blick ihrer Chefin aufzufangen und eine kurze Kritik von ihr zu erhalten, aber es war zwecklos. Olivia saß auf ihrem Schreibtischstuhl, ein Bein hinter das andere geklemmt, beugte sich über eine Plastikflasche mit Cola und hörte gebannt Totty zu.

»Also, zum Glück war alles nur viel Lärm um nichts«, sagte Totty. »Als ich heute Morgen den Anruf bekam, dachte ich, Scheiße, auch das noch. Ich meine, wenn es wirklich eine Leiche gegeben hätte, wären Polizeiverhöre, eine gerichtliche Untersuchung und vor allem eine aufgescheuchte Presse die Folge gewesen. Die Reporter hätten sich um Chally gerissen. ›Wie war das, als das Mädchen aus dem Wald auf Sie zugerannt kam? Haben Sie die Leiche selbst gesehen?‹ Mein Gott. Und überhaupt, was ist das für ein kranker Geist, der aus einem im Wasser treibenden Gegenstand einen verbrannten Torso mit Kopf macht?«

»Einer mit einer lebhaften Phantasie«, antwortete Olivia. »Ein kreativer Geist. Man muss schon ein komplexes Innenleben haben, um verkohlte Zähne in einem – was meinte die Polizei? – in einem Rucksack oder so etwas zu sehen.«

»Ja, ein Rucksack. Obwohl ich hörte, als ich ging, dass die Polizisten dem Mädchen gegenüber zugaben, nichts dergleichen gefunden zu haben. Sie hat sie angesehen wie eine Meute begriffstutziger Köter, die zu blöd sind, den Knochen direkt vor ihrer Nase zu sehen.«

Olivia lachte. »Den Eindruck von Kötern machen unsere Gesetzeshüter auf mich auch meistens. Jedenfalls können sie mein Atelier nicht betreten, ohne zu sabbern.«

Chalice steckte ihre Finger durch den Mund der Maske und drückte gegen den Ton, worauf sich der Unterkiefer einen halben Zentimeter nach vorne schob. Sie sah wieder zu Olivia hin. Die ältere Frau war in einen Jogginganzug gekleidet, eine schmutzige schwarze Schürze bedeckte ihren untersetzten Körper vom Hals bis zu den Knien. Ihr ergrauendes blondes Haar war zu einem Knoten zurückgesteckt, und metallene Ohrringe in Form von Gänsen zogen an ihren Ohrläppchen und hackten in ihre Wangen. Die Gänse waren Olivias Lieblingsohrringe, und Chalice hatte sich schon oft gefragt, ob ihre Chefin wusste, dass dieser Schmuck nur allzu gut zu ihr passte. Ohne Make-up wirkte Olivias schmales Gesicht nichtssagend, so unauffällig wie Federvieh auf einem Bauernhof. Doch der harmlose Eindruck täuschte. Als kleines Mädchen hatte Chalice einmal in den Nachrichten gehört, dass eine Gans ein Kleinkind mit ein paar Flügelschlägen getötet hatte.

Der Ton fühlte sich trocken unter ihren Fingern an, und sie ging zu einer Regalreihe an der gegenüberliegenden Wand, um sich eine Sprühflasche mit Wasser zu holen. Das Atelier Markham nahm eines von den sechs Zimmern des ehemaligen Wohnhauses des Spinnereibesitzers ein, am Rande des Withens-Moors und am Ufer des Sette gelegen. Gegenüber, auf der anderen Flussseite, lag die Yates-Spinnerei, und zusammen mit dem im Wald versteckten Mill Cottage bildeten diese drei Gebäude ein vergessenes Dreieck der Textilindustrie im Norden von Mayley. Gelegentlich stießen Wanderer, die vom Höhenweg über die Penninische Gebirgskette abgewichen waren, auf dieses malerische Fleckchen mit seinen alten Gebäuden, dem Fluss und den grünen Hügeln. Meistens jedoch blieb das Idyll ungestört. Das alte Haus des Spinnereibesitzers beherbergte nun eine Künstlerkooperative, und Olivia teilte es mit einem einheimischen Fotografen und einer Abfolge von weiteren Künstlern, die sich jeweils für ein halbes Jahr ein Atelier einrichteten, aber meist über die Kälte und den Mangel an Kundschaft klagten und bald weiterzogen. Der Mangel an Kundschaft galt jedoch nicht für die Töpferei Markham. Wer immer den langen Weg auf sich nahm, tat es, um sich vor der Besitzerin zu verbeugen, indem er etwas kaufte.

An dem Tag, als sie sich um ihren Job bewarb, hatte Chalice mit offenem Mund auf die grellfarbigen Objekte aus Ton gestarrt, die in einer Vitrine neben der Ateliertür ausgestellt waren, und hastig die einfache Teeschale, die sie als Arbeitsprobe mitgebracht hatte, wieder in ihrer Manteltasche verschwinden lassen. Das Vorstellungsgespräch war knapp und sachlich verlaufen. »Du wirst meine Assistentin sein«, hatte Olivia gesagt, »und meine Stücke durch die diversen Produktionsstadien begleiten – Formen, Brennen, Glasieren –, mit anderen Worten vom rohen Ton bis zur fertigen Figur. Du hast zwar nicht so viel Erfahrung, wie ich mir wünsche, aber« – hier hatte Olivia zufrieden zu ihrer sie weit überragenden neuen Gehilfin aufgesehen – »du bist stark. Ton ist schwer. Wie ich höre, hast du auch Talent. Aber lass mich eines gleich klarstellen: Meine Aufgabe ist die Kunst, deine Aufgabe ist Organisation und Fertigstellung. An deinen eigenen Projekten musst du in deiner Freizeit arbeiten.«

Chalice mutmaßte, dass neben ihrer Größe vor allem ihre Stummheit die Unerfahrenheit aufgewogen hatte – nach Olivias Ansicht würde eine Hilfskraft, die nicht sprechen konnte, sich auch nicht einmischen. Mit der Zeit hatten sie sich einander angenähert: Olivia unterstützte Chalice mehr bei ihrer eigenen Arbeit, und Chalice hatte sich an die zart gewölbten Objekte gewöhnt, die sie vom Regal zum Brennofen und wieder zurück trug. Nicht dass sie die roten und purpurnen Blumen, mit denen sich Olivia Markham einen Namen gemacht hatte, als Kunst bezeichnen würde. Sie würde sie auch nicht als Blumen bezeichnen. Wenn die Polizisten, die ins Atelier kamen, sabberten und geiferten, dann weil auch der dümmste Constable die Nachbildung einer Vulva samt Klitoris erkennen konnte, wenn er eine vor sich hatte.

Am anderen Ende des Raums stöhnte Totty gerade: »Ich schätze, inzwischen spricht bereits das ganze Dorf über die so genannte Leiche.«

»Stimmt, ich war heute Morgen beim Gemüsehändler«, sagte Olivia. »Dieser Thornsby-Typ« – Chalice zwinkerte ihrer Schwester zu, denn Olivia bezeichnete den örtlichen Prediger grundsätzlich nur als »diesen Thornsby-Typ« – »redete davon, einen eigenen Suchtrupp zu bilden und weiter flussabwärts zu suchen. Dann fingen die Männer an, Geschichten über all die Sachen zu erzählen, die sie mal aus dem Wasser gefischt hatten – eine tote Kuh, einen ganzen Lastwagen. Ich habe nicht alles mitbekommen. Aber irgendwann wird dieser West-Yorkshire-Akzent wohl auch mal für mich verständlich werden.«

Totty betrachtete schweigend die Colaflasche auf dem Schreibtisch. Chalice wusste, was ihre Schwester dachte: *Verdammt unwahrscheinlich.* Doch Totty würde das niemals laut äußern, dafür war sie Olivia viel zu dankbar. Der Mund der Maske wurde rissig unter Chalices Fingern, und sie tauchte schnell eine Hand ins Wasser, um den Ton zu befeuchten und zu glätten.

»Also, Livy«, sagte Totty langsam, »was gibt es Neues von der Spinnerei? Diese Amerikanerin hat Fotos davon gemacht, weißt du. Deswegen ist sie hier.«

»Hmm. Merkwürdig. Aber von mir aus soll sie so viele Fotos machen, wie sie will. Vielleicht kann ich ihr ein paar zu Werbezwecken abkaufen.« Olivia nahm einen Schluck aus der Flasche und stellte sie sorgsam wieder in den Ring aus Kondenswasser, den sie auf dem Schreibtisch hinterlassen hatte. »Die Neuigkeiten sind nämlich recht vielversprechend. Der Gemeinderat scheint mir entgegenzukommen. Es gibt sogar schon Absprachen zur Finanzierung der Umbauarbeiten. Ich habe ihnen gesagt, dass sie nur gewinnen können: Entweder lassen sie mich die Spinnerei in ein Künstlerzentrum umwandeln, oder sie sehen zu, wie sie verfällt. Denkt an Hedben Bridge, habe ich gesagt. Vor dreißig Jahren lag die Stadt so darnieder, dass man ein Haus für fünfzig Pfund kaufen konnte. Jetzt ziehen viele Londoner dorthin und finden es schick, die rauen Naturburschen zu spielen. Es gibt dort mittlerweile eine nette, kleine Künstlerkolonie. Und ich kenne einige ziemlich wohlbetuchte Kunstschaffende, die sich für die Yates-Spinnerei interessieren. Wenn man es richtig anpackt und ordentlich die Werbetrommel rührt, könnte schon der Tourismus allein dieser Stadt wieder auf die Beine helfen.«

»Wie nah bist du dran?«

»Sehr nahe. Ganz unter uns, Totty: Ich habe praktisch die mündliche Zusage von jedem einzelnen Gemeinderatsmitglied. Ich bin sehr optimistisch.«

»Gut.« Totty nickte zufrieden. »Freut mich zu hören, dass alles so glatt läuft. Dieses Künstlerzentrum, das du planst, wird auch eine gute Chance für Chally sein, denkst du nicht?«

Olivia sah beinahe erschrocken zu Chalice hinüber, als ob ihre Angestellte eine Tür wäre, die der Wind aufgeschlagen hatte. »Äh, ja, sicher. Es werden wahrscheinlich neue Jobs entstehen. Viele junge Leute werden davon profitieren. Sie müssen dann nicht nach Bradford oder gar Manchester zur Arbeit pendeln. Und in einem

Künstleratelier zu arbeiten ist sicher interessanter als in einer Boutique.«

Chalices Gesicht brannte. Eine verdammte Boutique. Die Lippen der Maske schürzten sich spöttisch. Sie wartete auf Tottys Entgegnung: *Nein, Livy, ich meinte vom künstlerischen Standpunkt aus gesehen. Meinst du nicht, es wäre eine Gelegenheit für Chally, ihre eigenen Arbeiten auszustellen und zu verkaufen? Das ist ihre Entschädigung, verstehst du. Jeder Verlust bringt einen Gewinn mit sich.*

Doch Totty griff nur nach ihrem Glas und trank. Der Heizlüfter sprang an und erfüllte den Raum mit seinem Schnarren.

Olivia stand auf. »Übrigens, Chally, habe ich dir schon gesagt, dass du den Brennofen bis zu meiner Ausstellung am Freitag nicht für deine eigenen Sachen benutzen kannst? Ich muss einen ganzen Schub brennen und brauche ihn für mich allein.«

Chalice versuchte, sich nichts anmerken zu lassen, aber Olivia musste ihren Ärger gespürt haben, denn ihre Stimme wurde weicher und verbindlicher: »Lass mich mal sehen, was du heute gemacht hast.« Sie streckte sich, wackelte mit ihren Gänsebeinen durch den Raum und stellte sich hinter Chalice, um die Maske zu betrachten. »Nicht schlecht. Mir gefällt der Ausdruck von Ruhe, den du den Augen gegeben hast, er kontrastiert mit der Stirn und dem offenen Mund. Gut, wenn du damit fertig bist, kümmere dich bitte um meinen Stoß. Die Blätter müssen noch glasiert werden.«

Sie wandte sich an Totty. »Hast du dir schon Challys neueste Sachen angesehen? Ich habe es eingefädelt, dass sie ein paar davon in einem Laden in Skipton ausstellen kann. Er wird vor allem von Touristen frequentiert, also sollten ihre Arbeiten Zuspruch finden. Ich werde natürlich auch die kleinen Teeschalen hinschicken, aber ich ermutige deine Schwester zurzeit, mal ein paar gewagtere Sachen zu machen, wie diese Masken. Schlichtheit mag ja für eine Töpferin erstrebenswert sein, aber die Leute wollen etwas sehen für ihr Geld. Ich glaube, die Masken könnten ein hübsches Sümmchen einbringen.«

Sie ging zu einem Schrank, in dem Chalices fertige Stücke ein Schattendasein fristeten, griff hinein und wählte eine Maske aus, die sie Totty zur Begutachtung hinhielt. Chalice beugte den Kopf und konzentrierte sich auf den Ton in ihrer Hand.

»Hier, sieh dir diese an, Totty«, rief Olivia. »Sie nennt sie den ›Boten Gottes‹. Soll das ein Engel sein, Chally? Jedenfalls ein junger Mann, die eine Gesichtshälfte ist vollkommen realistisch ausgeführt, die andere besteht fast nur aus rohem Ton. Als ob das Gesicht … in der Entstehung begriffen wäre.« Sie legte die Maske in das Schränkchen zurück und lachte auf eine Art, die Chalice mit den Zähnen knirschen ließ. »Das könnte man allerdings von den meisten Männern behaupten, findest du nicht, Totty? Im Großen und Ganzen sind sie irgendwie nur halb fertig.«

Hier und da finden sich Moorlöcher in den Heidemooren, verursacht durch starken Regen und niedrige Verdunstung, die bis zu fünf Meter tief sein können und eine Gefahr für Wanderer darstellen.

G. Graysons Notizen

5. Kapitel

Der Pub mit Restaurant namens »The Crown & Drover« lag auf der Anhöhe einer steilen, kopfsteingepflasterten Gasse, durch die gerade mal ein Auto passte – das hatte Halford schon zuvor erfahren, als er sein Zimmer beziehen wollte und prompt mit dem Seitenspiegel seines Ford an einem Laternenpfahl hängen geblieben war. Bei Tag hatte das niedrige Haus mit seinen groben Steinmauern und mattierten Buntglasscheiben wie ein Bild der Geborgenheit gewirkt. Doch jetzt, da sich Licht aus den farbigen Fenstern ergoss, sah der Pub vor der dahinterliegenden Reihe von rußgeschwärzten Weberhäuschen eher wie eine zwielichtige Kaschemme in einer finsteren Gegend aus.

Trotz der gefallenen Temperaturen hatte jemand die Pubtür weit geöffnet, und als er daran vorbeifuhr, konnte Halford jeansbekleidete Teenager sehen, die sich um ein Videospiel drängten; ein seltsam grünliches Licht, von Zigarettenrauch durchwabert, drang aus dem Inneren. Er parkte auf einem kleinen Platz gegenüber.

»Sieht nicht gerade ruhig aus heute Abend. Aber ich habe es aus berufenem Mund – na ja, vom Wirt selbst, ehrlich gesagt –, dass es dort das beste Essen weit und breit gibt. Sollen wir es mal testen?«

»Ich bin dafür.« Gale löste ihren Gurt. »Was meint ihr, Mädels? Habt ihr Hunger?«

»Hunger ist gar kein Ausdruck«, antwortete Nadianna vom Rücksitz. »Ich glaube, ich habe heute ganz vergessen, etwas zu mir zu nehmen.« Sie beugte sich zu Katie Pru hinüber und befreite sie von ihrem Sitzgurt. »Auf geht's, Katiebaby. Ich wette, ich kann doppelt so viel essen wie du.«

Im Pub herrschte ein derart lautes Stimmengewirr, dass Halford eine Weile brauchte, um das Gejaule aus der Musikbox identifizieren zu können. An winzigen Tischen voller Biergläser hockten Zweier- und Dreiergrüppchen, die er zuerst zur weltverdrossenen Jugend des Ortes zählen wollte, bis er die zahlreichen silbernen und kahlen Köpfe ausmachte. Als ein lautes Geschrei aus der Teenagerecke ertönte, drehten sich die Köpfe um und schossen missbilligende Blicke ab. Der Crown & Drover schien halb Jugendzentrum, halb Altersheim zu sein.

Bertie Portman, der Wirt, kam hinter dem Tresen hervor, um sie zu begrüßen. »Mr. Halford, schön, Sie zu sehen. Ich hoffe, Sie sind mit Ihrem Zimmer zufrieden?«

»Ja, alles bestens«, antwortete Halford. »Sie waren sehr überzeugend vorhin – wir sind zum Essen hier.«

»Ah, gut, das höre ich gern. Wir werden Sie nicht enttäuschen, seien Sie unbesorgt.« Rechts von ihnen ertönte ein elektronisches Piepen, gefolgt von lautem Gegröle der Jugendlichen. »Kommen Sie hier entlang«, forderte der rundliche Wirt sie auf. »Die meisten von uns sind der Meinung, dass eine ruhigere Umgebung der Verdauung zuträglicher ist.«

Sie drängten sich durch den Pub zu einem zweiten Raum, der in der Tat ruhiger war als der erste, aber kaum weniger voll. Rundherum standen Tische; Wände und Decke waren in einem dunklen, glänzenden Holz getäfelt, und ein massiver, gemauerter Kamin, in dem noch kein Feuer brannte, nahm eine ganze Schmalseite ein. Ein junger Mann mit erhitztem Gesicht kam mit zwei zischenden Grilltellern herein, stellte sie vor einem gut gekleideten Paar ab und eilte zurück in die Küche.

Portman winkte sie an einen Tisch nicht weit vom Kamin.

»Montags abends haben wir immer Sonderpreise, das lockt sie alle an. Die Speisen stehen auf der Schiefertafel dort auf dem Kaminsims.« Er wuschelte Katie Pru durch die Haare und zwinkerte Gale zu. »Die Kleinen mögen unser Fish-and-Chips-Gericht besonders gern. Die Erbsen lassen sich so schön herumrollen und mit der Gabel zermatschen.«

Als Portman sich entfernt hatte, half Gale Katie Pru auf einen Stuhl. »Sind dir Fisch und Pommes recht, K. P.? Dann bleib mal eine Minute hier sitzen, während wir nachsehen, was es sonst noch gibt.«

»Geh du ruhig schon mal mit Nadianna«, sagte Halford. »Ich bleibe solange hier und unterhalte Miss K. P.«

»Umso besser. Komm, Nadianna, suchen wir uns etwas Leckeres aus.«

Schrilles Gelächter drang zu ihnen herüber, es kam von der Frau an dem Tisch mit den Grilltellern. Halford drehte sich um und sah, wie sie sich kichernd auf einen Ellbogen stützte, ein Stück Wurst auf die Gabel gespießt. Ihre Aufmachung kontrastierte mit der legeren Kleidung der übrigen Gäste – um das blonde Haar hatte sie einen lila-goldenen Seidenschal drapiert, dessen Enden im Kragen einer zitronengelben Bluse verschwanden. Große, silberne Gänse baumelten an ihren Ohren. Sie versucht sich im Grace-Kelly-Stil, dachte Halford, obwohl die Frau eher stämmig war und er sich die Hollywoodprinzessin nicht mit Gänseohrringen vorstellen konnte. Der Begleiter, ein dunkelhaariger Mann mittleren Alters mit einem Pferdeschwanz, kam Halford irgendwie bekannt vor. Lächelnd, aber offensichtlich peinlich berührt, nahm der Mann seiner Tischpartnerin die Gabel aus der Hand und legte die Wurst auf ihrem Teller ab. Sie reagierte darauf mit noch lauterem Gelächter und ließ ihren Kopf auf die Tischplatte sinken. Sie war betrunken.

Halford hoffte, dass der Mann so vernünftig war, sie nach Hause zu bringen, und wandte seine Aufmerksamkeit einem gerahmten Zeitungsausschnitt an der Wand ihm gegenüber zu. Er stammte aus dem *Leeds Mercury* vom 2. Mai 1812. Die Schlagzeile lautete:

Abscheulicher Mord.
Am vergangenen Dienstagabend gegen halb sieben Uhr wurde Mr. William Horsfall, *ein wohlhabender Wollfabrikant aus Marsden, auf offener Straße in der Nähe des Crosland-Moors ermordet, als er vom Markt im sieben Meilen entfernten Huddersfield zurückkehrte.*

Halford überflog den Artikel. Der Mord an William Horsfall war ihm nicht unbekannt. Der Wollfabrikant war von vier Männern in dunklen, grob gewebten Mänteln – was auf ihre Herkunft aus der Arbeiterklasse deute, wie die Zeitung vermerkte – durch vier Schüsse getötet worden. Die Beschreibung seiner Wunden war recht drastisch, eine journalistische Praktik, die längst durch die noch drastischere Unmittelbarkeit von Fernsehbildern übertroffen worden war. Halford hatte den ermordeten Mr. Horsfall immer für einen von den viel zu hoch angesehenen Tyrannen der Geschichte gehalten, erbarmungslos in seiner Verfolgung der unglückseligen Ludditen. Wenn er sich recht erinnerte, waren drei dieser vier Männer am Ende gefasst und gehängt worden. Ein hoher Preis für eine Sache, die man heutzutage nur noch als komische Episode betrachtete und mit Rückständigkeit gleichsetzte. Doch der damalige Kampf der Familien gegen entmenschlichende Maschinen, die sie ihres Auskommens beraubten, war etwas ganz anderes als die heutige Angst einiger rückständiger Technikfeinde vor Computern.

Dass der Artikel als Dekoration in einem Gasthaus hing, überraschte ihn nicht. Touristen waren immer ganz versessen auf Lokalgeschichte, besonders auf tragische und blutrünstige.

»Ich habe heute einen Wal sprechen gehört.«

Halford sah in Katie Prus glänzende Augen. »Wirklich?«

Sie nickte. »Er mag keine Polizisten.«

»Hmm. Woran liegt das bloß, was meinst du?«

Das Kind zuckte die Achseln. »Vielleicht, weil sie immer so freundlich tun, wenn sie mit einem reden.«

»Aha. Das ist also das Problem. Sollte ich weniger freundlich sein?«

»Nein, ich hab doch gesagt, *Polizisten.*« Sie stützte ihr Kinn in die Hände und trommelte mit den Fingern auf ihre Wangen. Halford wartete auf eine Erklärung, aber offenbar war das Thema für sie beendet. Eine dunkle Haarsträhne hatte sich in ihrem Kragen verfangen. Sanft zog er sie heraus und ließ sie auf ihre Schulter fallen.

»Lyle!« Die Frau mit dem Schal hielt ein Stück gegrilltes Rindfleisch in die Höhe. »Wie sieht das aus?«

Der Mann sah sich zögernd im Raum um. »Ich bitte dich, Livy. Lass das …«

»Sag nicht ›lass das‹ zu mir. Sieh es dir genau an und rate.«

»Liv …« Sein Gesicht wurde tiefrot.

Mit noch lauterer Stimme rief sie: »Los, rate!«

»Ach, Mensch, ich weiß es nicht – Neuseeland vielleicht.«

»Versuch's noch mal.«

»Ein Nikotinpflaster.«

»Nein, du Blödmann.«

»Olivia, hör auf …«

»Wirklich, Lyle, du enttäuschst mich. Es ist ein *verbrannter Torso*!«

Die Frau brüllte vor boshaftem Vergnügen. Halford drehte sich fassungslos um. Es bestand kein Zweifel über ihre Absicht: Selbst während sie Atem holte, um von neuem loszulachen, blieben ihre Augen auf die beiden Amerikanerinnen gerichtet, die vor dem Kamin standen und die Speisekarte studierten.

»Psst«, machte ihr Begleiter. Sein Gesicht war weiß geworden, er wischte sich Schweißperlen von der Stirn. »Hör auf damit.«

Die Frau machte eine abfällige Geste. »Sei nicht so ein Langweiler. Die Polizei hat doch nichts gefunden, oder? Es ist ja nicht so, als wäre ich pietätlos.«

Im hinteren Teil des Gastraums begann man zu tuscheln und zu kichern. Nadianna, die immer noch am Kamin stand, sah verwirrt aus. Halford kannte diesen Ausdruck, diesen schrägen Blick, bevor einem plötzlich etwas klar wird. Sie verstand nicht, was gesagt wurde – entweder aus akustischen Gründen oder weil ihr der Akzent unvertraut war –, aber ein sechster Sinn ließ sie aufmerken. Sie drehte sich zu dem Paar um und wurde puterrot. Halford sah, wie Gale etwas murmelte und ihr beruhigend eine Hand auf den Arm legte.

»Mach dir keine Gedanken, Schätzchen«, rief eine männliche Stimme vom anderen Ende des Raums. »'s sind schon komischere Dinge in dem Fluss entdeckt worden.«

»Genau, Bob«, ließ sich eine Frau vernehmen. »Zum Beispiel dein blanker Arsch, wenn du mal wieder einen gesoffen hattest.«

Der Raum explodierte vor Gelächter. Nadianna zog den Kopf ein und eilte zum Ausgang. Gale warf Halford einen Blick zu. Er nickte grimmig und raffte die Mäntel zusammen.

»Komm, Katie Pru«, sagte er. »Für manche Leute scheint Höflichkeit ein Fremdwort zu sein.«

Ein kalter Nieselregen fiel auf Chalice Hibbert. Gegen halb zehn Uhr abends war der Weg, der hinter den Gärten der Nachbarn vorbeiführte, verlassen. Sie ging dicht an den dunklen, niedrigen Gartenmauern entlang und lauschte dem wispernden Geräusch der feinen Tropfen auf den Steinen. »Moorsuppe« nannte Totty dieses alles durchdringende, für Yorkshire typische Nieseln, aber Chalice hatte es schon als Kind geliebt, sich bei Nässe im Freien herumzutreiben.

Im Moment genoss sie es jedoch weniger. Olivias aalglatte Stimme klang ihr immer noch in den Ohren. *Wenn du damit fertig bist, kümmere dich bitte um meinen Stoß ... In einem Künstleratelier zu arbeiten ist sicher interessanter als in einer Boutique* ... Sie ahmte den Gänsegang ihrer Arbeitgeberin nach und kümmerte sich nicht darum, ob die Nachbarn aus ihren Fenstern sahen und beim Anblick der riesigen Silhouette, die an ihren Gärten vorbeiwatschelte, verblüfft die Mäuler aufsperrten. Sollten sie doch glotzen. Olivia Markham war jedenfalls eine blöde, alte Ziege. Sie war eine *Kuh*.

Beim vorletzten Haus angekommen, stieß sie die Gartentür auf und ließ sich gegen die Mauer sinken. Die Küche war hell erleuchtet, und durch das Fenster der Hintertür konnte sie Totty darin herumhantieren sehen. Der Ausdruck »herumhantieren« stammte von Tottys Freund Nummer zwei, der zum Haushalt gehörte, als Chalice sechs Jahre alt war, und das Weite gesucht hatte, bevor sie sieben wurde. An seinem Tonfall hatte sie gehört, dass es ein abfälliger Ausdruck war; gleichzeitig wusste sie schon damals, dass er zumindest teilweise zutraf. Sie beobachtete, wie Totty mit einem Eierkarton in der Hand vom Kühlschrank zur Spüle ging. Wieder neue Mieter für »Hibberts Cottages«, dachte sie. Gut so. Totty würde zu sehr damit beschäftigt sein, Gebäck für ihre Präsentkörbe herzustellen, um sich mit ihr streiten zu wollen. Der Zank konnte bis später warten.

Chalice seufzte und stieß sich von der Mauer ab. In einer Gartenecke stand ein kleiner Schuppen. Er war vor einigen Jahrzehnten von den früheren Hausbesitzern gebaut worden und maß nicht mehr als zwei Meter im Quadrat, aber für ihre Zwecke reichte er aus. Sie entriegelte leise die Tür und wollte gerade eintreten, als die Außenbeleuchtung an- und die Hintertür aufging.

»Chally?« Im gelben Lampenlicht konnte Chalice ein Ei in Tottys Hand erkennen. »Kommst du ins Haus?«

»M-m.«

»Es ist heute Nacht zu kalt, um zu arbeiten. Ich möchte, dass du hereinkommst.« Ihr Ton war streng, aber Chalice beschloss, ihn zu ignorieren. Sie schüttelte den Kopf und deutete mit der Schulter auf den Schuppen. Totty runzelte die Stirn. »Na schön, aber hol dir keine Frostbeulen. Was soll ich mit dir machen, wenn du auch noch Erfrierungserscheinungen kriegst? Wahrscheinlich würde ich obendrein mein Geschäft zu Grunde richten.« Sie schwieg einen Moment. »Olivia hat angerufen. Sie wollte dich an die Ausstellung am Freitag erinnern. Sagte, sie hätte dir eine Liste mit zu erledigenden Aufgaben ins Atelier gelegt.«

Ja, klar, dachte Chalice bitter. Sie lächelte ihre Schwester an und drückte pantomimisch einen dicken Kuss in die Luft. »Du bist unmöglich«, sagte Totty und wandte sich wieder zur Küche. »Arbeite nicht zu lange.«

Chalice wartete, bis sich die Tür hinter Totty geschlossen hatte, ehe sie den Schuppen betrat. Aus Gewohnheit zog sie ein zerrissenes Rollo vor dem einzigen, blinden Fenster herunter und knipste eine Schreibtischlampe an, die die ausrangierten Möbel, Kisten und Kartons in dem kleinen Raum beleuchtete. Die Umgebung bot nicht viel Bewegungsfreiheit, gerade genug, dass Chalice sich erschöpft auf einem wackeligen Klappstuhl niederlassen konnte, der von Totty in den Schuppen verbannt worden war, nachdem sie das Cottage in der Garrett Alley gekauft und ihre eigene Firma gegründet hatte. Als Geschäftsfrau, fand sie, konnte sie es sich nicht leisten, heruntergekommenes Mobiliar in ihrem Heim zu dulden. Chalice verdrehte den Hals, um sicherzustellen, dass noch Wasser in der alten Tasse war, und griff dann unter den Tisch, wo sie einen Klumpen feuchten Tons aus einer Plastiktüte hervorholte. Mehrere Minuten lang knetete sie ihn zwischen den Handflächen, bis er weich und glatt war. Sie fuhr mit den Fingerspitzen über die Oberfläche und überprüfte sie auf Risse und ungewollte Unebenheiten. Dann, als sie sich überzeugt hatte, dass die Kugel ihren Ansprüchen genügte, senkte sie ihren Daumen in die Mitte und begann mit geschlossenen Augen den Ton zu formen.

Es war Totty gewesen, die entschieden hatte, dass es sich bei Chalices Gefäßen um ›aus der Hand gearbeitete Teeschalen‹ handelte. *›Handgetöpfert‹ klingt so hausbacken und sperrig. Deine Sachen sind viel zu schön dafür. Gib ihnen einen eleganteren Namen* ... Sie hatte natürlich Recht gehabt damit. Die Hobbytöpferinnen, mit denen Chalice gearbeitet hatte, bevor Olivia auf der Bildfläche aufgetaucht war, hatten über die Feinheit ihrer Schalen gestaunt. Sie hatten ihr von der Cha-noyu, der japanischen Teezeremonie erzählt, in deren Ästhetik die Schönheit einer Teeschale in erster Linie nach ihrer Gebrauchsfreundlichkeit, der guten Lage in der Hand, bewertet wurde. Außerdem hatten sie vom Niedergang der britischen Töpferkunst seit Beginn des Maschinenzeitalters gesprochen und über das Bedürfnis der Handtöpfer, nicht nur das Wirken von Schwerkraft und Gleichgewicht und das komplizierte Zusammenspiel verschiedener Mineralverbindungen zu verstehen, sondern auch das uralte menschliche Bedürfnis, die Erde zu berühren und zu bearbeiten. Manche Töpfer betrachteten handgearbeitete Töpferware als grob und kunstlos, doch Chalice wusste es besser. Sie hätte auf die Kunsthochschule gehen können, aber sie hatte sich für die Töpferwerkstatt entschieden. Totty war fuchsteufelswild gewesen. *Ich will, dass du richtig studierst. Heutzutage muss eine Künstlerin nicht mehr verhungern. Der Weg, den du einschlägst, ist nur einen Schritt von der Bauerntöpferei entfernt. Ist das dein Ziel?*

Ja, das war es. Statt sich im Blendwerk der Kunstszene zu verlieren, wollte sie nach dem Kunstverständnis der Teezeremonie Kunst in Gebrauchsgegenständen verwirklichen.

Ihr Daumen, so dick wie eine Zigarre, tastete sich an der Höhlung im Ton entlang, prüfte die nasse Masse in ihrer Handfläche, suchte nach ihren Stärken und Schwächen. Es war leicht, ein aus der Hand gearbeitetes Gefäß zu verformen. Bearbeitete man den Ton zu stark, wurden die Wände brüchig, übte man zu wenig Druck aus, gerieten sie zu dick. Bei zu wenig gestalterischer Kontrolle blieb der Ton ein plumper Klumpen in den Händen der Töpferin, bei zu viel Kontrolle wurde das Gefäß ein sauber gearbeiteter, aber lebloser Gegenstand. Chalice hatte das richtige Feingefühl. Das Formen jeder ihrer Teeschalen dauerte Stunden, und fertig glasiert und gebrannt waren sie etwas Besonderes. Nicht perfekt – sie wusste, dass dazu ein ganzes Leben nötig war. Aber selbst Olivia hatte ihre Gefäße widerwillig bewundert. *Ziemlich selten, dass jemand etwas so Harmonisches ohne Töpferscheibe zu Stande bringt. Muss aber auch ganz schön langweilig sein.*

Chalice gab sich einem inneren Rhythmus hin. Sie hatte den Tag damit zugebracht, die grässlichen Blumen dieser Frau zu glasieren, und daher ihre eigene Arbeit vernachlässigt. In letzter Zeit experimentierte sie viel mit neuen Glasuren, und vierundzwanzig fertige

Schalen, leuchtend blau und glänzend, standen im Dunkeln des Atelierschranks verborgen. Ein weiterer Schub, das Ergebnis von drei Monaten Arbeit, wartete auf den Regalen darauf, gebrannt zu werden. Sie war spät am letzten Sonntagabend in die Werkstatt gegangen, um den Ofen zu benutzen, aber eine schlecht gelaunte und betrunkene Olivia hatte sie wieder weggescheucht. Und nun hatte sie Chalice ganz und gar verboten, vor dem Wochenende den Ofen zu benutzen. Das war völlig inakzeptabel. Dann dieses Anpreisen der Masken – in Olivia Markhams Welt musste alles Geld einbringen, sonst war es nichts wert. Als ob die Teeschalen nicht auch Geld einbringen könnten, wenn sie jemals ausgestellt und zum Verkauf angeboten würden …

Die Situation wurde langsam unerträglich. Sie musste das Atelier verlassen und eine andere Töpferin finden, bei der sie in die Lehre gehen konnte. Totty würde protestieren – Olivia Markham mochte ein Biest sein, aber der Plan mit dem Künstlerzentrum beeindruckte sie. Sie glaubte, er würde Chalices großen Durchbruch bedeuten, als ob es so etwas wie einen großen Durchbruch gäbe. Totty konnte Olivias Sticheleien, ihre herabsetzenden Bemerkungen überhören, aber Chalice war dazu nicht mehr im Stande. Sie hatte es gründlich satt.

Die Schale kreiste in ihrer Hand, während sie den Ton in die Höhe trieb. Sie konnte fühlen, wie die Form Gestalt annahm, wie die Wände auf ihren Druck reagierten. Der vergangene Tag zog an ihr vorüber, der bizarre Vorfall mit der eingebildeten Leiche vermischte sich mit Olivias geistlosem Geschwätz und ihren albernen Blumen. Die Höhlung der Schale wurde breiter und tiefer, die Wände entfalteten sich wie Flügel. Sie begann, ihren Oberkörper vor und zurück zu wiegen. Ihr Atem ging langsamer. Und in der Verborgenheit des schlecht beleuchteten Schuppens, in der Tiefe ihrer Kehle sang die stumme Chalice Hibbert.

Katie Pru streckte beim Schlafen immer die Füße unter der Bettdecke hervor. Die Kinder in Büchern versteckten sich oft unter ihren

Decken, weil sie Angst vor Monstern unterm Bett hatten, aber nicht Katie Pru. Sie ließ ihre Füße die ganze Nacht über den Matratzenrand hängen. »Bis jetzt habe ich noch keinen Zeh verloren«, hatte sie einmal zu ihrer Mutter gesagt. Die hatte gelächelt und geantwortet: »Kluge Monster denken gar nicht daran, sich mit einer Miss Katie Pru anzulegen.«

Jetzt streckte sie wie gewohnt einen Fuß unter dem Berg von Decken hervor und schob den Gedanken beiseite, dass es ja auch *dumme* Monster auf der Welt gab. Die Nachtkälte war beißend, aber sie zählte bis fünf, bevor sie den Fuß wieder einzog und sich unter die Decken kuschelte, damit ihr warm wurde.

Draußen rauschten die Bäume, die sie von ihrem Bett aus durch ein winziges, niedrig in der Wand sitzendes Fenster sehen konnte. Die Blätter wedelten hin und her – silber, schwarz, silber, schwarz –, wie Schwärme von Elritzen. Das sieht den Elritzen ähnlich, dachte sie, erst aufzuwachen, wenn der Wal schlafen gegangen ist.

Von dem anderen Bett im Zimmer war regelmäßiges Atmen zu hören. Katie Pru starrte angestrengt hinüber und überzeugte sich davon, dass ihre Mutter fest schlief. Dann zog sie die dickste Decke über ihren Kopf, glitt aus dem Bett und huschte zum Fenster.

Das Fenster war so niedrig, dass sie sich nicht auf die Zehenspitzen zu stellen brauchte, um hinaussehen zu können. Die Luft war kälter hier und griff gierig nach ihren Füßen, so dass sie die Zehen in der Decke vergrub, während sie die Ellbogen auf die schmale Fensterbank stützte und in die Dunkelheit spähte.

Die Elritzen zappelten an den Enden ihrer Zweige herum, hüpften und drehten sich und tauchten unter, bis Katie Prus Augen schwer wurden und ihr Kopf gegen die Fensterscheibe schlug.

Das kalte Glas weckte sie. Sie fuhr auf, ihre Stirn tat weh.

Draußen blitzte ein Licht auf. Es konnte das Feuer von Pinocchio sein, aber Katie Pru glaubte nicht wirklich an diese Geschichte. Vielleicht war es das Auge des Wals. Nur Jonas wusste, wie das Walauge von innen aussah.

Das Licht blinkte noch ein paar Mal zwischen den Bäumen auf, ehe es verlosch. Die Elritzen schwammen unermüdlich hin und her. Katie Pru raffte die Decke um sich und ging zurück ins Bett.

Michaels Tagebuch

12. März 1812

Keines von meinen »unbedeutenden« Steinchen heute Abend: Mein Vater war ein Baumwollweber und lebte in einem Cottage aus Kohlensandstein, das auf einem abschüssigen Stück Gemeindeland etwas außerhalb des Dorfes Mayley stand. Wie schon sein Vater hielt er sich Hühner, und neben dem Cottage gab es einen Gemüsegarten, den Stolz meiner Mutter. Mein Bruder Nathan und ich lernten das Weberhandwerk von meinem Vater, während meine jüngeren Schwestern unter der Aufsicht meiner Mutter am Spinnrad arbeiteten. Mein Vater beschäftigte außerdem vier unverheiratete Frauen aus Mayley, so groß war sein Bedarf an gesponnener Baumwolle. Wir waren wohl versorgt: ausreichend Nahrung und Kleidung und hin und wieder ein Pudding. Es blieb sogar ein Schilling pro Woche übrig, um einen Uhrmacher zu bezahlen, der uns beiden Söhnen Lesen und Schreiben beibrachte. Wenn es viel zu tun gab, arbeiteten wir hart und lang. Wenn wir mit der Arbeit fertig waren, streiften wir übers Moor und feierten so manches Dorffest mit unseren Freunden in Mayley.

Am Fuß des Hangs, auf dem das Cottage stand, floss der Sette. Die Grafschaft Yorkshire ist mit Wasser gesegnet, denn westlich von uns erhebt sich das Penninische Gebirge, von dem zahlreiche Flüsse zu Tal strömen. Weiter östlich ist der Boden von Kohleadern durchzogen. Man sagt, die Talbewohner brauchten nur mit den Zehen zu scharren, und schon sind ihre Schuhe schwarz.

Das war das Paradies meines Vaters. Er wusste nicht, dass der muntere Bach, der am Garten vorbeirauschte, sich als die Schlange darin erweisen sollte.

Das Gemeindeland um Mayley fiel eines Tages unter eines der vielen tausend vom Parlament erlassenen Gesetze. Der Adelige, dem es übereignet wurde, hatte keine Verwendung für einen Weber und vertrieb meinen Vater. Er und meine Mutter überlebten dies um drei Jahre. Ich verheiratete mich mit Martha Trench und wohne seit zwölf Jahren mit ihr und unseren Kindern in einem zugigen, engen Cottage mitten in Mayley. Es ist eines von vielen in einer Reihe entlang der Farrier Lane. Das obere Stockwerk hat große Fenster, und dort webe ich mit meinen Söhnen, dem vierzehnjährigen John und dem elfjährigen Will. Zu ebener Erde bringt meine Frau unseren Töchtern das Spinnen bei. Wir haben kein Land für Gemüse und müssen unser Essen wie auch alles andere kaufen. Aber viele Jahre lang konnten wir uns einigermaßen über Wasser halten. Wir waren zufrieden.

Wird auch meinen Söhnen diese Zufriedenheit beschieden sein? Nicht, wenn es nach dem Willen der edlen Herren geht. Denn die vielen Flüsse haben die Spinnereien angezogen, und die Kohle sorgt für Dampf, und was einst dreihundert Frauen und Männer mit ihren Händen schafften, wird nun von einer einsamen Gestalt an einer Maschine erledigt. Vor zehn Jahren bekam ich zwanzig Schilling die Woche für meine Arbeit am Webstuhl. Nun bekomme ich zehn, und es gibt Zeiten, in denen überhaupt keine Arbeit hereinkommt und mein Webstuhl stillsteht. Unsere Mahlzeiten sind mager – Martha hat gelernt, dass ein halber Schafskopf, wenn sie denn einen auftreiben kann, uns Brühe für drei Tage gibt.

Nun bedenke man, dass Hunderte, Tausende, Zehntausende unser Schicksal teilen oder noch schlimmer dran sind, wie die Strumpfweber und die Scherer und Nopper in der Schafwollindustrie. Wenn man dazu noch die schlimmen Auswirkungen der Blockaden und der Rationierungen durch den Krieg mit Napoleon rechnet, kann man die Unruhe unter den Leuten von West Yorkshire verstehen. Von Schottland bis Lancashire sind zahlreiche Bitten um Hilfe an das Parlament geschickt worden, aber es ist keine Hilfe gekommen. Das Parlament, scheint es, will sich nicht mit den Fabrikbesitzern anlegen.

Mein Bruder Nathan wohnt außerhalb des Dorfes in einem Cottage im Blandon Wood, für das sich kein Edelmann interessiert. Er hat kein Geld für einen Webstuhl, daher arbeitet er als Tagelöhner auf einer Farm und stiehlt an Essbarem, was er kann. Für das Cottage zahlt er zwar keine Miete, doch das Wohnen dort hat seinen Preis. Blandon Wood gehört zu einem Herrensitz, und nur Adelige dürfen dort jagen. Vielerlei Tiere huschen an der Tür meines Bruders vorbei, ohne dass er eines davon töten darf, und die Wildhüter haben scharfe Augen. Seine Familie ist magerer als die meine. Wir teilen mit ihr, was wir können, aber Teilen ist auf Dauer keine Lösung.

So schwelt unser Hass. An dunklen Orten finden wir uns zusammen und schmieden Pläne. In meinem Eid habe ich geschworen, jeden Verräter unnachgiebig zu verfolgen, und sollte er bis ans Ende der Welt fliehen. Aber nicht die Verräter sind es, denen ich bis zum Ende nachlaufe. Es ist das Leben.

Nathan hat mir heute Abend gestanden, dass er daran denkt, sich Arbeit in der Spinnerei zu suchen. Die Yates-Spinnerei ist mit Drosselspinnmaschinen ausgestattet, die Baumwolle mit unfassbarer Geschwindigkeit spinnen. Nur wenige Männer arbeiten dort, vorwiegend sind es Frauen und Kinder. Die Frauen saugen den Baumwollstaub in ihre Lungen, die Kinder werden krumm und verwachsen vom Bücken unter die Maschinen. Das darfst du nicht, antwortete ich ihm. Dagegen richtet sich doch unser Kampf. Denk an den Eid. Nathan sah mich mit seltsamem Blick an, dann ließ er die Schultern hängen und nickte. Ich kann seine Qual verstehen. Sein jüngster Sohn ist schwer krank. Morgen früh geht Martha hinüber, um zu helfen. Ich werde unsere Kinder in die Kirche führen und mit ihnen beten.

Die private Doppelwirtschaft der Gegend nahm ihren Anfang im 15. Jahrhundert, als viele Bauernfamilien begannen, mit Hilfe des Webstuhls das karge Auskommen zu verbessern, das ihnen der unfruchtbare Moorboden gewährte.

G. Graysons Notizen

6. Kapitel

Dienstag

Mit gebeugtem Kopf hastete Nadianna über die Lichtung und in den Wald. Gestern war es noch dunkel gewesen, als sie das Cottage verlassen hatte, und der Übergang von Wiese zu Wald hatte sich nur durch eine Veränderung der Atmosphäre bemerkbar gemacht. An diesem Morgen jedoch tauchte sie in eine andere Welt ein. Baumkronen flüsterten über ihr, die Luft wurde feuchter. Vorsichtig setzte sie einen Fuß vor den anderen und stieg mit Hilfe des Schlangenstocks über die glatten Wurzeln. Der lange, weite Mantel, den sie sich von ihrem Vater geborgt hatte, fiel schwer und kalt über ihren hervortretenden Bauch. Je weiter abwärts sie dem Pfad folgte, desto dichter standen die Bäume. Hier war es dämmriger, und lose Steinchen hüpften wie Insekten über ihre Schuhe.

Am Abend zuvor war sie nach der Rückkehr vom Crown & Drover sofort ins Bett gegangen. Unten hatten Gale und Halford sich hinter die dicke Küchentür zurückgezogen, wo sie vom Rest des Hauses isoliert waren wie in einer schalldichten Kammer. Sie hatte sich ihr Gespräch vorgestellt – *O Gott, sie tut mir so Leid. Was für eine peinliche Situation. Morgen werde ich mit ihr reden und sie aufmuntern* – und wütend mit der Faust ins Kissen geschlagen. Wäre sie doch nie von zu Hause fortgegangen. Ihr Vater hatte sie gewarnt. Sich auf Unbekanntes einzulassen war nicht immer eine Frage des Gottvertrauens. Manchmal war es einfach das Ergebnis purer Dummheit.

Sie hatte unruhig geschlafen und war mehrmals vom tickenden Geräusch des Regens am Fenster aufgewacht. Zur Ablenkung versuchte sie, sich diesen englischen Regen an ihrem Fenster zu Hause vorzustellen, aber vergeblich: Es war, als hätten sich mit dem Kontinent auch die Naturgewalten verändert. Der Regen zu Hause ging mit rückhaltloser Großzügigkeit nieder, doch dieser hier war dünn und kleinlich wie eine alte Tante. Sie konnte sich nicht erklären, woher er überhaupt die Kraft nahm, das Gras so grün zu machen.

Dann waren ihre Gedanken zu dem unhöflichen Paar im Pub zurückgekehrt. Was hatte sie getan, um eine solche Behandlung zu verdienen? Sie verstand es einfach nicht.

Bei Sonnenaufgang war sie schließlich im Mantel ihres Vaters, den Spazierstock fest in der Hand, vors Haus getreten. Sie musste den Ort wieder sehen.

Der Pfad verlief nicht gerade, sondern wand sich derart verschlungen durch die Bäume, dass sie kaum vorankam. Der Geruch des Flusses stieg ihr streng in die Nase, sie konnte ihn lange riechen und hören, bevor sie ihn sah. Sie erinnerte sich nicht, gestern so vielen Windungen gefolgt zu sein, und überlegte, ob sie vielleicht in der Dämmerung vom Pfad abgewichen war und sich irgendwie zum Fluss durchgekämpft hatte.

Als sie endlich unten am Ufer aus dem Wald heraustrat, sah sie, dass sie richtig vermutet hatte. Dies war nicht die Stelle, wo sie ihre Fotos gemacht hatte. Die Spinnerei lag ein ganzes Stück weiter nördlich, doch durch das Fehlen des Nebels war sie heute viel besser zu sehen. Von diesem Platz aus wirkte das Gebäude weniger wie ein Denkmal als wie ein zu groß geratenes Wohnhaus, abweisend und befremdlich auf diesem Uferstreifen. Vorsichtig trat Nadianna bis ans Wasser heran. Ein Baumstamm war über die Uferkante in den Fluss gekippt, und Bündel von Gras und Zweigen waren daran hängen geblieben, von der Strömung dorthin getrieben und zurückgelassen. Sie stocherte mit ihrem Stock in dem Treibgut herum. Die Polizei hatte sie nicht ernst genommen. Es musste Hunderte solcher Stellen am Fluss geben, Stellen, an denen sich eine Leiche verfangen konnte.

Das um ihren Stock strudelnde Wasser sang. In Statlers Cross gab es einen Bach, in dem sie und ihre Schwester oft angelten, aber sie glaubte nicht, ihn jemals singen gehört zu haben. Das Lied des Wassers klang traurig wie ein Beerdigungschoral. Nein, das stimmte nicht. Sie richtete sich stirnrunzelnd auf. Es klang wie »Blue Eyes Crying in the Rain«.

Sie drehte sich um und entdeckte ein paar Meter weiter flussabwärts einen alten Mann, der mit etwas, das aussah wie ein Besenstiel, im Wasser herumrührte. Er war braun gebrannt und drahtig und ähnelte irgendwie den stacheligen Büschen, die ihn halb verdeckten. Seine Stimme stieg höher, als er die klagende letzte Strophe anstimmte. Den Kopf himmelwärts gewandt, rührte er dabei immer weiter in der Strömung.

Nachdem der letzte Ton verklungen war, sah er sie an, und Nadianna begriff, dass er die ganze Zeit von ihrer Anwesenheit gewusst hatte. »Ich liebe dieses Lied. Kennen Sie es?«

Sie nickte. »Natürlich. Jeder kennt es.«

Der Mann grinste. Er war nicht so alt, wie sie zuerst geschätzt hatte, wahrscheinlich nicht über vierzig. Sein kurz geschnittenes Haar hatte die Farbe von Pilzen, seine Kleider hingen sackartig um seine dünnen Glieder. Er zog den Besenstiel aus dem Fluss und stützte sich darauf.

»Nicht jeder«, sagte er, »aber viele. Es hat ein bisschen was von einem Kirchenlied, finden Sie nicht?«

»Mag sein. Meine Mama hat mich damit immer in den Schlaf gesungen.«

Die Worte entschlüpften ihr ohne Nachdenken. Es war etwas ganz Privates – all ihre Erinnerungen an ihre Mutter empfand sie als höchst privat –, das sie da eben mit diesem seltsamen Fremden am Fluss geteilt hatte. Sie dachte daran, dass ihre Großmutter ihr von Geistern erzählt hatte, die hinter Grabsteinen lebten und immer wussten, ob Kinder die Wahrheit sagten. Einen verrückten Augenblick lang fragte sie sich, ob diese Geister in England vielleicht im feuchten Schilf der Flussufer wohnten.

Er musste ihr Unbehagen gespürt haben, denn er lächelte und betrachtete versonnen das obere Ende seines Stabs.

»Eine liebliche Melodie für ein Kind, das muss ich sagen. Ich verstehe auch, warum Ihre Mutter sie Ihnen vorgesungen hat – Augen wie Ihre müssen bei einem Kleinkind geradezu erschreckend gewirkt haben.« Er packte den Stock fester und stieß damit auf den Boden. »Ich bin Gerald Thornsby. Schön, Sie kennen zu lernen, Nadianna Jesup.«

Sie runzelte die Stirn, wieder misstrauisch geworden. »Woher kennen Sie mich?«

»Alle hier kennen Sie. Die große, schwangere Amerikanerin, die die Leiche im Fluss gesehen hat. Sie sind die Sensation des Ortes.«

»Sagen Sie den Leuten, dass ich keine Sensation bin. Ich weiß, was ich gesehen habe.«

»Ja. Das habe ich auch gesehen.«

Sie hatte sich beleidigt abgewandt, doch jetzt blieb sie stehen und ging erneut auf ihn zu. »Was meinen Sie?«

Thornsby lachte. »Gut, ich werde mich deutlicher ausdrücken. Ich habe Sie gesehen. Dort hinten, im Wasser. Ich war in der Spinnerei und sah zufällig zum Fluss hinüber. Ein erstaunlicher Anblick, wirklich. Früher Morgen, Nebel über dem Fluss, und da standen Sie, ein blondes Wesen in Blau, mitten in der Strömung. Ich dachte: Ah, nach all diesen Jahren in Mayley wird Gerald Thornsby endlich eine Erscheinung zuteil.«

»Ich bin keine Erscheinung. Und ich habe wirklich eine Leiche gesehen. Sie war zum Greifen nahe.« Nadianna musterte sein Gesicht. Er lächelte immer noch. »Außer mir haben Sie nichts im Wasser gesehen?«

Er schüttelte den Kopf. »Aber das brauchte ich auch nicht. Ich glaube Ihnen.«

»Warum?«, wollte sie wissen.

»Weil Sie Zeugin waren.«

Zeugin. Die Art, wie er es sagte, beschwor ein Bild in ihrer Erinnerung herauf: der Altar in ihrer Kirche zu Hause, das handgeschnitzte Holzkreuz über dem Chorgestühl. Ihr Daddy in der Kirchenbank, der sich über sie und ihre Schwester Ivy beugte. *Ihr seid Zeuginnen des Herrn, Kinder. Legt Zeugnis von ihm ab, und er wird euch in seine Arme heben und zum Altar tragen.* Sie schluckte, zwang die Übelkeit herunter.

»Ja, ich war Zeugin«, sagte sie. »Dieser Torso muss doch irgendwo einmal angetrieben werden. Wenn die Polizei mir nur glauben würde, würde sie ihn sicher finden.«

»Es gibt viele verschiedene Arten, etwas zu finden, Nadianna Jesup. Aber das wissen Sie ja selbst, nicht wahr?«

Er war näher gekommen, so dass sie das lebhafte Grün seiner Augen erkennen konnte. Sein Gesicht war faltenlos und offen, sein Akzent eine klarere Variante der West-Yorkshire-Färbung, die sie gestern Abend im Pub gehört hatte.

»Wie kommt's, dass Sie mich verstehen?«, fragte sie. »Niemand sonst hier scheint das zu tun.«

»Die Leute hören nicht zu, stimmt's? Es ist nichts Verkehrtes an Ihrer Art zu sprechen, Nadianna. Man muss nur sein Ohr daran gewöhnen.« Er schwieg einen Moment, dann wurde sein Ton zum ersten Mal ernst. »Sie sollten wissen, dass Sie hier unter Freunden sind. Lassen Sie sich nicht von dem, was gestern Abend passiert ist, entmutigen.«

Trotz der vom Fluss aufsteigenden Kühle brannte ihr Gesicht. »Waren Sie dabei? Oder ist das wieder etwas, das alle wissen?«

»Ich war dabei. Sie sollten sich darüber nicht den Kopf zerbrechen.«

»Ich kannte jemand an einem der Tische. Ich hatte mit ihm schon gesprochen, mochte ihn. Es war wie ein Verrat.« Das war schon wieder etwas, das sie normalerweise keinem Fremden erzählen würde, aber es fiel ihr merkwürdig leicht, mit diesem Mann zu sprechen.

»Dies ist eine schwache kleine Stadt«, antwortete er, »es gibt nicht viel Stärke hier. Früher war sie einmal blühend, auf ihre bescheidene Art. Aber gehen Sie jetzt einmal durch die Hauptstraße, sehen Sie sich den Staub in den Schaufenstern an. In den Ladenregalen stehen Sachen, die seit Jahren vor sich hin rosten. Wenn Sie sie anfassen, zerfallen sie Ihnen in der Hand.«

Tränen sammelten sich hinter ihren Lidern. »Ich komme auch aus einem solchen Ort. Noch nie habe ich gehört, dass dort jemand unfreundlich behandelt wurde.«

»Oho. Entweder hören Sie nicht richtig hin, oder Sie kommen geradewegs aus dem Paradies.«

»Wahrscheinlich höre ich schlecht.«

Der Fluss plätscherte in seinem Bett; neben ihnen erschauerten die hohen Bäume. Thornsby nahm den Besenstiel in eine Hand und griff mit der freien in seine Jackentasche. Er zog eine kleine, weiße Karte heraus, die er ihr reichte.

»Ich bin der Prediger der Christusgemeinde von Mayley. Wir treffen uns jeden Dienstagabend in der Spinnerei, eine lockere Zusammenkunft, um uns zu unterhalten und ein wenig zu beten. Wir würden Sie heute Abend gern als unseren Gast begrüßen, als Teil unserer Familie, solange Sie hier sind. Ich könnte gegen sieben Uhr beim Mill Cottage vorbeikommen und Sie abholen.«

»Ich weiß nicht. Ich habe zu arbeiten.«

Thornsby legte einen Finger auf die Hand, mit der sie den Schlangenstock umfasste. »Ich *glaube* Ihnen, Nadianna Jesup«, sagte er sanft. »Und Jesus glaubt Ihnen auch.«

Halford leerte den letzten Schluck Tee mitsamt einem aufgequollenen Teeblatt aus der Tasse und streckte sich dann vollständig bekleidet auf seinem Bett im Crown & Drover aus, das nicht annähernd so bequem war, wie es aussah. Am Abend zuvor hatte Gale ihn gebeten, sie morgens anzurufen – das Cottage besaß zwar keinen Telefonanschluss, aber die Miete sei so niedrig, hatte sie erklärt, dass sie die Ausgabe für ein Mobiltelefon mehr als rechtfertige. Jetzt war es zehn nach neun. Er wusste, dass sie schon seit Stunden wach war, denn sie hatte ihm einmal verraten, dass ihre anregendsten Minuten die zwischen Nacht und erster Morgendämmerung waren, wenn der Himmel zwischen Silber und Kornblumenblau changierte. Also war sie spätestens seit sieben auf, Kaffeetasse in der Hand, Morgenmantel fest gegürtet und weiße Socken bis zu den Waden hochgezogen, während der Morgen heraufdämmerte. Solange Katie Pru noch schlief, würde sie es genießen, allein und mit warmen Händen in einem stillen Haus zu sitzen. Aus diesem Grund hatte er noch nicht angerufen – er wollte sie nicht stören.

Das war natürlich Blödsinn. In Wirklichkeit war er eifersüchtig.

Er rollte sich auf den Bauch, um das stumme Telefon auf dem Nachttisch nicht ansehen zu müssen. Nadianna Jesup war ein außergewöhnliches Talent, das ging deutlich aus ihrer Mappe hervor. Es war etwas an ihren Bildern, das er Gale gegenüber nicht in Worte gefasst hatte, ein ursprüngliches Element, das man normalerweise nicht mit der technischen Kunstform der Fotografie verband. Wenn es so etwas wie eine volkstümliche Fotografie gäbe, würde diese Bezeichnung auf Nadianna zutreffen. Und ihr Verhalten gestern Abend im Pub hatte gezeigt, dass sie wehrlos wie ein Lamm war, ein naives Landkind, das sich zu weit von zu Hause fort gewagt hatte. Wie hätte Gale ihr nicht zur Seite stehen sollen?

»Scheiße«, murmelte er.

Während des vergangenen Jahres hatte Gale ihm schmerzlich deutlich gemacht, wo ihre Prioritäten lagen. Zuerst kamen ihre Arbeit und ihr Kind. Nur ganz am Rande existierte da ein Mann in einem fremden Land, der sich nach ihr sehnte. Stöhnend wälzte er sich herum, griff nach dem Telefon und hämmerte eine Nummer ein.

Gale nahm nach dem zweiten Läuten ab.

»Na endlich«, sagte sie. »Ich hatte gerade vor, dir hinterherzutelefonieren.«

»Ich wollte dir eine Atempause lassen.«

Ihr Lachen klang ehrlich amüsiert. »Typisch Junggeselle. Katie Pru ist seit sechs Uhr auf, und Nadianna ist noch vor acht Gott weiß wohin verschwunden. Sobald sie zurückkommt, machen wir uns zur Spinnerei auf. Ich will sie mir mal aus der Nähe ansehen, bevor ich mit den Recherchen beginne. Hast du Lust, uns zu begleiten?«

»Hör mal, Gale, ich weiß, dass du zum Arbeiten hier bist. Ich will dir nicht im Weg sein, kann mich genauso gut allein ...«

Sie unterbrach ihn. »Du bist nicht im Weg, ehrlich. Ich hätte sogar Verwendung für dich. Wir werden Katie Pru mitnehmen, und ein dritter Erwachsener wäre hilfreich. Ich glaube zwar nicht, dass wir in die Spinnerei hineinkönnen, aber ein zusätzliches Paar Hände ...«

»Du brauchst also jemanden, der sich um Katie Pru kümmert?«

»Nicht gerade, was du dir vorgestellt hast, hm?«

Was genau hatte er sich vorgestellt? »Nein, ist mir recht. Katie Pru und ich ... wir verstehen uns. Soll ich in ungefähr zwanzig Minuten zu euch kommen?«

»In zwanzig Minuten, gut. Falls Nadianna bis dahin noch nicht zurück ist, mache ich dir einen Kaffee.«

Sie legte auf. Er starrte das Telefon an und versuchte, sich über seine Gefühle klar zu werden. Zu schwierig. Daher rollte er sich vom Bett, schlüpfte in Schuhe und Mantel und ging nach unten.

Der Bernie Portman, der an diesem Dienstagmorgen hinter einem Schreibtisch in der Eingangshalle des Crown & Drover saß, war nicht der fröhliche Gemütsmensch, den Halford am Vorabend im Pub getroffen hatte. Dieser sah trübsinnig aus und tippte mit hängenden Schultern und einem dicken Finger Zahlen in den Computer. Er lächelte Halford freudlos an, als dieser stehen blieb, um seinen Mantel zuzuknöpfen.

»Das Wetter ist gar nicht schlecht heute Morgen, Sir. Der Nebel hat sich früh aufgelöst. Wie haben Sie geschlafen?«

Halford nickte. »Ganz gut. Es war sehr ruhig. Offenbar bin ich der einzige Übernachtungsgast.«

»Das stimmt. An den Wochenenden schneien manchmal Wanderer herein, aber ansonsten ist im November nicht viel los.« Portman fuhr mit der Handfläche über den Schreibtisch, als würde er Staub wischen. »Hören Sie«, druckste er, »üble Geschichte gestern Abend. Tut mir Leid wegen dem Mädchen, das hatte sie nicht verdient.«

»Nein, wirklich nicht.«

»Die Leute sind manchmal ein bisschen grob. Und Olivia, na ja. Lyle, das ist ihr Verlobter, kam hinterher zu mir und entschuldigte sich. Sagte, er hätte eine leichte Grippe gehabt und die Situation wäre außer Kontrolle geraten, bevor er etwas unternehmen konnte. Trotzdem hätte das nicht passieren dürfen. Sagen Sie Ihrer Freundin, dass es mir Leid tut. Bringen Sie sie wieder her, dann serviere ich Ihnen ein Abendessen in unserem Privatzimmer auf Kosten des Hauses.«

»Danke, Mr. Portman. Ich werde es ausrichten.«

Halford machte einen Schritt auf den Ausgang zu. »Es würde mich nur interessieren ...«, sagte Portman. »Na ja, ein paar von uns haben sich gefragt ... wie wahrscheinlich ist es, dass da wirklich ein Toter im Fluss war?«

»Ich weiß es nicht. Inspector Reston leitet die Untersuchung.«

Portman winkte mit seiner fetten Hand ab. »Ja, ja, ich kenne Mark. Er ist ein guter Mann. Kommt immer wieder mal vorbei. Aber eine miserable Quelle für Klatsch. Man kriegt kein Wort aus ihm heraus.«

Halford lächelte. »Tja, und ich kann schlecht Dinge hinter seinem Rücken ausplaudern.«

»Nein, da haben Sie wohl Recht. Hoffte trotzdem, Sie würden es tun. Die Vorstellung, dass eine verstümmelte Leiche dort draußen herumtreibt ... Schaurig, verstehen Sie?«

Jemand rüttelte an der Eingangstür, wartete kurz, rüttelte wieder. »Verdammt«, murmelte Portman. »Sie sind früh dran. 'tschuldigen Sie mich, Sir.« Er kam hinter dem Schreibtisch hervor, ging zur Tür und schob einen großen, schmiedeeisernen Riegel zurück. »Guten Morgen zusammen«, flötete er. »Das Wetter könnte schlechter sein, nicht wahr?«

Das Paar sah nur wenig anders aus als am Vorabend, obwohl beide im Stehen sehr viel kleiner wirkten. Unter einem unförmigen schwarzen Parka war der Mann von kompakter Statur, seine dunklen, glatten Haare hatte er wieder zu einem Pferdeschwanz zurückgekämmt. Die stämmige Frau trug statt eines Schals nun ein orange-grün gestreiftes Cape, das ihr bis unter die Knie reichte; schwarze Leggings umhüllten die dicken Waden. Die großen, fliegenden Vögel baumelten immer noch an ihren Ohren – ein unglücklicher Zusammenstoß mit der Schulter des Mannes, dachte Halford, und eine Flügelspitze würde ihre Wange durchbohren. Wieder hatte er ein nagendes Gefühl des Wiedererkennens.

Die Stimme der Frau war so grell wie ihr Schmuck. »Hallo, Bernie«, sagte sie lächelnd und mit einem Blick auf Halford. »Ich habe meinen Ton heute früh beiseite gelegt und Lyle aus seiner Dunkelkammer gezerrt, damit wir uns davon überzeugen können, dass alles bereit ist.«

»Ich denke schon, Olivia«, antwortete Portman. »Doreen beaufsichtigt die Vorbereitungen.« Mit einem entschuldigenden Blick sagte er zu Halford: »Meine bessere Hälfte ist die Organisatorin hier – allein auf mich gestellt könnte ich den Laden nach einem Monat dichtmachen.«

Halford lächelte kurz und nahm die Ankömmlinge wieder in Augenschein. Olivia Markham und Lyle Botting! Er hatte vor kurzem einen Artikel in der *Times* über sie gelesen – darin wurden sie als vielversprechendes junges Paar der kommerziell erfolgreichen Kunstszene bezeichnet. Keine brotlosen Künstler demnach, die beiden. Nur dass sie aus der Nähe betrachtet auch nicht mehr so jung waren. Der Artikel war in einem milde spöttischen Ton geschrieben gewesen, mit einer etwas geringschätzigen Beurteilung ihrer jeweiligen künstlerischen Arbeit. Botting, von Haus aus Fotograf, wurde Talent bescheinigt, Markham, die Töpferin, war laut Verfasser »leicht zugänglich«.

Die leicht zugängliche Miss Markham schüttelte den Kopf und brachte ihre Ohrgehänge zum Tanzen. »Stell dein Licht nicht unter den Scheffel, Bertie. Doreen könnte nicht ohne dich auskommen. Dein Auftreten als fröhlicher Wirt belebt das Geschäft.«

Portman zog eine Grimasse. »Fröhlich. Na ja, ich gebe mir Mühe.« Er wandte sich an Botting. »Ich habe vorhin mal nach dem Rechten gesehen – es wird alles pünktlich fertig sein für das Treffen.«

»Gut«, sagte Botting. »Wir wollten nur sichergehen, dass es nicht in letzter Minute noch etwas zu organisieren gibt ...«

»Aber nein. Wir könnten euch doch kein Geld berechnen, wenn das so wäre. Wenn ihr beiden nun die Treppe hinuntergehen wollt, an der Tür vorbei nach links ... Der Raum ist auf der rechten Seite. Doreen sorgt gerade dafür, dass alles tipptopp ist.«

Der Wirt wartete, bis die Schwingtür sich hinter dem Paar geschlossen hatte, ehe er mit gesenkter Stimme zu Halford bemerkte: »Da geht eines von Gottes weniger geglückten Werken.«

»Tatsächlich? Alle beide oder nur einer von ihnen?«

»Sie. Eine Gewitterziege. Na, Sie haben es ja selbst erlebt. Schlimmer noch, sie ist eine Gewitterziege aus London. Kommt nach einer vertrackten Scheidung hierher und denkt, sie weiß alles besser. Hält sich für eine Künstlerin, aber wenn sie je Talent hatte, hat sie es verschwendet. Ein Neffe von mir, der in Leeds Kunst studiert, sagt, sie wäre nur eine Lachnummer in der Kunstszene. Sie war wohl einmal ganz gut, aber inzwischen wird sie von keinem ernst zu nehmenden Künstler mehr respektiert. Olivia produziert ihr Zeug wie am Fließband und macht eine Menge Geld damit. Es wird einem speiübel, wenn man sieht, was die Leute für so einen Müll hinlegen.«

Halford nickte. »Ich habe ihre Sachen auf Fotos gesehen, wenn auch noch nie in natura.«

»Tja, genau das ist das Problem mit ihrem verdammten Zeug. Es sieht aus wie in natura. Lyle dagegen ist ein anständiger Kerl. Ein Junge von hier, der es zu etwas gebracht hat. Alle mögen ihn, nur leider läuft er ihr nach wie ein Hündchen.«

»Und was machen die beiden heute hier?«

Portman warf einen kurzen Blick in den Flur, durch den das Paar verschwunden war. »Sie hat sich diese verrückte Idee in den Kopf gesetzt, die alte Spinnerei zu restaurieren. Will sie in eine Art Künstlerzentrum umwandeln, mit Ateliers und Galerien. Ein zweites Saltaire, sagt sie. Die haben David Hockney, wir können Olivia haben. Nur dass sie hier keiner will. Ich weiß nicht, wie Sie über Kunst denken, Mr. Halford, aber ich finde ihren Kram obszön. Sollen wir es gut finden, dass Leute aus dem ganzen Land nach Mayley kommen, um nachgebildete Geschlechtsteile von Frauen zu kaufen? Was für eine Sorte Leute wird das schon sein?«

»Sie betreibt also ein wenig Lokalpolitik zurzeit.«

»Sie haben's erfasst. Olivia hat für heute eine kleine Privatkonferenz organisiert, um ein paar Typen von der Gemeindeverwaltung zu umschmeicheln, die ihr ein Dorn im Auge sind – oder denen sie einer ist. Aber sie weiß nicht, worauf sie sich da einlässt. Unter anderem haben wir hier diesen Prediger, der seine Jesus-liebt-dich-Versammlungen oben in der Spinnerei abhält und schon mehrmals beteuert hat, dass er sich nicht von einer Herstellerin von Pornographie vertreiben lassen wird. Er ist vielleicht nicht ganz dicht, aber alle wissen, dass Olivia erst recht einen Knall hat. Ich sage Ihnen was: Sie bezahlt den Raum und Speis und Trank, und am Ende werden alle gehen und immer noch denken, dass sie einen Knall hat.«

Halford bewegte sich zum Ausgang. »Kein schlechtes Geschäft für Sie.«

»Nein, kein schlechtes Geschäft. Da bin ich ehrlich, Mr. Halford. Aus Olivia Markham mache ich mir überhaupt nichts, aber ihr Geld nehme ich gern.«

König Ludd, General Ludd, Ned Ludd – mit diesen Namen bezeichneten die Ludditen die sagenumwobene Gestalt an der Spitze ihrer »Armee«.

G. Graysons Notizen

7. Kapitel

Die im Jahr 1793 erbaute Yates-Spinnerei war, auch nach damaliger Definition, eine kleine Baumwollspinnerei – drei Stockwerke hoch, mit einer Reihe von zehn Fenstern an der Längsseite jedes Stockwerks. Ein rechteckiges, funktionales Gebäude, bestehend aus Bruchsteinen der Gegend, die zweihundert Jahre nach seiner Erbauung die Farbe von schmutzigem Weizen angenommen hatten. Die einzigen dekorativen Elemente stellten die mit Quadersteinen ummauerten Fenster und ein beeindruckender Torbogen im Erdgeschoss dar, durch den einst das vom Fluss abgeleitete Wasser für das große Antriebsrad geflossen war. All das hatte Gale vor ihrer Abreise aus Georgia während eines Telefoninterviews mit Nigel Pigeon erfahren, einem älteren Mitglied des Vereins für Heimatgeschichte in Mayley. Das Dach sei 1820 nach einem Brand erneuert worden, hatte der alte Herr hinzugefügt, und umfasse nun eine feuerfestere Kombination aus Bauholz und Eisen. Die Spinnerei habe 1884, während der großen Wirtschaftskrise, endgültig ihre Tore geschlossen. »Wir hatten auch eine große Depression vor dem Krieg«, hatte Pigeon erklärt. »Aber insgesamt ist das Gebäude in einem erstaunlich guten Zustand, wenn man bedenkt, dass seit einem Jahrhundert nichts daran getan wurde.«

Gale stand auf einem grasbewachsenen Seitenhof der Yates-

Spinnerei und verglich die Wirklichkeit mit Mr. Pigeons Beschreibungen. Die Morgensonne beschien die östliche Fassade und verlieh ihr ein fleckiges Weiß. Die lange Vernachlässigung war nicht zu übersehen – die ehemals mit einem Mittelpfosten versehenen Fenster gähnten nun als schwarze Löcher, nur ein paar gesplitterte Holzstümpfe waren erhalten. Das Dach war an einer Ecke eingebrochen, und dicke, immer noch sommergrüne Moospolster hatten sich in der Senke angesammelt. Kein Schornsteinkasten, keine Ziergiebel und kein Anbau lockerte die strenge Quaderform des Gebäudes auf. Und doch hatte die Spinnerei, vom blauen Wasser des Sette auf der einen und einem Flechtwerk gelber Lärchen auf der anderen Seite, etwas Verwunschenes, Bezauberndes.

»Schön, nicht wahr?«, fragte Nadianna.

»Sehr schön. So ähnlich habe ich mir immer Thrushcross Grange vorgestellt, aber keine Spinnerei.«

Nadianna sagte nichts darauf, griff nur nach der Kamera um ihren Hals und machte sich am Objektiv zu schaffen. Gale hätte sich ohrfeigen können. Thrushcross Grange. Tolle Sache, mit literarischen Anspielungen um sich zu werfen, damit andere sich dumm und ungebildet fühlen.

Sie bückte sich nach einem Kiesel und schleuderte ihn in den Fluss. »Entschuldigung«, sagte sie. »So heißt ein Haus in ›Sturmhöhe‹, einem Roman aus dem vorigen Jahrhundert. Als junges Mädchen hatte ich nicht viel anderes zu tun als zu lesen und mir vorzustellen, ich wäre weit weg.«

»Aha.« Nadianna schlüpfte mit den Armen aus ihrem Mantel und ließ ihn zu Boden fallen. Darunter trug sie einen langen, weißen Pullover und einen schwarzen Rock. Schweigend fingerte sie weiter an ihrer Kamera herum.

»Also, was meinst du?«, fragte Gale, bemüht, ihre unsensible Bemerkung wieder gutzumachen. »Denkst du, unser Projekt wird ein Erfolg?«

»Es muss einer werden, ich habe zu viel dafür riskiert«, lautete die knappe Antwort.

Auf der anderen Seite des Sette stand ein massiges Steinhaus, die grob behauenen einzelnen Blöcke waren selbst aus der Entfernung gut zu erkennen. Während Gale es betrachtete, hielt ein roter Escort vor der Haustür, dem eine übergroße junge Frau entstieg. Ihre Haare waren unter einem kunstvoll gewickelten, hellgrünen Schal verborgen, aber es bestand kein Zweifel, um wen es sich handelte.

»Da ist Chally«, sagte Gale. »Aber sie wohnt nicht dort. Ich weiß, dass sie und ihre Schwester ein Haus in der Stadt haben.«

Gale rief ihr einen Gruß zu, und sowohl sie als auch Nadianna hoben die Arme und winkten. Die Gestalt jenseits des Wassers blickte kurz zu ihnen herüber, senkte dann den Kopf und eilte ins Haus. Gale sah ihre Begleiterin verwirrt an.

»Vielleicht haben wir keinen guten Eindruck bei ihr gemacht.«

»Oder sie will bloß nicht zugeben, dass sie die verrückten Amerikanerinnen kennt«, entgegnete Nadianna mürrisch.

Glockenhelles Gelächter erklang hinter ihnen, und Katie Pru kam auf sie zugerannt. Gale fing sie auf und drückte ihr einen Kuss auf die Wange.

»Was ist denn so komisch, Käferchen? Und wo hast du Mr. Halford gelassen?«

Katie Pru entwand sich den Armen ihrer Mutter. »Er ist dort hinten. Wir haben Leute getroffen. Sie tragen ulkige Hüte und Schuhe.«

Die letzten Worte rief sie, während sie schon wieder zum anderen Ende der Spinnerei flitzte. Gale sah Nadianna mit hochgezogenen Augenbrauen an und trabte dann ihrer Tochter hinterher.

Halford stand vor einem kleinen, einstöckigen Bau im Schatten der Nordseite der Spinnerei. Dieses Gebäude, stellte Gale sofort fest, war in hervorragendem Zustand, alle Fenster hatten saubere Scheiben und die Tür einen frischen, weißen Anstrich. Doch der Zustand dieses Nebengebäudes war nicht annähernd so erstaunlich wie der junge Mann und die junge Frau neben Halford, die, wie Gale zugeben musste, tatsächlich ausgesprochen ulkige Hüte und Schuhe trugen.

Katie Pru nahm Halfords Hand. »Wir haben sie in dem kleinen Haus gefunden«, erklärte sie. »Ich glaube, es sind Clowns.«

Der Mann grinste ein wenig verlegen und zog seinen eingedellten Filzhut. »Fürchte, so sehen wir tatsächlich aus. Wir haben Sachen für einen Flohmarkt aussortiert. Alte Hüte« – er hielt den Filzhut in die Höhe – »alte Schuhe« – er schlug die Hacken eines abgelatschten Paars Golfschuhe zusammen. »Haben uns wohl ein wenig mitreißen lassen.«

Die Frau setzte einen mottenzerfressenen, federgeschmückten Damenhut ab und schaute auf die roten Pumps mit Pfennigabsätzen, in die sie mitsamt weißen Socken ihre Füße gequetscht hatte. »Das kommt davon, wenn man als Kind verwöhnt wird. Unsere Eltern waren viel zu leicht zu amüsieren.« Sie streckte Gale die Hand hin. »Ich bin Zoë Axon. Das ist mein Bruder Alan. An den meisten Tagen sind wir ganz ehrbare Erwachsene.«

Ehrbar mochten sie sein, dachte Gale, aber das Erwachsenenalter hatten sie noch nicht lange erreicht. Beide waren so blond und hellhäutig, wie es nur ganz junge Leute von Natur aus sind; sie schätzte Alan, der der Ältere zu sein schien, auf noch nicht einmal Mitte zwanzig.

»Ich fürchte, Katie Pru und ich haben ihnen einen ziemlichen Schrecken eingejagt«, sagte Halford. »Die Frage ist allerdings, wer mehr erschrocken war – wir, als wir sie um die Kisten mit alten Klamotten herumhüpfen sahen, oder sie, als sie entdeckten, dass wir zum Fenster hereinglotzten wie Flussgeister. Ich muss mich entschuldigen. Wir dachten, das Grundstück sei verlassen.«

»Nur die alte Spinnerei«, sagte Alan. »Sie steht seit Mitte des letzten Jahrhunderts leer. Aber dieses kleine Nebengebäude ist gut erhalten. Außerdem haben wir selbst noch ein wenig Arbeit hineingesteckt.«

»Nur ihr beide? Was macht ihr in diesem Haus?«, fragte Gale.

Alan kicherte. »Ja, nur wir beide. Wir verkleiden uns darin und spielen Fangen und Verstecken.« Er rieb sich den Oberarm, weil Zoë ihn geboxt hatte. »Nein, es ist sozusagen eine Kirche. Die der

Christusgemeinde von Mayley. Wir sind etwa fünfzig Mitglieder und treffen uns hier seit einem Jahr. Die Miete ist niedrig – wir putzen die Fenster, haben reichlich Platz.«

»Das erklärt die frisch gestrichene Tür«, sagte Gale. »Gute Arbeit. Hat Daniel euch erzählt, dass wir uns für die Geschichte der Spinnerei interessieren?«

»Ja, hat er.« Zoë schob den Hut zurück und bog die breite Krempe wie zum Schutz ihrer Augen herunter – warum, wusste Gale nicht, denn die Sonne war hinter den hohen Mauern der Spinnerei verborgen. »Ein faszinierender Ort, nicht wahr? Alan und ich waren als Kinder oft hier und haben schmutzige Wörter durch die Fenster gebrüllt. Schlimm waren wir. Alan kann Ihnen alles über die Spinnerei erzählen. Er ist Historiker – jedenfalls studiert er Geschichte.«

Alan zuckte die Achseln. »Ich gebe mir Mühe. Universität Bradford. Mein spezielles Interesse gilt den Spinnereien. Na ja, schließlich bin ich aus Yorkshire, kein Wunder also. Diese Spinnerei hier hat es mir besonders angetan. Während Zoë schlimme Wörter durch die Fenster brüllte, machte ich mir schon eifrig Notizen, wie ein kleiner Student.«

Das trug ihm einen neuen Boxhieb ein. »Ich würde mich freuen, wenn wir uns mal zusammensetzen und uns ausführlicher unterhalten könnten«, sagte Gale und meinte es ernst. »Wir sind durch ein Kunstförderungsstipendium hier. Die Familie, der diese Spinnerei gehörte, wanderte im neunzehnten Jahrhundert in die Staaten aus und gründete eine Baumwollspinnerei in meinem Heimatort in Georgia. Wir wollen eine Fotodokumentation machen, die die beiden vergleicht.«

Alan sah sie neugierig an. »Sie sind also die Fotografin?«

»Nein, ich schreibe die Texte. Aber Nadianna ist auch irgendwo in der Nähe.« Gale sah sich um, doch Nadianna war ihr nicht gefolgt. »Tja«, wandte sie sich wieder an Alan, »habt ihr etwas dagegen, wenn wir uns dieses Nebengebäude einmal ansehen?«

Der junge Mann blickte angestrengt zum anderen Ende der

Spinnerei. Stirnrunzelnd zog er seine Aufmerksamkeit von dort ab, um sie erneut auf Gale zu richten.

»Äh, nein, ganz und gar nicht. Zoë und ich haben eine ziemliche Unordnung veranstaltet, aber vielleicht können Sie ja darüber hinwegsehen.«

Der Raum im Inneren des Gebäudes maß nicht mehr als sechs mal sieben Meter. Abgetretene Holzdielen bedeckten den Boden, die Wände bestanden aus rohem, unverputztem Mauerwerk. Um zu heizen, gab es lediglich einen kleinen Kohlekamin in der Ecke – das Beten im Winter musste an diesem spartanischen Ort wahrlich ein Akt des Glaubens sein. Rundherum waren einfache Holzstühle mit geraden Lehnen aufgereiht, während die Mitte von diversen Kisten und Kleiderhaufen eingenommen wurde. Über den Rand der einen Kiste hing der Kopf einer Fuchsstola. Als er sah, wie Katie Pru den Fuchskopf von der Tür aus misstrauisch beäugte, eilte Alan darauf zu und kickte ihn mit dem Fuß zurück in die Kiste.

»Die Kirchengemeinde unterhält ein paar soziale Einrichtungen wie eine Armenküche und eine Kleiderkammer«, erklärte er Gale. »Ein paar Mal im Jahr veranstalten wir einen Bazar, um die Klamotten loszuwerden, die noch nicht einmal die Bedürftigen wollen. Damit waren Zoë und ich gerade beschäftigt – die untragbaren Sachen auszusortieren.«

»Interessantes Gebäude«, bemerkte Gale. »Irgendeine Vorstellung, welchem Zweck es diente?«

»Wahrscheinlich war es das Krempelhaus, wo die Baumwolle gekrempelt und zum Spinnen vorbereitet wurde. Ich forsche noch darüber nach. Wenn es nach mir ginge, müsste das alles hier erhalten werden.«

»Es ist immer schade, wenn historische Architektur verloren geht.«

»Kommt darauf an. Es würde mir einerseits sehr Leid tun um die Spinnerei, aber andererseits – dieser ganze Nostalgie-Tourismus …«

»Er meint, es hat etwas Entwürdigendes«, ergänzte Zoë. »Leute, die ein Pfund für eine Führung und ein Geschirrtuch mit drollig aussehenden Kindern an Spinnmaschinen darauf bezahlen. Alle sagen immer, dass so etwas Geld einbringt, aber es zerstört auch den Geist eines Ortes. Die Erhaltung ist schon sinnvoll, allerdings …«

Ihr Bruder unterbrach sie mit einer Geste. »Was ich sagen wollte, ist, dass dadurch die historischen Fakten verzerrt werden können. Aber das wissen Sie ja selbst, Mrs. Grayson. Hier jedenfalls besteht kein Grund zur Eile, die kleine Werkstatt steht zurzeit unter dem Schutz unserer Kirche.« Er grinste Zoë an. »Die kleinen Rowdys, die sich hier rumtrieben und Schimpfwörter durch die Fenster brüllten, sind jetzt alle erwachsen. Aber was die eigentliche Spinnerei betrifft, das ist ein Alptraum. Keine Ahnung, wie wir sie vor dem Verfall bewahren sollen.«

Er griff in eine der Kisten und zog einen glockenförmigen Damenhut aus dunkelblauer Wolle, geschmückt mit einem Bündel Plastikkirschen, heraus. »Viel zu klein für Zoës dicken Kopf«, sagte er, ging in die Hocke und hielt ihn Katie Pru hin. »Vielleicht möchte ihn ja meine neue amerikanische Freundin haben.«

Zögernd nahm Katie Pru den Glockenhut und untersuchte ihn.

»Was meinst du?«, fragte Gale.

Katie Pru drückte den Hut an ihre Brust. »Danke«, sagte sie.

Alan grinste, richtete sich auf und zwinkerte Gale zu. Dann veränderte sich sein Gesichtsausdruck, er starrte an ihr vorbei. Gale drehte sich um und sah Nadianna auf der Türschwelle stehen.

»Da ist sie ja«, sagte sie. »Nadianna, ich glaube, wir haben Leute getroffen, die uns helfen können.«

Schweigen breitete sich im Raum aus. Nadianna wurde rot, während die beiden jungen Engländer sie anstarrten.

Alan sprach zuerst. »Gott segne dich, Nadianna«, murmelte er. »Gelobt sei der Herr.«

»Gott segne dich«, flüsterte Zoë.

»Nicht«, sagte Nadianna sanft. »Bitte nicht.«

»Wovon reden sie?«, fragte Gale verwirrt.

Zoë sah sie an, ihre jugendliche Schalkhaftigkeit war verschwunden, ihr Gesicht ganz ernst. »Die Vision. Die Leiche im Wasser. Es war ein Zeichen von Gott. Nadianna weiß das.«

Die allgegenwärtigen Reihenhaussiedlungen der Gegend mit den typischen »Weberfenstern« wurden ursprünglich für die Heimarbeiter gebaut, die zwar ihre eigenen Gerätschaften besaßen, aber von den wohlhabenden Tuchhändlern und Kleiderfabrikanten abhängig waren, für die sie Stoffe herstellten.

G. Graysons Notizen

8. Kapitel

Als Chalice sieben Jahre alt war, baute der Vermieter eine Badewanne in das alte Cottage in der Garrett Alley ein. Chalice war überglücklich. Stundenlang lag sie in dem erkaltenden Wasser, die Arme an den Seiten, den Kopf gegen den Wannenrand gelehnt, die Füße fest gegen das untere Ende gestemmt. Totty kam hin und wieder herein und seufzte. »Schrumpelfinger und Schrumpelzehen, ganz zu schweigen von einer prächtigen Erkältung. Komm jetzt, raus aus der Wanne.« Aber Chalice tauchte ihr Kinn ins Wasser und gurgelte protestierend. »Na gut«, gab Totty meistens nach. »Du bist ein ganz schön verwöhntes Balg.« Dann drehte sie den Hahn auf, und Ströme warmen Wassers umspülten Chalices Beine.

Es dauerte noch ein ganzes weiteres Jahr, ehe Chalice die Tatsache, dass ihr Körper bereits die ganze Wanne ausfüllte, als etwas Ungewöhnliches erkannte. Sie hatte immer gewusst, dass sie größer war als die anderen Kinder in Mayley, aber einfach angenommen, dass es woanders Kinder gab, die genauso groß waren wie sie oder gar noch größer. Tottys erster Auftrag als Hausvermittlerin führte sie in das vierzig Kilometer entfernte Wakefield. Weil Chalice während der Vertragsunterzeichnung brav gewesen war, gingen sie hinterher zur Belohnung auf einen Spielplatz, wo sie sich mit dem Kopf nach unten von einem Klettergerüst hängen ließ, so dass ihr Haar auf dem Boden schleifte, während die anderen Kinder um ein Karussell herumtobten. Sie beobachtete, wie ihre Händchen die Metallstangen ergriffen, wie ihre Füße sich in den feuchten Sand gruben, als sie das Karussell anschoben, ehe sie aufsprangen. Ihre Schuhe hinterließen so kleine Abdrücke. Ihre Fingerknöchel waren wie die Häuser von winzigen Gartenschnecken. *Ihre* Körper konnten die Wanne noch nicht einmal annähernd füllen. Da merkte sie, dass sie doppelt so groß war wie die anderen. Sie war das größte Kind der Welt.

Die Erkenntnis traf sie wie ein Schlag. Von da an spürte sie ihre eigene Gegenwart bei jedem Schritt und Tritt. Das Cottage in der Garrett Alley wurde zu einem Kleidungsstück. Sie füllte es aus, bis die Nähte zum Zerreißen gespannt waren.

Eines Abends unterbrach sie Totty beim Eiweißschlagen. *Ich bin das größte Mädchen auf dem Planeten,* schrieb sie auf eine Tafel.

»Erzähl keinen Unsinn«, antwortete Totty. »Du hast genau die richtige Größe.«

Ich werde die ganze Luft im Haus aufbrauchen. Du wirst nicht mehr atmen können.

Weißer Schaum tropfte von Tottys Schneebesen. »Atmen schreibt man nicht mit ›h‹, Chally. Und ich habe genug Luft.« Doch als sie sich abwandte, atmete sie einmal tief durch. Chalices Schwester wollte lieber auf Nummer sicher gehen.

Chalice hatte nur eine vage Erinnerung an ihre Mutter – eine Frau mit dünnem Haar und erschrockenen Augen, die zur Wohnungstür hinein- und hinaushastete, bis Totty eines Tages das Schloss auswechselte und sich weigerte, sie je wieder einzulassen. »Wir können nicht beide deine Mutter sein«, hatte sie zu Chalice gesagt. »Also werde ich die Aufgabe übernehmen. Du wirst mich wie eine Mutter lieben, nicht wahr, Chally?« Chalice hatte nicht gewusst, was sie antworten sollte, hatte sich auf den Boden neben das Sofa gesetzt, ihr Zungenstumpf war in ihrem Mund herumgerollt.

Jetzt, da sie sich selbst dem Alter näherte, in dem Totty die Erziehung der kleinen Tochter ihrer Mutter aufgeladen bekommen hatte, fand Chalice ihre Schwester immer rätselhafter, irgendwie nicht wirklich. In der Person Tottys hatten sich Schwester und Mutter auf unnatürliche Weise miteinander verbunden. Wo blieb die Rivalität zwischen Geschwistern, wenn es kein Elternteil gab, das man beeindrucken konnte? Wo war die Liebe ohne einen Vater oder eine Mutter, gegen die man sich verbünden konnte?

Chalice lehnte sich nachdenklich mit einer Schulter gegen den Rahmen der Ateliertür. Durch das Fenster konnte sie die beiden Amerikanerinnen sehen, die die verlassene Spinnerei betrachteten, als wäre sie bereits ein Foto in einer Galerie. Sie merkte, dass Mrs. Grayson und Miss Jesup sich nicht ganz unbefangen fühlten. An ihren verschränkten Armen und schräg gestellten Hüften erkannte sie zwei Frauen, die sich zusammengetan hatten, aber noch unsicher waren. Ach, dachte sie, wann waren sich Frauen, die das Schicksal verbunden hatte, je einander sicher?

Sie erspähte Olivias gelbe Liste mit Anweisungen an der Wand und schlenderte hinüber, um sich das vor ihr liegende Tagwerk anzusehen – einhundert ungebrannte Blumen in stumpfem Rosa bedeckten den Arbeitstisch wie ein Sargtuch. Am Freitag würden sie farbenprächtig und glänzend in den indirekt beleuchteten Glasregalen der piekfeinen Galerie Gloriana in Manchester prangen. Die Einladungen waren vor drei Wochen verschickt worden, und während der letzten zehn Tage hatte Olivia ständig Anrufe von schmeichlerisch säuselnden Kunden erhalten. Alles würde sehr schick und Bussi-Bussi sein – gefüllte Endivienboote als Hors d'œuvres, Champagner zu zwanzig Pfund die Flasche. Olivia hatte sogar ein paar ihrer Künstlerfreunde aus London überredet, die Reise gen Norden anzutreten, und mehrere Journalisten hatten zugesagt, über das Ereignis zu berichten. Alles hing nur noch von Chalice ab, die die Blumen in den auf 1120° Celsius erhitzten Brennofen schieben musste.

Sie hörte Lachen von draußen, wandte sich von Olivias Blumen ab und sah, wie das kleine Mädchen in Mrs. Graysons Arme sprang. Von ihrem Standpunkt überblickte Chalice sowohl das hintere Ende der Spinnerei, wo die Kleine ihre Mutter zu einer Gruppe Leute zerrte, als auch die Vorderseite, wo die schwangere Fotografin herumlungerte. Sie wartete, aber Nadianna machte keine Anstalten, sich zu den anderen zu gesellen.

Chalice nahm ihre lange Malachitkette in die Hand und ließ die Perlen wie grüne Wassertropfen durch die Finger gleiten. Sie war zu ehrlich, um die Spur von Befriedigung zu leugnen, die sie über Nadiannas Unbehagen empfand. Der gestrigen Befragung durch die Polizei hatte sie entnommen, dass die blonde Erscheinung aus Amerika Mrs. Graysons Schützling war, und nun fühlte sie sich unsolidarischerweise getröstet, weil der Schützling so unbeschützt wirkte.

Die Augen immer noch auf Nadianna gerichtet, wickelte sie den grünen Schal von ihrem Kopf und stopfte ihn zuerst langsam, dann entschlossener unter ihren Pullover. Er ergab eine kaum erkennbare Ausbuchtung, also schnappte sie sich ein schmutziges Arbeitshemd von einem Haken und fügte es dem Schal hinzu. Sie stellte sich seitlich vor einen Vitrinenschrank. Ihr Pullover wölbte sich unter den Brüsten, so dass ihr von den Glastüren reflektiertes Profil eine Reihe ansteigender Hügel zeigte – Stirn, Nase, Brüste, Bauch. Sie tätschelte ihre ausgestopfte Vorderseite wie eine glückliche werdende Mutter. *Ooh, ich weiß nicht, wie ich mich fühlen werde, wenn der kleine Liebling erst einmal da ist. Es ist so schön, ihn sicher in meinem Bauch zu tragen.*

Sie zog das Hemd heraus und warf es auf den Arbeitstisch. Mutterschaft war nichts für sie. Sex dagegen war sehr wohl etwas für sie, was sie zu Anfang ziemlich erstaunt hatte. Die meisten Mädchen ihres Alters, die in Mayley blieben, blieben, weil sie schwanger geworden waren. Sie sah sie oft vor den baufälligen Häusern im Westteil der Stadt, wo sie mit strähnigen Haaren und ohne Strümpfe auf den feuchten Steinstufen saßen und halbgegessene Brötchen in den Händen hielten, während ihre Kinder auf der Straße Dreirad fuhren. Sie konnte sich nicht vorstellen, ein schmutziges, kleines Kinn zwischen den Fingern zu halten, während sie auf ein Taschentuch spuckte, um es zu säubern. Sie konnte sich nicht inmitten dieser Gerüche, des Lärms, der klebrigen Fußböden und beschmierten Polstermöbel sehen. Aber vor allem konnte sie sich nicht vorstellen, von den mageren, ungepflegten Männern bestiegen zu werden, die diese Kinder gezeugt hatten. Gott sei Dank war das nicht ihr Schicksal.

Im Gegensatz zu Nadianna. Gestern hatte sie amüsiert zugehört, wie die andere gegenüber dem protokollführenden Polizisten das *Miss* vor ihrem Namen betont hatte. Kein Mann weit und breit, aber in anderen Umständen. Wie konnte ein Mädchen, das offenbar genug Talent hatte, um seinen Weg zu machen, so dumm sein, sich ein Kind andrehen zu lassen?

Chalice Hibbert jedenfalls war eindeutig zu talentiert, um sich ein Kind andrehen zu lassen; einen Babyhintern abzuwischen konnte niemals so befriedigend sein, wie eine fast perfekte Schale zu formen. Ihr Blick wanderte zu dem Schrank mit ihren fertigen Stücken. Die Teeschalen schimmerten leuchtend blau im Halbdunkeln, eine Abweichung von ihren üblichen Naturtönen, die ihr jedoch überraschend gut gefiel. Zwei Regalbretter an der hinteren Wand waren mit noch nicht fertig gebrannten Schalen gefüllt – mehr von ihrer neuen blauen Serie, vorgebrannt und glasiert und bereit für eine letzte Runde im Brennofen. Seit Wochen warteten sie dort wie geduldige Mägde, während Olivias aufgeputzte Kurtisanen zu Hofe gerufen wurden. Lange Zeit war Chalice damit zufrieden gewesen. Komisch, dass die letzten vierundzwanzig Stunden sie so aufmüpfig gemacht hatten.

Sie öffnete die Ofenklappe. Das Innere war säuberlich geputzt, wie immer nach einem von Olivias berüchtigten Anfällen. Die Leiterin eines Töpferkurses hatte Chalice einmal erklärt, dass Töpfer die gelassensten und bescheidensten unter allen Künstlern seien, weil sie sehr schnell lernten, wie begrenzt ihre Kontrolle über ihre Kunstwerke war: Wenn eine Töpferin ihre Arbeit dem Ofen übergab, musste sie damit rechnen, sie zerstört zu sehen. Nach einer Woche mit Olivia war das Wort von der Gelassenheit und Bescheidenheit nur noch ein Witz für Chalice gewesen. Wenn sie einen ihrer Anfälle hatte, schrie und schrubbte und raste ihre Chefin, bis das Atelier blitzblank war und sie sich ausgetobt hatte. Diese Anfälle stellten sich meistens in der Folge eines Besäufnisses ein. Chalice pustete in die Ofenkammer – kein Stäubchen flog auf. Olivia war am Sonntagabend, als Chalice ihre Schalen brennen wollte, betrunken gewesen. Zweifellos hatte sie am Montagmorgen einen Mini-Anfall gehabt.

Chalice sah zur Atelieruhr. Zehn nach zwei. Olivia würde aus ihrem Treffen mit den Gemeindeoberen nicht nüchtern hervorgehen, sie würde wahrscheinlich sogar zu betrunken sein, um überhaupt ins Atelier zu kommen. Ausreichend Zeit bis Freitag, um die Blumen fertig zu stellen. Entschlossen ging sie zu dem Regal mit ihren ungebrannten Schalen. Ausnahmsweise würde sie ihre eigenen Sachen mal an erste Stelle setzen.

Sie arbeitete rasch und konzentriert, belud den Ofen, indem sie die Teeschalen exakt fünf Millimeter auseinander platzierte, brachte die kegelförmigen Temperaturmesser an, überprüfte ihre Position und schloss die Klappe. Dann drehte sie mit einem triumphierenden Gefühl den Schalter. Bis Mitternacht würden ihre Schalen fertig sein.

Als die Ateliertür aufschlug, fuhr Chalice verblüfft herum. Olivia rauschte herein, ihr Cape über den Arm geschlungen und Lyle Botting im Schlepptau.

»Willst du wissen, wie das Treffen lief, Chally?« Olivia ließ ihren Umhang auf den Arbeitstisch neben das alte Hemd fallen. »Sie haben dagesessen wie die Ölgötzen. Wachs in meinen Händen. Sie werden mir keine Schwierigkeiten machen. Meinst du nicht auch, Lyle?«

Botting zuckte die Achseln. »Ich weiß nicht, Livy. Ich denke, sie spielen auf Zeit, wollen es aussitzen. Ein typisches Spielchen der Einheimischen. Gerald Thornsby ...«

»Hör doch auf. Gerald Thornsby ist eine Schmeißfliege. Warte, bis ich ihn zerquetsche, Süßer.«

Botting erhaschte Chalices Blick. Er zuckte leicht zusammen und schüttelte den Kopf. Olivia hatte zwar getrunken, aber weniger als gedacht.

Neben der Tür stand ein mit Leder und Tweed bezogenes Sofa, das normalerweise Kunden vorbehalten war. Olivia ließ sich hineinsinken und streckte ihre kurzen Beine aus, die kaum den gläsernen Couchtisch vor ihr erreichten.

»Alles nur Narren, Lyle. Und wir wissen, wie wir mit Narren umzugehen haben, nicht wahr, Darling?«

Bottings Kinnlinie versteifte sich.

»Na, Chally«, sagte er mit einem gezwungenen Lächeln, »hattest du einen arbeitsreichen Tag?«

Hinter ihr machte der Ofen durch die steigende Hitze leise Geräusche. Sie hielt ihre Augen auf Botting gerichtet, zwang sich, nicht zu den ungebrannten Blumen auf dem Arbeitstisch hinzuschauen. Er warf einen kurzen Blick darauf, sagte aber nichts.

»Du hast den Ofen beladen, ja, Schätzchen?«, murmelte Olivia. Chalice erkannte den Ausdruck in Bottings Augen, resigniert und hart zugleich. Er wusste, was kommen würde. Sie beide wussten es.

»Chally?« Olivia erhob sich langsam vom Sofa. »Du hast doch den …« Sie taumelte zum Tisch. »Was zum Teufel ist das? Warum sind die Blumen nicht im Brennofen? Ich habe eine Ausstellung am Freitag. Was hast du verdammt noch mal den ganzen Tag gemacht? Antworte mir. Was hast du gemacht?« Sie griff nach einer der ungebrannten Blumen, die pudrige, rosa Glasur beschmierte ihre Hand. »Glaubst du vielleicht, ich kann das hier verkaufen? Denkst du, du Schwachkopf, dass Leute für so etwas Geld bezahlen?« Sie knallte das Objekt auf den Tisch. »Miststück! Was glaubst du eigentlich, wo das Geld für deinen Lohn herkommt? Bildest du dir etwa ein, ich beschäftige dich zu meinem Vergnügen? Eingebildetes Miststück! Ich *beschütze* dich! Denkst du, ich bin so dumm wie Totty? Denkst du, ich weiß nicht Bescheid über dich?«

Ihr Atem ging jetzt schwer. Aus dem Augenwinkel sah Chalice, wie Botting einen Schritt auf Olivia zumachte, es sich dann aber anders überlegte. Er wird sie ihre Wut austoben lassen, dachte sie. Und warum nicht? Die Sache war es nicht wert, dass er sich Ohrfeigen einfing.

Olivia wirbelte herum, die Arme ausgestreckt wie eine Hexe, es sah lächerlich aus. »Was ist in dem verdammten Ofen?« Ohne nach der Temperatur zu sehen, riss sie die Klappe auf, und die Hitze strömte ihr entgegen. Sie bedeckte ihr Gesicht mit der Hand und spähte hinein. »Gottverdammt«, kreischte sie.

In einer einzigen, fließenden Bewegung schnappte sie sich einen großen Stock, der zum Umrühren von Glasuren verwendet wurde, und stach damit immer wieder in den Ofen. Chalice konnte hören, wie der Ton zerbrach, wie die fragilen Schalen wieder zu Staub wurden. Olivias Gesicht war hochrot. Sie warf den Stock auf den Boden und marschierte zu dem Schrank mit Chalices fertigen Stücken.

Chalice hörte ihre eigene Stimme stöhnen, fühlte, wie der Arbeitstisch unter ihren Fingern umkippte. Die Blumen explodierten zu rosa Staub, als sie auf den Boden krachten. Sie rannte auf Olivia zu, aber Botting hielt sie fest. Zusammen fielen sie auf das Sofa, ihre Kette würgte sie am Hals, seine Fäuste hielten sie unter den Brüsten umklammert. Ihre Stimme war ein urtümliches Heulen.

Die erste Teeschale zerbrach zu Scherben. Olivia sah Chalice direkt ins Gesicht, als sie eine zweite und dritte fallen ließ und die Splitter in alle Richtungen flogen. Stunden des Knetens, Formens, liebevollen Glättens – ein Knall nach dem anderen füllte Chalices Ohren. Sie zählte sie stumm, vier, fünf … Die Tränen liefen ihr übers Gesicht, als sie um jede Einzelne trauerte und um die Verschonung der übrigen betete. Bei der neunten hörte Olivia auf. Das letzte Stück, das sie herausnahm, war die Maske mit dem halbfertigen Gesicht. Sie hielt sie von sich, ihr Ausdruck war kalt und beängstigend. Himmel, dachte Chalice, sie wird mich umbringen.

»Der Bote Gottes, ja?« Olivia sah auf Chalice herab. »Fick dich.«

Sie hob die Maske über ihren Kopf und schmetterte sie mit aller Kraft zu Boden. Wie ein Schlag traf es Chalice im Magen und raubte ihr den Atem. Botting ließ sie los, sie rollte keuchend vom Sofa, als die Maske auftraf und in zwei Hälften zerbrach.

»Heilige Mutter Gottes, Olivia«, sagte Botting. »Warum hast du das getan?«

Olivia antwortete ihm nicht. Sie baute sich vor der knienden, würgenden Chalice auf.

»Du bist gefeuert«, sagte sie kalt. »Sieh zu, wie weit du mit deinem so genannten Talent ohne mich kommst.«

Um sieben Uhr abends war es bereits vollkommen dunkel. Nadianna drückte sich in den Beifahrersitz von Gerald Thornsbys altersschwachem Fiat und lauschte skeptisch dem röchelnden Motor, der sich auf einer schmalen Serpentinenstraße den Hang hinaufquälte. Die Strecke war auf beiden Seiten von Steinmauern eingefasst; sie zuckte jedes Mal zusammen, wenn sie um eine Kurve bogen, weil die Steine ihr so nahe kamen, dass sie um ihre heile Haut fürchtete. An den wenigen Stellen, wo die Mauer niedrig genug war, um den Blick übers Moor freizugeben, sah sie nirgends ein Licht, noch nicht einmal das Funkeln eines Sterns. Eine Zeit lang konzentrierte sie sich auf die Schneise, die die Scheinwerfer in die Dunkelheit schlugen, aber selbst das war beunruhigend. Sie stellte sich ständig vor, dass ihnen plötzlich jemand entgegenkommen und von dem grellen Licht geblendet werden könnte.

Sie senkte ihr Kinn in den Mantelkragen. »Was tun Sie, wenn Ihnen ein anderes Auto entgegenkommt?«

Der Prediger zuckte die Achseln. »Passiert dauernd. Wenn es geht, fährt man einfach an die Seite und winkt den anderen vorbei. Bei einer Straße wie der hier, tja, da sagt man ein schnelles Gebet und drückt aufs Gaspedal.«

Sie setzte sich kerzengerade auf. »Kommt nicht in Frage.«

Thornsby gluckste. »Nein, keine Sorge. Es gibt kleine Buchten am Rand, in die man einbiegen kann, um ein anderes Auto vorbeizulassen. Sie werden feststellen, dass die Leute hier oben sehr höflich sind. Nicht so wie im Süden, wo es alle immer furchtbar eilig haben.«

»Bei uns ist es genau umgekehrt«, bemerkte sie. Die schwache Beleuchtung des Armaturenbretts beschien Thornsbys Hände, aber kaum sein Gesicht. Im Profil betrachtet waren seine Züge scharf geschnitten – eine große Nase, vorspringendes Kinn.

Sie zog sich tiefer in ihren Mantel zurück und starrte aus dem Fenster. Noch nie hatte sie eine so dunkle Nacht gesehen. Wenn sie wieder zu Hause war, würde sie ihrer Schwester Ivy vor allem diese Schwärze beschreiben. Selbst in den ländlichsten Teilen Georgias, wo es keine Straßenlampen gab, keine lichtstreuenden Autobahnen, sah man immer den mondhellen Schimmer von weißgetünchten Schindeln oder die vereinzelten geduckten Formen der Häuser auf dem flachen Land. Hier dagegen war die Landschaft so hügelig, dass sie aus lauter Wänden zu bestehen schien, die jedes Licht abhielten und noch nicht einmal Umrisse erkennen ließen.

»Wissen Sie, manche Leute glauben, ich hätte eine Vision im Wasser gesehen«, sagte sie abrupt.

Sie konnte sein Seufzen nicht hören, sah nur, wie sich seine Schultern hoben. Eine neue Wand tauchte vor ihnen auf, und er schaltete in den ersten Gang, um es um die Kurve zu schaffen.

»Wäre das eine Möglichkeit?«

»Nein«, erwiderte sie fest. »Meine Schwester Ivy redet manchmal in Zungen. Es überkommt sie beim Beten, einfach so. Triller, seltsame Worte. Es machte mir Angst, als ich es zum ersten Mal hörte. Sie sagt, sie hat Visionen, wenn die Zungen kommen. Aber es sind freudige Visionen, Mr. Thornsby. Ihr Gesicht fängt dann an, vor Freude zu leuchten. Sie sind nicht schrecklich. Und was ich gesehen habe, war schrecklich. Gott war gestern bestimmt nicht in der Nähe dieses Flusses.«

Die Straße wurde ebener; Thornsby erhöhte die Geschwindigkeit und schaltete in den zweiten. Nadianna wartete auf eine Antwort, aber er sagte nichts.

»Worauf habe ich mich da eingelassen, Mr. Thornsby, einfach so mit Ihnen zu dieser Versammlung zu fahren?«

Er schüttelte den Kopf. »Keine Angst, Nadianna. Es ist nur eine Zusammenkunft, um gemeinsam zu beten. Einige der jüngeren Mitglieder ... na ja, Sie haben ja schon gehört, was sie denken. Aber sie werden Sie nicht belästigen.« Sein Habichtsgesicht spähte durch die Windschutzscheibe, die Kinnmuskeln arbeiteten. »Aber eines möchte ich wissen«, sagte er. »Wenn Sie solche Bedenken haben, warum sind Sie dann mitgekommen?«

»Die Antwort würde Ihnen nicht gefallen.«

Er deutete mit dem Kopf auf den Rücksitz, wo ihre Kameratasche sicher verstaut war. »Hat es vielleicht damit zu tun?«

»Ich habe sie nur für alle Fälle mitgenommen und werde sie im Auto lassen. Aber vielleicht haben Ihre Leute beim nächsten Mal genug Zutrauen gefasst, dass sie mir erlauben, sie zu fotografieren.«

»Aha, Sie wollen uns also benutzen.«

»Eine Hand wäscht die andere, Mr. Thornsby.«

Thornsbys Lachen war polternd. »Ich mag Sie, Nadianna Jesup. Sie gefallen mir.«

»Komisch. Ich glaube, ich mag Sie auch.«

»Erzählen Sie mir mehr von dem Ort, aus dem Sie kommen. Sie sagten, er sei klein, ähnlich wie Mayley.«

»Er ist kleiner als Mayley. Liegt mitten im Nichts.«

»Jeder kennt jeden, was? Lebt Ihre Familie schon lange dort?«

»Jeder kennt jeden, genau. Wir wohnen seit den zwanziger Jahren in Statlers Cross. Meine Ururgroßeltern sind dorthin gezogen, um Arbeit in der Spinnerei zu finden. Die ganze Familie war in der Spinnerei beschäftigt, bis sie abbrannte. Mein Vater arbeitet heute in einer Kunststofffabrik, etwa zwanzig Meilen weiter weg. Das ist die längste Strecke, die sich je einer aus unserer Sippe von Statlers Cross entfernt hat. Als wir klein waren, ging sein Auto kaputt, und er lief monatelang zu Fuß zur Arbeit. Er ging so früh weg und kam so spät nach Hause, dass Ivy und ich ihn während der ganzen Zeit nicht zu Gesicht bekamen. Wir legten uns immer nur Zettel auf den Tisch.«

»Das muss eine große Belastung für Ihre Familie gewesen sein.«

»Allerdings. Ivy war ungefähr sieben. Sie dachte, wir wären Waisenkinder.«

Er sah sie an, stellte aber nicht die nahe liegende Frage: *Wo war denn die Mama? Hat sie nicht zu Hause alles hübsch hergerichtet, während der Papa zur Arbeit trottete?* »Das war also die weiteste Reise, die jemand aus Ihrer Familie unternommen hatte, bis Sie hierher kamen. Und weit und breit kein Tisch, auf dem man Zettel hinterlegen könnte. Sie müssen zu Hause stolz auf Sie sein.«

»Warum?«

»Keine falsche Bescheidenheit, Nadianna. Sie wären nicht hier, wenn nicht jemand an wichtiger Stelle Sie für etwas Besonderes hielte.«

»Das kann vieles bedeuten, etwas Besonderes zu sein.«

»Sie wollen sagen, Ihre Familie ist nicht stolz auf Sie?«

»Ich will sagen, sie ist auf ihre eigene Weise stolz auf mich.«

Er fuhr schweigend weiter, sein Gesicht überschattet. »Tut mir Leid, Nadianna«, sagte er schließlich.

Sie zuckte mit den Schultern. »Nicht nötig.«

Die Straße stieg in einer Kurve noch einmal an und fiel dann steil ab. Thornsby verlangsamte die Geschwindigkeit, tuckerte um eine Ecke, und auf einmal lag die Spinnerei vor ihnen, perlfarben in der Nacht. Dahinter konnte Nadianna gerade noch das geschlängelte Band des Sette erkennen. Das bei Tag so unscheinbare Krempelhaus war nun hell erleuchtet und wirkte beinahe festlich. Doch falls jemand darin war, stellte sie fest, als sie aus dem Wagen stieg, waren es entweder Spielverderber oder Methodisten. Die anderen nämlich, etwa ein Dutzend Leute, saßen auf der Grasfläche vor der Spinnerei im Kreis. Mehrere Campinglampen standen in der Mitte und warfen lange Lichtstreifen über den Boden und die Gesichter. Als Nadianna auf die Gruppe zuging, hörte sie leises Singen und noch etwas anderes, das sie an die fieberhaften Gebetsstunden in ihrer Kirche zu Hause erinnerte. Die Andächtigen der Christusgemeinde von Mayley lachten wie die Hyänen.

»Wahrlich ein lautes Frohlocken, das muss ich sagen«, flüsterte Nadianna. »Machen Ihre Gemeindemitglieder das öfter?«

Thornsby umfasste ihren Ellbogen. »Einmal die Woche. Wir zünden die Lampen an und lassen den Herrn sein Werk tun.«

Alan und Zoë Axon, deren blonde Haare im Lampenlicht glänzten, rückten bereitwillig zur Seite, als Thornsby Nadianna half, sich auf dem Boden niederzulassen. Alan zwinkerte ihr zu, nahm ihre rechte und Zoës linke Hand und hob sie in die Höhe.

»Wir haben einen Gast – betet mit mir«, forderte er die anderen auf. »Betet mit mir für Miss Nadianna Jesup, die von so weit hergekommen ist, um unsere Spinnerei zum Gegenstand ihrer Kunst zu machen. Betet für sie und die große Freude, die sie erwartet, ihr Kind.«

Gebetsgemurmel erhob sich, wogte hin und her in vertrauten Wellen. Es war ein seltsames Gefühl, den bekannten Rhythmus von solch ungewohnten Lauten begleitet zu hören. Ein bisschen war es wie zu Hause, aber fremdartig genug, dass sie sich unruhig und isoliert fühlte. *Je-sus, Je-sus, Je-sus.* Die Gebete gingen von gesprochenen Fürbitten in Gesang über. Sie kannte die Melodien nicht und konnte die Worte nicht verstehen. Als Zoë in die Kreismitte ging und in Zungen zu sprechen begann, machte das für Nadianna keinen Unterschied. Nach ihrem Eindruck hätte der Zirkel schon den ganzen Abend vom Herrn heimgesucht worden sein können.

Zoës von den Lampen angestrahltes Gesicht war gerötet. Ihr langes Haar hatte sich um ihren Hals geschlungen, eine Strähne hing zwischen den geöffneten Lippen.

Rrrrmoxnafadaaadalilent! Rrrrsolonilodallienni! Sie hielt die Arme gerade nach hinten und hüpfte mit gestreckten Beinen herum, bis ihr Mantel von ihren Schultern rutschte. Dann warf sie sich ins Gras, ihr ganzer Körper versteifte sich. Er zuckte und schlug immer wieder wie ein Brett auf den Boden, während die Gruppe stöhnte und betete.

Nadianna betrachtete die Gesichter um sich herum. Geschlossene Augen, murmelnde Münder. Neben ihr hatte Gerald Thornsby seinen Kopf auf die Brust sinken lassen, seine Lippen bebten. Sie dachte begierig an ihre Kamera in seinem Wagen.

Zuerst beachtete sie das Flackern in der Ferne kaum. Der glänzende Schweiß auf Zoës Gesicht, die von den Strahlenbündeln der Lampen unheimlich beleuchteten, verzückten Gesichter ließen sie vergessen, dass vorher außerhalb des Kreises alles dunkel gewesen war. Aus dem Flackern wurde ein Lodern, ehe es um ihre Brust eng wurde und sie Thornsbys Arm packte.

»Was ist das?«, flüsterte sie. »Ist das normal?«

Er sah hoch, kämpfte sich auf die Beine. »Die Töpferei brennt.«

Die Betenden kamen sofort aus ihrer Trance. Sie schnappten sich die Lampen aus der Mitte und rannten auf das schnell größer werdende Feuer zu, während Nadianna noch dabei war, sich aufzurappeln.

»Gibt es hier ein Telefon?«, schrie sie. »Soll ich die Feuerwehr verständigen?«

Sie hörte nur Rufe zur Antwort und das platschende Geräusch, als die Leute ins Wasser wateten. Aber sie wusste aus eigener Erfahrung, dass der Sette nicht schnell zu durchqueren war.

Plötzlich ein gellender Schrei in der Dunkelheit, ein einziger hoher Schreckenslaut, der von der Menge ausging. »Eine Frau!«, rief eine Stimme. »O mein Gott, hilf ihr!«

Entsetzen schnürte Nadiannas Kehle zu. Etwas, das von einem Feuerkranz umgeben war, fiel aus einem der oberen Fenster und stürzte in den Fluss.

Ein neuer, schriller Schrei aus der Menge. Lautes Zischen und Prasseln. Dann war alles still, abgesehen vom Rauschen des Wassers, das seinem gottgegebenen Lauf folgte.

Michaels Tagebuch

30. März 1812

Ein neuer Stein, mit leichter, aber sicherer Hand geworfen.

Vor zwei Wochen hatte sich der Sohn meines Bruders so weit von seiner Krankheit erholt, dass Nathan von seinem Bett weichen und mit mir in das Dorf Longley bei Halifax reisen konnte. Uns war zu Ohren gekommen, dass dort große Wut unter den Frauen herrschte. Kein Essen für die Kinder, keine Arbeit für die Männer. Wir saßen im Wirtshaus und sprachen mit einem Mann namens Jacob Farnley, der behauptete, das Haus eines Spinnereibesitzers überfallen zu haben, aber er wollte dessen Namen nicht nennen. »Die Frau und die Kinder rannten schreiend zur Tür hinaus, als ob unsere Beile Schwerter wären«, sagte er. »Wir machten Kleinholz aus ihrer Habe, aus allem, was wir nicht für uns selbst wollten.« Farnley war kein angenehmer Mann, und Nathan und ich blieben auf der Hut.

Um Mitternacht ertönte ein lautes Scheppern und Klappern vom Friedhof her. Zusammen mit anderen Männern rannten wir los und trafen auf eine Gruppe von Frauen, die Säcke über ihren Köpfen trugen und auf Töpfe einschlugen. Sie tobten wie wild gewordene Geister aus dem Friedhofstor, und wir folgten ihrem

Lärmen zum Dorf hinaus und die Hügel hinauf und hinunter, bis wir zu etwas kamen, das wir für ein steinernes Kreuz im Moor hielten. Das Klappern war überall um uns herum, wenn auch schwächer jetzt, und in der Dunkelheit konnten wir nur die gebückten Umrisse der Frauen erkennen und ein tiefes, heiseres Gurren hören.

Dann umgab uns plötzlich ein helles Lodern, und wir fanden uns inmitten eines Rings von Fackeln wieder. Vor uns erhob sich drohend die riesige Figur eines Mannes; seine Hände und Füße bestanden aus Stroh, auf dem Kopf saß ein Hut. Die Frauen schlugen fester auf ihre Töpfe ein. Eine hob ihren Sack an und enthüllte rotbemalte Lippen. König Ludd! rief sie. Verbeugt euch vor König Ludd!

Die Weiber begannen zu tanzen, wild und außer sich, sie wanden sich schlangengleich um die Gestalt dieses Strohkönigs. Wir Männer standen wie gebannt, während um uns Röcke flatterten und wogten. Ein starker Wind kam auf, so stark, dass wir unsere Augen schließen mussten. Die Flammen verloschen, und wir hörten ein Huschen und Scharren. Als wir die Augen wieder öffneten, waren wir allein auf dem Moor.

Was hat das zu bedeuten? fragte Nathan. Aber ich wusste es nicht. Sind alle Steine leicht zu lesen?

Um die nächste Mitternacht ertönte ein scharfes Klopfen an meiner Haustür, gefolgt von zweimaligem Hüsteln. Ich machte auf und stand einem Mann mit Umhang und Kapuze gegenüber, der mich zu einer abgelegenen Anhöhe südlich von Mayley führte. Dort gesellte ich mich zu einer Gruppe von vierzehn Männern, einige waren Einheimische, andere kamen aus Sowerby Bridge oder von so weit westlich wie Todmorden. Die meisten von ihnen kannte ich dem Namen nach oder wusste, aus welcher Familie sie stammten: J. Thorpe, M. Cooke, C. Martin, J. Armstrong, zwei Männer aus der Familie Bridges, zwei Cowpers. Alle gehörten sie dazu, alle waren vertrauenswürdig. Aus dem Dunkeln tauchte eine Fackel auf. Männer von Ned Ludd! rief eine

Stimme. Ich bin gekommen, die zu Soldaten auszubilden, die ehrenwert genug sind, sich als König Ludds Männer bezeichnen zu dürfen! Ein Topf mit Lampenruß wurde zum Schwärzen der Gesichter herumgereicht, dann exerzierten wir eine Stunde lang beim Licht dieser einzigen Fackel, marschierten in Reih und Glied, befolgten Befehle. Wir sind keine richtige Armee, aber wir könnten es mit einer zu tun bekommen.

Erst in der vierten Nacht auf dem Moor erfuhr ich den Namen des Mannes, der uns ausbildete: Joshua Peters aus Halifax. Er behauptete, einer von vielen hundert zu sein, die tapfere Männer auf das Kommende vorbereiten. Aus seiner Manteltasche zog er ein Flugblatt, das er auf einer Straße in Leeds gefunden hatte und auf dem stand, dass wir Ludditen jetzt Revolutionäre seien, den aufständischen Bürgern von Paris verwandt. Wenn das alles stimmt, habe ich Hoffnung, dass wir etwas erreichen können.

Das war vor zwei Wochen. Joshua ist inzwischen wieder nach Hause zurückgekehrt. Ehe er ging, nahm er mich beiseite. Sie werden auf dich hören, Michael, sagte er. Wütende Männer folgen zwei Dingen: ihrem Magen und ihrer Einbildungskraft. Ihre Mägen sind leer; sie werden dir folgen.

Bei Tag fristen wir unser karges Leben. Alfred Corn läuft herum und wirbt für einen Weberchor aus Mayley. Von Dorf zu Dorf werden wir ziehen, verspricht er, in bescheidene Arbeitskleidung gehüllt und Methodistenhymnen für die armen erlösten Sünder singend. Kommt zu uns, sagt er. Kommt zum wahren König. Die Methodisten erhalten einigen Zulauf hier mit ihrer einfachen Hoffnungsbotschaft. Doch ihre Armee ist eine von sanften Lämmern. Was soll aus uns werden, wenn wir nichts tun, als auf die ewige Gnade zu warten?

Unsere Gruppe traf sich im Crown & Drover. Ich schickte meinen Sohn John wieder nach Hause zu seiner Mutter. Er ist noch zu jung, doch wie sehr hasst er es, als Kind behandelt zu werden. Bei unserer Zusammenkunft verfasste ich ein Schreiben, das wir an die Häuser der anderen Arbeiter nagelten.

Gentlemen! Wir, die Streiter von König Ludds Armee, erbitten eine Belohnung für die Mühen, die wir auch zu eurem Vorteil auf uns nehmen. Wenn ihr uns keine geben wollt, werden wir euch aufsuchen.

gez. Ned Ludd

In der vergangenen Woche haben wir zwei kleinere Überfälle auf Transporte ausgeführt, die Spinnmaschinen nach Erringden und Lumb bringen sollten. Vor einem Monat noch hätte ich mich nicht für fähig gehalten, Frauen zu bedrohen, doch inzwischen habe ich auch das getan; wie der Mann im Wirtshaus von Longley haben wir Gerechtigkeit gefunden, indem wir in das Haus eines Spinnereibesitzers eindrangen und willkürliche Zerstörung anrichteten, während seine Frau uns verfluchte.

Sind wir Männer im Recht? Von manchen werden wir scharf verurteilt, andere zollen uns den Beifall, der uns gebührt. Aber was wir tun, tun wir angesichts des Leids unserer Frauen und des Schattens, der die Zukunft unserer Kinder bedroht. Im Recht oder nicht, die Nachwelt soll unserer wenigstens als Männer gedenken.

Wir tun, was wir tun müssen.

Während des Bürgerkriegs in England war das nördliche Calderdale überwiegend puritanisch. Später dann konnte John Wesleys Methodismus Fuß fassen, nicht zuletzt, weil Wesleys Botschaft, dass wirtschaftliche Not das Ergebnis persönlichen Fehlverhaltens sei, auf Zustimmung bei den Spinnereibesitzern stieß.

G. Graysons Notizen

9. Kapitel

Es wurde elf Uhr abends, ehe die Polizei den Mitgliedern der Christusgemeinde von Mayley erlaubte, das Gelände der Spinnerei zu verlassen. Das Feuer war gelöscht, aber der Wind blies den Rauch flussabwärts und ließ Nadiannas Augen brennen und ihre Nase triefen. Die Gläubigen wanderten mit gesenkten Köpfen herum, murmelten, beteten, stützten sich gegenseitig. Nadianna saß im Gras, in eine Decke aus Thornsbys Auto gehüllt. Sie hörte den Vorbeigehenden zu, schnappte die Worte auf, die sie verstehen konnte.

»Ihr Haar in Flammen …«

»Ja, die Arme fest an die Seiten gepresst …«

»Ein furchtbarer Anblick. Ich werde ihn nie vergessen …«

»Gott erbarme sich ihrer …«

Zwei schwarze Turnschuhe erschienen in ihrem Gesichtsfeld; sie sah zu Gerald Thornsby auf.

»Müde?«, fragte er sanft.

Sie nickte. »Und kalt ist mir auch.«

»Ich habe gerade mit dem Detective Sergeant gesprochen. Er sagte, jemand könne Sie jetzt nach Hause bringen. Ich muss noch hier bleiben, aber Alan ist bereit, Sie zu fahren.«

Sie streckte ihm eine Hand hin, und Thornsby half ihr auf.

»Weiß schon jemand, was passiert ist?«

»Nicht genau. In dem Gebäude befand sich die Töpferwerkstatt einer hier ansässigen Künstlerin.«

Nadianna überlief ein Schauder. Thornsby legte den Arm um sie und schrie nach Alan. Der junge Mann, der ein Stück entfernt von ihnen stand, unterbrach sein Gespräch und kam im Dauerlauf auf sie zu.

»Wollen wir fahren, Nadianna? Mein Auto steht dort drüben.«

»Ich habe meine Kameratasche bei Ihnen auf dem Rücksitz«, sagte Nadianna zu Thornsby. »Ich muss sie erst noch holen.«

»Gehen Sie ruhig schon mal mit Alan vor. Ich bringe sie Ihnen.«

Sie quetschte sich auf den Beifahrersitz von Alans Auto, und ein Gefühl der Dringlichkeit vertrieb den Wunsch nach Schlaf. Als Thornsby ihr die Kameratasche reichte, umfasste sie sie mit beiden Händen und behielt sie auf dem Schoß.

»Versuchen Sie zu schlafen, Nadianna«, sagte der Prediger. »Das Ganze ist ein furchtbarer Alptraum. Wir müssen alle füreinander beten heute Nacht.« Er machte Alan ein Zeichen, dass er fahren sollte.

Als die anderen außer Sicht waren, zog Nadianna einen mehrfach gefalteten Zettel aus der Kameratasche und zeigte ihn Alan.

»Kannst du mich dorthin bringen?«

»Was ist das, eine Adresse?«

»Ich muss dahin. Weißt du, wo das ist?«

Er schaltete die Innenbeleuchtung an. »Ich denke, ich kann es finden. Nicht gerade die feinste Gegend, Nadianna. Warum musst du dorthin?«

»Ich muss eine Arbeit erledigen. Es ist in Ordnung, wirklich. Siehst du?« Sie zog einen Schlüssel hervor. »Ich habe die Erlaubnis. Es ist nichts Verbotenes.«

Alan lächelte. »Ich habe auch nicht gedacht, dass du etwas Verbotenes vorhast. Aber es ist schon spät. Warum willst du nicht bis morgen damit warten?« Sie schwieg.

Er trommelte mit den Fingern auf das Lenkrad. »Wie lange wirst du brauchen?«

»Vielleicht eine Stunde.«

»Pass auf, ich hab eine Idee. Ich muss sowieso zurück zur Spinnerei fahren und Zoë abholen. Wir kommen dann bei dir vorbei und fahren dich nach Hause zum Cottage.«

Nadianna nickte. »Danke. Das wäre gut.«

Die Adresse mochte in einer üblen Gegend liegen, aber im Dunkeln sah die ganze Stadt unheimlich und verlassen aus. Nirgends drang ein Schimmer aus den Fenstern, selbst die Straßenlampen wirkten trüb, und ihr Licht fiel auf die Gehwege wie ausgeschüttetes Spülwasser. Langgestreckte, verrammelte Gebäude säumten die schmalen Gassen. Schließlich hielten sie vor einem Ziegelsteinhaus.

Alan löste seinen Sitzgurt. »Ich begleite dich hinein.«

»Nein, das ist nicht nötig, wirklich nicht. Warte einfach nur, bis ich sicher drinnen bin.«

Er sah sie unglücklich an. »Hör mal ...«

»Ich habe Nein gesagt. Ich will dich nicht dabeihaben.«

»Ich lass dich doch nicht. ...«

»Nein.« Sie hob ihre Stimme und bemühte sich, vernünftig zu klingen. »Es ist nicht gefährlich. Ich muss das einfach nur erledigen.« Sie zögerte, sammelte Mut für ihre Lüge. »Mr. Halford weiß, dass ich das mache. Es ist vollkommen sicher.«

»Nadianna ...«

»Lass mich nicht die Geduld verlieren. Glaubst du, Gott hat mich den ganzen weiten Weg hier herübergeschickt, mich gestern in diesen Fluss waten und mich das Feuer sehen lassen, nur damit ich irgendwo eins über den Kopf gezogen bekomme? Mir wird nichts passieren. Und jetzt, husch.«

»Du versuchst mich wohl davon zu überzeugen, dass ihr in Georgia aus härterem Holz geschnitzt seid, was?«

Sie hievte sich samt Kameratasche aus dem Auto. »Hol jetzt Zoë ab und komm dann wieder.«

Alan wartete, während sie den Schlüssel im Schloss umdrehte und die Tür aufstieß. Sie schaltete das Licht an und winkte Alan zu, worauf er kurz hupte und davonfuhr. Als er um die Ecke gebogen war, schloss sie die Tür hinter sich ab und stellte die Kamera auf den Boden.

Es war, wie Mr. Botting es ihr beschrieben hatte – roh, einfach, nur mit dem Allernötigsten ausgestattet. Es sei seine erste Dunkelkammer gewesen, hatte er erklärt, dort habe er gearbeitet, bevor er Erfolg hatte und sich eine größere mit besserer technischer Ausrüstung leisten konnte. Die alte Dunkelkammer behielte er als Lagerraum und Rückversicherung, hatte er gesagt. »Eines Tages wird ein anderer Fotograf in Mode kommen, und ich werde wieder Anzeigenfotos machen müssen. Dann habe ich wenigstens noch diese vier Wände, die mich kennen.« Seine Worte hatten ehrlich und bescheiden geklungen, und er war ihr sofort sympathisch gewesen. Dann folgte die peinliche Szene im Pub – sie schluckte den Schmerz hinunter und konzentrierte sich auf ihre Arbeit.

Er hatte versprochen, den Raum so weit herzurichten, dass man darin arbeiten konnte, und wollte ihn ihr für die gesamte Dauer ihres Aufenthalts kostenlos zur Verfügung stellen, so dass sie nur Material und Chemikalien zu bezahlen brauchte. Er hatte Wort gehalten. Die Ausstattung war zufrieden stellend, wenn auch ohne technische Raffinesse, die Materialvorräte umfassten nur das Grundlegende, aber das war von guter Qualität. Sie hatte sich ihr Material während der vergangenen drei Jahre immer vom Mund absparen müssen, und ihre Dunkelkammer hatte die meiste Zeit über aus Badewanne und Waschbecken zu Hause bestanden. Im Vergleich dazu war Bottings schnörkelloses Inventar der reinste Luxus. Offenbar hatte er sich sogar die Mühe gemacht, ein wenig zu putzen. Eine Tür rechts neben dem großen Waschbecken führte in ein kleines Zimmer, in dem ein Metallschrank, ein Aktenschrank und ein Schreibtisch standen, alle leer. Nadianna presste ihre Handflächen gegen einen alten Sprungfederrahmen, der an der Wand lehnte; Staub und Rost blieb an ihren Fingern hängen. Sie hatte schon einige Fotografen kennen gelernt, und Lyle Botting war nicht der einzige, der in seinen mageren Jahren inmitten seiner Arbeit geschlafen hatte.

Wieder im Vorderzimmer, kniete sie sich neben ihre Kameratasche, öffnete eine Schnalle und holte den Film heraus, den sie im Fluss geschossen hatte. Sie würde ihn niemand anderem überlassen. Nun waren es schon zwei verbrannte Leichen im Wasser. Sie musste damit rechnen, dass die Polizei morgen ihren Film sehen wollte.

Sie fand eine Plastikspule, rollte den unentwickelten Film bei ausgeschaltetem Deckenlicht sorgfältig darauf und tat ihn in eine kleine Dose. In der Kammer war es eiskalt, so dass sie die Entwicklerflüssigkeit erst auf einer Kochplatte im Hinterzimmer erwärmen musste. Zwanzig Minuten vergingen, sie sah ungeduldig auf ihre Armbanduhr. Es würde neun Minuten dauern, den Film zu entwickeln. Gott sei Dank hatte sie Alan gesagt, sie brauche eine Stunde.

Als der Entwickler endlich warm genug war, goss sie ihn in die Dose und begann mit dem Ritual des Drehens und Wendens: Dose umdrehen, einige Sekunden warten, wieder umdrehen, alle dreißig Sekunden wiederholen. Ihre Fingernägel waren weiß, ihr hätte eigentlich kalt sein müssen, aber im Nacken kitzelten sie Schweißtropfen. Sie hatte Mr. Halford gegenüber beteuert, es gebe keine Leiche auf ihrem Film. Aber was, wenn sie sich geirrt hatte?

Nach neun Minuten goss sie den Entwickler ab, fixierte und wässerte den Film. Zitternd entnahm sie die Negative der Dose und hielt sie gegen das Licht.

Die Spinnerei, die Bäume, das dunkle Wasser, das sich wie geschmolzener Teer dahinwälzte – das war alles. Keine hellen Flecke auf dem Negativbild des Flusses. Ihre Kamera hatte den Torso im Wasser nicht erfasst, es gab keine Bestätigung für das, was sie gesehen hatte. Das war gut und schlecht zugleich. Ohne Bestätigung würde ihr niemand glauben. Doch ohne Leiche auf dem Film war sie vielleicht in Sicherheit. Vielleicht – oh bitte, lieber Gott – würde man sie in Ruhe arbeiten lassen.

Nur wenige der aus einem einzigen Raum bestehenden Behausungen von Arbeiterfamilien, die das Landschaftsbild in den besiedelten Gegenden im 18. und 19. Jahrhundert prägten, sind noch erhalten. Von den Häusern mit drei und mehr Zimmern, die den wohlhabenden, selbstständigen Tuchhändlern und Spinnereibesitzern gehörten, haben dagegen viele überdauert.

G. Graysons Notizen

10. Kapitel

Mittwoch

Katie Pru zog die Beine an und rutschte auf ihrem Hintern den Hang hinunter, bis ein großer Stein sie stoppte. Hoch oben tropfte Wasser auf das Blätterdach; Bäume standen um sie herum wie erstaunte Bleistifte. Sie war so tief in den Wald vorgedrungen, dass sie weder den Pfad noch das Cottage sehen konnte, aber mit ihrem bis zum Hals zugeknöpften dunkelblauen Mantel und dem neuen Wollhut mit den Kirschen, den sie tief über die Augen gezogen hatte, war sie sicher, dass auch sie von nichts und niemandem gesehen werden konnte.

Sie wartete auf den Wal.

Sie hatte beim Frühstück beschlossen, auf den Wal zu warten, als sie wie Goldlöckchen im Märchen vor einer großen Schüssel Haferbrei in der Küche gesessen und den Erwachsenen im Zimmer nebenan zugehört hatte. Etwas Schlimmes war letzte Nacht passiert, so viel verstand sie. Sie waren zu fünft – ihre Mutter, Nadianna, Mr. Halford und die beiden Polizisten von neulich. Die Tür zwischen Küche und Wohnzimmer stand offen, also hörte sie zu, während sie Kleckse von gekochtem Haferbrei mit Butter fein säuberlich nebeneinander auf den Tisch häufte.

»Ich möchte, dass Sie gründlich nachdenken, Miss Jesup. Was genau haben Sie gesehen?«

»Etwas, das in Flammen stand und aus dem Fenster fiel. Es muss im Wasser gelandet sein, weil dieses laute Zischen zu hören war. Sonst habe ich nichts gesehen.«

»Was fiel aus dem Fenster?«

Langes Schweigen. Katie Pru türmte drei Breihäufchen neben ihrer Serviette auf.

»Ich möchte Sie etwas fragen, Mr. Reston«, hörte sie Nadiannas Stimme wieder. »Wenn ich sagen würde, es war ein brennender Mensch, der aus diesem Fenster stürzte, würden Sie dann den Fluss von neuem absuchen lassen? Würden Sie mir mehr glauben als vorgestern?«

In diesem Moment musste Katie Prus Mutter bemerkt haben, dass die Küchentür offen stand, denn sie kam mit einem besorgten Lächeln hereingeeilt.

»Schmeckt das, Käferchen?« Sie sah auf die Haferbreikleckse, runzelte aber nicht die Stirn. »Mach das bitte sauber« war alles, was sie sagte. »Ich werde die Tür schließen, aber wenn du etwas brauchst, kannst du kommen und mich holen.«

Die Tür ging zu, und die Stimmen wurden so gedämpft, dass Katie Pru nicht mehr hören konnte, wer gerade sprach. Sie betrachtete die feuchten, glänzenden Haferbreihügel, die sich in einer Kette die Tischkante entlangzogen. Langsam löffelte sie den ersten auf und ließ ihn zurück in die Schale fallen. Er lag auf dem übrigen Brei wie ein Buckelwal im Wasser. Da entschloss sie sich, dem Wal im Wald einen Besuch abzustatten.

Sie rückte den Stuhl vom Tisch ab und hopste auf den Steinfußboden. Ihr Mantel hing an einem Haken neben der Hintertür. Darunter standen ihre »Trampeltreter«, wie ihre Mutter sie nannte, Schnürstiefel mit dicker Sohle, wie sie auch die Männer trugen, die auf hohe Häuser kletterten. Die Stiefel waren schlammverkrustet, und als sie sie anzog, fielen trockene Bröckchen davon ab. Aus ihrer Manteltasche hing der Wollhut mit den leuchtend roten Kirschen. Wenn ein Wal sie entdeckte, überlegte Katie Pru, als sie den Hut überstülpte, würde er sie für einen hübschen Strauch halten. Die Wale würden nichts gegen einen hübschen Strauch im Wald einzuwenden haben.

Jetzt schmiegte sie sich enger an den Stein, die Kirschen drückten gegen ihren Kopf. Ihre Trampeltreter hinterließen tiefe Abdrücke in dem weichen, nassen Boden, und ihre Cordhosen fühlten sich kalt und feucht an. Wenn sie ganz still wartete, würde der Wal sprechen. Sie war sich noch nicht sicher, ob sie ihm antworten würde, aber sie war sicher, dass er sprechen würde. Was sollte er auch sonst den ganzen Tag machen?

Uuuuhhh.

Hinter ihrem Stein verborgen hörte Katie Pru ein Rascheln, als ob der Wal seine Schwanzflosse hin und her schlagen würde. *Aaaahhhaaahhh! Sssssss!* Wisch, wisch machte der Schwanz, hin und zurück über den Waldboden. Katie Pru wollte über den Stein lugen, um zu sehen, wie die große Schwanzflosse Blätter und Zweige beiseite fegte. Doch stattdessen duckte sie sich tiefer, die Arme eng um sich geschlungen. Ihr Bauch tat weh: Das hatte sie nicht gewollt. Dieser Wal war traurig. Es ging ihm schlecht.

»Hör auf, bitte hör auf.« Der Wal klang streng. »Das bringt doch nichts. Hör auf, sag ich. Du musst dich zusammennehmen. Wir müssen nachdenken.«

Das Heulen des Wals wurde zu einem Wimmern. Katie Pru vergrub ihren Kopf in den Armen. Sie verstand das nicht, es machte ihr Angst. Ein Wal, der sowohl weinte als auch sprach. Sie kniff die Augen zusammen. Tränen liefen über ihre Wangen.

»Komm mit mir, bitte. Die Polizei ist im Cottage, verstehst du? Sei still und hör mir zu! Die Polizei ist im Cottage. Sie werden dich finden, dich fortbringen. Du musst jetzt mit mir kommen. Hier können wir nichts tun.«

Der Wal schluchzte leise. Der Boden stieß ein sumpfiges Seufzen aus, als das mächtige Tier sich davonwälzte. Katie Pru wartete, ihr Atem stach in ihrer Brust. Kein Heulen vom Wal mehr, keine Worte. Nur die unheimlichen Geräusche des Waldes. Zu verängstigt, um über den Stein zu gucken, raffte sich Katie Pru auf und befahl ihren Trampeltretern, sie wie der Blitz nach Hause zu tragen.

Daniel Halford hatte schon oft den Verhören anderer Kriminalbeamter beigewohnt. Er war sowohl in rangniederer als auch in ranghöherer Stellung als Beobachter dabei gewesen, wenn seine Kollegen bohrten, lockten, tricksten, einschüchterten und schmeichelten, um Informationen aus Zeugen herauszubringen, die sich plötzlich im Mittelpunkt des Polizeiinteresses sahen. Doch noch nie hatte er sich so unwohl gefühlt wie jetzt, als er neben Gale auf einem der Zweisitzer des Cottages saß und Mark Reston erlebte, der die trotzig herausfordernde Nadianna Jesup in die Zange nahm.

»Wann haben Sie das Feuer zuerst bemerkt?«

»Hab ich Ihnen doch schon gesagt. Während die Gruppe betete. Es war wahrscheinlich schon eine Weile im Gange, bevor ich es richtig wahrnahm.«

»Wer saß neben Ihnen?«

Ein durchdringender Blick. »Gerald Thornsby zu meiner Linken, Alan Axon zur Rechten.«

»Sie sagen, keiner von beiden hatte die Augen offen, als Sie das Feuer bemerkten. Wissen Sie, seit wann sie die Augen geschlossen hatten?«

Das Verhör dauerte nun schon fünfundzwanzig Minuten, und selbst Halford begann sich zu fragen, worauf Reston hinauswollte, denn offensichtlich wollte er auf etwas hinaus.

Sein Kollege war in jovialer Stimmung im Cottage eingetroffen. *Es wird nicht lange dauern, bei der Menge von Zeugen, die wir befragen müssen. Könnte ich wohl ein Glas Wasser bekommen, Mrs. Grayson?* Doch Nadianna war ihm von Anfang an mit Misstrauen begegnet und schoss ebenso viele Fragen zurück, wie sie beantwortete: *Haben Sie den Fluss abgesucht? Woher soll ich denn wissen, wie ein brennender menschlicher Körper aussieht? Wenn Sie sich nie dazu herabgelassen haben, an einer solchen Gebetsversamm-*

lung teilzunehmen, Mr. Reston, wie soll ich Ihnen dann erklären, was dabei passiert?

Die letzte Frage war ein kleiner Seitenhieb, doch Reston setzte ein nichts sagendes Lächeln auf und ging darüber hinweg. Er kippte seinen Stuhl auf die Hinterbeine und schaukelte vor und zurück.

»Dann lassen Sie mich alles noch einmal wiederholen, Miss Jesup, damit Constable Swain dort drüben überprüfen kann, ob seine Notizen vollständig sind. Gerald Thornsby hat Sie also hier abgeholt, um ... um wie viel Uhr war das doch gleich?«

Halford lehnte sich gegen die abgenutzte Polsterung. Gale saß mit steifem Rücken in der anderen Ecke des Sofas, ihr Gesichtsausdruck zeigte eine Mischung aus Verwirrung und Besorgnis. Er griff nach ihrer Hand, und sie sah ihn an, aber er war sich nicht sicher, ob sie ihn auch wirklich wahrnahm.

»Ich werde keine Fragen mehr beantworten.« Nadiannas Stimme klang scharf. »Das ist doch mein Recht, oder, Mr. Halford? Ich muss nicht mehr mit ihm sprechen, wenn ich nicht will.«

Halford öffnete den Mund, um zu antworten, aber Restons Stuhl knallte laut auf den Steinfußboden.

»Das ist vollkommen korrekt, Miss Jesup, Sie müssen überhaupt keine Fragen beantworten. Aber ich glaube nicht, dass Sie ganz und gar ehrlich zu mir waren. Sowohl Chief Inspector Halford als auch Mrs. Grayson werden Ihnen sicher raten, Ihre Haltung noch einmal zu überdenken.«

Gale zuckte neben ihm zusammen. Halford versuchte, beruhigend ihre Hand zu drücken, aber sie entzog sie ihm. Der Kriminalbeamte und die Zeugin starrten einander an, während der schlaksige Detective Constable Swain verlegen in seiner Ecke saß und in sein Notizbuch kritzelte. Das Starren wurde fortgesetzt, bis das Kritzeln aufhörte und Reston sich erhob. Er griff in seine Jacketttasche und zog eine Visitenkarte heraus.

»Rufen Sie mich an, wenn Ihnen noch etwas einfällt, Miss Jesup«, sagte er. »Vielleicht brauchen wir beide etwas Zeit.«

Er warf Halford einen vielsagenden Blick zu und verließ das

Cottage durch die Vordertür. Halford drückte Gales Knie, und als sie nickte, nahm er seinen Mantel und folgte dem Kollegen nach draußen.

Reston zündete sich gerade eine Zigarette an, als Halford die Tür hinter sich schloss und in die kühle Vormittagsluft trat. Das brennende Streichholz fiel zwischen die feuchten Kiesel vor der Veranda und verlosch zischend.

»Was wir sagen, bleibt unter uns, Danny«, mahnte Reston.

»Natürlich.«

»Also, meiner Meinung nach haben die alle einen Knall. Stimmst du mir zu? Ich brauche deine Meinung.«

»Inoffiziell.«

»Natürlich.«

Halford winkte Gale zum Abschied durchs Fenster zu und durchquerte hinter den beiden West-Yorkshire-Beamten das Wäldchen, an dessen Rand Restons weißer Mazda geparkt war. An der Straße blieb Halford stehen und sah über eine Trockenmauer hinweg in die Landschaft. Unter ihm erstreckte sich das Tal des Sette, seine grünen Matten schon wintergrob und braun gesprenkelt. Der Nebel löste sich gerade erst auf, und der obere Teil des Moors war noch mit weißen Schleiern verhangen. Auf der anderen Talseite klebte Mayley wie ein Haufen Spielzeughäuser am Hang. Darunter, in einer schmalen Einkerbung des Talbodens, konnte Halford gerade noch das metallische Glitzern des Wassers erkennen und die üppige Vegetation von Feuchtwiesenpflanzen an den Ufern. Von hier oben war der ungezähmte Lauf des Sette gut zu verfolgen. Er umfloß die nördliche Talbiegung, strömte dann in fast gerader Linie an dem Städtchen vorbei und setzte seinen Weg mäandernd fort, bis er außer Sicht geriet und in den Calder mündete. Er hatte einmal gelesen, dass auf dem Höhepunkt der industriellen Revolution die Konzentration an Öl und anderen Schadstoffen in den Flüssen so dicht war, dass treibender Müll oft tagelang brannte. Die Globalisierung der Wirtschaft hatte dem ein Ende gesetzt, denn seit die Spinnereien verschwunden waren, waren die Gewässer wieder sauberer. Was es auch gewesen sein mochte, das Nadianna und die anderen brennend ins Wasser hatten stürzen sehen, es war jedenfalls sofort gelöscht worden.

Reston gesellte sich zu ihm.

»Also«, fragte Halford, »was sagt Olivia Markham zu dem Brand in ihrem Atelier?«

»Ms. Markham hat bislang für eine Befragung nicht zur Verfügung gestanden.«

»Verduftet?«

»Sie wäre nicht die Erste, die ihre Werkstatt anzündet und sich aus dem Staub macht. Würde mich wesentlich wohler fühlen, wenn es so wäre. Botting, ihren Freund, konnte ich auch noch nicht aufspüren. Aber ich habe zehn Zeugen, die behaupten, einen brennenden Menschen aus diesem Fenster fallen gesehen zu haben. Zehn Leute, die auf der anderen Seite des Flusses standen und fast bis ins letzte Detail in ihren Aussagen übereinstimmen. ›Es war eine Frau, Sir, ihre Haare standen in Flammen, die Arme hatte sie an die Seiten gepresst. Fiel kopfüber ins Wasser, die Ärmste.‹ Wann gab es zuletzt bei einer Untersuchung eine fast hundertprozentige Übereinstimmung der Zeugenaussagen?« Reston trat seine Zigarette aus und holte einen Streifen Kaugummi aus der Tasche. Während er ihn in den Mund faltete, deutete er mit einer ruckartigen Kopfbewegung auf den Wald. »Nur die da schlägt quer. Schwört, sie hätte am Montagmorgen eine verbrannte Leiche im Fluss gesehen, die niemand finden kann, aber windet sich jedes Mal, wenn ich sie frage, was sie gestern Nacht neben all den anderen Zeugen gesehen hat. Völlig meschugge.«

Ein Windstoß blies Halford Pfefferminzgeruch ins Gesicht. »Warum stört dich eine Abweichlerin, wenn die Mehrheit sich einig ist? Du hast doch bestimmt genug Aussagen, um eine Untersuchung zu rechtfertigen.«

Restons Lächeln war gezwungen. »Du hörst dich an wie ein Priester, Danny. Und du kennst die Antwort auf deine Frage. Ich habe genug für eine Untersuchung, wenn ich auch Ergebnisse liefern kann. Diese ganze Geschichte könnte mich am Ende wie einen Idioten dastehen lassen. Gab es eine Leiche am Montagmorgen, und wenn ja, habe ich genug Männer ausgeschickt? Gab es eine Leiche gestern Nacht, und wenn nicht, habe ich zu viele Männer ausgeschickt? Seit Tagesanbruch waten zehn Constables auf meinen Befehl bis zur Hüfte in eiskaltem Wasser herum – und das, obwohl die Truppe schon durch diese verdammte Grippe stark reduziert ist. Sie haben noch nicht mal den kleinsten, beschissenen Hinweis gefunden. Wenn es keine Leiche gegeben hat …«

»Aber du hast doch selbst gesagt, eine fast hundertprozentige Übereinstimmung …«

»Ich habe von dir etwas anderes gelernt, Danny. Erinnerst du dich an die Lehrerin aus Chelsea, die in ihrer Wohnung vergewaltigt und ermordet wurde? Zwölf oder dreizehn Jahre ist das jetzt her. Weißt du noch, dass sieben Leute beim Grab ihrer Großmutter schworen, sie hätten den Ehemann zur Tatzeit in einem mehrere Kilometer entfernten Pub gesehen? Nur dieser eine Junge behauptete, der Mann sei zu Hause gewesen, und zwar weil er seine Schritte erkannt hätte. Er hatte ihn noch nicht einmal gesehen, bloß seine blöden Schritte erkannt, gütiger Himmel. Du hast damals dem Jungen geglaubt und die anderen Zeugen widerlegt.«

»So etwas kommt nicht oft vor, Mark.«

»Da hast du verdammt Recht. Aber es kommt vor.«

Halford wechselte das Thema. »Du schienst besonders am Verhalten von Gerald Thornsby und Alan Axon interessiert zu sein.«

»Weniger an dem Jungen als an Thornsby.«

»Warum?«

Reston ließ eine Kaugummiblase platzen und lehnte sich gegen die Mauer. »Gerald Thornsby ist das, was man einen alten Bekannten nennt. Wurde hier geboren, zog später nach Nottingham, ließ sich mit einer Einbrecherbande ein, wurde geschnappt und saß ein Jahr im Knast ab. Dann kam er nach Hause zurück, sagte seiner Ma, er liebe sie sehr, aber Jesus noch mehr, und gründete diese kleine Kirchengruppe, die er jetzt leitet.«

»Irgendwelche Probleme, seit er wieder zurück ist?«

»Keinen Deut. Hat die letzten beiden Jahre ein vollkommen tugendhaftes Leben geführt. Soweit mir bekannt ist, weiß niemand in der Stadt über seine Vergangenheit Bescheid, und falls doch, haben sie ihm vergeben. Aber er und Olivia sind sich spinnefeind. Er sagt, ihre Arbeit sei eine Beleidigung Gottes und so weiter. Möchte ihm da nicht unbedingt widersprechen.«

Ein neuer, beißender Windstoß. Halford vergrub die Hände in den Taschen und betrachtete nachdenklich den Flusslauf. »Tu mir den Gefallen, Mark, und lass uns für einen Moment annehmen, dass Miss Jesup am Montagmorgen tatsächlich eine Leiche gesehen hat. Würdest du aus ihrer Beschreibung schließen, dass der Körper noch brennend ins Wasser gefallen ist?«

Reston schnaubte, aber seine Augen blickten ernst. »Sehr unwahrscheinlich. Klang ziemlich verbrannt, verkohlt geradezu.«

»Okay, verkohlt also. Wie würde sich Wasser auf verkohltes Fleisch auswirken?«

»Wenn die Leiche längere Zeit im Wasser gelegen hätte, meinst du? Wäre ein scheußlicher Anblick. Aufgedunsen. Die Risse in der Haut wären aufgequollen.«

»Also anders, als sie es beschrieben hat.«

»Ja.«

»Demnach …«

»Demnach kann die Leiche nicht lange im Wasser getrieben haben. *Wenn* es eine Leiche im Wasser gegeben hat. Aber das ist eine Hypothese.«

»Stimmt.« Halford streckte sich und ging auf den Wagen zu. »Du wolltest mir etwas zeigen?«

»Genau, Chief Inspector. Wüsste gerne, was du mir über die Kunst des Töpferns erzählen kannst.«

Ein scharfer Wind pfiff über Olivia Markhams Grundstück, als Reston den Wagen zum Halten brachte. Die blau-weißen Absperrbänder der Polizei bildeten eine flatternde Umgrenzungslinie, die an der Wasserseite ihren Anfang nahm, um einen Garagenschuppen herum verlief und an einer zerbrochenen Mauer endete, deren Reste sich wie faule Zähne aus dem Gras erhoben. Das Haus stand direkt am Flussufer, seine strengen Linien waren ein Beispiel reinster Yorkshire-Architektur. Wände aus dicken Kohlensandsteinquadern erhoben sich über zwei Stockwerke und wurden von einem steil abfallenden Schieferdach begrenzt. Kleine Schiebefenster hatten die Vorderseite geschmückt. Schade, dachte Halford, als er das Absperrband anhob und sich darunter hindurchbückte. Er hatte einmal einen Architekturhistoriker sagen hören, das berühmte »Yorkshire-Fenster« mit seinem horizontalen Schieber sei im Aussterben begriffen. Hier hatte es bis vor kurzem noch vier vermutlich sehr hübsche Exemplare davon gegeben. Jetzt aber waren die Scheiben geborsten und die alten Holzrahmen schwarz verkohlt. Wenn er sie angepustet hätte, wäre Asche aufgestoben. Ein beißender Geruch nach verbranntem Holz hing in der Luft.

Reston nickte dem Constable zu, der an der Tür Wache hielt, und ging voraus in das ausgebrannte Atelier. Das Haus war ausgehöhlt bis zum Dach, nur die versengten Balken, die das obere Stockwerk getragen hatten, standen noch. Offenbar war das Feuer sehr heiß gewesen. Die Metallregale an der einen Wand waren geschmolzen und umgefallen; die Tür eines hölzernen Kabinettschranks, der die Flammen irgendwie überstanden hatte, hing an zerschmolzenen Scharnieren.

Doch dies waren nur die ersten, oberflächlichen Eindrücke. In der Mitte des Raums blieb Halford plötzlich stehen. »Unglaublich«, sagte er. »Verdammt merkwürdig.«

»Das kann man wohl sagen«, bemerkte Reston. »Wenn ich einer von deinen phantasiebegabten Männern wäre, würde mir das hier schlaflose Nächte bereiten. So kann ich nur sagen, dass jemand schon ziemlich seltsam im Oberstübchen sein muss, um sich so viel Mühe zu machen.«

Halford ging mit knirschenden Sohlen durch die Trümmer zum Brennofen. Auf seinem geschlossenen Deckel war eine Pyramide von schmuddelig-weißen Blumen mit keck hervorstehenden Blütenstempeln aufgestapelt. Er versuchte, eine mit dem Knöchel loszuklopfen, aber die Hitze hatte die Glasur schmelzen und die Objekte zusammenkleben lassen. Er schüttelte verwundert den Kopf.

Die Blumen waren überall. Tonblüten prangten auf den durchweichten und entblößten Überresten eines Sofas wie Schmuck im Haar einer Brautjungfer. Ein Metallklappstuhl lag umgefallen auf der Seite, seine durch die Hitze verbogenen Beine fassten einen amethystfarbenen Venushügel ein. Kranzartige Gebilde unter den Fenstern, girlandenartige auf dem Fußboden – der ganze Raum war von Olivia Markhams getöpferten Obszönitäten bedeckt.

Halford rieb leicht über die rußige Spitze eines Blütenblatts. »War die Brandkommission schon hier? Haben sie ein paar von diesen Dingern eingetütet?«

»Mhmm. Außerdem haben sie auf ihre übervorsichtige Art verlauten lassen, dass dies tatsächlich ein ungewöhnliches Feuer gewesen sei, obwohl man natürlich noch nichts Genaues sagen könne. Ja, im Moment sehe es so aus, als handele es sich um Brandstiftung, aber nein, sie hätten bis jetzt keine Anzeichen dafür gefunden, dass Personen zu Schaden gekommen seien. Natürlich können sie auch schlecht welche finden, wenn das Opfer eine Meile flussabwärts treibt.«

»Ausgesprochen merkwürdig«, murmelte Halford. »Deine Zeugen sagen also, sie hätten irgendwann zwischen halb acht und Viertel vor acht über den Fluss geguckt und bemerkt, dass das Haus in Flammen stand. Drei bis vier Minuten später sahen sie eine brennende Gestalt aus dem oberen Stockwerk stürzen. Um welche Zeit ging der Anruf bei der Feuerwehr ein?«

»Zwanzig Uhr vierzehn. In der Spinnerei gibt es kein Telefon, deshalb mussten sie bis nach Mayley fahren.«

»Hmm. Und die Feuerwehr traf wann ein?«

»Zwanzig Uhr dreißig.«

»Wann war das Feuer offiziell gelöscht?«

»Ungefähr drei Stunden später.«

»Lang genug und heiß genug offenbar, um die Glasur auf diesen

Stücken anschmelzen zu lassen.« Halford deutete auf die gesäuberte Blütenblattspitze. »Ich habe keine Ahnung vom Töpfern, aber die Glasur ist an dieser Stelle ziemlich dick, so dass die Temperatur wohl nicht hoch genug war, um sie vollständig einzubrennen.«

»Du meinst, die Dinger wurden ... äh – mir fehlt der richtige Ausdruck – nicht in fertigem Zustand hier verteilt? Sie waren noch nicht bereit für den Verkauf?«

»Zeig das hier einer Töpferin und frage sie, aber ich glaube nicht. Die Hitze muss für eine bestimmte Dauer eine bestimmte Temperatur erreichen, damit die Glasur richtig schmilzt und sich mit dem Ton verbindet.«

»Wir haben dieses Hibbert-Mädchen hierher gebracht – du weißt schon, die Stumme, obwohl mir das Wort wahrscheinlich eine Beschwerde wegen unsensiblen Verhaltens eintragen wird. Chalice. Sie ist Olivia Markhams Assistentin, war uns aber keine große Hilfe. Schien ein bisschen durcheinander. Ihre Schwester, die sich als Vormund aufspielt, machte ein Theater, als wären wir gekommen, um Chalice persönlich den Flammen zu übergeben.«

»Interessant. Aber verständlich.«

»Ich weiß. Du glaubst also, jemand hat diese unfertigen Stücke hier verteilt, bevor das Haus angezündet wurde.«

»Wäre möglich.« Halford legte die Blume weg und zeigte auf das Sofa. »Scheint, als wären bewusst Stellen ausgesucht worden, an denen der Ton relativ geschützt war. Raffiniert.«

»Ziemlich aufwändige Methode«, kommentierte Reston sarkastisch. »Wäre einfacher gewesen, den Brennofen dort drüben zu benutzen.«

»Kommt darauf an, was man erreichen will.«

Halford wandte den Kopf und stellte fest, dass sein alter Freund und Kollege ihn mit einem Ausdruck musterte, der zwischen Nachdenklichkeit und Frust schwankte. »Komm, Danny-Boy«, sagte Reston. »Der Spaß fängt gerade erst an.«

Der Sette hat ein Gefälle von 190 Fuß pro Meile. Um sicherzustellen, dass auch in Trockenperioden genug Wasser floss, baute die Familie Yates ein Reservoir nördlich der Spinnerei. Die gesamte Region ist von Wasserreservoirs durchzogen.

G. Graysons Notizen

11. Kapitel

Kühl und windig, gegen Abend Regen – so lautete die Wettervorhersage. Gale, deren Arme noch vom Sommer in Georgia gebräunt waren, fand »kühl« eher untertrieben. Vom Kamin ging eine klägliche Wärme aus, die ihren Nacken auftaute, den Rest aber steif und kalt ließ. Sie erinnerte sich noch gut an diese Kälte, an viel grimmigere sogar, als es in ihrem winzigen Cottage in Hampshire so eisig gewesen war, dass die Haut über ihren Fingerknöcheln aufplatzte und sich zwischen Katie Prus Nase und Oberlippe ein dauerhaftes, wundes Dreieck bildete. Nach Toms Tod hatte es Nächte gegeben, in denen sie sich mit Katie Pru im Bett zusammenkuschelte, wartete, bis ihre Tochter durchwärmt und eingeschlafen war, und dann hinaus in die Dunkelheit schlüpfte, um die eiskalte Luft einzuatmen, bis ihre Lungen schmerzten. Sie hatte nie geweint, denn Weinen war ein Akt der Hitze, und sie hatte bis ins tiefste Innere gefroren sein wollen.

Jetzt konnte sie das Knarren eines Schaukelstuhls oben hören, gefolgt von Katie Prus trampelnden Füßen und Nadiannas sanftem: *Komm her, wir wollen dieses Buch zusammen zu Ende lesen.* Wieder dachte sie an das Verhör vom Morgen und an Nadiannas widerspenstige Reaktion auf Restons Fragen. Nadianna versuchte gerade, was Gale vor langer Zeit auch getan hatte: sich hinter den

Bedürfnissen eines Kindes zu verstecken. Nun, dachte Gale, als sie sich vor dem Feuer auf den Boden fallen ließ, sie wird bald merken, dass Katie Pru es nicht leiden kann, wenn erwachsene Frauen ihr am Schürzenzipfel hängen.

Sie griff nach ihrem Notizbuch, lehnte sich mit dem Rücken gegen ein Sofa, streckte die Füße zum Feuer aus und blätterte langsam durch die Seiten.

Gale hörte Nadianna nicht herunterkommen und bemerkte sie erst durch den Plumps, der den Zweisitzer erschütterte. Sie drehte sich zu der jüngeren Frau um, die sich eine Decke um die Schultern gelegt hatte. Die blauen Augen leuchteten in ihrem Gesicht.

»Ich brauche deine Hilfe, Gale.«

»Jederzeit«, antwortete Gale. »Was gibt's?«

Nadianna lachte bitter auf. »Wahrscheinlich hört es sich an, als ob ich die ganze Welt für verrückt halte, außer uns beiden ...«

»Das macht nichts. Ich bin durchaus bereit, den Rest der Welt für verrückt zu erklären. Was hast du auf dem Herzen?«

Nadiannas Worte überstürzten sich. »Es ist gestern Abend niemand aus dem brennenden Haus gefallen, egal, was alle anderen zu Mr. Reston gesagt haben, von wegen Haare in Flammen und Arme an der Seite – ich war da, und da waren keine Haare und keine Arme. Es war etwas Flaches, das ins Wasser fiel.«

»Etwas Flaches? Wie meinst du das?«

»Ich weiß nicht. Vielleicht ein Stück vom Dach, eine Schindel oder so.«

»Eine brennende Schieferplatte?«

»Dann eben keine Schindel. Aber etwas Flaches und Gerades. Es war kein Mensch. Ich habe gehört, wie die Leute gestern Nacht immer von einer Frau redeten. Es war aber keine Frau.« Schweiß glänzte auf ihrem Gesicht, sie wiederholte schwach: »Es war kein Mensch.«

»Das verstehe ich nicht. Wenn du überzeugt bist, dass es kein menschlicher Körper war, warum hast du das dann nicht Mr. Reston gesagt?«

»Er hätte mir nicht geglaubt. Alle anderen haben gesagt, es wäre eine Frau gewesen.«

»Er hätte dir immerhin zugehört.«

»Nein, das hätte er nicht. Er hält mich sowieso für plemplem – ich habe schließlich eine Leiche im Fluss gesehen, die niemand finden kann.« Tränen schossen ihr in die Augen. »Ich will wieder nach Hause.«

»O nein.« Gale stand auf und quetschte sich neben Nadianna. »Nein, nein, das willst du nicht.«

»Doch. Heute Morgen bei dem Verhör habe ich genau gemerkt, dass er mich bloß für unbequem hält. Er wird mich nicht in Ruhe lassen, bis er mir nachweisen kann, dass ich lüge ...« Tränen fielen auf die ausgefranste Decke. »Ich brauche deinen Beistand.«

»O Gott, Nadianna, den hast du. Aber nicht, wenn du abreisen willst. Du willst nicht wirklich nach Hause, glaub mir. Dein Stipendium ...«

»Mein Projekt ist sowieso ruiniert. Was glaubst du denn, was ich unter diesen Umständen für eine Arbeit leisten kann?«

»Hast du vergessen, was es dich gekostet hat, es so weit zu bringen? All die Arbeit, Nadianna, all den gottverdammten Mut. Weißt du nicht mehr, wie viele Hürden du überwinden musstest? Falls dir das nicht klar ist, muss ich dich vielleicht daran erinnern.«

»Es ist mir klar.«

»Warum willst du dann aufgeben? Es ist bestimmt nicht leicht für dich ...«

»Nicht leicht?« Sie sah Gale verwundert an. »Ich habe eine Leiche gesehen, Gale. Eine Leiche, die beinahe im Wasser mit mir zusammenstieß. Aber niemand hielt es für nötig, ernsthaft danach zu suchen. Und jetzt glauben diese Leute von der Gemeinde, ich hätte eine Vision gesehen. Eine Vision? Entweder sind die verrückt oder ich.«

»Die Polizei hat den Fluss abgesucht, Nadianna, aber sie können die Suche nicht ewig fortsetzen. Und wenn jemand verrückt ist, dann diese Leute.«

Nadianna atmete abrupt aus. »Ich kann nicht glauben, dass du so kalt bist.«

»Ich bin nicht kalt. Aber ich weiß verdammt gut, dass du nie wieder aufstehen wirst, wenn du dich von dieser Sache niederzwingen lässt. Ich weiß es, Nadianna. Ich weiß es genau.«

»Und stattdessen soll ich mich von dir niederzwingen lassen, wie?« Die Worte kamen messerscharf heraus.

»Ich zwinge dich doch nicht nieder«, entgegnete Gale ungläubig. »Wie kannst du so etwas sagen?«

»Du gibst mir das Gefühl, dumm zu sein.«

»Was?«

»Aber das ist noch nicht das Schlimmste. Du glaubst mir nicht. Du hast mir vom ersten Moment an nicht geglaubt. Wie kann ich hierbleiben, wenn der einzige Mensch, dem ich vertraue, mir nicht glaubt? Ich habe mehr aufgegeben, als du ahnst, um hierher zu kommen. Denkst du, Statlers Cross wird je wieder dasselbe für mich sein? Das wird es nicht. Ich habe mein Zuhause verloren.«

»Das ist doch läch ...«

»Niemand wird mich mehr so behandeln wie früher. Das hat Ivy zu mir gesagt. Sie hat gesagt, ich würde nie wieder richtig akzeptiert werden, wenn ich sie und meinen Daddy verlasse und mit ... mit einer Frau weggehe, mit der die meisten Leute nichts zu tun haben wollen. Ivy meinte, ich würde mich von allen abwenden, die mich lieben.«

»Wie kann sie so etwas Furchtbares sagen!«

»Aber sie hat doch Recht. Die Leute zu Hause haben eine bestimmte Art zu leben, und indem ich mit dir weggegangen bin, habe ich ihnen gezeigt, dass ich mich für etwas Besseres halte. Und jetzt glaubst du mir nicht. Der Einzige, der mir glaubt, auch wenn er nicht gesehen hat, was ich gesehen habe, ist ein fremder Prediger. Du dagegen hast nicht den geringsten Glauben an mich.«

Sie starrten einander an. Gale spürte, wie ihr die Hitze ins Gesicht stieg. Es stimmte, sie glaubte Nadianna nicht. Sie glaubte nicht, dass das schwangere Mädchen aus einem kleinen Kaff in

Georgia etwas Schreckliches im Wasser gesehen hatte. All ihr Schulterklopfen und ihre beruhigenden Umarmungen waren Heuchelei gewesen. Bestenfalls glaubte sie, dass Nadianna sich getäuscht hatte.

»Du weißt, wie sie dich zu Hause nennen, oder?« Nadiannas Stimme zitterte. »Die Paria mit dem Kind.«

»Nadianna«, sagte Gale sanft, »verstehst du denn nicht, dass sie das Gleiche über dich sagen werden? Unverheiratet, schwanger und dazu noch künstlerisch begabt – sie werden dich und dein Baby genauso nennen. Es hat nichts mit mir persönlich zu tun.«

Tränenbäche rannen über Nadiannas Hände, die die Decke umklammerten. »Ich will nach Hause«, beharrte sie.

»Hör mir zu. Ich glaube dir. Verdammt, ich werde mich dazu bringen, dir zu glauben. Du hast vor zwei Tagen eine Leiche gesehen. Gestern Abend gab es keine Leiche. Ich werde dir helfen, beides zu beweisen.«

»Jetzt kann *ich* dir leider nicht glauben.«

»Macht nichts. Tatsache ist: Wenn du jetzt in die Staaten zurückkehrst, wird dein Projekt nicht zu retten sein. Du wirst dein Stipendium verlieren. Dein Ruf wird vielleicht für immer beschädigt sein. Willst du das etwa – deine Karriere als Fotografin begraben und darauf hoffen, dass deine Familie dich mitleidig wieder aufnimmt?«

»Sie wird mich wieder aufnehmen.«

»Schön, und was willst du dann tun? Du hast dir diese Chance verdient, Nadianna. Du bist stärker, als du glaubst. Gib nicht auf.«

»Ich habe mich immer für stark gehalten. Aber jetzt bin ich mir nicht mehr sicher.« Sie lehnte sich an Gale, und diese schlang die Arme um sie. Nadianna schluchzte unterdrückt an ihrer Schulter. »Lass mich nicht zurückgehen.«

Halford und Reston stiegen mit Constable Swain im Gefolge fünf schmutzige Stufen hinunter, um Gerald Thornsbys Wohnung zu erreichen, die sich am Ende einer schmalen, müllübersäten Gasse befand. Der Bereich um die Haustür des Predigers war gepflegter, der Gehweg davor gefegt und die Tür in einem glänzenden Weiß gestrichen, das Halford an die Renovierungsbemühungen an dem kleinen Krempelhaus erinnerte. Neben dem Eingang hing eine Kachel mit der Aufschrift FREUDE UND FÜLLE an einem rostigen Nagel.

»Du sollst nur mal sehen, mit was ich es hier in dieser Gegend zu tun habe, Danny«, murmelte Reston, als er an die Tür klopfte. »Ich wette, damit müsst ihr euch unten in London nicht abplagen.«

Zoë Axon öffnete, ihre Augen waren geschwollen, ihre blonden Haare zerzaust. Sie sah die drei Kriminalbeamten unsicher an, ehe sich ihre Stirn glättete.

»Ach so«, sagte sie nach einem Blick auf Restons Dienstausweis. »Eine Polizistin war vorhin schon hier. Kommen Sie herein. Gerry ist hinten.«

Halford erwartete halb und halb, eine opulent eingerichtete Wohnung vorzufinden, doch stattdessen empfing sie die Gemütlichkeit einer Tankstelle. Der größte Teil des Wohnzimmers wurde von einem Schreibtisch aus Metall eingenommen, auf dem sich Bücher und Papiere stapelten; eine kleine, braune Tonschale mit einer Flüssigkeit darin stand wackelig am Rand. Die Schreibtischlampe stellte die einzige Raumbeleuchtung dar. Ein Bücherregal, auf dem Teller und mehrere Teebecher abgestellt waren, schien sowohl der Aufbewahrung von Literatur als auch der Einnahme von Mahlzeiten zu dienen. Fünf grell-orangene Plastikstühle standen an der Wand aufgereiht. Auf dem Fußboden, in der Mitte des Raums, lag ein abgetretener Teppich, dessen einst lebhafte Grün- und Orangetöne gnädigerweise zu erdigeren Farben verblasst waren.

Zoë lächelte Halford belustigt an. »Ich hätte Sie nicht für einen Bullen gehalten. Als wir uns in der Spinnerei begegneten, sahen Sie eher aus wie ein Kindermädchen, mit der Kleinen an der Hand.«

Halford erwiderte ihr Lächeln. »Komisch, wenn man ein Kind dabei hat, fragt einen niemand nach dem Beruf. Ich arbeite bei der Londoner Polizei, habe aber Urlaub. Bin sozusagen nur als Beobachter hier.«

»Ist das kleine Mädchen Ihre Tochter?«

Er konnte sie nicht richtig einschätzen. Es lag etwas Herausforderndes in ihren schläfrigen Augen, etwas hintergründig Sexuelles. Trotz der Kälte in dem kahlen Raum hatte sie nur einen dünnen Wickelrock an, der ihr bis zu den Knöcheln reichte, und eine Strickjacke, unter der sich die Spitze ihres BHs abzeichnete. An den Füßen trug sie dicke braune Socken und Ledersandalen.

Er grinste noch breiter, in der Hoffnung, sie aus der Reserve zu locken. »Nein«, antwortete er, »sie gehört zu einer Freundin. Wusste gar nicht, dass ich der Mary-Poppins-Typ bin. Vielleicht wartet da eine neue Karriere auf mich?«

Sie entgegnete nichts darauf, lächelte ihm aber weiter zu, während sie an eine geschlossene Tür im hinteren Teil des Raums klopfte. »Gerry«, rief sie verhalten. »Die Polizei.« Eine unverständliche Antwort ertönte auf der anderen Seite. Sie setzte sich an den Schreibtisch, nahm die Tonschale in beide Hände und nippte daran. »Er kommt gleich«, sagte sie. »Er ist todmüde, das kann ich Ihnen verraten. Genau wie ich. Wir haben die Spinnerei erst spät in der Nacht verlassen, und heute Morgen kamen schon wieder zwei von Ihren Leuten, denen wir Fragen beantworten mussten. Sie haben also noch mehr?«

»Nur ein paar«, sagte Reston. Swain ließ sich auf einem der orangenen Stühle nieder und klappte seinen Notizblock auf. »Zur Klärung, vorwiegend.« Er sah sich um. »Wohnen Sie hier, Miss …«

»Axon. Zoë. Nein, ich wohne in der Hall Street bei meinen Eltern und meinem Bruder. Sie haben ihn übrigens gerade verpasst. Er ist los, um ein paar Einkäufe zu machen.«

Sie zeigte auf den Papierstapel vor sich. »Das ist mein Job. Ich erledige die gesamte Büroarbeit für die Christusgemeinde von Mayley – Flugblätter, Gemeindebriefe, all diese Sachen.«

»Eine bezahlte Stelle?«

»Wir haben keine bezahlten Stellen. Alles Geld fließt in unsere Wohltätigkeitsarbeit.«

»Sie gehen keiner bezahlten Arbeit nach?«

»Das hier ist meine Arbeit«, wiederholte sie. »Und ich bete um das Wenige, das ich brauche.«

»Sie ... beten für Ihren Lebensunterhalt?«

»Es ist immer wieder erstaunlich, wie der Herr für uns sorgt.«

Sie sagte das ohne jede Ironie. Reston wippte auf den Fersen vor und zurück. Halford konnte sich vorstellen, was er dachte. In ihren frühen gemeinsamen Tagen bei der Londoner Metropolitan Police hatten sie manch eine nur aus Bier bestehende Mahlzeit eingenommen und über die Jugendlichen geschimpft, die auf den Gehwegen herumlungerten oder die Flure der Arbeits- und Sozialämter verstopften. Reston, der zusammen mit vier Geschwistern von seiner Mutter allein aufgezogen worden war, hatte sich besonders ungnädig geäußert. *Nutzloses Pack, keine Eigeninitiative. Liegen ihren Eltern oder dem Staat auf der Tasche. Da stimmt doch was nicht. Ein Job oder der Militärdienst, das ist die einzige Wahl, die ich denen lassen würde.* Zoë Axon hatte sich offenbar für einen dritten Weg entschieden: unbezahlte, gemeinnützige Arbeit.

Sie zündete sich eine Zigarette an, die Flamme tanzte vor ihrem Gesicht, ehe der Tabak sich entzündete, ihre Augen waren auf Halford gerichtet. Was an ihr war es nur, das ihn so irritierte? Was beschäftigte sie? Hatte sie ein Geheimnis? Halford zog einen Stuhl neben den Schreibtisch, setzte sich und fragte freundlich: »Erzählen Sie mir etwas über Ihre Glaubensgemeinschaft, Zoë. Sie nennt sich Christusgemeinde, nicht wahr? Ich habe noch nie von dieser Konfession gehört.«

»Das liegt wohl daran, dass es keine Konfession ist, jedenfalls nicht im üblichen Sinn«, antwortete sie. »Wir nennen uns einfach Christen, die meisten sind Charismatiker, aber wir haben auch ein paar Evangelische in unserer Gruppe.«

»Verzeihen Sie mir meine Unwissenheit«, sagte Halford bescheiden und lächelte sie an. »Ich kenne den Unterschied nicht.«

»Oh, er kann recht groß sein. Die Evangelischen legen mehr Wert auf Regeln, auf die genaue Befolgung des Evangeliums. Wir Charismatiker – wir sind empfänglicher für ein emotionales Verbundensein mit unserem Herrn. Aber wir alle haben bei Gerald ein Zuhause gefunden. Früher waren im ganzen Tal Kapellen verstreut, vor allem von Dissidenten, Angehörigen von Freikirchen, aber die meisten existieren nicht mehr. Es gibt nicht mehr so viele Gläubige heutzutage. Gerald erkannte das und beschloss, uns alle zu vereinen. Wir sind an keine der großen Kirchen angeschlossen. Angefangen haben wir als Hauskirche …«

»Hauskirche?«

»Wir hatten keine Kapelle, kein Gebäude. Wir haben uns einfach abwechselnd bei den Mitgliedern zu Hause getroffen. Wir glauben an die Kraft des Gebets und dass Gott durch Wunder zu uns spricht. Sprechen kann, sollte ich besser sagen. Er spricht auch auf andere Weise zu uns, durch die Kraft der Zungen, die Kraft des Geistes …«

»Und durch Visionen?«

Sie wurde sichtlich aufgeregt, ihre Augen leuchteten. »Ja«, flüsterte sie. »Auch durch Visionen. Sie verstehen das, nicht wahr?« Sie beugte sich zu ihm, lehnte sich aber schnell wieder zurück, als Thornsby aus seinem Zimmer kam, der in einem frischen Hemd und ordentlich gebügelten Hosen überhaupt nicht müde wirkte. Sein kurz geschnittenes Haar glänzte noch feucht, und er brachte den Geruch von Duschgel mit sich.

»Hallo, Inspector«, sagte er und streckte Reston die Hand hin. »Keine Ruhe den Mühseligen und Beladenen?«

»Ich dachte immer, es heißt: Keine Ruhe den Gottlosen – passt aber beides, schätze ich. Ich möchte Ihnen einige Fragen zu dem Feuer von gestern Abend stellen.«

Das Lächeln auf Thornsbys Gesicht verschwand nicht. »Dachte ich mir schon.«

»Wirklich?«, fragte Reston. »Wieso?«

»Weil ich vermute, dass Sie die Aussagen durchgegangen sind, die Ihre Männer von meinen Leuten aufgenommen haben, und Ihr sechster Sinn als Polizist Ihnen sagte, hmm, irgendetwas stimmt da nicht ganz.«

Reston schnappte sich den Stuhl neben Halford, drehte ihn mit Schwung herum und setzte sich rittlings darauf. »Sehr schön. Ich möchte mehr hören.«

Thornsby warf einen Blick auf Zoë, die sich mit den Büchern und Papieren zu schaffen machte und ihr Interesse hinter einem Vorhang von blonden Strähnen verbarg. »Sie haben nichts dagegen, wenn Zoë bleibt?«

»Wir könnten auch in das andere Zimmer gehen«, sagte Reston. »Oder auf die Polizeiwache. Wenn Sie lieber allein mit uns sprechen möchten, werden wir sicher …«

»Aber nein, es macht mir nichts aus, dass sie hier ist. Im Gegenteil.« Thornsby ließ sich im Schneidersitz auf dem Teppich nieder und sah erwartungsvoll zu ihnen auf.

»Zunächst einmal«, sagte Reston, »versuchen wir festzustellen, wo sich alle vor dem Ausbruch des Feuers aufhielten. Können Sie uns sagen, wo Sie gestern Nachmittag waren?«

»Ich war bei einer Familie in Mythòlmroyd. Der Vater liegt im Sterben – mehrere Mitglieder von Hauskirchen hatten sich dort zum Gebet versammelt.«

»Um welche Zeit war das?«

»Etwa von zwei bis sechs.«

»Ich möchte Sie bitten, Constable Swain anschließend den Namen der Familie zu diktieren. Und danach?«

»Danach fuhr ich direkt zu Miss Jesup, um sie zu unserer Versammlung in der Spinnerei abzuholen.«

Reston wandte sich an Zoë. »Und Sie, Miss Axon?«

»Ich habe den ganzen Nachmittag auf dem Gelände der Spinnerei gearbeitet und Sachen für den Wohltätigkeitsbazar aussortiert.«

»Waren Sie allein?«

»Zeitweise ja. Ein paar Leute kamen und brachten Kleiderspenden, blieben aber nicht lange.«

»Gut. Sie teilen die Namen bitte ebenfalls DC Swain mit. Und jetzt möchte ich noch etwas eingehender über gestern Abend sprechen, Mr. Thornsby.«

Thornsby legte die Fingerspitzen aneinander und starrte mit leerem Blick auf den Teppich. »Etwas Seltenes und Wunderbares ist gestern Abend passiert, Inspector.«

»Tatsächlich? Erzählen Sie mir davon.«

Wäre Thornsby Anhänger einer östlichen Religion gewesen, hätte Halford darauf gewartet, dass er seine Augen schloss und ein Mantra rezitierte. Doch stattdessen fuhr er fort, einen Punkt neben dem Fußknöchel des Inspectors zu fixieren.

»Es wird Ihnen schwer fallen, dies zu verstehen«, sagte Thornsby langsam. »Sie sind von Natur aus ein logisch denkender Mensch, sonst hätten Sie nicht diesen Beruf gewählt. Für Sie zählen nur die nackten Tatsachen – sagt man nicht so? Doch die Tatsachen verwirren sich in den Händen des Herrn, Inspector.«

»Ich würde eher das Gegenteil für wahr halten, aber fahren Sie bitte fort.«

»Was haben Ihnen meine Leute gestern Abend berichtet? Dass sie eine brennende Gestalt aus dem oberen Stockwerk von Olivia Markhams Werkstatt fallen sahen.«

Reston reagierte nicht. Thornsby hob kurz den Blick, dann sprach er weiter.

»Aber könnte es nicht sein, dass der Herr sie genau das sehen lassen wollte? Könnte es nicht die Absicht des Herrn gewesen sein, uns gestern zu einer bestimmten Zeit an einem bestimmten Ort zu versammeln und uns, während wir mitten im Gebet waren, diesen Anblick sehen zu lassen?«

»In dem Fall wäre meine erste Frage, wer der menschliche Handlanger war, der Zeitpunkt und Ort der Versammlung bestimmte.«

»Sie fand zur üblichen Zeit am üblichen Ort statt. Wir treffen uns regelmäßig am Dienstagabend.«

»Dann würde ich als zweites darauf hinweisen, dass Gott Wichtigeres zu tun hat, als Ihnen schaurige Filmchen zu Ihrer Unterhaltung vorzuführen.«

Thornsby bedachte Reston mit einem nachsichtigen Lächeln. »Es war kein Film. Viel wunderbarer als ein Film.«

Reston sah Halford entnervt an, dann wanderte sein Blick zu Zoë. Sie gab nicht mehr vor zu arbeiten, sondern betrachtete Thornsby entrückt. »Was genau war wunderbarer als ein Film?«

»Nadianna hat es zuerst gesehen«, sagte Zoë leise. »Der Herr wollte, dass wir es bestätigen.«

Reston hob die Augenbrauen. »Was bestätigen, Miss Axon?«

»Die Vision«, antwortete sie. »Wegen ihr ist Nadianna zu uns gekommen. Warum sonst sollte sie auf eine so weite Reise geschickt worden sein?«

»Was meinen Sie mit ›Vision‹?«

»Eine visuelle Botschaft von Gott. Manche Menschen hören seine Stimme. Andere *sehen* seine Werke.«

»Und was war die Botschaft?«

»Das müssen Sie Nadianna fragen.«

Reston seufzte. »Klären Sie mich bitte auf, Mr. Thornsby. Ist es das, was Sie Ihren Anhängern sagen? Dass ihnen eine Art Vision zuteil wurde?«

Thornsby schüttelte den Kopf. »Sie sind nicht meine Anhänger, wir sind keine Sekte. Und ich musste ihnen gar nichts sagen. Sie haben es alle verstanden.«

»Ein brennender Körper, der aus dem Fenster fällt?« Reston gab sich keine Mühe, seine Verachtung zu verbergen. »Eine verbrannte Leiche, die im Wasser treibt? Hören Sie doch auf, Thornsby. Was für ein grausamer Gott würde sich so etwas Schreckliches für seine Schäfchen ausdenken?«

Thornsby lächelte ungerührt. »Wer hat je behauptet, die Botschaft des Herrn sei angenehm?«

Im Laufe des neunzehnten Jahrhunderts wurden die Verkehrswege im oberen Caldertal durch Kanäle und Eisenbahnstrecken ergänzt. Der Ort Mayley aber ist bis heute nicht leicht zu befahren, denn die Gassen sind steil und serpentinenartig gewunden, und viele weisen noch die alten Geländer auf, die es erleichtern, sie zu Fuß zu erklimmen.

G. Graysons Notizen

12. Kapitel

Chalice Hibbert war sieben, als sie zum ersten Mal von zu Hause fortlief. Ihre Schwester hatte sie angeschrien – warum genau, wusste sie nicht mehr –, und um sich zu rächen, hatte Chalice ein weißes Blatt Papier und ein rotes Stempelkissen aus der Schublade des Küchentischs hervorgezogen. Sie drückte ihre Faust in das Stempelkissen und schlug damit auf das Papier ein, immer wieder, bis keines mehr da war und sie dafür rote Abdrücke auf die Tischplatte hämmerte.

Totty hatte ihr schweigend zugesehen. Sie lehnte am Rahmen der Küchentür, ihr Gesicht starr wie eine Maske. Als ihr Arm müde wurde, drehte sich Chalice um und wartete auf eine Bemerkung ihrer Schwester, vielleicht sogar auf eine Entschuldigung, doch die klaren, grauen Augen starrten sie nur an, als wäre sie ein misslungenes Bild in einem teuren Rahmen. Außer sich vor Wut, stampfte Chalice in ihr Zimmer und packte ihren Koffer. Schuhe, Handschuhe und Mützen flogen hinein – keine Kleider, als müssten nur die Extremitäten bedeckt werden. Sie kam bis zur Brücke über den Sette. Dort platzte ihr Koffer auf, und ein Auto fuhr über ihre rosa Wollmütze und einen neuen braunen Halbschuh. Sie humpelte nach Hause, den kaputten Koffer unter den Arm geklemmt und eine Spur von Accessoires hinter sich herziehend.

Als sie schluchzend ins Haus trat, schickte Totty sie auf ihr Zimmer. »Du hast Glück, dass ich dich wieder aufnehme«, sagte sie. »Niemand zwingt mich nämlich, deine Mutter zu sein, weißt du.« Sie weigerte sich, mit Chalice zurückzugehen, um ihre Sachen aufzusammeln, und am nächsten Morgen waren sie verschwunden, als hätten Vögel sie über Nacht aufgepickt.

Auch jetzt wollte Chalice nur noch weglaufen. Sie saß in ihrem Zimmer, hatte die Tür abgeschlossen und umklammerte den Autoschlüssel so fest mit der Faust, dass sein Bart sich in der Handfläche abdrückte. Küchengeräusche – das Klappern von Emaille auf der Arbeitsfläche, das Klingen eines Löffels gegen den Schüsselrand – drangen durch den niedrigen Flur und die Treppe herauf. Totty backte schon wieder; irgendwo trafen heute Abend neue Gäste ein. Was machte es schon, dass Chalice vor ein paar Stunden von der Polizei verhört worden war; was machte es schon, dass sie beide mit offenen Mündern vor der ausgebrannten Tür von Olivias Haus gestanden und versucht hatten, die makabre Ausstellung im Innern zu erfassen; was machte es schon, dass Totty gefragt hatte, als sie wieder ins Auto gestiegen waren: *Scheiße, was willst du jetzt machen?* Das Geschäft rief.

Inspector Reston hatte sie aus dem zerstörten Atelier heraus neugierig angesehen, während sie hinter dem blauen Absperrband stand wie eine Museumsbesucherin, die ihre spitze Nase einem restaurierten Bild entgegenreckte. Sie war überwältigt von der Zerstörung gewesen, aber nicht so überwältigt, dass sie die Detektivaugen nicht bemerkt hätte, die sie beobachteten. *Erzählen Sie mir etwas über diese Werkstatt, Chalice. Beschreiben Sie mir, wie sie aussah, wo die einzelnen Möbel und Gerätschaften standen. Und erzählen Sie mir von den Blumen.* Totty war herbeigeeilt, um ihn zu unterbrechen. *Ich weiß, was Sie sie fragen dürfen. Ich weiß, wo die Grenze ist, und glauben Sie ja nicht, dass ich Ihnen erlauben werde, sie zu überschreiten.*

Reston hatte Totty ignoriert. *Ich weiß nichts über das Töpfern, Chalice. Erklären Sie mir die Blumen.* Aber sie hatte ihm nichts erklärt. Ihre Hände hatten so stark gezittert, dass sie nicht schreiben konnte.

Der Schlüssel fiel geräuschlos auf den Teppich. Sie wollte weglaufen. Sie musste nachdenken.

Aus der Küche unten war das Surren eines elektrischen Quirls zu hören. Totty machte Makronen, ein Markenzeichen der Firma Hibbert. Der Quirl würde noch mindestens drei Minuten lang weitersurren.

Sie hob schnell den Schlüssel auf, schlich die Treppe hinunter und schlüpfte zur Vordertür hinaus und durch das Gartentor. Um vier Uhr nachmittags begann die Abendkühle sich schon bemerkbar zu machen. Sie stieg in den Escort und stocherte mehrmals mit dem Zündschlüssel nach dem Schloss, bis sie ihn endlich hineinbekam.

Das klapprige Gefährt bebte so stark wie seine Fahrerin, als sie es durch die engen Gassen navigierte, bis sie die Straße erreichte, die hinaus ins Moor führte. Sie brauchte keine Spur von verlorenen Kleidungsstücken, die sie aus der Stadt geleiteten. Ein Trommelrhythmus aus Worten schlug in ihrem Kopf und trieb sie an: *Olivia ist tot. Olivia ist tot.*

Um Viertel nach sechs war der Himmel pechschwarz. Trotz des tröstlichen Dufts von fertig gekaufter Lasagne herrschte eine fröstelig-trübe Stimmung im Cottage. Das Abendessen hat vielleicht unsere Mägen erwärmt, dachte Gale, aber nicht die Kälte aus unseren Knochen vertrieben. Auf einem der Zweisitzer hatte sich Katie Pru an Halford gekuschelt und vergrub ihre Fäustchen und manchmal auch ihre Nase in seiner Armbeuge, während er sie mit einem Buch abzulenken versuchte. Nadianna saß auf einem Stuhl vor dem Kamin und fütterte das lustlose Feuer mit schmalen Scheiten von Anmachholz. Das letzte Stück schleuderte sie mit Kraft hinein, so dass die Glut schmauchend aufstob und Funken vor dem Mauerwerk tanzten.

Gale hockte sich neben sie, nahm den Schürhaken zur Hand und schob ein Holzscheit in die Flammen. »Du hast in letzter Zeit bestimmt nicht gut geschlafen. Vielleicht solltest du heute einfach früh zu Bett gehen.«

Nadianna reagierte mit einem schwachen Lächeln. »Keine schlechte Idee. Ich bin wirklich hinüber. Und unter der Bettdecke ist es garantiert wärmer.«

»Na dann los«, sagte Gale. »Ich habe morgen früh um halb zehn einen Interviewtermin – es macht dir doch nichts aus, auf Katie Pru aufzupassen, oder?«

Nadianna seufzte zur Antwort. »Weck mich um acht«, sagte sie, schon auf dem Weg nach oben. »Das lässt mir hoffentlich genug Zeit zum Schlafen und zum Nachdenken.«

Gale lauschte auf das Geräusch von Nadiannas Zimmertür. Am nächsten Morgen wollte sie ernsthaft mit ihrer eigenen Arbeit beginnen, doch jetzt fragte sie sich, ob sie den Tag stattdessen damit zubringen würde, Gesprächstermine abzusagen und den Rückflug umzubuchen.

»Ist Babar ein guter Elefant oder ein böser Elefant?«, wurde Halford von Katie Pru gefragt.

»Oh, bestimmt ein guter«, antwortete er.

»Warum macht er dann, dass all die anderen Elefanten Kleider anziehen müssen? Ich glaube nicht, dass ihnen das gefällt.«

Ich habe mein Zuhause verloren … weil ich meine Familie verlassen habe, um mit einer Frau wegzugehen, mit der die meisten Leute nichts zu tun haben wollen …

Harte Worte, aber Gale war überzeugt, dass Nadianna sie nicht gebraucht hatte, um zu verletzen, sondern um ihren eigenen Schmerz verständlich zu machen. Wie auch immer, es steckte Wahrheit in ihnen. Gale war sich der Zurückhaltung, mit der sie und Katie Pru in der geschlossenen Welt von Statlers Cross behandelt wurden, durchaus bewusst. Selbstmord war eine Sache; Selbstmord in Verbindung mit einer privilegierten gesellschaftlichen Stellung und der Exotik von Terrorismus eine ganz andere. Doch was Nadianna möglicherweise noch nicht erkannt hatte, war, dass die

Exotik hinter allen Türen wohnte. Gale dachte an den missbilligenden Blick ihrer Großmutter Ella, als sie ihr sagte, sie würde Nadianna als Katie Prus Kindermädchen einstellen.

Du hast wohl nicht sehr hohe Ansprüche, was? Sind zwei kräftige Arme alles, was du dir als Betreuung für deine Tochter wünschst?

Ella, sie ist mehr als einfach nur zwei kräftige Arme. Ich habe sie beobachtet, sie kann sehr gut mit Katie Pru umgehen. Außerdem werde ich ja meistens zu Hause sein …

Außerdem, aha. Beantworte mir eine Frage, Gale: Was hat das Mädchen für ein Interesse an dir? Was will sie von dir, dass sie glaubt, am besten über dein Kind an dich heranzukommen?

Mit einem hatte Ella Recht gehabt: Nadianna hatte tatsächlich etwas von ihr gewollt, und sie hatte es bekommen. Sie hatte eine Führerin gebraucht, die ihr einen Weg aus dem ländlichen Georgia wies, eine Vermittlerin zur Welt der Kunst und der Medien, die kompliziert und wettbewerbsbetont war und ohne Hilfe wahrscheinlich außer Reichweite für eine einfache Nadianna Jesup aus Statlers Cross. Nadianna Jesup, deren Schwester bekannt war für ihr Zungenreden und deren Vater einmal – und zwar nüchtern – in einen Methodistengottesdienst hineingeplatzt war und die Pastorin angeschnauzt hatte, dass alle Frauen gefallene Wesen seien und nichts auf der Kanzel zu suchen hätten. Nadianna Jesup, über deren Mutter immer noch in gewissen engstirnigen Kreisen des County geklatscht wurde. Vor drei Monaten noch hatte Gale nichts über das Kindermädchen ihrer Tochter gewusst, und als sie versuchte, etwas über ihren Hintergrund zu erfahren, hatte sie nicht viel herausbekommen. Selbst Alby Truitt, der Sheriff, hatte zurückhaltend geantwortet und Gale dabei neugierig angesehen.

Sie ist in Ordnung, Gale. Ziemlich stark, glaube ich. Man kann ihr vertrauen. Aber es ist schwer, jemanden richtig kennen zu lernen, mit dem man nicht unter einem Dach wohnt …

Alles andere war nur bösartiges Gemunkel gewesen.

Keiner weiß, wo Nadiannas Mutter jetzt ist. Margaret Jesup ist mit irgendeinem Kerl davongelaufen – niemand hat ihn gekannt, niemand wusste, wo er herkam. Sie hat ihre Mädchen nie angerufen, ihnen noch nicht mal 'ne Postkarte geschickt. Margaret Jesup war eine schöne Frau mit vollen, roten Lippen. Wissen Sie, warum Gott Frauen solche Lippen gibt? Um ihre Tugend auf die Probe zu stellen …

Gale fuhr sich frustriert mit den Fingern durch die Haare. Nadianna hatte die Lippen ihrer Mutter. Sie wusste nicht, wie die Mutter ausgesehen hatte oder welche Art Verzweiflung sie dazu getrieben hatte, ihre beiden kleinen Töchter zu verlassen und nie zurückzukehren. Aber sie kannte den Mund dieser Frau. Sie hatte oft zugesehen, wie er ihr eigenes Kind in den Schlaf sang. Das Leben war voller Situationen, in denen man einfach blind vertrauen musste.

Hinter ihr wurde Babars Freundin, die alte Dame, gerade von einer Schlange gebissen und sank zu Boden.

»Gibt es Schlangen in unserem Wald?«, fragte Katie Pru.

Halfords tiefe Stimme klang beruhigend. »Nicht zu dieser Jahreszeit. Schlangen haben es gerne warm.«

Katie Pru schwieg nachdenklich. Als Gale sich zu ihr umdrehte, hatte sie ihr Sweatshirt hochgeschoben und presste eine Hand auf ihren Nabel.

»Bäuche sind warm«, verkündete sie. »Ich wette, die Schlangen mögen unseren Wald.«

Gale begegnete Halfords Blick und zuckte die Achseln. Wer verstand schon, was im Kopf dieses Kindes vor sich ging. Sie fragte sich, ob sie ihm von Nadiannas Dilemma erzählen sollte. Noch nicht, entschied sie und zog sich an der Armlehne des Sofas hoch.

»Weißt du, wofür ich jetzt einiges geben würde? Eine nächtliche Fahrt durch das Hochmoor. Meinst du, das wäre zu machen?«

Halford klappte das Buch zu und überließ die alte Dame bis zum nächsten Tag ihrem Schmerz. »Ist es nicht zu kalt für einen Verein von Südstaatenladys?«

»Kein Verein. Nur zwei. Und wir werden uns schön dick einpacken. Katie Pru, lauf und hol deinen Mantel und deine Handschuhe.«

Halfords Wagen parkte am Waldrand. Gale hob amüsiert die Augenbrauen, als er eine dicke Wolldecke und ein Daunenkissen aus dem Kofferraum hervorholte und Katie Pru ein Lager auf dem Rücksitz bereitete. »Für Überwachungseinsätze«, sagte er schlicht, während er das Kind anschnallte. »Man muss auf alles vorbereitet sein ...«

Er fand noch eine kleinere Decke und breitete sie über Gales Knie, ehe er den Fahrersitz einnahm.

»Hast du ein bestimmtes Ziel im Sinn?«, fragte er.

»Eigentlich nicht. Ich wollte nur ein bisschen raus. Irgendwelche Vorschläge?«

»Lass uns einfach nach Norden fahren. Wenn wir genug haben, kehren wir um und fahren wieder nach Süden.«

»Klingt wie jemand, der keinen Respekt vorm Moor hat.«

»Klingt wie jemand mit einer Generalstabskarte im Handschuhfach.«

Die Heizung funktionierte gut, und Gale merkte, wie sie sich entspannte, als der Wagen gemächlich den Berghang erklomm. Bald erstreckte sich das Hochmoor zu beiden Seiten. Es wirkte bei Nacht wie eine starre Bühnenlandschaft, die Dunkelheit schien sich um Erhebungen und Mulden zusammenzuballen. Auf dem Rücksitz sang Katie Pru leise »Go tell it on the mountain« vor sich hin, bis die Wärme im Auto und das Schnurren des Motors sie überwältigten und ihre Atemzüge tief und regelmäßig wurden.

Halford deutete mit dem Kopf nach hinten. »Hattest du das geplant?«

Gale sah ihre schlafende Tochter an. Ihr Kopf lag in einer Kissenwolke, die roten Kirschen an ihrem Hut fielen ihr in die Augen. »Nein, aber es ist kein schlechter Nebeneffekt. Natürlich wird sie aufwachen, sobald ich sie hineintrage, und erst wieder gegen Mitternacht einschlafen. Das ist der Preis für die unverhoffte Ruhe.«

Halford fuhr schweigend weiter, knetete das Lenkrad mit der

Handfläche. »War es eine schwere Entscheidung?«, fragte er schließlich. »Sie mitzunehmen, obwohl du und Nadianna eure Zeit zum Arbeiten braucht?«

»Da gab es nichts zu entscheiden. Zu Hause ist niemand geeignet, sich für längere Zeit um sie zu kümmern. Ich meine, wem könnte ich sie einen ganzen Monat lang anvertrauen?« Sie schob die Decke von ihren Beinen, weil ihr plötzlich sehr warm war. »Weißt du, es ist komisch. Seit zwei Monaten lese ich jetzt alles, was ich über die Geschichte dieser Gegend finden kann, über die Ludditen, über die Kultur, die durch die Industrialisierung verdrängt wurde. Es gibt nicht allzu viel.«

»Ich weiß. Die Ludditen waren so auf Geheimhaltung bedacht, dass es so gut wie keine schriftlichen Zeugnisse gibt.«

»Stimmt. Aber selbst über den Alltag der Weber und Spinnerinnen, der ganzen Heimarbeiterindustrie, gibt es nicht viele schriftliche Quellen. Nicht zu vergleichen mit der Zeit, als das Fabrikensystem schon etabliert war, mit seinen Stechkarten und Personalpapieren und der ganzen Buchhaltung. Die häusliche Sphäre war schon immer eine verborgene Welt.« Sie biss sich auf die Unterlippe und nahm die vorbeigleitende dunkle Landschaft nur noch halb wahr. »Ich muss ständig Parallelen ziehen zwischen ihnen und uns – zwischen den Webern in ihren Häuschen und mir und Nadianna und Katie Pru, die wir auch zu Hause sitzen und mühsam unseren Lebensunterhalt verdienen. Familie und Arbeit und Freizeit vermischen sich, es gibt keine sauberen Unterteilungen, keine Hierarchien. Manchmal macht mir das eine Heidenangst.«

»Warum denn?«

»Weil wir so verwundbar sind.«

»Wirklich? Wie meinst du das?«

Das Brennen in ihrer Kehle kam unerwartet. Sie starrte aus dem Fenster, überrascht von den plötzlichen, heftigen Gefühlen, und hoffte, dass ihre Stimme nicht versagen würde.

»Ich habe Nadianna einmal gefragt, wie sie sich ihr Leben in fünf

Jahren vorstellt. Sie war ganz klar und optimistisch. Sie würde ihr Kind allein aufziehen, unabhängig sein und Freude an ihrer Arbeit haben – und es war ihr egal, ob sie Berge versetzen müsste, um diesen Plan zu verwirklichen. Aber es wird ihr nicht gelingen. Es gibt zu viele Hindernisse. Wenn sie es überhaupt beruflich schafft, wird sie am Ende tun, was ich auch tue. Was so viele Frauen tun. Kompromisse schließen. Die Frustration hinunterschlucken.«

»Gale, das geht nicht nur Frauen so …«

»Erzähl mir nichts. In uns schwelt so viel unterdrückte Wut, dass wir sie uns noch nicht einmal selbst eingestehen. Wenn es helfen würde, Maschinen zu zerstören, würden wir es tun.«

Die Straße erreichte eine Hochebene, und auf einmal erstreckten sich rechts und links von ihnen Reihen von hoch aufragenden Windrädern; ihre Flügel kreisten gespenstisch weiß, ihre säulenartigen Körper erhoben sich drohend vor dem schwarzen Himmel. Dicke Regentropfen klatschten auf die Windschutzscheibe. Das Brennen in Gales Kehle wurde stärker, so stark, dass sie kaum noch atmen konnte. Ihr Blick verschwamm, sie wischte die Tränen mit einer ungeduldigen Handbewegung weg.

»Oje«, sagte sie. »Ich wette, das wolltest du nicht bezwecken. Du hast das Thema bestimmt nur angeschnitten, weil ich dich ständig schamlos zu Babysitterdiensten verpflichte.«

»Aber nein. Ich bin gern mit Katie Pru zusammen. Sie ist so … na ja, sie ist eben Katie Pru. Ich versuche ständig, mich daran zu erinnern, wie ich als Kind war. Ich glaube nicht, dass ich schon so sehr meinen eigenen Kopf hatte wie sie. Keine Ahnung. Ich habe nicht oft mit Kindern zu tun …«

Halford fuhr an den Straßenrand und stellte den Motor ab. Die Straße war an dieser Stelle eben und geschottert; es gab nirgends Licht, abgesehen vom Mond und den Scheinwerfersäulen des Fords, die den Regen glänzen ließen. Sie saßen schweigend im Dunkeln, die einzige Bewegung ging von den Rotorblättern der Windräder aus.

»Ich will nicht, dass du allein bist, Gale.«

Wieder das Brennen. »Tja, Chief Inspector Halford. Sie sind leider meist zu weit weg, um etwas daran ändern zu können.«

Obwohl sie es mit sanfter Stimme gesagt hatte, konnte er die Bitterkeit in ihrer Erwiderung hören. Er starrte zu den Windrädern hinauf, und sie erkannte, dass er so weit von ihr entfernt war, wie er nur sein konnte.

»Die Leute von Thornsbys Gruppe sind überzeugt, gestern Abend eine zweite Vision gesehen zu haben.«

Das kam so unvermutet heraus, dass sie zuerst glaubte, sich verhört zu haben.

»Eine was?«

»Eine zweite Vision. Nadianna hat die erste gesehen, sie die zweite. Sozusagen eine Sicherungskopie von Gott.«

»Das ist doch zu verrückt. Sie *alle* behaupten, sie hätten etwas gesehen, das nicht wirklich war?«

»Das sagt jedenfalls Mark, der sie verhört hat. Sie haben ihm alle mehr oder weniger die gleiche Beschreibung gegeben, und am Ende wollten sie, dass er mit ihnen betet, um Gott für diesen Moment der Gnade zu danken.«

»Weißt du, Nadianna glaubt nicht, dass es eine Person war. Sie denkt, es war ein Brett oder so etwas, das brennend ins Wasser fiel.«

Halford warf ihr einen Seitenblick zu. »Warum hat sie das denn nicht Mark erzählt? Sie war ziemlich unkooperativ.«

»Warum hätte sie ihm entgegenkommen sollen? Er hat ihr doch vor drei Tagen auch nicht geglaubt. Sollte sie seine Fragen vielleicht so interpretieren: ›Hören Sie, wir haben Sie neulich für verrückt gehalten, aber jetzt wären wir an Ihrer Meinung interessiert‹?« Sie schüttelte den Kopf. »Sie glaubt, dass die anderen Zeugen sich irren. Die Gruppe hatte sich zu einer Gebetsversammlung dort getroffen, und Zoë war offenbar in eine Art Trance verfallen. Sie befanden sich also in einem sehr suggestiblen Bewusstseinszustand. Umso mehr, weil sie glaubten, dass Gott bereits mit einer in ihrer Runde kommuniziert hatte.« Sie unterbrach sich, der Regen fiel nun stark und gleichmäßig. Die Windräder rotierten schneller unter der auffrischenden Brise. »Aber sie sagen tatsächlich *alle*, sie hätten eine Vision gesehen?«

»Ehrlich gesagt wundert mich das nicht unter diesen Umständen«, entgegnete Halford. »Menschen suchen nun einmal nach Mustern in Ereignissen. Wir sind so konditioniert. Das bedeutet natürlich nicht, dass unsere Wahrnehmung korrekt ist. Wenn ein Dutzend Leute unter tranceartigen Bedingungen eine intensive Verbindung mit Gott fühlen will, was gibt es da Besseres als eine Vision?«

»Vor allem eine Vision, die schon einen Probelauf hatte, sozusagen schon getestet war und ihre Zustimmung fand. Geradezu ein Glücksfall für Thornsby. Überzeuge deine Anhänger, dass sie eine Botschaft von Gott erhalten haben, die von dir in die Wege geleitet wurde – eine prima Methode, die eigene Autorität innerhalb einer Gruppe zu festigen. Verdammt faszinierend.«

»Das ist alles gut und schön, aber vergiss in deiner Empörung nicht, dass zwei Personen vermisst werden: Olivia Markham und Lyle Botting.«

»Könnten sie sich in der Töpferei aufgehalten haben?«

»Das Branduntersuchungsteam hat keinerlei Hinweise gefunden.«

»Du glaubst, einer von beiden könnte die fallende Gestalt gewesen sein?«

Halford trommelte auf das Lenkrad ein. »Ich weiß nicht, was ich glauben soll. Ziemlich vertrackte Sache, mehr kann ich im Moment nicht sagen.«

Katie Pru reckte den Kopf auf dem Rücksitz. »Seht mal«, sagte sie atemlos. »Was ist das?«

»Windräder, K. P. Toller Anblick, was?«

»Ja.« Gale hörte, wie sie flink den Sitzgurt löste und die Wagentür öffnete. »Wir wollen mal hingehen und gucken.«

»Nein, Katie Pru. Es ist ganz dunkel und regnet. Bleib im …«

Aber sie war schon draußen, die Tür gähnte offen hinter ihr. Halford löste seinen Gurt und sprang aus dem Wagen. »Ich hole sie.«

Er sprintete über die Straße und die Moorwiese dahinter. Gale empfand die Kälte wie eine Ohrfeige, als sie ihm folgte.

»Katie Pru!«, brüllte sie. »Komm sofort hierher!«

Falls das Kind antwortete, wurden die Laute vom Wind davongetragen. Die heftigen Böen rissen an Gales Mantel und ließen ihn wie Flügel von ihrem Körper abstehen. Sie kämpfte sich in Richtung der Windräder vor, ihr Rufen wurde zu ihr zurückgepeitscht.

Katie Prus Schrei kam als fernes Keuchen bei ihr an. Mehrere Sekunden lang hörte sie nur das Heulen des Windes, dann deutlicher: »Mama! Mama!«

Der Sturm war inzwischen so stark, dass sie kaum ihre Augen offen halten konnte. Halford war verschwunden.

»Katie Pru!«, brüllte sie.

Dann sah sie Daniel wieder. Er bückte sich und griff nach etwas, dann zog er fest, verlor das Gleichgewicht und fiel nach hinten. Plötzlich erhob sich eine riesige Frau aus dem Boden. Schlamm bedeckte sie von der Taille abwärts, ihre langen, nassen Haarsträhnen ringelten sich wie Aale um ihre Schultern, als sie auf das feste Ufer eines Sumpflochs zutaumelte, wo sie auf die Knie sank.

Gale stürzte zu ihr und nahm eine zappelnde und schlammüberzogene Katie Pru aus Chalice Hibberts starken Armen entgegen. Halford half Chalice auf, dann legte er seinen Arm um Gale und führte sie in die Geborgenheit des warmen Autos.

Joseph Campbell zufolge ist der Sieg einer neuen Technologie über eine alte ein archetypischer Vorgang, der sich schon in der biblischen Geschichte von Kain und Abel widerspiegelt – der Schafhirte besiegt den Bauern.

G. Graysons Notizen

13. Kapitel

Nadianna war müde. Sie hatte sich schon an diese besondere Art von Müdigkeit gewöhnt, die süße, schläfrige Erschöpfung der Schwangerschaft. Ihre Glieder waren schwer, als ob die in ihren Drüsen angesammelte Muttermilch sämtliche Muskeln und Knochen durchweicht hätte. Sie kroch vollständig bekleidet ins Bett, streifte nur die Schuhe ab und kümmerte sich nicht darum, ob der Ofen aus und die Tür abgeschlossen war. Ihretwegen konnten heute Nacht Trolle und Moorgeister das Zimmer bevölkern, es war ihr egal. Sie sehnte sich nach Schlaf, aber Gales frustrierte Stimme klang ihr noch in den Ohren. *Wenn du jetzt in die Staaten zurückkehrst, wird dein Projekt nicht zu retten sein. Gib nicht auf.* Und ihre eigene scharfe Antwort: *Ich habe mein Zuhause verloren. Wegen dir.*

Sie presste die Hände auf die harte Wölbung ihres Bauchs. Die Paria und ihr Kind. *Sie werden das Gleiche über dich sagen … Sie werden dich und dein Baby auch so nennen.*

Als sie noch im Geflügelschlachthof gearbeitet hatte, hatten die schwangeren Frauen in der Kantine über ihre Embryos geredet, als wären sie aus Knetmasse geformt worden. *Ich habe gehört, was man während der Schwangerschaft tut, beeinflusst das Baby. Es sickert in ihre kleinen Gehirne und macht Falten in die graue Sub-*

stanz ... O Gott, lass das nicht meinen John hören. Er wird sagen, dass ich bei meinem Job einen von diesen Jahrmarktskünstlern gebären werde, die lebenden Hühnern den Kopf abbeißen ...

Nadianna trommelte mit den Fingern auf ihren Bauch und umfasste ihn mit den Händen, fühlte die Festigkeit unter dem weichen, weißen Pullover. Sie dachte an die Zeit, als ihre Mutter mit ihrer Schwester Ivy schwanger war. Sie selbst war damals vier Jahre alt gewesen und längst nicht so erfreut über die Aussicht auf ein Baby wie alle anderen um sie herum.

Leg deine Hand hier drauf, Nadianna. Fühlst du, wie das Baby strampelt?

Ihre Mutter hatte sie angestrahlt, aber Nadianna hatte nur die ungeheure Wölbung des Bauchs gefühlt, hart wie eine Pekannuss.

Da ist nix drin.

Doch, natürlich, Schatz. Hier, drück ein bisschen fester drauf.

Hab ich. Da ist nix drin. Es ist tot.

Das Zimmer war voller Leute gewesen, die plötzlich verstummten, bis jemand anfing zu kichern. Doch der Ausdruck auf dem Gesicht ihrer Mutter hatte Nadianna erschreckt, und sie konnte ihn immer noch vor sich sehen – schockiert, wütend und bemüht hoffnungsvoll.

Am nächsten Tag fand sie ihre Mutter in ihrem geliebten Sessel mit dem Blumenbezug sitzend, ihre Schultern bebten, ein furchtbares, bellendes Schluchzen kam aus ihrem Mund. Manchmal fragte sich Nadianna, ob sich nicht, während sie noch in der dunklen Höhle schwamm, auf dem Gehirn der ungeborenen Ivy kleine Falten gebildet hatten, die sie als unerwünschtes Kind brandmarkten. Das würde ihre ständige Angst davor erklären, zu einer Waise zu werden. Es würde auch erklären, warum sie Nadianna so hasste.

Jahre nach dem Zwischenfall vor Ivys Geburt sah Nadianna ihre Mutter Margaret allein in demselben Wohnzimmer stehen, wo sie sich gerade den Schlauch des Staubsaugers um den Hals legte. Es war wie ein Bild aus einem Comic – ihre Mutter mit dem rabenschwarzen Haar hatte einen Arm in die Seite gestemmt, ein Knie beulte den Saum ihres Kleides aus, und die Ziehharmonikafalten des Schlauchs gruben sich so tief in ihren Hals, dass Nadianna fürchtete, ihr Kopf würde abfallen. Kaum hatte ihre Mutter sie entdeckt, ließ sie den Schlauch fallen und stürzte zu Boden. Kein Schluchzen diesmal. Nadianna war von ihrer eigenen Ruhe überrascht gewesen. »Ich werde für dich weitermachen, Mama«, hatte sie nur gesagt und um den Körper der zusammengebrochenen Frau herum staubgesaugt. Als sie fertig war, drückte sie ihrer Mutter einen Kuss auf die Haare und bereitete das Abendessen wie immer, obwohl sie genau wusste, dass Margaret Jesup in der Sekunde zwischen dem Loslassen des Schlauchs und dem Auftreffen auf dem Boden eine Entscheidung gefällt hatte. Sechs Tage später kamen Nadianna und Ivy von der Schule nach Hause und stellten fest, dass ihre Mutter fort war.

Sie rollte sich auf die Seite, das Gewicht der Bettdecke und ihres Kleides zogen an ihr. Sie wusste, dass sie träumte: Sie stand zwischen den verfallenen Mauern der Spinnerei in Statlers Cross, schwanger und schwerfällig, der Himmel wölbte sich grau über ihr. Das Gras, das in der Ruine wuchs, hatte eine winterliche Farbe. Ihr Kind schlief warm in ihrem Bauch, doch der Rest ihres Körpers war kalt. Sie sah durch ein leeres Fenster, dessen Glas schon lange zerbrochen und in den Boden getreten worden war, und erkannte die zwinkernden Lichter ihres Elternhauses in der Ferne. Ihre Hände rochen nach Suppe, und sie wollte nach Hause.

Nein.

Sie dachte, es sei ihre Mutter, und drehte sich ärgerlich um. Doch es war Ivy, ihre blonden Haare hatte sie mit Spangen aus dem breiten Gesicht zurückgesteckt, die Arme in die Seiten gestemmt.

Ich habe ein paar Fragen an dich. Welche Farbe hat die Haustür? Wie sieht die Tagesdecke auf meinem Bett aus? Wie viele Sessel stehen im Wohnzimmer?

Nadianna schüttelte gereizt den Kopf und weigerte sich zu antworten. *Du hast kein Recht, mich das zu fragen. Geh mir aus dem Weg, damit ich nach Hause kann.*

Ivy schmollte und bohrte die Spitze eines weißen Schuhs in die Erde. *Die Tür ist blau, die Tagesdecke besteht immer noch aus demselben gelben Chenillegarn wie an dem Tag, als du weggegangen bist. Es gibt zwei Sessel im Wohnzimmer, einer mit einem Blumenmusterbezug und einer mit kleinen, braunen Soldaten aus dem Unabhängigkeitskrieg.*

Ich weiß das alles, sagte Nadianna. *Wie könnte ich es vergessen.*

Lügnerin.

Der Regen setzte langsam ein, ein leises Nieseln, das Nadianna hören, aber nicht spüren konnte. Er fiel auf ihre Schultern, ihren Bauch. Doch bald gingen Sturzbäche herunter, die durch die zerbrochenen Fenster strömten und den Boden aushöhlten. Das Wasser stieg höher und höher, erreichte ihre Knöchel, ihre Waden. Tröpfchen spritzten auf Ivys Gesicht und ihr blondes Haar.

Du hast mich verlassen, genau wie Mama.

Sprich nicht so mit mir.

Du hast mich verlassen. Wie konntest du das tun?

Sei nicht dumm. Warum hätte ich bleiben sollen? Was hätte ich dir noch beibringen können? Du weißt, dass man regelmäßig die Unterwäsche wechseln, sich die Zähne putzen und auf Autos achtgeben muss …

Mach dich nicht lustig über mich.

Sie brüllten, der Regen fiel so stark, dass er wie ein Wasserfall rauschte.

Du hast mich allein gelassen, Nadianna.

Ich bin nicht deine Hüterin. Ich habe nur ein Leben, Ivy. Erwartest du, dass ich alles für dich aufgebe?

Und was willst du deinem Kind geben?

Was soll die Frage? Ich werde ihm alles geben, was ich habe.

Du bist eine verdammte Närrin, Nadianna.

Nadianna versetzte Ivy einen harten Stoß. Ihre Schwester fiel nach hinten, der Regen spülte sie aus dem Fenster und wirbelte sie in seiner schlammigen Umarmung herum. Nadianna schrie, als Ivys Körper auf einmal schwarz wurde und ihre verkohlten Reste mit dem reißenden Wasser außer Sicht gespült wurden. Sie wachte auf. Ihr Herz klopfte in ihrer Kehle, ihrem Kopf, ihrer Lunge. Sie sah sich in dem dunklen Zimmer um, hörte den Regen aufs Dach trommeln. Sie würde nicht abreisen, konnte es nicht, auch wenn ihre einsame Schwester zu einem Kohleklumpen reduziert wurde. Sie musste arbeiten. Nadianna Jesup zog die Bettecke um ihre Schultern und weinte.

Michaels Tagebuch

15. April 1812

Eine gnadenlose Zeit. Gott schaut mit einem kalten Auge auf uns herab.

Vor vier Tagen versammelten sich dreihundert Ludditen auf einem Feld in der Nähe von Dumb Steeple, um die Cartwright-Spinnerei am Fluss Spen bei Rawfolds anzugreifen. Sie kamen mit Spießen und Hämmern und dem festen Willen bewaffnet, die Spinnmaschinen zu zerstören, die so vielen von uns Arbeit und Brot rauben. Doch William Cartwright hat sich schon oft als Mann ohne Herz erwiesen. Meine Kameraden hätten wissen sollen, dass er aus lauter Bewunderung für die Maschinen sogar eine in der Brust trägt, die statt des lebendigen Muskels sein Blut durch die Adern pumpt.

Die Männer überwältigten die Wächter und schlugen mit Beilen auf das Tor ein. Aber die Spinnerei war nicht verlassen. Cartwright hatte sich auf den Kampf vorbereitet, als säße er in einer Festung und als wären die Ludditen Ungläubige und nicht Bürger dieses Landes. Sechs bewaffnete Männer und fünf Soldaten lagen im Innern auf der Lauer. Das Tor hatte er mit Eisennägeln besetzen lassen, so dass die Hiebe der Ludditen nichts ausrichten konnten. An den Fußbodenplatten des oberen Stockwerks hatte er Ketten befestigt, damit die Soldaten sie leicht anheben und ihre Gewehre dahinter abfeuern konnten. Eisennägel bedeckten die Stufen, und Eimer mit Säure warteten darauf, die Köpfe unserer ehrlichen Männer zu verbrennen.

Die Ludditen kämpften tapfer, obwohl das Gewehrfeuer, wie man uns berichtete, zwanzig Minuten lang andauerte. Viele Männer wurden verwundet. Man sagt, die Blutspuren hätten sich meilenlang über die Straßen gezogen. Drei der Soldaten weigerten sich zu feuern – einer nannte die Ludditen seine Brüder, er gehört sicher zu uns.

Die Verluste sind schwer. J. Booth starb am 12. April, Samuel Hartley am nächsten Tag. Beide wurden gefoltert und bekamen einen schnellen Tod zugesagt, wenn sie die Namen ihrer Komplizen verrieten. Sie verrieten nichts, der Eid steht.

Heute wurde Hartley unter öffentlichen Trauerbekundungen in Halifax begraben. Doch wir haben einen Kummer, der uns noch näher ist. Ein Sohn meines Bruders Nathan, Benjamin, liegt schwer krank darnieder. Seine Mutter hält ihn die ganze Zeit, entschlossen, dass er die Welt nur in ihren Armen verlassen soll. Nathan ist bleich wie ein Toter. Was so viel versprechend aussah, ist nun trübe.

Kein Stein, nur Sorge. Und ein gleichgültiger Gott ohne Seele oder Herz.

Im Jahr 1811 waren im oberen Calderdale bereits 45 Baumwollspinnereien mit insgesamt 106 735 Mulemaschinen, 15 944 Drosselmaschinen und 1590 Feinspinnmaschinen in Betrieb.

G. Graysons Notizen

14. Kapitel

Donnerstag

Die üppige Pracht in Chalices Zimmer beeindruckte Gale. Reiche Brokatstoffe flossen vom Baldachin des Himmelbetts; Damastvorhänge bedeckten die Fenster. Darauf bedacht, die schlafende junge Frau nicht zu wecken, befühlte Gale eine Tagesdecke, die zurückgeschlagen vom Bett herunterhing. Granatfarbener Samt. Chalice Hibbert hatte ihrem Privatbereich eine beinahe mittelalterliche und sehr erotische Atmosphäre verliehen.

Gale hinterließ einen Strauß Gänseblümchen und ein Taschenbuch auf dem Nachttisch und zog sich leise wieder in den Flur zurück, wo Totty gerade die Blätter einer Topfgeranie untersuchte, die einen kleinen Lesetisch zierte.

»Ein Kratzer auf ihrer Stirn und ein tiefer Riss im Bein. Beim Arzt haben sie mir versichert, dass sie vor allem Ruhe braucht, und die wird sie auch bekommen.« Totty schloss leise Chalices Tür.

»Das tut mir alles wirklich sehr Leid«, sagte Gale. »Aber ich bin auch ungeheuer dankbar, dass sie da war. Ich weiß nicht, was passiert wäre …«

»Machen Sie sich keine Gedanken. Ich bin froh, dass sie zur rechten Zeit am rechten Ort war, um Ihr kleines Mädchen zu retten. Ich hatte sie noch nicht einmal vermisst. Hat sich einfach aus dem Staub gemacht. Ich weiß natürlich, warum. Sie hat Schwierigkeiten, diese Geschichte mit Olivia zu verarbeiten. Das ist schon öfter vorgekommen – etwas Verstörendes passiert, und Chally schnappt sich die Autoschlüssel und verschwindet. Als sie noch klein war, musste ich hoch oben an den Türen Riegel anbringen, damit sie nicht ohne mein Wissen abhaute. Manchmal frage ich mich, ob es daran liegt, dass sie sich nicht artikulieren kann.«

»Aber sie kann sich mit ihrem Palmtop doch sehr gut verständlich machen«, widersprach Gale.

»Ja, natürlich, aber glauben Sie mir, wenn Sie jedes Wort aufschreiben müssen, lernen Sie ganz schnell, knapp zu formulieren und abzukürzen. Ich habe den Verdacht, dass diese Abkürzungen ihre Fähigkeit, mit unangenehmen Ereignissen fertig zu werden, beeinträchtigen. Wenn etwas passiert, das sie stark beschäftigt, muss sie sich sehr konzentrieren. Daher die Panikanfälle und das Bedürfnis, wegzulaufen und allein zu sein.«

Gale seufzte lächelnd. »Sie klingen wie ich, wenn ich Katie Pru analysiere.«

»Wäre nicht verwunderlich. Ich habe Chalice vom Säuglingsalter an aufgezogen.«

»Wirklich?«

»O ja. Unsere Mutter wurde mit sechsunddreißig noch mal schwanger, obwohl sie kein Kind mehr wollte. Sie hatte mich großgezogen, das reichte ihr vollauf. Sie hätte ihr Soll erfüllt, meinte sie. Ich war damals neunzehn.«

Sie sagte es ohne Groll. Ein braunes Blatt hatte sich im hellen Grün der Geranie zusammengerollt; sie pflückte es ab und zerkrümelte es zwischen den Fingern.

»Das muss eine ziemlich belastende Verantwortung für Sie gewesen sein. Es ist schwer genug, in diesem Alter ein eigenes Kind zu bekommen.«

Totty rieb die Hände aneinander. »Am Anfang war es hart. Es war nicht gerecht. Ich hätte meine eigenen Sachen machen, mein eigenes Leben leben sollen. Dann aber dachte ich: Du benimmst dich wie ein verzogenes Kind, wenn du verlangst, dass das Leben gerecht sein soll. Man lernt zu tun, was getan werden muss. Sie sind eine allein erziehende Mutter. Sie kennen das.«

»Da haben Sie Recht.« Gale sah sich um, registrierte die freundliche, gelb und weiß gestreifte Tapete, den Berberteppich – alles nicht besonders teuer, aber geschmackvoll. »Jetzt sind Sie also eine erfolgreiche Geschäftsfrau. Ich wette, Sie haben ein paar verborgene Stärken entdeckt.«

»Wie wir alle«, sagte Totty leichthin. »Und nach dem hier wird Chally das auch tun.«

»Olivias Verschwinden muss eine traumatische Erfahrung für sie sein. Ich kann mir denken, dass sie auch Freundinnen waren, nicht nur Chefin und Angestellte.«

Totty lachte kurz auf. »Trauma ja, Freundinnen nein. Wenn jemand verschwindet, ist das immer erschreckend. Und wenn es noch dazu jemand ist, mit dem man zusammengearbeitet hat … Aber ich will keinen falschen Eindruck über ihr Verhältnis vermitteln. Olivia ist Challys Arbeitgeberin. Sie sind keine Freundinnen. Sie haben noch nicht einmal die gleichen Auffassungen über ihr Handwerk. Aber sie sind gut füreinander. Schon jetzt, nach einem Jahr, konnte ich positive Veränderungen an beiden feststellen.«

»Wir lernen am meisten, wenn wir lehren.«

»Man muss nur klug genug sein, das zu verstehen. Olivia ist so klug, das muss ich ihr lassen.«

»Warum sollte sie dann fortlaufen?«

»Sie sind wohl sicher, dass sie sich verdrückt hat, was?«

»Die Polizei scheint es zu glauben.«

Tottys graue Augen wichen nicht von Gales Gesicht. »Weil das Atelier so theatralisch hergerichtet war? Es wirkte hergerichtet, jedenfalls auf mich.«

»Sie haben es also gesehen? Wie ich hörte, sah es aus, als hätte jemand eine bestimmte Aussage treffen wollen. Oder wie die große Geste einer Künstlerin.«

»Oh, über Olivia Markham könnte man eine Menge Aussagen treffen. Und es gibt genug Leute, denen etwas zu ihr einfallen würde.«

»Sie glauben also nicht, dass sie abgehauen ist?«

Totty zuckte die Achseln, ihre mageren Schultern zeichneten sich eckig unter dem Pullover ab. »Ich halte es für möglich. Aber für genauso möglich halte ich es, dass jemand sie um die Ecke gebracht hat.« Auf Gales überraschten Blick hin winkte sie ab. »Stören Sie sich nicht an meiner groben Ausdrucksweise. Olivia ist sicherlich der Typ für große Gesten. Aber nach meiner Erfahrung werden große Gesten meist nicht von Leuten gemacht, die keine Feinde haben.«

»Olivia hat also Feinde?«

»Wer hat die nicht, Mrs. Grayson? Man müsste schon jemand sein, der nirgends aneckt, um keine zu haben. Und dann würden manche einen dafür hassen, dass man so stromlinienförmig ist. Ja, Olivia hat Feinde. Das ist ihre Methode, nicht zu verweichlichen.«

»Alles in allem klingt sie ganz schön schwierig.«

»Alles in allem ist sie ein ganz schönes Miststück.«

Tottys graue Augen waren wie kleine, harte Bohnen in ihrem Gesicht. Vielleicht, dachte Gale, hat es manchmal seine Vorteile, wenn verborgene Stärken verborgen bleiben. Sie sah auf ihre Armbanduhr. »Ich muss los – ich habe um halb zehn einen Termin beim Verein für Heimatgeschichte. Richten Sie Chalice bitte meinen Dank aus.«

Mayley war wie immer am Morgen in ein feuchtes Grau getaucht. Sie fand den Heimatgeschichtsverein am Ende einer steilen Gasse, eingezwängt zwischen einem Gemüsehändler und einem leeren Schaufenster. Die Buchstaben des Vereinskürzels schälten sich von der Glastür, die schief in den Angeln aufschwang, als Gale dagegendrückte. Eine schmale Treppe führte zu einer weiteren Tür im ersten Stock. Sie stieg hinauf und klopfte fest an.

Sie hatte einen alten Herrn erwartet, zu dem der Name Nigel Pigeon passte, doch als aufgemacht wurde, blickte sie in das frische Gesicht von Alan Axon.

Wieder überraschte sie seine Jugend, die helle, faltenlose Haut, die blonden Strähnen, die ihm jungenhaft ins Gesicht fielen. Er grinste sie an. »Nigel hat angerufen, weil er nicht kommen kann – die verflixte Grippe. Er bat mich, ihn zu vertreten. Sagte, Sie interessieren sich für die Spinnerei, und da kann ich Ihnen genauso gut helfen wie er.«

»Ich hoffe, es hat ihn nicht schlimm erwischt. Er klang so ...« Gale zögerte, suchte nach der passenden Formulierung.

»Steinalt«, beendete Alan den Satz für sie. »Das ist er tatsächlich, aber er ist auch stark wie ein Ochse. Die Grippe wird ihn nicht länger als ein paar Tage aufs Lager werfen. Aber er meinte, wir sollten Ihnen so gut wie möglich helfen, weil Sie nur für kurze Zeit hier sind. Er hat mir eine Liste von Quellen genannt, die ich zusammentragen soll – mit etwas Glück kann ich sie Ihnen vielleicht später vorbeibringen. Wir haben schließlich nicht oft eine amerikanische Historikerin hier, die sich für unseren kleinen Winkel interessiert.«

Gale lächelte und dankte ihm, aber sie glaubte, eine gewisse Anspannung in seiner Stimme zu hören. Seine blasse Haut schimmerte bläulich unter den Augen, und ein ungekämmtes Haarbüschel stand über seinem Hemdkragen ab. Wahrscheinlich hatte der kranke Mr. Pigeon ihn in letzter Minute angerufen und gebeten, für ihn einzuspringen. Dann erinnerte sie sich an den Blick, mit dem der junge Mann Nadianna in der Spinnerei angesehen hatte, den Respekt in seiner Stimme, als er mit ihr sprach. Sie fragte sich, ob sie jetzt als die Anstandsdame einer Auserwählten Gottes angesehen wurde.

Hätte sie ihren Verdacht laut geäußert, seine Antwort hätte nicht passender ausfallen können.

»Nichts zu danken, es ist mir eine Ehre.« Er bot ihr einen Stuhl an und setzte sich gegenüber. »Sie haben Nadianna zu uns gebracht. Wir sind Ihnen sehr dankbar.«

Gale war gerade dabei, ihr Notizbuch aufzuschlagen, doch sie schloss es sofort wieder. Sie beugte sich vor und sah ihn mit ernstem Blick an. »Hören Sie, Alan, ich will ganz offen zu Ihnen sein, was diese Geschichte mit der Vision betrifft. Ich lebe in einer Gemeinde, die dieser nicht unähnlich ist. Eigentlich glaubte ich, die Motive hinter Visionen, Gesichten, Stimmen und solchen Dingen verstanden zu haben. Ehrlich gesagt hätte ich Sie nicht für jemanden gehalten, der so etwas nötig hat.«

»Das«, erwiderte er, »ist eine ziemlich arrogante Bemerkung.«

»Stimmt«, räumte Gale ein. »Aber Nadianna ist vorher noch nie aus Georgia herausgekommen, und ich fühle mich für sie verantwortlich. Sie ist der felsenfesten Überzeugung, am Montagmorgen nichts anderes als eine wirkliche verkohlte Leiche im Wasser gesehen zu haben. Dagegen denkt sie, dass das, was am Dienstagabend vom Dach fiel, eine brennende Schindel war. Und ich bin geneigt, ihr zu glauben.«

»Sie sind geneigt, aber nicht ganz sicher.«

»Doch, ich bin sicher, ich glaube ihr. Ich glaube nicht an Visionen.«

»Sie glauben nicht an Visionen. Was wissen Sie über sie?«

Seine Augen waren auf die unsichtbaren Kreise gerichtet, die er mit einem Finger auf die Armlehne des Stuhls zeichnete. Sein Oberkörper wirkte entspannt, doch sein linkes Bein zuckte unruhig.

»Also schön«, sagte sie. »Ich würde die Menschen, die behaupten, Visionen zu haben, in zwei Kategorien einteilen – Scharlatane, denen es um einen persönlichen Gewinn geht, und Menschen, die unglücklich oder sogar in einer Zwangslage sind. Ich habe noch nie einen ausgeglichenen Menschen mit einem erfüllten Leben kennen gelernt, der behauptete, eine Vision gehabt zu haben, es sei denn, er erinnerte sich an Zeiten, in denen es ihm schlecht ging. Und dann ist die Vision meistens etwas Aufbauendes, Tröstliches. Eine verbrannte Leiche dagegen …«

»Schon gut, warten Sie. Es wird Sie überraschen, aber ich stimme Ihnen zu.« Sein Blick verfolgte immer noch die Kreise, und er klang, als würde er mit sich selbst sprechen. »Lassen wir für den

Moment die Scharlatane beiseite, weil sie leicht zu durchschauen sind. Bleibt ›unglücklich und in einer Zwangslage‹. Würden Sie sagen, dass dies auf Nadianna zutrifft?«

»Aber sie hatte keine Vision …«

Er sah sie durchdringend an. »Denken Sie einen Augenblick darüber nach. Ist ›unglücklich und in einer Zwangslage‹ eine zutreffende Beschreibung für Nadianna?«

»Das ist eine zutreffende Beschreibung für viele Menschen.«

Er lehnte sich ein Stück nach vorn. »Hören Sie, Mrs. Grayson, ich weiß, Sie denken, ich bin noch sehr jung, und Sie haben Recht. Aber ich habe Dinge gesehen und getan, die Sie sich vielleicht nicht vorstellen können. Ich habe Leute gekannt, deren Situation Sie ganz sicher als Zwangslage bezeichnen würden und an denen ich die erstaunlichsten Veränderungen beobachten konnte. Ich habe erlebt, wie Drogenabhängige aus der Tiefe eines schlechten Trips auftauchten und sagten, sie hätten mit Gott gesprochen – manche weihten ihm von da an ihr Leben und nahmen nie wieder Drogen. Und ich habe andere gekannt, vor allem Frauen, die sagten, Gott sei ihnen erschienen und habe ihnen die Erlaubnis gegeben, Dinge zu tun, zu denen sie sonst nie die Kraft gefunden hätten – zum Beispiel einen gewalttätigen Mann zu verlassen oder einen kriminellen Liebhaber anzuzeigen. Vielleicht auch etwas so Einfaches zu unternehmen wie eine Reise. Für jemanden, der nicht viele Möglichkeiten hat, muss eine Reise in ein fremdes Land einen ungeheuren Akt der Rebellion darstellen.«

»Was lässt Sie glauben, dass Nadianna nicht viele Möglichkeiten hat?«

»Das hier ist ein kleiner Ort, Mrs. Grayson. Fremde bieten einen willkommenen Gesprächsstoff. Wäre es bei Nadiannas Hintergrund nicht nahe liegend, wenn sie sagte, dass Gott sie hierher geschickt hat?«

»Sie vergessen, dass Sie und Ihre Kirchenmitglieder diejenigen sind, die behaupten, Gott habe ihr eine Botschaft gesandt. *Sie* behauptet das nicht.«

»Also muss Gott ihr ein neues Zeichen geben, damit sie allen sagen kann: *Er* hat mir befohlen, dies zu tun. Ich wollte seine Stimme überhören, aber Er hat mir Augen und Ohren geöffnet.«

»Alan.« Gale hielt ihre Verärgerung im Zaum und blieb freundlich. »Was treiben Sie und Thornsby hier eigentlich? Ein bisschen Laienpsychologie gemixt mit ein wenig selbst gestrickter Religion? Also, erstens hat Nadianna ihr Zuhause schon verlassen und braucht keine Rechtfertigung mehr. Sie ist hier.«

»Und fühlt sich nicht schuldig deswegen?«

»Das will ich nicht behaupten, das mag schon sein. Ihre Familie wollte nicht, dass sie diese Reise macht. Aber sie hat trotzdem den Mut dazu gefunden. Und zweitens ...« Sie brach ab, spürte, wie sie rot wurde.

»Zweitens?«

»Vergessen Sie's.«

»Sie wollten etwas über Nadiannas Schwangerschaft sagen, nicht wahr? Das Kind ist unehelich.«

»Woher wissen Sie das?«

Er hielt seine Hand hoch und wackelte mit dem Ringfinger. »Kein Ehering. Ich weiß zwar, dass manche Pfingstler selbst diesen schlichten Schmuck als eitle Zierde verurteilen, aber irgendwie ...«

»Also gut«, gab Gale nach. »Zweitens erwartet Nadianna ein uneheliches Kind. Sie hat *das* Tabu überhaupt gebrochen.«

»Das ist interessant, Mrs. Grayson. Warum glauben Sie, dass ein uneheliches Kind eine größere Sünde ist, als seine Familie zu verlassen?«

Die Ernsthaftigkeit in seinen blauen Augen brachte sie zum Schweigen. Ja, warum glaubte sie das? Sie versuchte sich Katie Pru in zwanzig Jahren vorzustellen, schwanger von einem Mann, der sie nicht wollte. Was wäre die größere Verfehlung – schwanger zu sein oder der Familie den Rücken zu kehren, die sie und ihr Kind trotz allem lieben würde?

»Okay«, sagte sie. »Eins zu null für Sie. Aber das erklärt nicht die Gestalt, die aus dem brennenden Haus fiel. Brauchen alle Mitglieder Ihrer Gruppe Gottes Erlaubnis, um ihren Familien die Stirn zu bieten?«

Er lachte. »Nun, nachdem einige von ihnen auf die sechzig zugehen, möchte ich das nicht hoffen, aber man weiß ja nie. Haben Sie sich diesen Ort einmal genau angesehen? Es gibt keine Jobs, jedenfalls keine, mit denen man eine Familie ernähren könnte. All meine Freunde sind nach und nach weggezogen. Familien werden auseinander gerissen, die Kinder versuchen verzweifelt, sich eine Existenz aufzubauen, die Eltern versuchen verzweifelt, ihre Kinder nicht zu verlieren. Ich sehe es an meinen eigenen Eltern. Sie wollen, dass wir selbstständig sind, aber sie fürchten, dass die Welt keinen Platz für uns hat. Es ist eine ausweglose Lage.« Er schüttelte den Kopf. »Ich weiß nicht, ob ich Ihnen erklären kann, was am Dienstagabend geschehen ist. Nadianna war da, wir fühlten uns geehrt. Der Heilige Geist kam über uns. Dann das Feuer, der fallende Körper ... Vielleicht war es nur ein Brett. Aber meiner Meinung nach kommt es darauf nicht an. Diese Leute glauben, dass Gott zu ihnen gesprochen hat. Die Erlebnisse dieser Nacht haben ihr Leben verändert.«

»Diese Leute? Das klingt, als ob Sie sich nicht zu ihnen zählen.«

»O doch, ich gehöre zu ihnen. Man kann gläubig sein und trotzdem objektiv.«

In diesem Moment fiel ihr auf, wie sehr Alan Axon sowohl äußerlich als auch in seiner ganzen leidenschaftlichen Art ihrem verstorbenen Mann ähnelte – Leidenschaftlichkeit und eine starke innere Überzeugung waren die Eigenschaften, die sie am meisten an Tom Grayson angezogen hatten. Nur war ihr in ihrer kurzen Ehe nicht rechtzeitig klar geworden, dass diese Eigenschaften sehr wenig mit ihr selbst zu tun hatten.

Ein Kloß bildete sich in ihrer Kehle. »Das ist ziemlich eigennützig.«

»Jeder Glaube ist eigennützig. Das ist die rücksichtslose Seite daran.«

»Aber was ist, wenn alles nicht so harmlos war, wie Sie vermuten?«, insistierte sie. »Wenn es doch ein Mensch war, der ins Wasser fiel?«

»Dann sind wir Zeugen eines Mordes gewesen. Umso mehr Grund, Gott auf unserer Seite zu haben.«

Katie Pru war schon aus vielen Dingen herausgesprungen. Sie war zu Hause aus der Badewanne gesprungen, klitschnass und tropfend. Sie war im Sommer aus dem Plantschbecken gehüpft und viele Male aus dem Wäschekorb im Bad. Aber das war alles nichts im Vergleich zu ihrem Sprung aus dem Moorloch unter den Windmühlen, getragen von den Armen eines großen, starken Mädchens. Das war ein ganz besonderer Sprung gewesen. Er machte, dass sie sich furchtbar tapfer fühlte.

So tapfer nämlich, dass sie beschlossen hatte, den Wal zum Sprechen zu bringen. Sie kniff die Augen zusammen, tat mit geschlossenen Füßen einen Satz und spürte, wie ihr ganzer Körper durchgeschüttelt wurde. Nichts. Sie versuchte es wieder. Nichts.

Von der anderen Seite des Pfads hörte sie Nadianna rufen. »Katie Pru, lauf nicht zu weit weg. Geh nicht so weit, dass du mich nicht mehr hören kannst.«

»Ich kann dich prima hören«, brüllte Katie Pru zurück. »Pass lieber auf, dass du auf keine Schlange trittst.«

»Es gibt hier keine Schlangen im November. Sie halten alle Winterschlaf.«

»EHRLICH? WARUM WOLLEN SIE DENN SCHLAFEN?«

»Nicht so laut, Katie Pru. Du weckst ja die Engel auf.«

Daran hatte Katie Pru noch nicht gedacht, aber sie fand, dass sie nicht mehr als ein Wesen pro Tag aufwecken sollte. Sie wollte springen, und sie wollte allein sein, damit sie niemand daran hindern konnte.

Sie duckte sich und huschte zwischen den Bäumen hindurch. Erst nach rechts, dann nach links, dann im Kreis. Sie kreuzte ein paar Mal den Pfad, hüpfte über einen großen Stein und zwei umgefallene Baumstämme. Als sie zu einem dritten Stamm kam, blieb sie stehen und lauschte. In der Ferne konnte sie Nadiannas Schritte hören. Sie sah sich um, entdeckte aber nirgends den leuchtend roten Schal ihres Kindermädchens. Vielleicht warte ich besser, dachte sie. Ich will nicht, dass sie sich verirrt.

Sie setzte sich auf den Baumstamm, mochte aber das Kratzen der groben Rinde nicht, das sie durch die Hose spürte, und rutschte auf den Boden. Sie hörte das Rascheln von Nadiannas Kleidern, ihre entfernte Stimme. »Katie Pru, du sollst dich nicht vor mir verstecken.«

Ich verstecke mich nicht, dachte Katie Pru und lehnte sich gegen den Stamm. Sie legte die flachen Hände neben sich auf den Boden, krümmte die Finger und fühlte, wie die Blätter zwischen ihnen zerkrümelten. Ihre linke Hand stieß auf etwas Weiches und Feuchtes. Sie packte es und zog.

Der Beutel war dick und hatte ein Zickzackmuster in Rot und Dunkelblau. Ein Band aus dem gleichen Stoff hielt ihn oben zusammen. Katie Pru löste das Band vorsichtig und blinzelte hinein.

Sand, dachte sie. Sand und Steine.

Sie stecke eine Hand in den Beutel und wühlte darin herum, bis sie den größten Stein fand, dann zog sie ihn heraus und wischte ihn an ihrer Hose ab.

Er sah nicht wie ein richtiger Stein aus. Eher ein bisschen wie die getrockneten Kaugummiklumpen, die sie unter den Tischen von Schnellrestaurants abklaubte, doch als sie ihre Nägel hineingrub, hinterließen sie keine Spuren. Sie hob den Gegenstand an ihr Gesicht, untersuchte die winzigen Löcher und scharfen Kanten. Lange Zeit überlegte sie, versuchte sich zu erinnern, wo sie etwas Ähnliches schon einmal gesehen hatte. Dann wusste sie es. Sie tat das Ding wieder in den Beutel, zog das Band zu und stand auf.

»Katie Pru!« Nadiannas Stimme klang näher und ärgerlicher. »Komm sofort hierher. Mir ist kalt, und ich werde langsam böse.«

»Schon gut«, antwortete Katie Pru. »Wir können jetzt nach Hause gehen.«

Katie Pru Grayson hopste zwischen den Bäumen hindurch auf die Stimme zu. In ihrer großen Manteltasche trug sie, versteckt vor Nadiannas missbilligendem Stirnrunzeln, einen feuchten, klumpigen Beutel voller Walzähne.

In seiner Antrittsrede im Oberhaus im Jahr 1812 protestierte Lord Byron gegen das Gesetz, das die Zerstörung von Spinnmaschinen mit dem Tod bestrafte; ein Jahr später gründete sein Freund Percy Bysshe Shelley einen Waisenfonds für die Kinder von Ludditen, die wegen ihrer Vergehen gehängt worden waren; im Jahr 1818 veröffentlichte Mary Shelley das Buch, in dem ein technologisches Monster und sein Schöpfer sich bis ans Ende der Welt verfolgen.

G. Graysons Notizen

15. Kapitel

Mark Reston hatte Fieber, das erkannte Halford an der Hitze, die von der pummeligen Hand seines Freundes ausging, und an dem trüben Blick, mit dem er ihn zuerst gar nicht wahrnahm. Der Wind schnitt durch die Gasse vor der Polizeiwache von Mayley, und Reston erschauerte sichtlich.

»Mark«, sagte Halford und hielt Restons Hand fest, »ich glaube, du könntest einen Tag im Bett vertragen.«

»Das glaube ich auch«, entgegnete Reston. »Und dasselbe gilt für die Hälfte der Männer, die mir zur Verfügung stehen. Bei der letzten Zählung waren das drei, wenn ich mich recht erinnere. Was machst du hier? Kleine Besichtigungstour? Ich sag dir was, Danny, wir schließen einen Kompromiss. Du spendierst mir eine Tasse Kaffee, und ich komme für zehn Minuten mit ins Warme, heraus aus diesem gottverdammten Wind. Dann können wir beide meiner Frau erzählen, dass ich mich brav schone.«

Sie stiegen die Treppe zu einem Café über der Apotheke hinauf. Zu seinem Kaffee bestellte Reston noch einen Lammeintopf, den er jedoch nach zwei Karotten wieder von sich schob. Er stützte den Kopf in die Hände und schüttelte ihn langsam.

»Ich habe einen vorläufigen Bericht vom Branduntersuchungsteam. Der Anzünder war wahrscheinlich Terpentin oder Reinigungsalkohol – beides nicht ungewöhnlich in einer Töpferwerkstatt. Außerdem gibt es Hinweise darauf, dass Betttücher benutzt wurden, um das Feuer zu legen.«

»Wie genau?«

»Im Raum ausgebreitet, mit Brennstoff beträufelt und angezündet. Das ist jedenfalls die gegenwärtige Theorie. Mit was habe ich es hier zu tun, Danny? Könnte es mehr als Brandstiftung gewesen sein?«

Das Café war leer, abgesehen von einem älteren Mann, der mit dem Saum einer Gardine spielte und leise vor sich hin sang, und der Kellnerin, die an einem hinteren Tisch saß und den Kassenbericht machte. Halford griff nach der Cafetiere und schenkte sich nach.

»Irgendwelche Fortschritte bei der Suche nach Markham und Botting?«

»Nein. Markhams Volvo steht immer noch hinter dem Atelier. Wir haben Bottings Wohnung durchsucht, sein Wagen ist da, sein Kühlschrank ziemlich leer, aber mein Constable sagt, das wäre normal bei Junggesellen.«

»Wo arbeitet Botting eigentlich? Ich schätze, er hat irgendwo ein Fotostudio.«

»Er hat ein Studio am anderen Ende der Stadt – alles Hightech und vom Feinsten –, aber wir haben dort nichts Verdächtiges gefunden. Wir behalten beide Aufenthaltsorte im Auge, nur für alle Fälle. Nach unseren bisherigen Ermittlungen wurden Markham und Botting zuletzt am Dienstag um Viertel nach eins gesehen, als sie von einem Geschäftsessen im Crown & Drover kamen.«

»Ich war am Morgen dort, als sie kamen, um sich nach dem Stand der Vorbereitungen zu erkundigen. Bernie Portman deutete an, dass Miss Markham nicht unbedingt zufrieden mit dem Ergebnis dieses Treffens sein würde.«

Reston hob langsam den Kopf. »Du weißt also davon? Also, ich denke, sie hatte allen Grund, zufrieden zu sein. Es gab zwar Widerstand gegen ihren Plan, die Spinnerei in eine Art Kunst-Supermarkt zu verwandeln, aber im Grunde kann er nicht verhindert werden, und Markham weiß das. Es gibt einfach keine stichhaltigen Argumente dagegen, außer dass niemand Olivia leiden kann. Und das ist keine Grundlage, um geschäftliche Entscheidungen zu treffen.«

»Sie werden aber ständig auf dieser Grundlage getroffen.«

»Nicht in einer derart bescheidenen wirtschaftlichen Situation. Du weißt, wie es ist – die Inflation steigt, und die Yuppies unten im Süden bekämpfen sie, indem sie hier oben Leute entlassen. In Mayley gibt es praktisch nur noch zwei Gruppen von Einwohnern – Rentner, die ihr ganzes Leben hier verbracht haben, und junge Leute, die schon so viele Fehler gemacht haben, dass sie nirgendwo anders mehr hinkönnen.«

»Das heißt, wenn sie nicht gerade auf Olivia Markhams Mist gewachsen wären, würden die Leute die Pläne mit der Spinnerei begeistert begrüßen. Ist die Opposition dagegen wirklich so stark?«

Reston zuckte die Achseln. »Kommt darauf an, wen man fragt. Manchen ist es egal, manche halten die Idee für Blödsinn, andere hoffen einfach auf Arbeit und wieder andere sind stinksauer. Es gibt einige, denen es nicht gefällt, dass so viele Fremde hierher ziehen, Häuser und Grundstücke kaufen, alles schick renovieren und sich einen Scheißdreck um örtliche Sitten und Gebräuche kümmern. ›Landromantikimperialismus‹ nennt Linda das, wohl wissend, dass wir selbst zu den Pionieren gehören. Insgesamt glaube ich, dass Markham bei dem Treffen auf eine pedantische und zögerliche, aber nicht ablehnende Haltung gestoßen ist.«

»War Gerald Thornsby auch dabei?«

»Unwahrscheinlich, dass sie ihn eingeladen hat.«

»Was läuft da ab zwischen den beiden?«

»Zwischen Markham und Thornsby?« Erneutes Achselzucken. Reston blies auf seinen dampfenden Eintopf. »Immer dieselbe alte Geschichte. Ein Geistlicher, der sich über Pornographie aufregt. Er hat Leserbriefe an die Lokalzeitung geschrieben und gewettert, Markhams Arbeit sei obszön und im Zeitalter von AIDS geradezu unverantwortlich. Sie hält natürlich dagegen, dass er ein durchgeknallter Fanatiker ist und sich kein Urteil über Kunst anzumaßen hat. Ich denke, sie haben beide Recht.«

Halford lächelte und nahm einen Schluck Kaffee. »Und wie passt Chalice Hibbert da hinein?«

»Chalice Hibbert?«

»Wir hatten gestern Abend ein interessantes Zusammentreffen. Sie hat Gales Tochter aus einem Moorloch gerettet.«

Reston sah Halford erstaunt an. »Aus einem Moorloch? Das Kind ist da reingerannt? Verdammt üble Dinger, diese Moorlöcher. Wo war das denn?«

»Im Haworth-Moor, etwa zwanzig Kilometer nördlich von hier, unter den Windrädern.«

»Was zum Teufel hatte Chalice dort zu suchen?«

»Keine Ahnung. Es war gegen acht Uhr, regnete ziemlich heftig. Gale und ich machten mit Katie Pru eine Spazierfahrt. Wir haben gehalten, um uns die Windräder anzusehen, und Katie Pru ist aus dem Wagen gesprungen.«

»War Chalice allein?«

Halford nickte. »Sie stand anscheinend direkt neben dem Moorloch. Ich habe ihr Auto nicht gesehen, obwohl ihre Schwester Totty meinte, es müsse irgendwo dort oben geparkt sein.«

»Wie – das Mädchen war allein da draußen im Regen?«

»Sieht so aus. Sie hatte sich irgendwie am Bein verletzt, weshalb wir sie zum Arzt brachten. Totty holte sie dann ab. Sie schien ziemlich aufgebracht. Offenbar überwacht sie Chalice normalerweise sehr sorgfältig. Sagte, sie habe überhaupt nicht gewusst, dass ihre Schwester das Haus verlassen hatte.«

»Hat sie gesagt, warum Chalice dort raufgefahren ist? Ins Moor?«

»Nicht direkt. Sie erzählte nur, dass sie und Chalice früher manchmal dort picknickten und zusahen, wie die Windräder errichtet wurden.«

»Aha. Übrigens, wenn die Einheimischen sich nicht gerade über die zugereisten Städter beklagen, dann beklagen sie sich über die

Windräder. Wir brauchen zwar die Energie, aber sie verschandeln die Landschaft und so weiter.« Reston zog seinen Teller zu sich heran und stach müßig mit der Gabel nach den Lammfleischbrocken. »Tja, interessanter Vorfall, über den ich mir ein paar Gedanken machen sollte, ich weiß nur nicht, wie viele. Ein Töpferatelier brennt ab, die Künstlerin und ihr Galan verschwinden spurlos, und vierundzwanzig Stunden später verlässt ihre Assistentin wortlos ihr Zuhause und taucht in einem zwanzig Kilometer entfernten Moorloch wieder auf. Ich bin noch nicht dazu gekommen, Chalice richtig zu verhören, weißt du. Ihre Schwester hat das verhindert. Eine nervige Tante, diese Totty.«

»Kennst du die Hibbert-Schwestern gut?«

»Nicht besonders. Linda hat vor ein paar Jahren einmal mit Totty zusammengearbeitet, bei irgendeinem Stadtfest. Sie fand sie klug und energisch, aber ein bisschen stachelig. Mann, ich wäre auch stachelig, wenn meine Mutter mir eine kleine Schwester aufgehalst hätte, die ich großziehen müsste.«

»Ist die Mutter tot?«

»Ich weiß es nicht. Hatte immer den Eindruck, dass sie nur nicht belästigt werden will.«

»Ziemlich grausam für eine Mutter, so etwas zu tun – beiden Kindern so etwas anzutun. War Chalice schon immer so … na ja, riesig?«

»Sie ist nicht leicht zu übersehen, was? Ich begegne ihr nicht oft – sie lebt recht zurückgezogen, ist noch nicht einmal zur Schule gegangen. Ehrlich gesagt habe ich schon jahrelang nicht mehr an sie gedacht, nicht seit meine Tochter in die Schule kam und ich mich dauernd fragte, wie es wohl wäre, nicht immer diesen ständigen Redestrom, dieses ständige *Geplapper* einer Erstklässlerin hören zu müssen. Himmlisch, dachte ich manchmal. Aber meistens dachte ich natürlich, Gott, das arme Mädchen.«

»Chalice hat nie eine Schule besucht?«

»Totty hat sie zu Hause unterrichtet. Linda findet das absolut unverantwortlich von ihr, aber ich bin mir da nicht so sicher. Die

Toleranz von Kindern ist begrenzt. Ich kann mir vorstellen, was sie auch ohne die Schule für Hänseleien auszuhalten gehabt hat. Schwer zu sagen, was das Richtige für ein Kind ist, es ist immer ein verdammter Schuss ins Blaue. Und wie viel schwerer noch muss es sein, wenn es sich nicht um die eigene Tochter handelt.« Er stocherte in seinem Gemüse herum und wirbelte mit jeder Gabelbewegung Dampf auf. Auf seiner Oberlippe hatten sich feine Schweißtröpfchen gebildet. »Ich sollte möglichst bald noch einmal mit Chalice reden.«

»Mark, ich finde wirklich, dass du nach Hause gehen solltest. Mit etwas Bettruhe bist du bestimmt schneller wieder fit.«

»Verdammt, ich glaube langsam, dass es die falsche Entscheidung war, aus London wegzugehen. Gibt es bei der Met immer jemanden, der für euch einspringt, wenn ihr ein Wehwehchen habt?«

Halford holte Restons Mantel und half ihm hinein. »Nein. Aber es spricht viel dafür, bei einer Ermittlung zu hundert Prozent einsatzfähig zu sein.«

Reston winkte die Bedienung herbei und ließ einige Pfundmünzen auf den Tisch fallen. »Hundert Prozent, aha. Ich habe leider zu viel zu tun, um mich jetzt mit Mathe herumzuschlagen.«

Chalices Achselhöhlen schmerzten, und zwischen ihren Beinen fühlte es sich an, als ob jemand mit der Hand in die weichen Stellen greifen und zudrücken würde.

Ihr zehnjähriger Körper bedeckte die ganze Couch im Sommerzimmer; ihr Arm rutschte ständig ab, weil er keinen Halt auf dem blau-weiß gemusterten Polster fand. Sie wollte die Augen nicht aufmachen – jedes Mal, wenn das Licht der Lampe sie traf, war es, als würde jemand mit einer Nadel hineinstechen. Die Stimmen im Flur klangen fern und rau.

»Sie ist vom Fahrrad gefallen, ich sag's dir doch.« Das war Tottys Freund, sein hohes, aufgebrachtes Krächzen. »Du weißt doch, was sie für ein ungeschickter Trampel sein kann.«

»Hör auf mit dem Scheiß. Sie ist überhaupt nicht vom Fahrrad gefallen. Für wie blöd hältst du mich eigentlich? Wer hat ihr das angetan?«

»Also, Totty, jetzt halt mal die Luft an. Ich hab dort in der Küche gesessen, und auf einmal hör ich es scheppern. Ich renn raus, und da liegt sie auf der Straße. Ihre Beine waren irgendwie komisch um den Lenker gewickelt, und sie hat geblutet.«

»Blödsinn.«

»Werd mir nicht zickig. Sie ist gefallen, sag ich dir. Du kannst sie ja selbst fragen.«

»Du bist ein echter Perversling. Und so mutig, dass du ein Kind belästigst, das noch nicht mal schreien kann.«

»Du eingebildetes Miststück, was fällt dir ein, mir nicht zu glauben?«

»Mach, dass du rauskommst.«

»Du wirst ohne mich verhungern. Du bist viel zu blöd, um dich selbst durchzubringen. Deswegen hängst du dich immer an Männer.«

»Verdammt noch mal! Raus!«

»Reg dich ab, Totty. Sieh sie dir doch mal an – sie ist so groß, dass sie zwanzig sein könnte. Alle Männer reden über sie. Sei froh, dass sie nicht von einem dämlichen Teenager gebumst worden ist, der sich einen Scheißdreck um sie kümmert ...«

Schweigen. Dann Tottys eiskalte Stimme.

»Du bist krank. Verschwinde sofort von hier, oder ich hole die Polizei.«

Chalice rollte sich auf die Seite, in dem Versuch, den Schmerz zu lindern. Er war Tottys Freund Nummer drei gewesen, und wenn es so etwas wie Gerechtigkeit gab, würden ihm die Finger, mit denen er ihr wehgetan hatte, abfaulen. Miss Tipe, eine neugierige Nachbarin von der Spitzengardinensorte, hatte Totty kurz darauf gefragt, warum sie den netten jungen Mann denn nicht geheiratet habe. »Es reicht nicht, um drei Leute satt zu machen«, lautete die knappe Antwort. »Ich hab ihn in den Wald geschickt, damit er sich seine Nüsse und Beeren selber sammelt.« Später, am Kaminfeuer, hatte Totty Chalice übers Haar gestreichelt und gemurmelt: »Ich hätte ihn am liebsten umgebracht, Chally, aber was wäre dann aus dir geworden? Ich musste eine schnelle Entscheidung treffen. Du hast gewonnen. Aber mach dir keine Sorgen, ich werde mich immer für dich entscheiden.«

Der Schmerz in ihren Achselhöhlen wurde stärker, und Chalice verzog das Gesicht. Sie kämpfte sich ins Bewusstsein, die Kindheitserinnerung verblasste, und ihr erwachsener Körper fühlte sich zerschlagen an. Tastend berührte sie den Verband an ihrem Bein, dann beugte sie hintereinander beide Knie. Sie hatte Muskelkater, aber nicht wesentlich mehr als nach einer Tageswanderung im Penninischen Gebirge. Sie hätte nie gedacht, dass ihre Muskeln ihr die Aktion, ein Kind aus einem Moorloch zu reißen, so verübeln könnten.

Langsam setzte sie sich auf und stellte vorsichtig beide Beine auf den Fußboden. Auf dem weißen Nachttisch lag ein Buch neben einer kleinen Glasvase mit Gänseblümchen. Ihre Kopfschmerzen ignorierend, nahm sie das Buch und entzifferte den Titel: *Das Flüstern der Fäden: Gedanken einer Spinnereiarbeiterin aus den Südstaaten.* Eine Karte ragte aus den Seiten heraus. *Wir wissen nicht, wie bald Sie wieder auf den Beinen sein werden – vielleicht können Sie etwas Lesestoff gebrauchen. Gale, Katie Pru, Nadianna und Daniel.*

Sie hatte es mit ihrer Heldentat von gestern Abend also geschafft, die ganze Bande dieser Fremden anzulocken. Sie schloss die Augen und versuchte, sich den Vorfall in Erinnerung zu rufen. Doch alles, was sie sah, war ein verschwommenes Bild aus Regen, Moor und dem kleinen Mädchen. Nur an die Heimfahrt erinnerte sie sich deutlich, an das schlammbedeckte Kind neben ihr im Auto, das mit ihren grünen Perlen spielte wie mit einem Rosenkranz. Und sie erinnerte sich an ihre Gedanken. Sie war zu den Windrädern gefahren, um ihre Gedanken zu ordnen, und das hatte sie auch getan.

Als sie die Augen wieder aufschlug, betrachtete sie das Buch genauer. Es war in Amerika veröffentlicht worden und schien eine Art Tagebuch zu sein, obwohl es ihr beim Durchblättern der Seiten so vorkam, als handelte es sich um nichts weiter als die verstreuten Gedanken einer jungen Frau aus Georgia. Was für eine merkwürdige Genesungslektüre – Chalice war keine Spinnereiarbeiterin, noch kam sie aus einer Familie von Spinnereiarbeitern.

Aber schließlich würde es auch keine Genesungszeit geben. Die ersten Schritte fielen ihr schwer, und sie hielt sich an der Nachttischkante fest, um nicht zu fallen. Dann stützte sie sich an den Pfosten des Himmelbetts ab und umrundete es zweimal, ehe sie darauf vertraute, dass ihre Beine sie tragen würden.

Hosen waren ihr zu kompliziert, also holte sie einen Strickrock aus dem Schrank hervor und zog ihn über den Kopf. Sie schlüpfte mit bloßen Füßen in Pantoffeln, fuhr sich mit dem Kamm durchs Haar und verließ ihr Zimmer.

»Nein, sie schläft jetzt.« Tottys Stimme drang vom Flur herauf. »Chally konnte noch nie gut mit Schwierigkeiten umgehen. Komisch, irgendwie habe ich immer gedacht, das Gegenteil würde der Fall sein …«

Chalice hörte weg. Mit wem Totty auch gerade sprach, sie hoffte, die Person würde ihre Schwester lange genug am Telefon festhalten.

So leise wie möglich arbeitete sie sich zu Tottys Zimmer vor. In einem Haus dieser Größe gab es nicht allzu viele Stellen, wo man etwas verstecken konnte. Kein zugänglicher Dachboden, nur begrenzter Stauraum in den Schränken. Sie öffnete den Kleiderschrank, zog Schubladen heraus. Sie ließ sich auf den Boden nieder und schaute unters Bett. Nichts fehlte. Nichts war, so weit sie sehen konnte, hinzugefügt worden.

Sie untersuchte das Bad, ließ ihren Blick anschließend durch ihr eigenes Zimmer wandern. Einigermaßen überzeugt, dass das, wonach sie suchte, sich nicht in der oberen Etage befand, begann sie, langsam die Treppe hinunterzusteigen. Totty stand am Fuß der Stufen, den Hörer immer noch in der Hand, und sah ihr entgegen.

»Sie ist jetzt auf, Flo. Ja, sie sieht ziemlich erschöpft aus, selbst für eine Heldin. Hör mal, könntest du mich zum Moor rauffahren, damit ich das Auto abholen kann? Es steht immer noch da oben. Je eher, desto besser. Ich kann ja schließlich mein Geschäft nicht ohne fahrbaren Untersatz führen, oder? Also bis später, ja?«

Totty legte auf, als Chalice unten angekommen war.

»Hallo, wie geht's?« Sie berührte sanft das Pflaster auf Chalices Stirn. »Ich habe nicht damit gerechnet, dass du heute schon wieder aufstehst. Ist nicht nötig, weißt du. Du kannst wieder ins Bett gehen.«

Chalice lächelte und schüttelte den Kopf. Sie klopfte mit einem Finger in die Handfläche und sah ihre Schwester fragend an.

»Ach so, der Palmtop. Er liegt in der Küche, ihm ist nichts passiert. Komm, ich mach dir eine Tasse Tee.«

Sie nahm sie bei der Hand. Unsere Hände sind kaum auseinanderzuhalten, dachte Chalice, beide kräftig und muskulös durch das Bearbeiten von Teig und Ton. Sie hatte Totty unzählige Male beim Teigkneten zugesehen, hatte beobachtet, wie sie ihn mit den Knöcheln flachdrückte, mit ihren langen Fingern wieder zusammenrollte und glatt klopfte, bis er einem Babypopo ähnelte. Als Teenager schon war ihr der Gedanke gekommen, dass das Bild eines Kinderpopos auf einem bemehlten Brett hinter dem Märchen von Hänsel und Gretel steckte: Frauen gebären und verschlingen ihre Kinder. Sie hatte einmal einen Essay darüber als Englischhausaufgabe geschrieben; später fand sie ihn im Mülleimer, von Totty zusammengeknüllt und weggeworfen.

Die Sonne schien hell durch das Küchenfenster, und sie warf einen Blick auf den Töpferschuppen, auf dessen Dach Wassertropfen glitzerten. Dann saß sie am Tisch und hörte Tottys Ergüssen zu, während ihre Augen von Schrank zu Schrank schnellten und sie überlegte, welcher voll war und in welchem es noch etwas Platz gab. Sie wusste, dass man nur in wenigen Fächern noch etwas unterbringen konnte. Die Körbe und die Zutaten zu den Willkommenspräsenten von »Hibberts Cottages« verstopften alles. Die

Küche war zwar ein möglicher Ort für das Versteck, aber kein sehr wahrscheinlicher. Ihr Blick glitt immer wieder hinaus zum Schuppen, in dem Kartons und Eimer und verschiedene andere Behältnisse bis zur Decke gestapelt waren.

Der kleine Palmtop-Computer lag neben der Spüle. Chalice lächelte, als ihre Schwester eine Tasse Tee vor ihr abstellte und sich neben sie setzte. Totty griff nach einem Päckchen Zigaretten, klopfte eine heraus.

»So, ich möchte, dass du das ganz austrinkst, und dabei können wir uns darüber unterhalten, warum du gestern Abend heimlich dort rauf ins Moor gefahren bist. Ich weiß, du findest die Windräder beruhigend. Ist das der Grund – musstest du dich wegen dem Brand im Atelier beruhigen? Erzähl's mir, Chally.«

Chalice nahm einen derart großen Schluck Tee, dass sie sich den Gaumen verbrannte und aufstöhnte. Sie hatte unter den Windrädern an ihre geliebten blauen Teeschalen gedacht. Sie waren verschwunden. Als sie über das Absperrband der Polizei in die ausgebrannte Werkstatt gespäht hatte, war ihr schlecht geworden. Aber nicht wegen all der Zerstörung oder Olivias ungewissem Schicksal, sondern wegen ihrer Teeschalen. Neun waren von Olivia zerstört worden, also mussten sich noch fünfzehn in dem Aufbewahrungsschrank befinden. Sie hatte ihren Jubel unterdrücken müssen, als sie sah, dass der Schrank das Feuer überstanden hatte. Doch bei genauerem Hinsehen hatte sie bemerkt, dass er leer war. Jemand hatte die Teeschalen herausgenommen. Wer liebte oder hasste sie genug, um das zu tun?

Totty nahm Chalices linke Hand zwischen ihre Hände und begann, sie zu massieren. Adern und Sehnen rollten unter den Fingern ihrer Schwester hin und her. Wer hat meine Teeschalen genommen, Totty? dachte Chalice. Wer zum Teufel hat sie genommen und warum?

Die einzigen bekannten Zeugnisse über die Aktivitäten der Ludditen bestehen in Berichten von Regierungsspitzeln, Gerichtsakten, Zeitungsartikeln, ein paar gedruckten Pamphleten der Ludditen selbst und überlieferten zeitgenössischen Erzählungen. Bis heute wurde kein authentischer Bericht aus der Sicht eines Ludditen gefunden.

G. Graysons Notizen

16. Kapitel

Gegen zwei Uhr nachmittags kämpften sich endlich blasse Sonnenstrahlen durch die Bäume. Gale schloss den obersten Knopf ihrer Jacke und folgte Katie Pru auf dem Pfad vom Cottage zum Fluss hinunter. Sie hatten Nadianna zu ihrem Winterpicknick am Ufer eingeladen, aber diese hatte die Lippen geschürzt und entschieden den Kopf geschüttelt. »Ihr seid wohl total verrückt. Wenn ich schon frieren muss, dann wenigstens mit einem Dach überm Kopf und etwas Weichem unterm Hintern.«

Katie Pru hatte den Picknickkorb in einem Vorraum des Cottages gefunden, in dem man schmutzige Stiefel und nasse Kleider auszog, und sie hatten ihn gemeinsam gefüllt – mit einer fleckigen Damastdecke, Papierservietten, zwei Tassen, einer Thermosflasche mit heißem Kakao und Brunnenkressesandwiches ohne Kruste. Außerdem hatten sie eine bebilderte Kindergeschichte eingepackt, obwohl Gale bezweifelte, als sie sich der beißend kalten Luft am Wasser näherten, dass sie genug Ausdauer oder ausreichend warme Finger haben würden, die Seiten umzublättern.

Am Ende des Pfads wurde es eben, und sie traten aus dem Wald an das grasbewachsene Flussufer. Ein Stück weiter nördlich ragte die Yates-Spinnerei auf, ihre Fassade zinnfarben im klaren Licht. Am gegenüberliegenden Ufer wuchs ein kleines Gehölz, und Gale bemerkte, dass sich hinter dieser Baumgruppe Olivia Markhams ausgebranntes Atelier verbarg. Wenn der Abend kam, würden achtundvierzig Stunden seit dem Feuer vergangen sein. Keine Rauchfahnen stiegen mehr über den Wipfeln auf, kein Geruch von versengtem Holz lag mehr in der Luft. An dieser Stelle am Rand des Sette sah es so aus, als wäre nie etwas passiert – es gab nur die Spinnerei und das geduldige Rauschen des Wassers.

Tief durchatmend stellte sie den Korb ab und breitete zusammen mit Katie Pru das Damasttischtuch auf dem unebenen Wiesenuntergrund aus. Katie Pru machte viel Aufhebens darum, den Picknickplatz ordentlich zu decken: je ein Teller neben die Knie, ein Sandwich auf jedem Teller.

»Schenk du bitte den Kakao aus, Mama. Jeder braucht etwas zu tun.«

»Gutes Motto. Hast du das von Nadianna?«

»Nein, hab ich mir selbst ausgedacht.« Katie Pru stopfte sich eine Serviette in den Mantelkragen. »Aber Nadianna findet, dass ich Recht habe.«

»Darauf könnte ich wetten.«

Gale holte eine Tasse aus dem Korb. Sie stammte aus einer Serie von sechs, die einen Ehrenplatz auf dem Zierbord des Küchenschranks einnahmen. Ein kleines, zartes Gefäß, das sich wie ein Nest in ihre Handfläche schmiegte. An der Stelle, wo der Henkel in den Ton gepresst worden war, ließen sich Daumenabdrücke erkennen. Handgetöpfert, dachte sie, drehte die Tasse um und entdeckte die Initialen CH. Daneben befand sich ein Töpferstempel in Form eines Kelches und die Jahreszahl des vorletzten Jahres.

»Beeindruckend, nicht wahr?«

Sie blickte auf und sah Alan Axon, der eine weite Jacke aus gewalkter Wolle trug und sich die blonden Haare aus dem Gesicht strich.

»Sehr hübsch«, antwortete sie. »Kennen Sie den Töpfermeister?«

»Alle kennen Chalice. Sie ist kaum zu übersehen.«

»Sie hat in der ausgebrannten Töpferwerkstatt gearbeitet?«

»Ja, als Olivias Assistentin. Aber sie ist selbst eine eigenständige Töpferin. Sie kommt manchmal und hilft uns in der Spinnerei. Auf diese Weise habe ich ihre Arbeit kennen gelernt. Ich finde ihre Sachen sehr elegant.«

Gale schraubte die Thermosflasche auf. »Dann ist es nur angemessen, dass Sie aus einer Tasse von ihr trinken. Möchten Sie Katie Pru und mir bei unserem Picknick Gesellschaft leisten?«

Sie wartete, bis er sich im Schneidersitz vor dem Tischtuch niedergelassen hatte, ehe sie ihm die Tasse reichte. Er nahm sie und deutete mit dem Kinn auf den Wald.

»Ich habe das Material gebracht, das Nigel Ihnen zur Verfügung stellen wollte. Es sind vorwiegend Flugschriften, die Leute aus dieser Gegend verfasst haben, aber vielleicht finden Sie einige davon ja ganz hilfreich. Ich habe sie oben im Cottage abgegeben, und Nadianna sagte, es wäre in Ordnung, wenn ich mich zu Ihnen geselle.« Er nippte an dem Kakao und zwinkerte Katie Pru zu. »Ah, Miss Katie Pru, Sie wissen, was an einem kalten Tag gut tut. Vielen Dank.«

Gale goss ein wenig von der dampfenden Flüssigkeit in eine zweite Tasse und stellte sie achtsam auf dem Teller ihrer Tochter ab. »Chalice muss ein Talent dafür haben, Gegensätze zu überwinden, wenn sie mit Olivia Markham zusammenarbeitet und Ihnen in Ihrer Kirchengruppe hilft.«

Alan schielte sie über die Tasse hinweg an, seine Miene war neckend. »Das ist mal wieder typisch Mayley. Eine Besucherin ist noch nicht einmal eine Woche da, und schon weiß sie über die Lokalpolitik Bescheid.«

»Sie waren ja schließlich auch gleich über Nadiannas Familienstand im Bilde. Aber um Mayley Gerechtigkeit widerfahren zu lassen – es war ja wohl kaum eine normale Woche, oder?« Sie riss einen Bissen von ihrem Brunnenkressesandwich ab und warf ihn in den Mund. »Ich habe gehört, dass Olivias Kunst recht umstritten ist und man Gerald Thornsby als Wortführer ihrer Gegner betrachten kann.«

»Das stimmt. Gerald ist nicht prüde, weder als Privatmensch noch als Geistlicher – er besteht nicht auf Keuschheit, obwohl ich weiß, dass viele von uns bis zur Ehe enthaltsam bleiben. Aber der menschliche Körper ist etwas Heiliges, und Olivias Arbeit macht sich über diese Überzeugung lustig.«

»Und was will Gerald dagegen unternehmen?«

Der neckende Gesichtsausdruck blieb. »Brauchen Sie diese Informationen, um den Text für Nadiannas Fotos schreiben zu können?«

»Ich bin bloß neugierig.«

»Aha. Nun, es ist kein Geheimnis. Gerald will Olivia hier weghaben.«

»Scheint, als ob sein Wunsch vorläufig erfüllt wäre.«

»Zu einfach. Nein, ich schätze, sie wird recht bald wieder auftauchen.« Sein Ton war unbesorgt.

»Die Differenzen zwischen den beiden sind also theologischer Natur, nicht persönlicher?«

»Das ist eine interessante Formulierung, aber ich verstehe, was Sie meinen. Theologisch kontra persönlich. Ich weiß es nicht.« Er machte eine Pause und nahm einen Schluck aus der Tasse. »Olivia kam eines Tages während einer unserer Versammlungen in die Spinnerei. Platzte einfach herein und befahl Gerald, sich nicht in ihre Angelegenheiten einzumischen. Sie war grob und vulgär – ihr Auftritt machte mir damals ziemlich zu schaffen.«

Gale warf einen Blick auf Katie Pru, die Löcher in ihr Sandwich bohrte und die Krümel von den Fingerspitzen leckte. »Sie wurde persönlich, was?«

»Könnte man so sagen. Sie hat ihm regelrecht gedroht. Sagte, ein Mann mit seinen Neigungen solle lieber nicht so die Klappe aufreißen und seine Animositäten für sich behalten.« Seine Stimme senkte sich zu einem Murmeln. »Nur dass sie Ani*mös*itäten sagte und wie eine Verrückte zu lachen begann. Dann packte sie Zoë am Arm und wirbelte sie herum und sagte es noch einmal. Na ja, sie war offensichtlich betrunken. Das war schon immer Olivias Problem.

Gerald zuckte nicht mit der Wimper. Ich habe später mit ihm darüber gesprochen, und er erzählte mir seine Lebensgeschichte. Er war früher einmal Einbrecher und hat einige Zeit im Gefängnis verbracht. Das gab er ganz offen zu. Olivia, sagte er, wäre eine egozentrische Unruhestifterin, und ihre Wortspiele würden auch nichts taugen.«

»Allerdings nicht. Gerald ist also sozusagen wieder geboren worden?«

»Ja.« Er lächelte sie an, das Haar fiel ihm in die Augen. »Aber Sie glauben ja nicht an solche Dinge, oder?«

»Kommt darauf an. Jimmy Carter ist auch wieder geboren worden, und ich fand ihn toll.«

»Aber Sie sind skeptisch.«

»Ich bin immer skeptisch. Ist Chalice Hibbert ein Mitglied Ihrer Gemeinde?«

»Chalice? Nein. Aber ich wünschte, sie könnte sich dazu entschließen. Sie ist ein bisschen verloren, glaube ich.«

»Warum glauben Sie das?«

»Sie hat halt niemanden, außer ihrer Schwester und ihrer Chefin. Das stelle ich mir ganz schön einsam vor.« Er hielt die Tasse in die Höhe. »Sie stellt ihre Stücke nicht mit einer Töpferscheibe her, sondern mit bloßen Händen. Nimmt einen Tonklumpen und formt ihn mit den Fingern. Aber sehen Sie sich das an: vollkommen ebenmäßig, fast makellos. Man könnte glauben, die Tasse sei industriell gefertigt, wenn nicht der Daumenabdruck am Henkel wäre. Merkwürdig – normalerweise macht sie Schalen ohne Henkel. Muss ein Zugeständnis an die Touristen sein.«

»Wissen Sie, dass sie letzte Nacht verletzt wurde? Aber es sind zum Glück nur ein paar Kratzer.«

Er zog besorgt die Stirn in Falten. »Nein. Wie ist das passiert?«

»Sie hat K. P. hier gerettet. Es ist nichts Ernstes, aber wenn sie Verbindungen zu Ihrer Gemeinde hat …«

»Ja, wir müssen sie besuchen. Ich werde es Gerald sagen.«

Er trank langsam, leerte die Tasse. Als er fertig war, nahm Gale sie ihm ab und schenkte nach. »Was mich nur wundert, ist, dass Chalice Ihnen und Ihrer Gruppe hilft, obwohl sie weiß, dass Sie alle ihre Arbeit für Olivia ablehnen.«

»Chalice hat ein gutes Herz, vielleicht ist das der Grund. Vielleicht ist es auch einfacher, uns zu helfen, als jeden Tag nach der Arbeit nach Hause zu gehen und eine Dusche zu nehmen.«

Er tat unbekümmert und sah Gale nicht dabei an. Ihnen gegenüber hatte Katie Pru ihr durchlöchertes Sandwich aufgeklappt und begonnen, die Brunnenkresse herunterzusammeln.

»Was ist los, Kleines?«, fragte er. »Schmeckt dir das nicht?«

»Sieht aus wie Gras. Kann ich es ins Wasser werfen?«

»Lieber nicht«, antwortete Gale. »Die Strömung ist sehr schnell. Ich möchte nicht, dass du zu nahe an den Fluss herangehst.«

Alan sprang auf die Beine. »Ich begleite sie. Ich habe langjährige Übung darin, in der Nähe des Sette trockene Füße zu behalten.«

Er nahm Katie Pru an die Hand und ging mit ihr zum Flussufer, während Gale ihnen langsam folgte. Dann kniete er sich hin und fasste das Kind um die Taille. »Los, Katie Pru, jetzt kannst du werfen.« Das Mädchen hob seine kleine Faust und warf die schlaffe, gebutterte Brunnenkresse in den Fluss. Sie fiel nur wenige Zentimeter vom Ufer entfernt ins Wasser, wurde aber sofort von der Strömung weggetragen.

»Weißt du, die Leute hier erzählen sich Geschichten über all die Dinge, die der Fluss schon weggespült hat«, sagte Alan. »Jetzt können sie auch eine über Brunnenkresse erzählen, die von einem Sandwich gesammelt und ins Wasser geworfen wurde, weil sie eher nach Kaninchenfutter aussah als nach Essen für ein kleines amerikanisches Mädchen mit großen, dunklen Augen.« Er wuschelte ihr durchs Haar, und Katie Pru kicherte.

Gale zog ihre Jacke fröstelnd um sich. »Geschichten. Das gefällt mir. Was für welche?«

»Ah, alle möglichen, man kann sie kaum zählen. Über eine brüllende Kuh zum Beispiel. Oder ein fahrerloses Motorrad, das auf den Wellen ritt. Während des Kriegs gab es eine über einen Flugzeugpropeller, der vorbeibrummte, als würde das Flugzeug noch dranhängen.« Er stand auf, hielt Katie Pru an der Hand. »Der grinsende Kopf einer Katze. Eine Braut, die singend mit Kleid und Kranz unterging. Kommt immer ganz darauf an, welche Generation die Geschichten erzählt. Wahrscheinlich enthalten sie alle ein Körnchen Wahrheit. In den alten Tagen – so sagt Nigel immer – war der Fluss auch als ›Sad Water‹, ›trauriges Wasser‹, bekannt, eine Verballhornung von Sette natürlich. Manche Leute nennen ihn immer noch so.«

»Und jetzt kommt die Geschichte von ›Nadiannas Vision‹ hinzu«, bemerkte Gale.

»Es sei denn, es wird noch etwas Schlimmeres daraus.« Alan starrte in das strudelnde Wasser. »Ich bete zu Gott, dass es nicht dazu kommt.«

Dann schien er sich zu sammeln, strich eine Strähne aus seinen Augen und grinste Gale gutmütig an. »Jetzt kennen Sie noch eine charmante Eigenart von Mayley, Mrs. Grayson. Beginnen Sie langsam, uns zu verstehen?«

Nadianna hörte ein Kreischen und sah durch eines der Cottagefenster, wie Katie Pru aus dem Wald stürmte. Hinter ihr kam Alan Axon, vornübergebeugt und galoppierend wie ein Bär. Die beiden erreichten lachend und prustend die Haustür, ehe Gale zwischen den Bäumen erschien, den Picknickkorb am Arm und das Tischtuch um die Hüften geschlungen wie einen Sarong. Die Stimmen wurden durch das dicke Fensterglas gedämpft. Sie konnte kein Wort verstehen, beobachtete nur, wie Alan sich über Gales Hand beugte, winkte und zurück in den Wald eilte.

Als sic schließlich zur Tür hereinkamen, stand Nadianna schon im alten braunen Mantel ihres Vaters da, die Autoschlüssel klimperten in der Tasche. Sie nahm Katie Pru in die Arme. »Du bist ja gar nicht gefroren. Ich hätte schwören können, dass du als Eislutscher wiederkommst.«

Gale stellte den Korb auf die Arbeitsplatte in der Küche und band sich die Tischdecke ab. »Hast du schlafen können?« Sie bemerkte Nadiannas Mantel und runzelte die Stirn. »Ist dir wirklich so kalt? Ich kann noch ein wenig mehr einheizen.«

»Die Antwort auf die erste Frage lautet: ein bisschen. Auf die zweite: Nein, aber ich dachte, du könntest mich vielleicht in die Stadt fahren.«

Gale räumte das Geschirr aus dem Korb in die Spüle. »Klar. Wo möchtest du hin?«

»Ich habe neulich nachts etwas getan, von dem ich dir noch nichts erzählt habe. Ich habe den Film von Montagmorgen entwickelt.«

Gale hielt mitten in der Bewegung inne. »Du hast ...?« Sie schüttelte den Kopf. »Schon gut, egal. Was ist auf den Fotos?«

»Nichts, was die Polizei interessieren würde.« Nadianna zögerte, strich über die harte Wölbung ihres Bauchs. »Ich habe nichts Unrechtes getan, Gale, ehrlich. Es ist nichts darauf zu sehen.«

»Okay, fahren wir hin und sehen wir sie uns an. Wo sind sie?«

»In Lyle Bottings Dunkelkammer.«

Diesmal verbarg Gale ihre Überraschung nicht. »In Lyle Bottings?«

»Genau. Ich habe ihm vor zwei Monaten geschrieben, erinnerst du dich? Einer der Fotografen zu Hause hat mir seinen Namen und seine Adresse gegeben. Er hat sich bereit erklärt, mir seine alte Ausrüstung zur Verfügung zu stellen.«

»Es erstaunt mich, dass die Polizei dich in seine Dunkelkammer gelassen hat.«

»Ich war dort, bevor die Polizei wusste, dass sie ihn suchen würde.«

»Du hättest es Reston sagen sollen.«

»Was geht ihn das an? Ich habe nichts mit Mr. Bottings Verschwinden zu tun.«

Nadianna wartete auf Gales missbilligenden Blick, aber die Freundin griff nur nach einem Geschirrtuch und trocknete sich die Hände. »Schön. Fahren wir zur Dunkelkammer und sehen nach, ob sie dich heute reinlassen.«

»Du glaubst, die Polizei wird dort sein?«

»Ich weiß es nicht. Schwer zu sagen, wie ernst sie das alles nehmen. Aber der Mann wird immerhin vermisst, deshalb könnte ich mir vorstellen …«

Nadianna verspürte einen Anflug von Panik. »Denkst du, sie sind drinnen gewesen? Ob sie am Ende meinen Film mitgenommen haben?«

»Es gibt nur einen Weg, das herauszufinden«, antwortete Gale. »Komm, Katie Pru. Du brauchst deinen Mantel nicht auszuziehen.«

Nadianna war überrascht, wie ortskundig Gale bereits war, so dass sie innerhalb von zehn Minuten die Old Ground Lane erreichten. Nach weiteren fünf Minuten fuhren sie durch die Straße, die zur Dunkelkammer führte.

Bei Tageslicht konnte Nadianna Alans Warnungen vor der Gegend besser verstehen. Im Gegensatz zu anderen Teilen Mayleys, wo die Bewohner in Gardinen und bunte Tür- und Fensterrahmenanstriche investiert hatten, waren die Scheiben vieler Cottages hier gesprungen und die schmiedeeisernen Zäune und Vorgartentüren mit Rost überzogen. Zwei Autos parkten am Gehsteig, aber Nadianna hatte den Eindruck, dass die meisten Häuser leer standen. Gale bog um eine Ecke, und da war die Tür zu Bottings primitiver Dunkelkammer – ein verblasstes, aber immer noch schreiendes Rosa.

Nadianna wühlte in ihrer Tasche und zog den Schlüssel heraus. »Kein Anzeichen von Polizei. Komm, Katie Pru. Du und ich und deine Mama werden jetzt ein wenig auf Entdeckungstour gehen.«

Die Negative hingen noch ordentlich auf einem Draht, anscheinend unberührt seit Dienstagnacht. Erleichtert schlüpfte Nadianna aus ihrem Mantel und strich Katie Pru über den Kopf. »Fass nichts von den Chemikalien an, Ma'am. Wir wollen doch nicht, dass du innen ganz grün wirst. Und bleib von dem Hinterzimmer dort weg, es ist ein einziges Chaos.«

Nadianna hängte den Negativstreifen ab und reichte ihn Gale. »Sieh dir das Wasser genau an. Da ist nichts.«

Gale hielt den Film gegen das Licht, ihre Augen glitten den bernsteinfarbenen Streifen hinunter und wieder hinauf. »Ich kann nichts erkennen, Nadianna, aber es ist schwer, es mit Sicherheit zu sagen.«

»Ich weiß. Ich werde einen Kontaktabzug machen, aber die Leiche ist nicht auf dem Film, Gale, glaub mir.«

»Schade, wenn du Recht hättest. Es wäre äußerst hilfreich gewesen.«

Nein, dachte Nadianna, es wäre eine Katastrophe gewesen. Sie hatte Gale nichts von ihrer größten Furcht erzählt, nämlich, dass der verbrannte Körper, auf Film gebannt, sie zugleich berühmt gemacht und zerstört hätte. Es wäre das zentrale Bild ihres Projektes geworden, die Schwarzweißaufnahme eines zerstückelten Körpers vor dem Hintergrund der verfallenen Spinnerei, die im Nebel trieb wie die Leiche im Wasser. Sensationell, aber sie hätte ihre Kamera für immer beiseite gelegt. Sie hatte Aufnahmen von Momenten des Todes von anderen Fotografen gesehen – ein aus dem Fenster gesprungener Selbstmörder, kurz bevor er auf dem Pflaster aufschlug, ein Kind, kurz bevor die Motorhaube eines Autos es erfasste – und jedes Mal an die zerrissene, verwundete Seele gedacht, die in dem Menschen hinter der Kamera zurückgeblieben sein musste. Manche genossen ihre Berühmtheit, den Ruf der Kaltblütigkeit, aber andere starben innerlich. Es war ein Kreis, dem sie nicht angehören wollte. Lieber sollten sie ihr nicht glauben.

Ein lauter Knall erschütterte den Raum. Katie Pru ließ eine Packung mit Chemikalien auf den Boden fallen und sprang erschrocken zurück.

»Viele Sachen hier drin beißen dich, wenn du mit ihnen herumspielst, Miss K. P.«, sagte Nadianna und hob die Packung auf. »Das lassen wir mal schön stehen.«

»Außerdem gibt es bestimmt Kakerlaken.« Gale hob eine braune Papiertüte hinter einer Schachtel an. Sie war unten durchweicht, und ein Geruch von verfaulten Bananen stieg ihnen in die Nasen. Gale verzog das Gesicht. »Igitt. Das werfen wir besser draußen in den Müll.«

Panik begann erneut in Nadiannas Brust zu flattern. »Die Tüte ist nicht von mir«, sagte sie. »Und sie war am Dienstagabend auch noch nicht hier.«

Gales Gesicht erstarrte. »Bist du sicher?«

»Absolut. Ich habe hier alles abgesucht, weil ich nicht von Ratten überrascht werden wollte.«

Gale stellte die Tüte auf den Boden, packte Katie Pru bei den Schultern und schob sie zur Tür.

Sie sagte nur ein einziges Wort, aus dem Nadianna jedoch verschiedene Schattierungen von Angst und Wut sowie Gales kühle Entschlossenheit heraushören konnte.

»Raus.«

Michaels Tagebuch

17. April 1812

Benjamin, der Sohn meines Bruders, ist im Alter von sechs Jahren gestorben. Morgen werden wir ihn auf dem Friedhof von Mayley in eine Erde senken, die sich viel zu häufig für Kinder öffnet. Nathan und Anne haben fünf Söhne bekommen – bald liegt nun schon der zweite unter einer Decke aus Staub.

Heute bin ich von Haus zu Haus gegangen, um die Leute von Mayley zur Beerdigung zu laden. Es war eine elende Aufgabe. Schwere Regenwolken hingen am Himmel und glitten über mich hinweg, folgten mir, drückten auf mich herab wie die Hand eines müden Engels. Überall empfingen mich Trauernde. Ich starrte in Augen, die so hilflos blickten wie meine eigenen. Das ist mein Kind, schienen sie alle zu sagen. Morgen werden sie die Grabsteine ansehen und wieder flüstern: Dort liegt meines, und dort und dort …

Im Haus von Charles Noland sangen sie eine Methodistenhymne:

He speaks, and listening to His voice
New Life the dead receive;

The mournful, broken hearts rejoice;
The humble poor believe.

Ich verabschiedete mich mit einem Nicken.

Später fragte ich Tansy Baker, was Benjamin getötet hat. Mrs. Baker weiß die Sprache der Dinge zu deuten: Sie liest an den eingerollten Blättern mancher Kletterpflanzen ab, wann der erste Frost kommt, und am Belag einer Zunge, welche Krankheit jemand hat. Wir standen draußen vor Nathans Cottage, und sie richtete ihre kohlschwarzen Augen auf mich. Die Zeiten, antwortete sie. Sie erzählte von ihrer Schwester, einer Hebamme in Leeds, die für jedes Kind, das sie zur Welt bringt, einen kleinen Ring häkelt und ihn in einem Holzkästchen für den fünften Geburtstag des Kindes aufbewahrt. Sie braucht ihr Holzkästchen gar nicht mehr zu schließen, so viele kleine Finger werden begraben, bevor sie das Geschenk entgegennehmen können. In den Städten kommen zu Kälte und Feuchtigkeit noch Schmutz und Beengtheit hinzu. Also hat Benjamin, sagte Mrs. Baker, als wir aus dem Wald ins Freie traten, beinahe ein stolzes Alter erreicht.

Sie grinste über ihre Bemerkung, aber ihre Augen bohrten sich in mich hinein. Ich sah ihr nach, wie sie die Ground Lane hinunterging. Sie schwankte stark, ihr schwerer Körper war in mehrere Lagen gewebten Tuchs gehüllt, am Arm trug sie ihren Ranzen mit Heilmitteln. Ich wollte sie niedertrampeln, ihr das Fleisch vom Körper schlagen, wegen der Grausamkeit ihrer Worte.

Nathan sah ich danach im Wald umherwandern, ich rief ihn an, aber er antwortete nicht.

Die Revolte der Ludditen konnte die Ausbreitung der Spinnereien nicht aufhalten; jedoch wurden mechanische Webstühle im oberen Caldertal erst später eingeführt als in anderen Regionen; der erste ist 1829 verzeichnet.

G. Graysons Notizen

17. Kapitel

Eine alte Decke, ein Karton voll zusammengeknüllter Frischhaltefolie und leerer Flaschen, ein Kofferradio – diese Dinge fand der mit der Durchsuchung beauftragte Constable in dem engen Abstellraum neben Lyle Bottings Dunkelkammer. Bei der Befragung der wenigen verbliebenen Anwohner der Straße traf die Polizei auf einen Rentner, der seine Nachmittage damit verbrachte, abwechselnd die Zeiger der Wanduhr und die Aktivitäten eines jungen, arbeitslosen Paares gegenüber zu beobachten. Gegen fünfzehn Uhr hatte der Rentner einen grünen Fiat mit einem kleinen Mädchen auf dem Rücksitz vorbeifahren sehen. Etwa zehn Minuten später kam der Fiat zurück, hielt auf das Ortszentrum zu und war viel zu schnell für die enge, gewundene Gasse. Ungefähr drei Minuten danach tauchte ein Mann in einem schwarzen Parka auf, er hatte die Kapuze hochgeschlagen, duckte sich an den Gartenmauern entlang und verschwand in einer Seitengasse.

»Als ich Botting Anfang der Woche gesehen habe, trug er auch einen schwarzen Parka«, bemerkte Halford.

»Stimmt«, sagte Reston, und Halford musste sein Handy fest ans Ohr pressen, um den Inspector zu verstehen. »Das konnten wir uns bereits bestätigen lassen.«

»Und der Zeuge ist sicher, dass es ein Mann war?«

»Sicher? Der alte Knabe sagt, er hätte die Gestalt für einen Mann gehalten, aber sie sei eher klein und total vermummt gewesen, also könnte es sich auch um eine pummelige Frau gehandelt haben.«

»Sowohl Markham als auch Botting sind von kleiner Statur«, sagte Halford. »Aber so weit ich sehen konnte, ist Markham nicht übergewichtig.«

Am anderen Ende hörte er Reston seufzen und stellte sich vor, wie sein Kollege am Schreibtisch den schmerzenden Kopf in die Hände stützte. »Wer hätte auch gedacht, dass der blöde kleine Scheißer zwei Dunkelkammern hat? Und wir hängen wie die Deppen nur vor seiner neuen, schicken rum.«

»Der Mann wurde sonst nirgends in der Stadt gesehen?«

»Nirgends. Er muss irgendwo untergekrochen sein, oder er hat sich ins Moor verzogen. Ich hoffe um seinetwillen, dass er sich in einem festen Gebäude aufhält. Nachts wird es nämlich verdammt kalt da draußen.«

»Er ist doch Naturfotograf. Mit etwas Glück weiß er, wie man im Freien überlebt.«

»Naturfotograf, ha! Ein Naturfotograf mit einer Vorliebe für Champagner, wenn du mich fragst. Er hatte überhaupt keine Zeit, um Vorbereitungen für das Kampieren im Moor zu treffen. Das wäre die Krönung meiner Woche, Danny – zuerst eine nicht auffindbare Leiche, dann ein unter verdächtigen Umständen bezeugter, aber ebenfalls nicht auffindbarer brennender Körper und zu guter Letzt ein bekannter Fotograf, der erfroren aufgefunden wird. Ich habe noch zu viele Jahre bis zur Rente, um diesen Mist ertragen zu können. Und mein verflixter Kopf tut so weh. Wer hat Aspirin eigentlich je als Wunderdroge bezeichnet?«

Auf der anderen Seite des Küchentischs drehte Gale nervös eine Kaffeetasse hin und her, ihr ruhiges Gesicht verbarg die Sorge, die ihre Hände verrieten. Halford zwinkerte ihr zu.

»Kein Anzeichen von Markham in der Dunkelkammer?«

»Nein, aber wir forschen noch nach Fingerabdrücken. Nach Miss Jesups Aussage wurde der Raum vor ihrer Ankunft gründlich gereinigt, so dass wir auf frische Abdrücke hoffen können. Ich schicke eine Beamtin zum Cottage, damit sie Miss Jesups Abdrücke zum Vergleich nehmen kann.«

»Ruf mich an, wenn es etwas Neues gibt.«

»Keine Sorge. Du bist ein guter Zuhörer. Danke.«

Halford unterbrach die Verbindung und legte das Handy auf den Tisch. »Es ist möglich, dass sich jemand in der Dunkelkammer aufhielt, während ihr dort wart. Nachdem ihr weggefahren wart, wurde jemand dabei beobachtet, wie er sich durch die Straße davonschlich. Sie wissen nicht mit Sicherheit, wer es war, aber wenn der Betreffende nicht noch irgendwo ein zweites Auto hat, ist er entweder in der Stadt geblieben oder zu Fuß unterwegs. So oder so …«

Er zuckte die Achseln, versuchte, unbesorgt zu erscheinen. Es funktionierte nicht. Gale schlug mit der flachen Hand auf den Tisch.

»Verdammt, ich habe die Tür doch bemerkt! Wo war ich bloß mit meinen Gedanken, dass ich nicht dort nachgesehen habe? Wahrscheinlich bin ich davon ausgegangen, dass ich mir über die Dunkelkammer keine Gedanken zu machen brauche, wenn die Polizei sich keine macht. Aber mein Gott, Daniel, was wäre passiert, wenn ich die Tür geöffnet hätte? Wenn ich ihn gefunden hätte? Was …«

Er beugte sich über den Tisch und nahm ihre Hände. »Hör zu, Gale. Das ist zwar nicht mein Fall, und ich weiß so gut wie nichts über Lyle Botting, aber ich möchte wetten, dass derjenige, der sich hinter dieser Tür versteckte, Blut und Wasser schwitzte vor Angst, dass du ihn entdecken könntest. Heißt das, ich bin begeistert von der Vorstellung, dass du praktisch im selben Raum mit jemandem warst, der sich offensichtlich vor der Polizei verbirgt? Nein. Aber glaube ich, dass er dir eins über den Kopf gezogen und Katie Pru als Geisel genommen hätte? Ebenfalls nein. Ich denke, es wäre so ausgegangen, dass ihr geschrien hättet und er davongerannt wäre, und am Ende wären wir genauso weit gewesen wie jetzt, außer dass du deinen Kaffee getrunken hättest, statt ihn kalt werden zu lassen.« Er drückte beruhigend ihre Hände, ehe er sie losließ. »Komm, ich mache dir eine frische Tasse. Du hast dein vorübergehendes Zuhause wohl nicht mit etwas Brandy ausgestattet?«

»Von Alkohol werde ich immer müde und schlafe zu lange.« Sie drehte sich auf ihrem Stuhl herum, um ihn anzusehen, während er ihren kalten Kaffee wegschüttete. »Was wird mit Nadiannas Negativen passieren?«

»Ich bin sicher, dass Reston einen Blick darauf werfen möchte.«

»Sie sagt, es sei nichts darauf zu sehen.«

»Das ist auch eine Information.«

Er goss Kaffee in den Becher und fügte einen Schuss Milch hinzu. Aus dem Nebenzimmer war das Prasseln des Kaminfeuers und das rhythmischere Klacken von Bohnen auf einem Holzbrett zu hören. Nadianna und Katie Pru spielten ein ihm unbekanntes Brettspiel. Als er an der offenen Tür vorbeikam, sah er Katie Prus vornübergebeugten dunklen Kopf, ihre kleinen, pummeligen Finger trommelten auf das Brett, während sie ihren nächsten Zug überlegte. Nadianna hatte sich auf dem Boden neben ihr ausgestreckt, ihr Kopf war auf einen Ellbogen gestützt, das blonde Haar floss auf den Teppich. Sie rieb sich über den Bauch und starrte ins Leere. Dann sammelte sie sich und wandte ihre Aufmerksamkeit wieder dem Kind zu, dem sie spielerisch über die Nase strich.

»Warum ist bloß nichts zu sehen?«, fragte Gale.

»Hmmm?« Er stellte den Becher vor ihr ab.

»Warum ist nichts auf den Negativen? Sie stand doch mitten im Fluss. Nach allem, was sie Reston erzählte, schoss sie ein Foto nach dem anderen, kurz bevor sie das Objekt sah. Es berührte sie fast. Irgendetwas müsste doch auf dem Film zu sehen sein.«

»Du gehst also davon aus, dass sie etwas gesehen hat.«

»Niemand hat je bezweifelt, dass sie *etwas* gesehen hat. Die Frage war immer, ob sie eine Leiche gesehen hat. Okay, selbst wenn es ein Rucksack oder ein toter Hund war, wie Reston vermutete, müsste es auf dem Film zu erkennen sein, zumindest als dunkler Schatten.«

»Vielleicht auch nicht. Es könnte unter der Wasseroberfläche getrieben sein …«

»Warst du mal unten am Fluss, Daniel? Die Strömung ist ziemlich schnell. Ich kann mir nicht vorstellen, dass irgendetwas dort unter der Oberfläche treiben würde.«

»… oder es könnte sich außerhalb des Bildes befunden haben. Deshalb muss sich ein Experte die Negative ansehen, Gale, um das Abgebildete in die richtige Perspektive zu rücken.«

Er wollte sie beruhigen, aber seine Worte drangen nicht zu ihr durch. Sie war so geistesabwesend, dass sie sich die Zunge verbrannte und aufjaulte, als sie an ihrem Kaffee nippte.

»Könnte eine Warnung sein«, neckte Halford sie.

»Könnte zu wenig Milch drin sein. Was mir Kopfschmerzen bereitet, ist, dass die Polizei Nadianna von Anfang an nicht ernst genommen hat. Wie gründlich haben sie den Fluss abgesucht? Ich vermute, wenn sie ihn überhaupt abgesucht haben …«

»Haben sie. Ich kann es bezeugen.«

»Dann haben sie sich wahrscheinlich auf einen Abschnitt flussabwärts von der bewussten Stelle konzentriert, oder? Haben nur nach dem Objekt selbst gesucht.«

»Wie genau Reston die Suche durchführen ließ, weiß ich nicht. Willst du andeuten, dass er die Strecke flussaufwärts …«

»Machen wir uns nichts vor, Daniel: Wenn sie glaubten, dass sie nach so etwas wie einem Rucksack oder einem Hundekadaver suchen, haben sie sich wohl kaum Gedanken darüber gemacht, wo dieses Etwas in den Fluss gefallen sein könnte.« Sie unterbrach sich kurz, zog eine finstere Miene. »Oder ob es überhaupt hineingefallen ist.«

Halford ließ sich auf seinem Stuhl nach hinten kippen und versetzte der Küchentür einen Stoß, um sie zu schließen. Die Geräusche des Spiels und des Feuers waren nur noch gedämpft zu hören.

»Fang noch mal von vorne an und erklär mir, was du denkst.«

»Also, ich gehe davon aus, dass das Objekt – was immer es war – auf Nadiannas Film nicht zu sehen ist. Dann wäre die logische

Schlussfolgerung, dass es an einer Stelle ins Wasser geworfen wurde, die außerhalb des Suchers der Kamera lag.«

»Ehrlich gesagt habe ich auch schon mit diesem Gedanken gespielt. Nach Nadiannas Beschreibung klang es nicht so, als hätte das Objekt schon längere Zeit im Wasser gelegen.«

»Okay. Wenn es also ins Wasser geworfen wurde, wäre die nächste Frage, ob die Person, die das getan hat, Nadianna sehen konnte. Ich meine, sie ist schließlich schwanger. Man wirft doch nicht etwas in den Fluss, wenn man eine schwangere Frau darin waten sieht, oder? Und selbst wenn, würde sich der Betreffende doch sicher melden, nach dem ganzen Aufsehen, das die Sache erregt hat. ›Oh, das war mein Rucksack, meine tote Katze, tut mir Leid.‹«

»Manchmal ist es schwer, Leute dazu zu bringen, sich zu melden. Könnte auch sein, dass der Fluss an der Stelle eine kleine Biegung macht oder das Uferdickicht so hoch ist, dass er oder sie Nadianna nicht gesehen hat. Und umgekehrt.«

»Könnte ebenso gut sein. Ich habe nicht richtig darauf geachtet, als Katie Pru und ich heute am Flussufer waren.«

Sie hatten die Köpfe zusammengesteckt und sprachen leise, denn Gale war sich genauso wie Halford bewusst, dass Nadianna im Nebenzimmer lag, wo nur ein Kind sie von der geschlossenen Tür ablenkte.

»Sagen wir also, Mark und seine Leute waren ein bisschen nachlässig an jenem ersten Tag. Aber nach dem Brand im Atelier und dem Verschwinden von zwei Personen …«

»Ich wette, er hat sich die Stelle nicht noch einmal angesehen. Ich wette, er hat nicht darüber nachgedacht, wo jemand vom Ufer aus das Objekt hineingeworfen haben könnte.«

»Ich werde mit ihm darüber reden. Mal sehen, was er meint.«

»Wenn es dein Fall wäre, hättest du die Möglichkeit schon längst in Betracht gezogen.«

Hinter der Tür war helles Gelächter und dann Nadiannas strenge Stimme zu hören.

»Katie Pru, was um alles in der Welt ist in dich gefahren?«

»Es sind mexikanische Springbohnen. Guck mal, sie springen im ganzen Zimmer rum.«

»Schön, und jetzt kannst du im ganzen Zimmer herumspringen und sie wieder einsammeln.«

Gale schob ihren Stuhl zurück und ging hinüber, Halford folgte ihr. Nadianna kniete vor dem Feuer und hatte die Hände auf die Hüften gestemmt, das Spielbrett hing umgedreht halb von der Kante eines Sofas herunter. Kleine schwarze und weiße Ovale lagen überall auf dem Teppich verstreut, und als Halford das Zimmer betrat, spürte er, wie sich etwas in die Profilsohle seines Schuhs bohrte.

»Katie Pru«, sagte Gale. »Warum hast du das gemacht? Wenn du so mit dem Spiel umgehst, verlierst du noch sämtliche Teile.«

Katie Pru sah sich ihre Bescherung gleichgültig an. »Es macht keinen Spaß, mit Bohnen zu spielen.«

»Es wird dir noch sehr viel weniger Spaß machen, wenn du das Spiel überhaupt nicht mehr spielen kannst. Jetzt fang an und heb alles wieder auf.«

Katie Pru seufzte durch die Nase, ließ sich auf den Boden fallen und sammelte die Bohnen auf allen vieren kriechend eine nach der anderen ein.

»Ich wünschte, es wären keine Bohnen. Viel lieber hätte ich Knöpfe oder Steine.« Plötzlich sprang sie auf die Füße und rannte die Treppe hinauf.

»Kathleen Prudence«, schrie Gale ihr hinterher. »Ich sehe immer noch welche unter dem Stuhl.«

»Warte. Ich hab was Besseres als Bohnen.«

Das Bessere befand sich in einem hübschen, wenn auch leicht angeschmutzten Beutel, der neu aussah und handgewebt war, wie Halford vermutete.

Katie Pru hielt ihn stolz ihrer Mutter hin.

»Ich habe sie mit den Farben angemalt, die Mr. Halford mir geschenkt hat. Ich habe sie im Wald gefunden. Es sind aber keine Steine. Rate mal, was da drin ist.«

Gale löste das Zugband, lächelte ihre Tochter kopfschüttelnd an und sah hinein. Dann zog sie überrascht die Stirn in Falten und gab den Beutel an Halford weiter. Er war sich Katie Prus erwartungsvoller Blicke bewusst, als er eines ihrer Meisterwerke hervorzog. Es hatte die Größe einer Murmel, und er ließ es eine Weile in seiner Handfläche ruhen. Ungeduldig versuchte das Kind, danach zu greifen, aber er hob schnell die Hand, so dass sie es nicht erreichen konnte.

»Ich glaube, es ist der Zahn von einem Wal«, sagte sie. »Siehst du? Ich habe Elritzen darauf gemalt.«

Die Elritzen waren tatsächlich gut zu erkennen, kleine schwarze Striche mit Flossen auf einem blauen Untergrund. Feiner Staub hing an der rauen Oberfläche.

»Das kann man einfach abpusten«, wies Katie Pru ihn an. »Ich hab die Zähne zuerst waschen müssen, damit sie sauber wurden.«

Halford lächelte sie kurz an und untersuchte den Inhalt des Beutels. Der Staub hing auch an der Innenseite des Stoffes, und auf dem Boden lagen vier weitere mit Elritzen dekorierte Stücke.

»Sie waren also viel staubiger, bevor du sie gewaschen hast?«, fragte er.

Katie Pru nickte. »Sie waren sehr schmutzig.«

Halford ließ den Walzahn wieder in den Beutel fallen und umarmte Katie Pru. »Schätzchen, du hast sie wirklich wunderschön angemalt. Kannst du mir nachher zeigen, wo du sie gefunden hast? Gut. Aber zuerst muss ich noch mit jemandem telefonieren.«

Gale sah ihn verwirrt an, als er das Kind hochhob und es ihr übergab. Aus dem Augenwinkel bemerkte er, wie Nadianna sich mühsam vom Boden erhob. »Ich glaube, Babar, der Elefant, liegt dort drüben beim Kamin. Warum lest ihr nicht ein bisschen darin, bis ich wieder da bin?«, schlug er vor.

Reston hatte sich über den weiteren Verlauf seiner Woche Sorgen gemacht. Auf dem Weg zum Telefon fragte sich Halford, wie sein Kollege wohl die Nachricht aufnehmen würde, dass ein Beutel voll bunt bemalter Knochenfragmente auf ihn wartete.

Die Gegend blieb ein fruchtbarer Boden für politische Unruhen, bei denen immer wieder Forderungen nach Arbeits- und Sozialreformen laut wurden und die in einer breiten Unterstützung des popularistischen Chartismus in der ersten Hälfte des 19. Jahrhunderts gipfelten.

G. Graysons Notizen

18. Kapitel

Die Lampe im Schuppen beleuchtete den Tisch und den Klappstuhl und nicht viel mehr. Normalerweise behagte Chalice das spärliche Licht, aber an diesem Abend irritierte es sie; sie hielt sich ständig abschirmend die Hand an die Augen, während sie die aufgestapelten Kisten und Kartons außerhalb des Lichtkreises begutachtete.

Ihr war nie richtig klar gewesen, was sie eigentlich enthielten. Bettwäsche, so viel wusste sie, und ein paar Aschenbecher aus der Zeit, als Totty noch geraucht hatte und die aus irgendeinem Grund nicht weggeworfen worden waren. Irgendwo befanden sich auch die Überbleibsel aus Tottys Zeit vor Chalice – Schulhefte wahrscheinlich, alte Fotos. Chalice war nie auf die Idee gekommen, sie sich anzusehen. Schließlich gehörten sie zu Tottys Kindheit, nicht zu ihrer eigenen. Sie hatte davon gelesen, dass andere Kinder sich angeblich brennend für die Vergangenheit ihrer Eltern interessierten. Die Handlungen ganzer Filme und Romane beruhten darauf, aber sie fragte sich, ob etwas Wahres daran war. Sie konnte es schlecht beurteilen, weil die Rollen von Mutter und Schwester sich bei ihr so seltsam verwoben hatten. Außerdem hatte sie den Verdacht, dass Kinder, die ihre Eltern nach ihrer Vergangenheit fragten, eigentlich nach sich selbst fragten. *Wie kam es, dass ihr mich gemacht habt? Was hat zu meiner Entstehung geführt?* In ihrem Fall waren diese Fragen überflüssig. Sie war geboren und abgegeben worden wie Oliver Twist. Totty konnte ihr keine Geschichten erzählen, die sie interessierten, denn keine davon führte zu ihr. Außerdem – wann wären die Geschichten einer Erstgeborenen je etwas anderes als Anlass zu Wut, Eifersucht oder Langeweile für die Zweitgeborene gewesen?

Das einzig Relevante war im Augenblick, dass Totty Chalices mangelndes Interesse an ihrer Vergangenheit kannte. Angenommen, sie hatte tatsächlich ihre Teeschalen genommen, was gäbe es für ein besseres Versteck als die Kisten, die Chalice noch nie neugierig gemacht hatten?

Sie hob den Klappstuhl auf die andere Seite des Tisches. Der Schuppen war etwa zwei Meter vierzig hoch, was bedeutete, dass sie den Kopf einziehen musste, wenn sie auf den Klappstuhl stieg, um nicht gegen das Dach zu stoßen. Es war eine wackelige und unbequeme Angelegenheit, aber sie hatte keine Lust, die Kisten alle nacheinander herunterzunehmen und dann so wieder aufzuschichten, dass Totty nichts merkte.

Die erste stammte aus einem Kaufhaus – höchstwahrscheinlich von Marks & Spencer –, und ihr Deckel ließ sich leicht abheben. Einen Augenblick lang zögerte sie und dachte an Ungeziefer, aber der Klappstuhl schwankte bedenklich unter ihr, so dass sie sich mit der Hand an der Decke abstützen musste. Danach schob sie ihre Ängstlichkeit beiseite und griff vorsichtig hinein.

Sie ertastete eine kleinere Kiste mit scharfen Kanten, fuhr mit den Fingern unter den Deckel und hörte das Knistern von dünnem Plastik. Darunter lag Weihnachtsschmuck, Sterne aus Stroh oder Papier, die Totty für ihre Kunden bastelte. Die Überzähligen wurden immer für ihren eigenen Baum aufgehoben. Sie arbeitete sich weiter vor und zählte insgesamt vier Kästchen, zwischen denen sich Samtbänder und Girlanden aus falschen Perlen schlängelten. Nichts, was nicht dort hineingehörte. Sie schloss die große Kiste und ließ ihre Hand hinunter zur nächsten gleiten.

Totty klopfte nicht an, bevor sie eintrat, aber das hätte Chalice auch nicht viel genützt. Sie fand ihr Gleichgewicht wieder, indem sie den Kopf fest gegen die Decke drückte, und brachte ein entschuldigendes Lächeln zustande.

»Was machst du da?«, fragte Totty streng.

Sie stand aufrecht im Türrahmen. Das Licht der Lampe ließ ihre Mantelknöpfe und die Adern auf ihrer linken Hand glänzen.

»Ich frage dich noch einmal: Was machst du da oben?«

Unversehens fiel Chalice eine einleuchtende Antwort ein, und sie strahlte Totty an. Dann wühlte sie in der obersten Kiste herum und zog eine Perlengirlande hervor.

Siehst du? Sie riss mimisch die Augen auf und schwenkte die Perlen hin und her. Grinsend wickelte sie sich einen Strang um die Hand und presste ihn gegen die Handfläche.

Totty war sichtlich erleichtert. »Du hast mich erschreckt«, sagte sie. »Du solltest nicht dort herumklettern. Der ganze Kram könnte herunterfallen und du mit ihm. Zum Glück habe ich das Licht im Schuppen gesehen. Stell dir vor, du wärst gestürzt und ich hätte nicht gewusst, dass du hier bist!«

Totty streckte die Arme aus und machte eine lockende Geste mit den Fingern. Die Perlen noch in der Hand, nahm Chalice die Hilfe ihrer Schwester an und hüpfte zu Boden.

»Was hast du damit vor?« Totty griff nach der baumelnden Girlande und rollte eine Perle zwischen ihren Fingern herum. »Du willst sie doch bestimmt nicht für deine Teeschalen benutzen?«

Chalice schüttelte den Kopf. Mit den Händen zeichnete sie den Umriss einer Kanne nach und presste anschließend die Perlen erneut in ihre Handfläche.

»Aha, du willst damit ein Muster in den Ton drücken. Da bin ich aber gespannt. Ist nicht ganz das, was du sonst machst, oder? Aber mir ist schon aufgefallen, dass du in letzter Zeit neue Ideen ausprobierst. Gut.« Der Klappstuhl kratzte über den Zementboden, als sie ihn an seinen üblichen Platz schob, um sich darauf niederzulassen, nachdem sie den Saum ihres Mantels ein Stück angehoben hatte. »Ich weiß, dass du dich hier draußen wohler fühlst. Schon als du klein warst, habe ich immer zuerst hier nachgesehen, wenn ich dich suchte. Der zweite Ort war der Wald.« Sie klopfte auf die Tischplatte. »Hier, setz dich. Wir müssen uns mal unterhalten.«

Chalice begann zu signalisieren, dass sie ihren Palmtop nicht dabei hatte, aber Totty zog ihn bereits aus der Tasche. »Du nimmst ihn ja nie mit hier heraus. Warum solltest du auch? Deine Finger haben Besseres zu tun.« Sie wartete, bis Chalice das Gerät eingeschaltet hatte und das vertraute Summen ertönte. »Also, wir beide haben noch gar nicht über diese ganzen Ereignisse gesprochen.« Sie hob resigniert die Arme. »Mein Fehler, ich weiß. Ich war so mit praktischen Dingen beschäftigt – was wir wegen deiner Arbeit machen sollen, dann der Ärger mit der Polizei –, dass ich dich noch gar nicht gefragt habe, wie es dir geht.«

In dem trüben Licht sah Chalice, dass Tottys Körper nur halb entspannt war, ihre linke Schulter hing lässig und einladend herab. *Lass mich deine Schwester, lass mich deine Freundin sein.* Die rechte Schulter jedoch blieb steif und unnachgiebig. Chalice ließ sich ihr Misstrauen nicht anmerken und nahm den Palmtop zur Hand.

ICH MACHE MIR SORGEN WEGEN OLIVIA.

»Tatsächlich? Dann hast du offenbar mehr Mitgefühl als ich. Ich mache mir eher Sorgen um dich. Livy Markham kann auf sich selbst aufpassen.«

Der Schwarm von Blechkarpfen schwamm in Chalices Vorstellung hinein, stur und unbeeindruckt, wie sehr sie auch mit den Armen fuchtelte. Es war seltsam, dass die Erinnerung in diesem Moment auftauchte, und sie versuchte, sie zu verscheuchen. Ihr Zungenstumpf schmerzte in ihrer Mundhöhle.

VORAUSGESETZT, IHR IST NICHTS PASSIERT.

Totty sah ihr direkt in die Augen. »Das vorausgesetzt, ja«, stimmte sie zu. »Ich habe schon zu Mrs. Grayson gesagt, dass ihr meiner Ansicht nach genauso gut etwas passiert sein könnte, wie dass sie sich verdrückt hat. Was meinst du?«

Die Karpfen waren wieder da, starr und gefroren, als wäre ihre Erinnerung ein Teich im Winter. Ihre Mäuler standen offen. Sie fragte sich, ob andere Geschwister sich auch mit solchen Haken zu ködern versuchten.

Chalice zuckte die Achseln. HÖCHSTWAHRSCHEINLICH HABEN SIE UND LYLE VERSUCHT, DIE VERSICHERUNG ZU LINKEN. HÜBSCHES FREUDENFEUER.

Totty reagierte nicht darauf. Die Schatten ließen ihre Kinnlinie versteinert wirken.

»Hab vorhin einen Anruf von Flo Caster bekommen. Ihr Vater wohnt drüben im Milesway und hatte Besuch von der Polizei. Sieht so aus, als ob Lyle Botting sich dort irgendwo in der Nähe versteckt hätte.« Auf Chalices Gesicht musste sich Bestürzung abgezeichnet haben, denn Totty nickte. »Du hast richtig gehört. Flos Dad hat einen Mann gesehen, der durch die Straße schlich, als würde er nichts Gutes im Schilde führen. Sie denken, es könnte Lyle gewesen sein.«

Chalice kritzelte heftig mit dem Stift auf den Palmtop. HABEN SIE IHN GEFUNDEN?

»Nein.« Totty beugte sich vor, so dass das Lampenlicht ihr Kinn in zwei Hälften spaltete. »Chally. Sag mir, was du über diese Sache weißt.«

NICHTS.

»Du hast Tag und Nacht dort gearbeitet. Du kanntest – du kennst Olivia besser als alle anderen. Sag mir, was du weißt.«

NICHTS!!!

Totty richtete sich auf dem Klappstuhl auf. »Na gut, meine Liebe, ich hoffe, du kannst das mit reinem Gewissen behaupten. Denn irgendwo in den versengten Trümmern liegt deine hübsche Maske mit dem Gesicht von Alan Axon. ›Der Bote Gottes‹ – hast du sie nicht so genannt? Die Polizei wird sie früher oder später finden, und du müsstest schon verdammt viel Glück haben, wenn sie das Gesicht nicht wiedererkennen. Aber falls sie es erkennen, bin ich gespannt, ob sie genauso viele Fragen an dich haben werden wie ich.«

Chalice biss sich auf die Unterlippe. WAS FÜR FRAGEN?

»Stell dich nicht blöd. Olivia wollte die Spinnerei, und Gerald Thornsby hätte sich eher aufgehängt, als sie ihr zu überlassen. Aber eines der Dinge, die man mit dem Älterwerden lernt, ist, dass es nie die Anführer sind, die die schmutzige Arbeit erledigen.« Totty legte plötzlich mit festem Griff ihre Hände auf Chalices Knie. »Und Alan tut viele schmutzige Dinge, oder?«

Chalice hatte das Gefühl, keine Luft mehr zu bekommen. Sie ließ den Stift des Palmtops auf den Tisch fallen.

Tottys Lachen klang hart. »Das überrascht dich? Hast du etwa gedacht, ich wüsste nichts davon? Ihr habt euch immer im Mill Cottage getroffen, stimmt's? Hast du geglaubt, ich würde nichts merken, wenn ich dort war, um sauber zu machen? Du solltest deinem Freund raten, etwas ordentlicher zu sein. Ich habe Sachen gefunden, die ein anständiger Mann selbst entsorgt hätte.«

Der Griff um Chalices Knie wurde noch fester. »Das war unvermeidlich, Chally. Es entsteht nie etwas Gutes aus Dingen, die im Verborgenen geschehen müssen. Denk darüber nach. Glaubst du wirklich, dieser Junge liebt dich? Er benutzt dich nur. Und du bist viel zu schade, um dich für so etwas wegzuwerfen. Wenn du irgendetwas weißt, musst du zur Polizei gehen. Ich werde dich beschützen, darauf kannst du dich verlassen. Das habe ich doch immer getan.«

Katie Pru mochte es nicht, wie der Puddingpolizist sie ansah. Die Haut unter seinen Augen hing herab wie bei einem Welpen, und seine Nase war rot und tropfte. Er versuchte, sie anzulächeln, aber sie merkte es immer, wenn Erwachsene eigentlich gar nicht lächeln wollten. Ihre Lippen waren dann gegen ihre Zähne gepresst, und sie konnten sie nicht direkt angucken.

Im Moment starrte Mr. Reston auf ihr linkes Ohr.

»Nun, Miss Katie Pru, du hast also etwas ziemlich Interessantes da draußen im Wald gefunden. Willst du mir nicht davon erzählen?«

Als er zu Ende gesprochen hatte, sah er ihr in die Augen, aber das zählte nicht. Er und der große Polizist und ein anderer Mann mit weißen Handschuhen waren zum Cottage gekommen, nachdem Mr. Halford telefoniert hatte. Sie hatten lange in der Küche miteinander gemurmelt, und dann war der Mann mit den weißen Handschuhen ins Wohnzimmer gekommen und hatte ihr zugezwinkert. »Hast wohl 'ne kleine Schweinerei in der Badewanne veranstaltet, Herzchen?« Aber Mr. Reston hatte sich gleich laut geräuspert, und der mit den weißen Handschuhen hatte gegrinst und war die Treppe raufgepoltert. Sie mochte den Mann mit den weißen Handschuhen. Mr. Reston dagegen, da war sie sicher, brauchte ein Nickerchen. Und ein Taschentuch, um sich die Nase zu putzen.

»Ich habe sie gefunden«, sagte sie. Sie machte ihren Mund weit auf, um zu sehen, wie weit sie ihre Zunge zurückrollen konnte, aber sie musste nur gähnen. Ein kleiner Seufzer war zu hören, als sie ausatmete. »Im Wald. Unter einem Baumstamm.«

»Woher wusstest du, dass du dort suchen musstest?«

Die Frage ließ sie die Ohren spitzen, und das nächste Gähnen brach mittendrin ab. »Wusste ich ja nicht. Er war einfach da.«

»Was war einfach da?«

»Der Beutel. Er war unter dem Baumstamm, als ich mich hingesetzt habe. Ich habe mich vor Nadianna versteckt. Sie kann mich nicht sehen, wenn ich mich im Wald hinsetze.«

»Aha, verstehe.« Mr. Reston rutschte auf seinem Stuhl nach vorn. »Und hast du den Beutel gleich gesehen, als du dich hingesetzt hast?«

Sie kniff die Augen zusammen und strengte sich an. Sie hasste es, wenn Erwachsene wollten, dass sie sich an etwas erinnerte. Sie stellten dann immer wieder dieselben Fragen. Aber es gab so vieles, an das sie sich nicht erinnerte, so vieles, das sie getan und dann vergessen hatte. Katie Pru wusste, dass sie in einer Welt von Tun und So-tun-als-ob lebte, und das So-tun-als-ob war viel spannender als das Tun.

»Nein, ich habe ihn gefühlt. Mit meiner Hand.«

»Hmm.« Der Puddingpolizist runzelte die Stirn. »Morgen früh, wenn es hell ist, komme ich wieder, und dann wollen wir sehen, ob wir den Baumstamm finden können. Aber jetzt möchte ich, dass du einmal ganz scharf nachdenkst, Katie Pru. Hast du etwas gesehen, das dich zu diesem bestimmten Baumstamm gehen ließ? Ist dir irgendetwas an ihm aufgefallen, bevor du dich dort hingesetzt hast?«

Sie runzelte ebenfalls die Stirn und dachte ganz fest nach, weil sie wusste, dass ihre Mutter und Nadianna und Mr. Halford, die auch im Zimmer saßen, hofften, dass sie so scharf nachdachte wie noch nie.

»Oh, doch«, rief sie plötzlich, rutschte von dem Zweiersofa und rannte nach oben.

Alle rannten ihr nach. Sie hörte, wie sie die Stufen hinaufstampften, hörte auch, als sie in ihr Zimmer flitzte, wie der Mann mit den weißen Handschuhen im Bad vor sich hin summte. Im Zimmer war es dunkel, aber sie machte die Nachttischlampe nicht an, sondern lief zu dem kleinen, niedrigen Fenster und drückte ihre Nase gegen die Scheibe.

Der Wind wehte, und die Äste der Bäume schwankten, aber durch das Licht aus den unteren Fenstern sahen die Blätter einfach aus wie Blätter und nicht wie eine Million Elritzen. Sie starrte durch das Glas und versuchte, etwas zu sehen, aber da war nichts. Enttäuscht drehte sie sich zu den Großen um.

»Ich dachte, es war vielleicht das Licht«, sagte sie. »Vielleicht war der Baumstamm bei dem Licht, aber ich glaube es nicht.«

Mr. Reston kniete sich neben sie. »Was für ein Licht, Katie Pru?«

»Das, was ich neulich nachts gesehen habe.«

»Das Licht von der Veranda?«

Sie schüttelte den Kopf. »Ein Licht, das sich bewegt hat. Im Wald. Ich dachte, es wäre das Auge von dem Wal.« Ein Gedanke kam ihr, eine Idee, die ihr gefiel, und sie fühlte sich besser. »Vielleicht war es das ja. Er hat seine Augen bestimmt ganz doll hin und her gerollt, als er die Zähne verlor.«

»Lass uns noch ein wenig mehr nachdenken, Katie Pru. Kannst du mir sagen, welche Nacht das war?«

»Nein.«

»Was ist passiert, bevor du an dem Abend zu Bett gegangen bist?«

Wieder dachte sie scharf nach. »Wir waren in dem Restorang.«

Mr. Reston sah ihre Mutter an. »Montag«, sagte sie. Ihre Stimme war ganz leise.

Mr. Reston stand auf und streckte seine Hand aus, die warm war, als sie ihre kalten Finger umschloss. Sie fühlte sich schläfrig.

»Nun, Miss Katie Pru, du hast gute Arbeit geleistet.«

»Ich möchte jetzt ins Bett.«

»Ich auch. Darauf wollen wir uns die Hand geben und uns eine gute Nacht wünschen.«

Michaels Tagebuch

20. April 1812

Heute will ich von Ungeheuern erzählen. Ich bin mit ihnen aufgewachsen. Aus dem Mund meines Großvaters kamen viele Geschichten über sie, und ich sah sie so deutlich, als hätten sie in voller Größe neben dem Herdfeuer gestanden. Nicht nur von den gemeinen Berggeistern hörte ich, die in Tiergestalt erscheinen und Tod für die arme Seele bedeuten, die sie erblickt. Die Ungeheuer meines Großvaters spielten den Menschen Streiche und waren in ihrer kindischen Verspieltheit umso furchtbarer.

Shaggybairit war eines von ihnen. Er war zwei Meter fünfzig groß und hatte den Oberkörper eines Mannes und die Beine eines Tieres. Seine Zähne ragten über seinen Mund hinaus und waren so scharf, dass Blut aus seinem Kinn sickerte, wenn er sprach. Aber er hatte die Augen einer schönen Frau, rund und sanft und blau wie der Sommerhimmel. Man erzählte sich, er würde Männer im Moor zu sich locken, indem er sich kokett gab. Die Männer zogen dann ihre Hüte und verbeugten sich, nur um einen scharfen Streich auf den Nacken zu erhalten. Frauen dagegen ließen sich nicht so leicht betören, sie warfen mit Steinen nach ihm und vertrieben ihn.

Er hatte auch eine Frau, die Croose hieß. Sie trug einen langen, aus Heidekraut gewebten Rock, und ihr Haar war ein Nest aus den Federn junger Gänse. Sie hatte ein hübsches Gesicht und pflegte Wanderer anzulächeln und nach der Uhrzeit zu fragen. Wenn die Angesprochenen antworteten, stieß sie einen Freudenschrei aus und stellte sich auf den Kopf, wobei sie einen zweiten Kopf, ein zweites Gesicht und ein zweites Paar Arme enthüllte, auf denen sie einhergegangen war. Das zweite Gesicht war eine hässliche Fratze, und sie lachte und schlug ein Rad und entfernte sich radschlagend – Kopf, Arme, Kopf, Arme – den Hügel hinunter. Ihr gackerndes Lachen war noch lange zu hören, wenn sie schon nicht mehr gesehen wurde.

Kleinen Jungen jagten diese Ungeheuer Angst ein. Aber ich habe nie erlebt, dass ein Mensch wegen einem von ihnen begraben werden musste. Auch kein Kind.

Ein zweites Unglück hat meinen Bruder Nathan ereilt: Seine Frau Nell ist krank geworden, mit schüttelndem Husten und hohem Fieber. Tansy, die Hebamme, hat sie über Nacht gepflegt. Sie sagt, Nell sei schon seit geraumer Zeit krank gewesen, habe aber um Benjamins willen nicht auf ihre eigene Gesundheit geachtet. Martha ist zu ihr gegangen, aber ich habe Angst um meine liebe Frau. Die Frauen unserer kleinen Sippe konnten nicht viel Ruhe finden, seit Benjamin vor fast sechs Wochen krank wurde.

Neulich abends saß ich neben Nathan an seinem Feuer und sprach mit ihm. Oder vielmehr sprach ich zu ihm, denn er starrte nur in die Flammen und antwortete nicht. Wir werden uns für all das rächen, flüsterte ich. Verlier nicht den Mut. Aber es ist nicht mein Kind, das unter der Erde liegt, und nicht meine Frau, die bei jedem Hustenanfall vor Schmerzen weint. Rache, murmelte er schließlich. Und wer, lieber Bruder, soll das Ziel meiner Rache sein?

Die Spinnereibesitzer natürlich! drängte ich. Sie sind unsere Ungeheuer. Komm mit mir. Heute Nacht werden wir einen Plan fassen.

Ungeheuer, sagte Nathan, die Augen weiter auf das Feuer gerichtet. Es gibt keine Ungeheuer außer dem Tod und der Zeit.

O doch! rief ich. Menschliche Ungeheuer, die unsere Körper und unsere Seelen verschlingen. Komm mit mir, Bruder. Wir werden sie nicht triumphierend davonkommen lassen wie Croose.

Bei dieser Anspielung auf unsere unschuldige Kindheit musste er lächeln. Die gute, alte Croose, sagte er. Zwei Köpfe, der eine hübsch, der andere hässlich und gemein. Damit verfinsterte sich sein Gesicht wieder, und das Feuer fraß seine Gedanken.

Ich konnte ihm nicht mehr entlocken, also ging ich und klopfte an die Türen meiner Kameraden – ein kurzes, festes Klopfen, gefolgt von zweimaligem Hüsteln. Innerhalb einer Stunde waren wir im Crown & Drover versammelt, und ich hörte den Berichten der anderen zu. Matthew Cooke sprach zuerst. Mehrere Karren wurden gestern Nacht den steilen Hügel zur Yates-Spinnerei hinaufgezogen. Die Pferde strauchelten unter dem Gewicht; mehrmals mussten die Kutscher sich hinter die Karren stellen und sie mit ihren Schultern stützen, um den Tieren die Last zu erleichtern. Matthew und John Thorpe folgten ihnen, indem sie sich hinter Bäumen und Felsen versteckten, bis die Karren vor der Spinnerei hielten und die Decken abgezogen wurden. Mechanische Webstühle. Wir hatten Gerüchte gehört, dass Yates diese neuen Webstühle anschaffen wolle, aber er hat seinen Arbeitern stets das Gegenteil versichert. Der Mann ist ein Lügner. Die Maschinen, die in Lancashire zu Aufständen geführt haben, sind nun also bis in unseren Winkel von West Yorkshire vorgedrungen. Wir werden ihnen nicht erlauben zu bleiben.

Es ist alles abgesprochen. Heute in zehn Tagen werden wir die Yates-Spinnerei angreifen. Für Benjamin, für Nell, für die viel zu vielen anderen, die heute noch atmen, aber morgen nicht mehr.

Nach Berichten an den Ausschuss zum Armengesetz bestand um 1832 die Nahrung einer durchschnittlichen Arbeiterfamilie in Mayley aus Haferbrei, Kartoffeln und Milch.

G. Graysons Notizen

19. Kapitel

Freitag

Der Himmel schimmerte pflaumenfarben und war noch sternenbesät, als Gale sich aus dem Bett rollte. Sie zog sich schnell an, nahm ihre schlafende Tochter und trug sie über den Flur in Nadiannas Zimmer. Dort bettete sie Katie Pru zwischen die Wand und den Rücken der Schwangeren, damit das Kind nicht unbemerkt entschlüpfen konnte, falls es aufwachte. Als Gale das Cottage verließ, waren die Sterne verschwunden, und eine schieferfarbene Decke lag über dem Wald. Reston würde um zehn kommen, um den Wald mit Katie Pru nach der Fundstelle abzusuchen. Es war noch Zeit, aber sie musste sich beeilen.

Sobald sie den Pfad zwischen den Bäumen betrat, wunderte sie sich erneut, wie Nadianna sich an jenem ersten Tag, allein und im Dunkeln, zurechtgefunden haben mochte. Der Pfad verlief völlig unregelmäßig, teilte sich, stieg steil an und fiel wieder ab, mündete in noch schmalere, gewundenere Pfade, die im Nichts endeten, um zwischen Windbruch und Steinformationen wieder aufzutauchen. Außerdem wurde er nicht viel begangen, das erkannte Gale an den Ranken und Zweigen der Büsche, die ihn teilweise überwucherten und nach ihren Stiefeln schnappten. Wie viele andere

Trampelpfade führten wohl noch zum Sette? Und wo nahmen sie ihren Ausgang?

Am Fuß des Hangs trat sie in ein milchiges Licht, schaute sich um und folgte dann dem Wasser flussaufwärts in Richtung der Yates-Spinnerei. Das Gras wuchs hoch hier, und sie musste große Schritte machen, bei denen sich kleine Pfützen unter ihren Sohlen sammelten und an ihren schweren Stiefeln leckten. Wenn jemand etwas von dieser Seite aus in den Fluss geworfen hatte, musste er die sumpfige Uferstrecke auf alle Fälle besser gemeistert haben als sie.

Nach fünf Minuten anstrengenden Marschierens blieb sie stehen und schöpfte Atem. Direkt gegenüber wuchs das kleine Gehölz, die kahlen Zweige schwankten über dem Wasser. Dahinter lag die ausgebrannte Ruine der Töpferei. Selbst aus dieser Entfernung wirkten die Fenster hohl und düster, Ruß bedeckte die Fassade unter ihnen. Das zerstörte Haus erhob sich hinter den Bäumen wie das Gesicht einer geschlagenen Frau.

Gale fröstelte. Sie konnte nicht feststellen, wo Nadianna beim Fotografieren gestanden hatte, wenn sie nicht selbst in den Fluss waten wollte, aber so weit sie sich erinnerte, war das Gehölz nicht auf den Negativen zu sehen. Vielleicht hatte Nadianna der Baumgruppe den Rücken zugekehrt, dann hätte sie die gesamte Frontseite der Spinnerei im Sucher gehabt und nichts von dem bemerkt, was eventuell hinter den Bäumen vor sich gegangen war. Weder Büsche noch sonstiger dichter Bewuchs säumten das Ufer auf ihrer Seite. Nur der Wald, der das Cottage umgab, bot einigen Schutz, und wenn jemand von hier aus eine Leiche hätte ins Wasser werfen wollen, müsste er auf jeden Fall Nadianna bemerkt haben, die mitten im Fluss stand.

Doch am gegenüberliegenden Ufer stellte das Gehölz einen undurchdringlichen Sichtschutz dar. Jemand, der auf der Seite der Töpferei stand, konnte nicht flussabwärts sehen, er hätte zwar die Spinnerei genau im Blick, aber nicht Nadianna, die still ihrer Arbeit nachging.

Die Spinnerei genau im Blick. Etwas nagte an ihrer Erinnerung, und sie betrachtete nachdenklich die flechtenbewachsene Fassade des Gebäudes.

Ein Stein platschte kurz vor ihr in den Fluss. Aufgerüttelt sah Gale ans andere Ufer, wo Halford in seinem schwarzen Mantel stand und einen weiteren Stein in ihre Richtung schleuderte. Er grinste, als er sah, dass sie ihn bemerkt hatte. »Warte dort«, rief er. »Gib mir zehn Minuten.«

Er umrundete die Rückseite der Töpferei mit weit ausholenden, flotten Schritten – viel flotter, als sie das unebene Gelände bewältigt hatte – und verschwand hinter einer kleinen Erhebung. Gale machte mit ihren Stiefeln glucksende Geräusche im durchnässten Gras und schlang gegen die Kälte die Arme um sich, bis er, nach fast genau zehn Minuten, auf ihrer Seite des Flusses auf sie zukam.

Er war nur leicht außer Atem. »Wunderbarer Morgen für einen Spaziergang.«

»Wunderbar.« Sie blickte zu den Aufschlägen seiner Hosen hinunter, die trocken und lediglich von ein paar Grashalmen gesprenkelt waren. »Wie hast du das gemacht?«

»Über den Fluss zu kommen, meinst du? Es gibt eine Brücke, ein Stück weiter nördlich. Der Sette macht hinter der Spinnerei eine Biegung, und danach kommt gleich die Brücke. Eine alte Packpferdbrücke, nur für Fußgänger. Habe sie auf der Generalstabskarte gefunden – sie verzeichnet zwei Brücken in der näheren Umgebung, die Packpferdbrücke und die Hauptbrücke von Mayley. Nach Auskunft von Bernie Portman vom Crown & Drover hat ein Wanderverein noch einen Trittsteinübergang weiter südlich angelegt, aber er ist weiter entfernt und flussabwärts.«

»Wird sie viel benutzt, diese Packpferdbrücke?«

»Denke schon. Von Wanderern jedenfalls. Obwohl das hier keine besonders beliebte Route ist, nach allem, was ich höre. Der Hauptwanderweg über das Penninische Gebirge verläuft weiter westlich, und nur Wanderer, die von ihm abweichen, um einen Abstecher nach Mayley zu machen, kommen hier entlang.« Er legte den Kopf etwas schräg und sah sie an. »Du bist früh auf.«

Ein Windstoß fuhr ihr in die Haare und drückte den Schal gegen ihren Mund. »Konnte nicht schlafen«, erwiderte sie. »Zwischen der Leiche im Fluss und Katie Prus ›Walzähnen‹ …« Als sie sich ihm zuwandte, stellte sie fest, dass er sie nachdenklich musterte, auf seinem Mund lag ein angedeutetes Lächeln, aber seine Augen blickten ernst.

»Diese Knochenstücke werden Reston überzeugen, nicht wahr? Jetzt wird er Nadianna glauben.«

»Sie müssen erst noch untersucht werden, zur Bestätigung, dass es sich wirklich um Menschenknochen handelt, aber ich denke auch, sie werden Reston überzeugen. Es bedarf dazu im Grunde nicht sehr viel.«

»Es wird furchtbar werden.«

»Könnte sein, ja.«

»Verdammt.« Sie ging in die Hocke, hielt mühsam das Gleichgewicht auf dem buckeligen, feuchten Untergrund. Zu ihrer Linken gurgelte der Fluss vorbei. Weil sie frustriert war und nicht wusste, was sie sonst tun sollte, packte sie einen Stein und warf ihn ins Wasser. Er sank, ohne dass die Oberfläche sich kräuselte, verschluckt von der Strömung.

»Die Einheimischen nennen den Fluss auch ›Sad Water‹, trauriges Wasser, wusstest du das? Alan Axon hat es mir erzählt. Sie erzählen sich Geschichten über all die seltsamen Dinge, die je hineingefallen sind.«

»Ich könnte mir vorstellen, dass es überall solche Geschichten gibt, wo Menschen an einem Gewässer leben.«

Das stimmte. Sie dachte an den Teich hinter dem Fischhaus ihrer Cousine in Statlers Cross. Auch über den Teich gab es Geschichten – sie handelten vorwiegend von riesigen Katzenwelsen und hineingefallenen Betrunkenen. Die Geschichten vom traurigen Wasser waren weniger komisch. Ein grinsender Katzenkopf, eine singende, ertrinkende Braut. Den Opfern haftete etwas Geheimnisvolles an, und das Wasser trug sie wie Helden auf den Schultern. Merkwürdige Sagen für einen sterbenden Ort.

Gale erhob sich und deutete mit dem Kopf auf das Gehölz. »Hast du dort etwas gefunden?«

»Nein. Es hat seit Montag geregnet, so dass man alles gründlicher absuchen müsste, um irgendwelche Spuren zu finden. Aber deine Vermutung war korrekt. Diese Bäume sind wie ein Sichtschirm, vom Ufer oder vom Atelier aus kann man die Stelle flussabwärts, wo Nadianna gestanden haben muss, nicht überblicken.«

»Aber man kann vom Atelier aus die Spinnerei sehen.« Gale spürte eine vage Unruhe; sie sollte sich an etwas erinnern, konnte es aber nicht.

»Richtig«, sagte Halford. »Und Nadianna hätte die Person, die möglicherweise die Leiche in den Fluss geworfen hat, nur dann sehen können, wenn sie auf dem Gelände der Spinnerei gestanden hätte.«

»Und dann wäre der Torso auf dem Film abgebildet worden.«

»Vielleicht.«

Ein Geräusch wurde von der Strömung herangetragen, ein entfernter, kaum wahrnehmbarer Gesang über dem Gurgeln des Wassers. Sie wechselten einen Blick und gingen dann wortlos in die Richtung, aus der das Geräusch kam. An der Rückseite der Spinnerei stießen sie auf ein Dutzend Leute, die mit erhobenen Armen im Kreis standen und ein Lied in die dünne Morgenluft schmetterten.

Die Melodie erinnerte Gale an eine alte Methodistenhymne aus ihrer Kindheit: »Soldiers of the Cross, Arise«. Doch in der schindelverkleideten Kirche von Statlers Cross war sie mit Lebhaftigkeit und Nachdruck gesungen worden, während hier das Tempo verlangsamt, der ursprüngliche Marschrhythmus gedehnt worden war. Der Chor verstummte, und Gale hörte überrascht Zoë Axon ein Solo anstimmen.

Sie hatte eine saubere Altstimme und sang voll Inbrunst, ihr windzerzaustes Haar war von derselben Farbe wie die zweihundert Jahre alten Mauern hinter ihr.

Come, the miracle to see;
Come to touch eternity.
Wash your joyous faces and cry
Embrace the water's sigh.
Fire and water, quenched, are one;
All our hist'ry will be done.
Raise our voices to the sky
And bless the vision seen.

Die Melodie mochte die eines Methodistenliedes sein, der Text war es jedoch mit Sicherheit nicht. Der Chor setzte wieder mit dem Refrain ein, aber die vielen verschiedenen Stimmen machten es Gale unmöglich, die Worte zu verstehen.

Noch während des Refrains bemerkte Alan Axon die beiden und strahlte sie an. Dann begann er zu klatschen, gab ein anderes Tempo vor. Die Gruppe ging mit, Beine wurden geschwungen, bis sie sich in einem wilden Kreistanz auf dem Spinnereigelände drehten.

Sie endeten unter allgemeinem Gelächter. Alan löste sich grinsend von den anderen und trottete auf Gale und Halford zu, während die Gruppe wieder zu singen begann.

»Lassen Sie mich raten«, sagte er. »Unsere bezaubernden Klänge sind bis zu Ihnen ins Cottage hinaufgedrungen und haben Sie angelockt.«

»Nicht ganz bis zum Cottage«, entgegnete Gale. »Nur bis zum Fluss. Es klang sehr schön.«

Der junge Mann nickte erfreut. »Wir dachten uns, dass niemandem damit gedient ist, wenn alle nur herumsitzen und Trübsal blasen. Erhebt eure Stimmen im Gesang, das ist Geralds Motto.«

»Manche würden das als Verdrängung bezeichnen«, bemerkte Gale nüchtern.

Alan warf seinen Kopf zurück und lachte. »Stören Sie sich nicht an uns«, sagte er an Halford gewandt. »Gale und ich, wir lieben unsere kleinen Wortgefechte.«

»Alte Hymne, neuer Text«, sagte Gale.

»Das gilt für die meisten unserer Lieder. Wir schreiben unsere eigenen Texte, die zu unserer Art von Gottesdienst passen. So ist es auch persönlicher.«

»Und wer ist der begabte Texter?«, fragte Halford.

»Er steht vor Ihnen. Mir gefällt der Gedanke, dass wir mit unseren eigenen Texten fortsetzen, was der alte Charles Wesley begonnen hat – den Menschen den Glauben durch Lieder zu bringen.«

»Und wenn man dabei gleichzeitig sein Image aufpolieren und neue Mitglieder werben kann …« Halford ließ den Satz in der Luft hängen.

Alans Fröhlichkeit geriet ins Schwanken. »Wie bitte?«

»Nun, es kann nicht schlecht fürs Geschäft sein, die gläubige Gemeinde am Flussufer zu versammeln und singend die neueste Heimsuchung des Herrn zu preisen.«

»Denken Sie, was Sie wollen, Mr. Halford«, sagte Alan mit deutlichem Verdruss. »Wir führen kein ›Geschäft‹, und was wir tun, tun wir nicht für Geld.«

Halford hob beschwichtigend die Hände. »Ich wollte niemanden beleidigen.«

»O doch, das wollten Sie. Aber wir haben gelernt, Angriffe zu verkraften.«

Die Mitglieder der Gruppe hatten die Arme umeinandergelegt und beugten sich beim Singen leicht vor und zurück, so dass ihre Reihe von hinten wie eine sich windende Schlange aussah. Gale ließ den Rhythmus und die Bewegungen des Schlangenkörpers, begleitet vom steten Murmeln des Wassers im Hintergrund, auf sich wirken.

Plötzlich riss sie etwas aus ihrer Versunkenheit. Von dort, wo sie stand, konnte sie den Sette ruhig und gerade auf Mayley zuströmen sehen. Außerdem hatte sie einen guten Blick auf die Töpferei und das Gehölz davor. Und wenn es Montagmorgen gegen Tagesanbruch gewesen wäre, hätte sie Nadianna bis zur Hüfte im kalten Wasser stehen sehen können.

Zwei der Singenden lösten ihre Arme und zogen Alan in ihren

Kreis. Er fasste sie an den Händen und riss unvermutet seine Arme gen Himmel. Für einen Augenblick sah es so aus, als würde der Schlange der Rücken brechen. Gale hörte Alans Stimme kurz die der anderen übertönen, kräftig und überschwänglich, ehe sich die Schlange glatt und gelenkig weiterwand. Sie drehte sich um und hakte sich bei Halford ein.

»Gerald Thornsby war Montagmorgen am Fluss«, sagte sie.

»Woher weißt du das?«

»Nadianna hat es mir selbst erzählt, aber ich habe nicht darauf geachtet. Sie sagte, der einzige Mensch, dem sie vertrauen könne, sei ein Prediger, der ihr glauben würde, auch ohne dasselbe gesehen zu haben wie sie. Mein Gott! Ich fasse es nicht, dass ich ihr so wenig Aufmerksamkeit geschenkt habe.«

»Ohne dasselbe gesehen zu haben wie sie?«

»So ähnlich waren ihre Worte. Hat Thornsby je erwähnt, dass er an dem Morgen hier unten am Fluss war?«

Halford schüttelte den Kopf. »Ich würde sagen, dieser Mann hat so einiges nicht erwähnt«, sagte er leise.

Die Busfahrer pflegten der Old Ground Lane ihre eigenen Namen zu geben. Chalice hatte einmal mit angehört, wie ein Fahrer mit einem Kumpel darüber scherzte, als sie mit dem Bus zu ihrem Stelldichein mit Alan fuhr, weil Totty das Auto brauchte. Chalice war der einzige Fahrgast gewesen, und der Kumpel, der auf der vordersten Bank links vom Fahrer saß, hatte sie die ganze Zeit über angestarrt, während sie ihre Witze rissen.

»Hier geht's rauf wie bei 'ner verdammten Achterbahn, was?«, bemerkte der Kumpel, als der Bus die steile Anhöhe zur Bushaltestelle hinaufkeuchte. »Ist bestimmt Scheiße für den Motor.«

»Wir nennen das Stück den Oma-Arsch«, antwortete der Fahrer. »Unten rund und dann steil rauf und steil wieder runter.«

»Wie wär's mit Mount-Everest-Titte?«, kicherte der andere. »Erinnert mich an ein Mädchen, das ich mal hatte. Man brauchte einen langen Atem und starke Arme, um oben anzukommen.« Er zeigte tabakfarbene Zähne beim Lachen. Der Fahrer wollte ihn mit einem warnenden Blick auf Chalice zum Schweigen bringen, aber der Kumpel zuckte nur die Achseln. »Sie kann mich doch nicht hören, oder?«, sagte er halblaut. »Ich mein, wenn sie nicht sprechen können, können sie doch auch nicht hören, stimmt's?«

»Die schon«, widersprach der Fahrer.

Chalice hatte wie versteinert aus dem Fenster gestarrt und seitdem den Bus nur noch genommen, wenn es absolut keine andere Möglichkeit gab. Dass dies heute der Fall war, steigerte ihre Verzweiflung noch.

Die Bushaltestelle lag auf halber Höhe der Old Ground Lane und bestand aus einer kiesbestreuten Bucht, die ein halbes Dutzend Pkws aufnehmen konnte. In all den Jahren hatte Chalice dort nie ein Auto parken oder einen anderen Fahrgast aussteigen gesehen. Es war eine gottverlassene Haltestelle, und sie hatte sich oft gefragt, warum die Busgesellschaft sie beibehielt. Es gab nur zwei Behausungen in Gehweite: ein restauriertes Landhaus am Hang des Witkin Hill, dessen Eigentümer Autos im Überfluss besaßen, und das Mill Cottage. Gerade wegen seiner Abgelegenheit hatte Chalice es Alan als Treffpunkt vorgeschlagen.

Es wird praktisch nie vermietet, und falls doch, lässt Totty die Reinigungsarbeiten von einem Service erledigen.

Trotzdem müssen wir vorsichtig sein, hatte Alan gewarnt.

Natürlich, aber das sind wir doch, oder?

Offenbar nicht vorsichtig genug. Aber das lag an der Selbstbezogenheit von Verliebten: Sie schienen ihre Leidenschaft für unsichtbar zu halten.

Und nun war Totty stinkwütend auf sie. Wem konnte sie jetzt noch vertrauen? Was in aller Welt sollte sie tun?

Der Bus kam ruckartig zum Halten. Chalice schlang ihre Tasche über die Schulter und verließ den grünlich beleuchteten Kokon.

»Die letzte Abfahrt hier ist um siebzehn Uhr fünfunddreißig«, sagte der Busfahrer mit lauter Stimme, ehe sich die Tür schloss. »Ist ein langer Weg den Hügel runter, wenn Sie die verpassen.«

Der Bus wendete in großem Bogen auf dem Kies und seufzte einmal auf, ehe er zu den angenehmeren Straßen des Talbodens zurückkehrte. Chalice stand allein mitten in der Haltebucht; zu allen Seiten erstreckte sich die raue Landschaft ins Weite. Sie kniff die Augen zusammen und hob das Gesicht zum Himmel.

»Jemand hat mich verraten!«, schrie sie. »Irgendjemand lügt!« Doch alles, was sie hörte, war das wortlose Echo ihres Heulens. Sie wandte sich um und begann, die grüne Anhöhe des Witkin Hill hinaufzusteigen.

Fünfundzwanzig Minuten vergingen, ehe sie Blandon Wood erreichte, und weitere zehn, bevor sie sich auf der zutage liegenden Kohlensandsteinformation niederließ, die sie als Treffpunkt bestimmt hatten, wenn das Cottage besetzt war. Hier, weitab von Straße, Pfad und Haus, waren sie und Alan wirklich unsichtbar. Niemand konnte sie überraschen, denn selbst in den nassen Blättern würden Schritte zu hören sein.

Sie trommelte mit den Fingerspitzen auf den Palmtop in ihrer Jackentasche. Er wusste Bescheid, sie hatten das Treffen mit Hilfe ihres üblichen Codes vereinbart: Ein Anruf fünf Minuten nach der vollen Stunde, egal zu welcher Stunde, einmal klingeln lassen, dann auflegen. Das war das Signal für den anderen zurückzurufen, wobei Chalice dann Stimmgeräusche machte, um einer Zeit zuzustimmen oder nicht. Das alles war nötig, damit Totty nicht dahinterkam, auch wenn Alan sich verständnislos zeigte. »Schämst du dich meiner?«, fragte er manchmal. Wie sollte sie ihm erklären, dass ihre Schwester beschlossen hatte, sie von allen Männern fern zu halten?

Sie wusste selbst nicht, warum. Hing es mit der Wut auf ihre Mutter und deren selbstsüchtigem Verhalten zusammen? Oder mit Tottys geringem Glück bei Männern? Es gab noch eine andere Erklärung, die Chalice Magenschmerzen bereitete: Nämlich dass Totty glaubte, Sex sei nichts für sie, Intimität mit einem Mann sei zierlicheren Frauen vorbehalten.

Sie hörte eine männliche Stimme, der eine weibliche antwortete. Chalice erstarrte, sie wusste, wie schnell Geräusche zwischen den

Bäumen weitergetragen wurden. Doch die beiden waren zu weit weg, als dass sie verstehen konnte, was sie sagten, und dann wurden die Stimmen leiser und entfernten sich in Richtung des Cottages. Sie sah auf ihre Uhr, gerade erst neun. Die Amerikanerinnen waren wirklich erstaunliche Wesen. Sie hatten all diese Ereignisse mit sich gebracht, so selbstverständlich wie ihre Koffer und Mäntel. Wäre ohne das schwangere Mädchen im Fluss jemals eine verbrannte Leiche gesichtet worden? Und wenn niemand eine Leiche gesehen hätte, wäre dann das Atelier abgebrannt? Was für harmlos wirkende Unheilbringerinnen – eine Schwangere, eine Witwe, ein Kind –, aber dennoch Unheilbringerinnen, so tödlich wie eine Kugel.

Sie hörte das plötzliche Geräusch von krachenden Zweigen, und Alan tauchte auf, sein Gesicht vom Laufen erhitzt. Wusste er, dass Geheimhaltung nicht mehr nötig war? Er ließ sich neben sie fallen und küsste ihr Gesicht. Sein Atem roch heiß und metallisch. Einen Arm um ihren Nacken schlingend, küsste er sie noch einmal.

»O Gott, Chally, es tut mir Leid. Ich bin nicht rechtzeitig von der Spinnerei weggekommen. Eine ganze Gruppe von uns hat sich heute Morgen dort getroffen – ich wünschte, du wärest dabei gewesen. Wir haben meine Hymne gesungen, Chally. Meinen Text. Es war großartig. Du solltest wirklich mal mitkommen.«

Glänzender Schweiß bedeckte sein Gesicht. Er strich sein Haar zurück, wo es wie angeklebt am Kopf liegen blieb, und Chalice spürte durch seine Erregung hindurch, wie müde er war. Seine Augen blickten trüb, und das Rot auf seinen Wangen wirkte unnatürlich und erinnerte an die äderchendurchzogene Haut eines alten Mannes.

Er strich mit den Händen über ihre Arme und ihre Oberschenkel. Als er die Knie erreichte, drückte er sie sanft auseinander und kniete sich zwischen sie auf das nasse Gras.

»Also gut«, sagte er mit einem festen, abschließenden Kuss. »Was gibt es für ein Problem?«

Sie griff in ihre Jackentasche und zog den Palmtop heraus.

TOTTY WEISS BESCHEID.

Er kitzelte sie an der Taille, aber sie entwand sich unwillig seinen Händen.

»Ist doch toll«, sagte er. »Keine Geheimniskrämerei mehr. Damit kann ich leben.«

SIE IST WÜTEND.

»Auch damit kann ich leben. Meine Güte, Chally, du bist doch eine erwachsene Frau. Wen kümmert's, ob sie wütend ist?«

MICH. ES IST EINE KALTE WUT. OLIVIAS WAR HEISS.

Sie beobachtete seine Reaktion, während er ihre Worte las. Die halbe Nacht lang hatte sie überlegt, was sie sagen beziehungsweise schreiben sollte. *Es ist nie der Anführer, der die schmutzige Arbeit erledigt.* Totty konnte eine üble Tyrannin sein, doch Chalices Angst rührte zum Teil daher, dass die Tyrannin so oft Recht hatte.

Seine Miene veränderte sich nicht. »Um Olivia brauchst du dir doch keine Gedanken mehr zu machen. Sie ist nicht wieder aufgetaucht. Gerald wettet, dass sie sich davongemacht hat. Wollte einen Versicherungsbetrug durchziehen – war wahrscheinlich sturzbetrunken zu der Zeit. Wieder nüchtern konnte sie nicht glauben, was sie getan hatte, und suchte das Weite. Wir werden irgendwann hören, dass sie betrunken und laut schwadronierend in einer Spelunke in Frankreich gesehen wurde. Sie war eine scharfgemachte Bombe, diese Frau. War nur eine Frage der Zeit, wann sie losgehen würde.«

Er versuchte, sie am Kinn zu berühren, aber sie zuckte zurück. Ihre Hand zitterte, als sie auf den kleinen Bildschirm schrieb.

MEINE T-SCHALEN SIND VERSCHWUNDEN.

Er runzelte die Stirn. »Verstehe ich nicht.«

15 SCHALEN VOR DEM FEUER IM ATELIER. WEG.

»Aber Chally, du kannst doch nicht erwarten, dass so etwas den Brand übersteht ...«

NEIN! Sie war außer sich, Ärger überwog die Furcht. SIE HABEN IHN ÜBERSTANDEN! JEMAND HAT SIE GENOMMEN.

»Na gut.« Er schüttelte verwirrt den Kopf. »Vielleicht hat Olivia sie mitgenommen. Bevor sie verschwand.«

WARUM???

»Keine Ahnung. Um sie zu verkaufen, möglicherweise. Oder um sie als ihre eigenen auszugeben. Bei dieser Frau weiß man doch nie ...«

UM MIR DIE SCHULD IN DIE SCHUHE ZU SCHIEBEN.

»Was? Das ist doch lächerlich. Warum sollte sie das tun?«

SIE HASSTE MICH.

»Na ja, sie ist eine neidische alte Kuh. Aber was meinst du – dass sie deine Teeschalen gestohlen hat, damit es so aussieht, als hättest du deine eigenen Sachen gerettet, bevor du das Atelier in Brand stecktest?«

Sie nickte. Er atmete tief durch und hockte sich auf die Fersen.

»Ich weiß nicht, Chally. Das kommt mir irgendwie ein bisschen zu subtil vor für Olivia. Man kann ihr vieles vorwerfen, aber bestimmt nicht Subtilität. Wenn sie dich belasten wollte, hätte sie es mit roter Farbe an die Wand gemalt: Chalice Hibbert hat das getan!«

DANN JEMAND ANDERS.

Sie drehte den Palmtop zu ihm um. Jetzt, da sein helles Haar aus der Stirn gestrichen war, gab es kein Verstecken mehr – keinen Vorhang, hinter dem er seine Augen verbergen, hinter den er sich zurückziehen konnte, während er nachdachte. Wer ihre Teeschalen auch genommen hatte, liebte sie entweder genug, um ihre Arbeit zu retten, oder hasste sie genug, um sie verletzen zu wollen. Tränen brannten in ihrer Kehle.

Alan hatte seinen Blick noch immer nicht von ihren Worten gehoben. »Ich verstehe das nicht, Chally«, murmelte er. »Worauf willst du hinaus?«

Das Schluchzen brach ohne Vorwarnung aus ihrer Brust hervor und ließ ihre breiten Schultern beben. Ihr Stift hieb auf den kleinen Computer ein; in diesem Moment wäre es ihr egal gewesen, wenn sie das blöde Ding durchbohrt hätte.

OLIVIA NICHT GETÜRMT. TOT! DIE POLIZEI WIRD MICH VERDÄCHTIGEN. WARUM HAT JEMAND DIE TEESCHALEN GENOMMEN? WARUM???

Ihr ganzer Körper wurde geschüttelt. Sie kritzelte wieder auf den Palmtop, die Tränen strömten über ihr Gesicht.

DU? DU? DU?

Alans rosige Wangen färbten sich flammend rot. »Verdammt, nein, Chally! Warum sollte ich so was tun? Ich liebe dich.«

DANN GERALD? VERSUCHT GERALD, MICH REINZULEGEN?

Alan wollte nach ihren Händen greifen, aber sie entzog sie ihm.

»Du denkst, Gerald hat Olivia getötet und will es dir in die Schuhe schieben? Hör mal, ich glaube, du hast da ein paar voreilige Schlüsse gezogen. Okay, vielleicht sind deine Teeschalen verschwunden. Aber dafür kann es auch eine harmlosere Erklärung geben. Vielleicht ist jemand vorbeigekommen und hat sie gekauft – ich wette, auf die Idee bist du noch gar nicht gekommen, oder? Aber das kann auch niemand von dir erwarten, bei all der Aufregung. Da hätten wir also schon mal eine logische Erklärung. Wein nicht mehr …«

Er unterbrach sich, sein Atem streifte sachte ihr Gesicht. Auf einmal weiteten sich seine blauen Augen, und er beugte sich zurück, um ihr Gesicht besser sehen zu können. »Was hat Totty zu dir gesagt?«

Sie starrte an ihm vorbei, wollte sein Gesicht nicht mehr sehen. Der Wind hatte ihre Wangen getrocknet, und sie saß reglos da, während er seine Jacke auszog und sie ihr um die Schultern legte.

»Komm, ich bring dich nach Hause. Du gehst mit mir zur Spinnerei, und dort nehmen wir Geralds Auto. Er müsste inzwischen da sein, und wenn nicht, warten wir auf ihn. Komm mit, Chally, ich will nicht, dass du hier allein im Wald bleibst.«

Sie schüttelte seine Jacke ab, ließ sie zu Boden fallen. DU LÜGST.

»Bitte, Chally. Ich mache mir Sorgen um dich. Komm mit.«

Sie schüttelte den Kopf und richtete sich zu voller Größe auf. Sie wog etwa zwanzig Kilo mehr als er und überragte ihn um eine Hand breit.

Er sah sie an, sein Mund wurde schlaff.

»Ich liebe dich. *Das* kannst du deiner verdammten Schwester erzählen.«

Alan hob die Jacke auf und ging.

Sie lauschte, bis seine Schritte verklungen waren und die Geräusches des Waldes die Stille füllten.

Es setzte eine wirtschaftliche Dynamik ein, bei der sich Aufschwung und Depression abwechselten. 1836 war ein Jahr der Hochkonjunktur, 1837 ein Krisenjahr. Die »hungrigen Vierziger« dauerten von 1839 bis 1843, in dieser Zeit standen in Mayley nur dreißig Prozent in Lohn und Brot.

G. Graysons Notizen

20. Kapitel

Lyle Botting wurde am Freitag in den frühen Morgenstunden auf dem Penninischen Höhenwanderweg aufgegriffen. Nadianna fand die Neuigkeit überraschend wenig tröstlich. Sie hörte Halford unruhig zu, als er die Geschichte wiedergab, und stieß dabei ständig mit den Fersen gegen die unteren Querstreben des Küchenstuhls. Zwei Wanderer hatten ihre Vorräte auf einer Decke ausgebreitet und waren dann weggegangen, um sich einen Steinhaufen aus der Nähe anzusehen. Dort hielten sie sich eine Weile auf und überlegten, ob es sich um eine natürliche Formation handelte oder ob die Steine vor langer Zeit einmal von Bewohnern der Gegend aufgeschichtet worden waren. Sie hätten vielleicht eine halbe Stunde darüber diskutiert, gaben sie später bei der Polizei an, vielleicht auch ein wenig länger. Als sie zurückkamen, hockte ein Mann in einem schwarzen Parka mitten auf der Picknickdecke, er hatte sich ein paar von ihren überzähligen Kleidungsstücken angezogen und war dabei, den Proviant in sich hineinzuschlingen. Sie hatten keine Schwierigkeiten, ihn zu überwältigen, da er nicht sehr groß war, und während er fluchte und flehte und versuchte, sie zu bestechen, setzten sich die beiden Wanderer auf den Rücken des am Boden Liegenden und riefen mit ihrem Handy, ohne das sie nie das Haus verließen, die Polizei.

Der Vorfall erklärte, warum an diesem Morgen niemand von der Polizei erschienen war, um im Wald nach der Stelle zu suchen, an der Katie Pru die Knochen gefunden hatte. Gale und Halford waren völlig von dem Ereignis eingenommen; Gale klopfte ständig mit einem Finger auf die Tischkante, um ihre Thesen zu unterstreichen, während er sich lässig auf seinem Stuhl zurückgelehnt hatte und gedankenvoll nickte. Sie waren so versunken, dass sie gar nicht bemerkten, wie Nadianna ihren Mantel anzog und aus dem Haus schlüpfte. Der Knochenfund und jetzt das – es war einfach alles zu viel.

Sie betrat den Pfad, wich aber bald davon ab, weil sie allein sein und niemandem begegnen wollte. Brombeerhecken und Felsen mussten überwunden werden, und sie vermied alle umgefallenen Baumstämme, um keine Spuren zu verwischen, die für die Polizei wichtig sein könnten. Dabei ging sie so leise, wie es einer schwangeren Frau in dicken Wintersachen möglich war.

Etwa fünfzig Meter vor ihr stand Chalice Hibbert still wie ein Tier im Wald – ihr Rücken war gerade, die Hände hatte sie in die Manteltaschen gesteckt, und ihr rotes Haar leuchtete auffällig zwischen den Gelb- und Brauntönen der Bäume hervor. Sie sah in die andere Richtung, schutzlos; wenn Nadianna ihre Kamera dabei gehabt hätte, hätte sie sie mit einem Schuss zur Strecke bringen können.

Ein paar Zentimeter von Nadiannas Schuh entfernt lag ein Ast, sie hob den Fuß und trat knackend darauf. Sie hatte erwartet, dass Chalice Hibbert sich umdrehen und winken würde, doch stattdessen senkte sie den Kopf und eilte davon.

»Warte!«, brüllte Nadianna und hob die Arme. »Ich bin es, Nadianna Jesup! Erinnerst du dich nicht an mich?« Die andere blieb abrupt stehen. »Ich habe mich noch gar nicht für Montagmorgen bei dir bedankt. Gott sei Dank hast du mich zum Cottage zurückgebracht. Wer weiß, wo ich jetzt herumirren würde, wenn du mich nicht gefunden hättest?«

Letzteres sagte sie halb lachend, und Chalice drehte sich endlich um. Obwohl sie noch ein paar Meter entfernt war, konnte Nadianna ihre Aggressivität spüren. Doch als sie näher kam, veränderte sich die Haltung der Engländerin, ihre breiten Schultern entspannten sich, und sie ging Nadianna ein paar Schritte entgegen.

Dann standen sie sich gegenüber, beide die Hände in den Taschen – beide überdurchschnittlich groß, die eine für ihren Heimatort in Georgia, die andere überall auf der Welt. Nadianna wurde unter Chalices abschätzendem Blick nervös und trat von einem Fuß auf den anderen.

»Siehst du?«, versuchte sie die Stimmung aufzulockern. »Heute habe ich beide Schuhe an. Auf Socken herumzulaufen ist etwas, das man in dieser Gegend nur einmal macht, das kannst du mir glauben.«

Chalice beugte sich vor und sah mit leicht zusammengekniffenen Augen auf Nadiannas Mund, als wollte sie etwas entziffern, und Nadianna wusste, dass sie wieder einmal nicht verstanden wurde. »Ich wollte dir nur danken«, sagte sie langsam. »Ich wollte dir sagen, wie froh ich über deine Hilfe war.«

Chalice schüttelte den Kopf und zog den Minicomputer aus der Tasche, den sie bei der Polizeibefragung am Montag schon so geschickt eingesetzt hatte. Sie schrieb etwas und hielt Nadianna den kleinen Bildschirm hin, auf dem digitalisierte Buchstaben leuchteten. WAR MIR EIN VERGNÜGEN. WIRD WOHL EINER DER DENKWÜRDIGSTEN TAGE IN MEINEM LEBEN BLEIBEN.

Nadianna sah sie zweifelnd an, weil sie nicht schon wieder etwas über Visionen hören oder mit jemandem sprechen wollte, der nicht glaubte, dass sie ihren eigenen Augen trauen konnte. Doch wenn diese Frau Misstrauen hegte, dann war es nicht gegen sie gerichtet, erkannte Nadianna. Unter ihren hellen Wimpern waren Chalices smaragdgrüne Augen klar und verletzlich. Aus welchem Grund Chalice Hibbert auch allein im Wald herumstreifte – der Schmerz in ihrem Gesicht hatte nichts mit ihr zu tun.

»Für mich auch«, sagte sie. »Damit hatte ich jedenfalls nicht gerechnet, als ich an diesem Morgen aufgestanden bin. Ich hatte alles Mögliche erwartet, wie zum Beispiel von der Hüfte abwärts zu Eis zu gefrieren oder von der Strömung mitgerissen zu werden und zu ertrinken oder sogar« – ihre Stimme schwankte – »eine Fehlgeburt zu erleiden. Ziemlich dumm von mir. Was weiß ich schon über diesen Fluss hier? Aber ich hatte beschlossen, dass das Foto das Risiko wert war, also bin ich hineingewatet.«

Sie hörte sich auf einmal aussprechen, was sie sich selbst noch kaum eingestanden hatte – dass sie spontan auf ihren Bauch heruntergesehen hatte, als das schwarze Bündel auf sie zutrieb, aus Angst, das Leben des Babys könnte rot aus ihr herausfließen und dieses verkohlte Objekt könnte der Geist dessen sein, was sie nie zur Welt bringen würde – und wartete auf ein Zurückschrecken von Chalice. Was sollte man zu einer Fremden sagen, die einem erklärte, dass sie das Leben ihres Kindes riskiert hatte? Was sollte man einer Frau antworten, die gerade zugegeben hatte, dass sie selbst einen Augenblick lang an eine Vision geglaubt hatte?

Aber Chalice schreckte nicht zurück und wandte sich nicht von ihr ab. Ihre klaren Augen wurden dunkler, sie beugte sich über den Computer.

WIR GEHEN ALLE MANCHMAL RISIKEN EIN, DIE UNS ERSCHRECKEN.

Nadianna spürte einen Stich in der Brust. »Und wenn wir jemanden dabei verletzen?«

DANN IST DAS EBEN SO.

»Ich glaube, ich habe jemandem wehgetan«, murmelte Nadianna.

WEM?

»Meiner Schwester Ivy zu Hause. Sie fühlt sich von mir allein gelassen.«

Chalices Mund zuckte. TAUSCH MIT MIR. MEINE KÖNNTE EIN BISSCHEN ALLEINSEIN GEBRAUCHEN.

Nadianna lachte. »Ich wünschte, es wäre so einfach.«

NICHT IM ERNST.

»Nein.«

TUT MIR LEID WEGEN DEINER SCHWESTER. ABER DU MUSSTEST HERKOMMEN.

»Ich weiß«, flüsterte Nadianna. »Ich wünschte nur, ich hätte kommen können, ohne sie traurig zu machen.«

WEGGEHEN IST IMMER SCHMERZLICH.

»Was ist mit dir? Du wohnst noch mit deiner Schwester zusammen. Hast du je daran gedacht, wegzugehen?«

SCHON IMMER. STÄNDIG.

»Warum?«

Keine Antwort.

Nadianna wagte sich ein Stück weiter vor. »Unterstützt deine Schwester deine Arbeit nicht?«

Ein Lachen. ZU SEHR.

»Was hält dich hier?«

Chalice sah zur Seite, ihr Palmtop lag einen Moment unbenutzt in ihrer Hand.

ICH BIN NICHT SO MUTIG WIE DU.

Ein Vogel schoss über ihnen durch die Baumwipfel, und ein Regen von sterbenden Blättern fiel auf sie herab. Nadianna pflückte ein Erlenblatt aus ihren Haaren. »Hör mal, komm doch mit ins Cottage, dann können wir uns einen Tee machen.« Ein unsicherer Ausdruck erschien auf Chalices Gesicht. »Keine Angst, das ist schon in Ordnung. Gale freut sich ganz sicher, und Katie Pru ist zwar nur eine halbe Portion, aber es lohnt sich, sie kennen zu lernen.«

Der elektronische Stift fuhr über den Monitor. JEMAND HAT ETWAS IM COTTAGE GELASSEN, DAS MIR GEHÖRT. MEINST DU, DU KÖNNTEST FÜR MICH DANACH SUCHEN?

»Klar.«

Das leise Quietschen des Stifts, Augen so groß wie Murmeln. ABER ES IST EIN GEHEIMNIS. BITTE, NADIANNA, ICH BRAUCHE JEMANDEN, DEM ICH VERTRAUEN KANN. DARF ICH DIR VERTRAUEN?

Als Halford den Crown & Drover betrat, hielten die beiden Wanderer gerade Hof, die Wollmützen schief auf dem Kopf, die Füße mit den schlammbedeckten Stiefeln von sich gestreckt, wo sie Spuren auf dem Fußboden hinterließen. Nur wenige Einheimische waren zur Mittagszeit im Pub, aber das zahlenmäßig geringe Publikum konnte die Helden nicht an ihrer feurigen Berichterstattung hindern. Als Halford sich an die Bar lehnte und Bernie Portman auf sich aufmerksam machte, war aus dem eher kleinwüchsigen Lyle Botting ein wütendes Raubtier geworden, das sie zu Boden gezwungen hatten.

»Hatte einen ganz schön starken Rücken für so einen kleinen Kerl«, behauptete der eine. »Beinahe hätte er mich abgeworfen, wehrte sich wie ein Wilder. Musste mich an seinem Kragen festhalten, damit ich nicht von ihm runterfiel.«

»Und ein Geschrei hat er gemacht«, ergänzte der andere. »Ihr hättet ihn bestimmt bis hierher hören können, wenn ihr darauf geachtet hättet. Sagte dauernd, er würde uns bezahlen. ›Ich habe gaaanz viel Geld, könnt ihr alles haben, wenn ihr mich gehen lasst.‹ ›Ja, klar‹, habe ich gesagt. ›Deshalb musstest du ja auch unser Essen klauen!‹ Das habe ich zu ihm gesagt.«

»Allerdings«, meinte sein Freund, »trug er einen ziemlich teuer aussehenden Parka. Das hat mich stutzig gemacht. Und ihr sagt, ihr kennt ihn? Aber ihr seid doch keine Kumpels von ihm, oder?«

Portman beugte sich zu Halford und schüttelte finster den Kopf in Richtung der Wanderer. »Großmäuler«, murmelte er. »Mir wird schlecht, wenn ich höre, wie sie aus Lyle eine Karikatur machen.« Er seufzte. »Nun, Mr. Halford, wollen Sie sich mit einem Pint zu den Heinis gesellen?«

»Ich nehme ein halbes Pint Ale, aber von den Heinis halte ich mich fern.« Halford wartete, bis Portman ihm das beschlagene Glas über den Tresen schob. »Es kommen wohl nicht viele Wanderer hierher?«

»Nein, nur ein paar. Wir liegen ein bisschen zu weit ab vom Wanderweg.«

»Und zu dieser Jahreszeit sind bestimmt nur noch wenige unterwegs.«

»Stimmt. Aber ein echter Wanderfreund lässt sich nicht vom Wetter abhalten. Und ich beklage mich nicht, wenn es welche hierher verschlägt. Wir sind ja das einzige Gasthaus am Ort.«

Halford nahm einen anerkennenden Zug aus seinem Glas. »Wie war es letzte Woche?«

Portman zog ein Tuch unter dem Tresen hervor und rieb damit über die glänzende Theke. »Letzte Woche war ungewöhnlich. Besseres Wetter, nicht so kalt. Wir hatten ein junges Paar hier, dem es so gut gefiel, dass es über Nacht blieb.«

»Irgendwelche einzelnen Männer?«

Das Polieren wurde langsamer. »Ja, doch, da war einer. Am Freitagabend. Hat etwas gegessen und zwei Bier getrunken. Ich kann mich gut an ihn erinnern, weil er so piekfein geredet hat. Nicht dass hier sonst kein piekfeines Volk vorbeikäme, aber er gab sich besonders anspruchsvoll. Machte ein ziemliches Theater, weil sein Kabeljau angeblich zu trocken war. Ich finde es nicht schlimm, wenn ein Gast sich beschwert, aber er wurde ausfallend. Musste Doreen zurückhalten, damit sie ihm nicht eins überbriet.«

»Um wie viel Uhr war das etwa?«

»Er kam gegen sieben und blieb eine Stunde oder so.«

»Hat er noch etwas anderes gesagt, außer sich über den Fisch zu beschweren?«

»Allerdings. Wollte den Weg zu Markhams Atelier wissen. Ich hätte das schon früher erwähnen sollen, aber da es mehrere Tage vor dem Brand war, dachte ich nicht, dass ein Zusammenhang bestehen könnte. Außerdem kommt es öfter vor, dass sich Leute nach der Töpferei erkundigen. Die Frau wirbt überall auf aufdringlichste Weise für ihre Ware, aber macht sich nicht die Mühe, mal 'ne kleine Wegbeschreibung oder Karte drucken zu lassen.«

Er warf das Tuch über seine Schulter. »Na ja, das war jetzt ein bisschen kleinlich von mir. Die Leute kommen selten herein und fragen nach dem Weg, ohne auch etwas zu sich zu nehmen.«

»Haben Sie den Mann nach Freitagabend noch einmal gesehen?«

»Nein. Aber das wäre auch sehr unwahrscheinlich gewesen, es sei denn, er hätte sich länger hier aufgehalten.«

»Können Sie beschreiben, wie er aussah?«

»Puh, ein ganz durchschnittlicher Typ. Um die vierzig, würde ich sagen. Dunkle Haare. Beiger Mantel. Brille. Wanderschuhe – hat den Dreck rund um seinen Tisch verteilt. Nichts Ungewöhnliches an ihm, abgesehen von seinen Manieren.«

»Hat er mit einer Kreditkarte bezahlt?«

»Nein, bar.«

Halford nahm noch einen langen Zug und legte ein paar Münzen auf den Tresen. »Danke, Bertie. Sie haben das beste Ale in Mayley.«

»Das will ich wohl meinen«, grinste Portman. »Sagen Sie's Ihren Freunden weiter.«

Halford ging nach oben, immer zwei Stufen auf einmal nehmend. In seinem Zimmer angekommen, zog er den Mantel aus und ließ sich aufs Bett sinken.

Wahrscheinlich bestand keine Verbindung zwischen einem Mann, der nach dem Weg zu einer bekannten Töpferei fragte, und einem im Wald gefundenen Beutel mit Knochen, ob menschlich oder nicht. Außerdem mischte er sich in Restons Untersuchung ein, indem er solche Fragen stellte. Trotzdem wäre es gut, der Sache nachzugehen.

Ein Schälchen mit Basilikumcrackern stand als kleine Aufmerksamkeit auf seinem Nachttisch. Er hatte gerade einen in den Mund gesteckt, als das Telefon läutete.

Reston hielt sich nicht mit langen Vorreden auf.

»Ich habe den ganzen Morgen mit diesem Botting zugebracht, Danny. Du hättest deine Freude an ihm gehabt. Das Erste, was er machte, nachdem sein Anwalt das Verhörzimmer betreten hatte, war, sich zu übergeben. Die restliche Zeit saß er nur da und stützte den Kopf in die Hände. Sah nicht auf, wollte nicht mit seinem Anwalt sprechen. Reagierte nur, als der Anwalt ein psychologisches

Gutachten vorschlug. Da wurde er plötzlich hellwach, der Bastard. Wollte nichts davon wissen.«

»Ängstlich? Deprimiert?«

»Er hat die Hosen voll, wenn du mich fragst. Hat irgendwas angestellt oder weiß irgendwas, und ich möchte meine Pension darauf verwetten, dass es nicht nur um eine raffiniert geplante Brandstiftung im Atelier seiner Freundin geht.«

»Ich weiß nicht, Mark. Manche Leute tun eine Menge für ihren guten Ruf oder ihr Image.«

»Verdammt, wenn bloß irgendeine Versicherungsgaunerei dahinter stecken würde, würde er auf seine Rechte pochen und sich über den Staub in seiner Zelle beschweren. Er hat Angst, sag ich dir.«

»Na schön, wenn er Angst hat, braucht es nur den richtigen Anstoß, um ihn zum Reden zu bringen.«

»Tja, aber den muss man erst mal finden.« Reston schwieg nachdenklich. »Ich habe mit dem Superintendent über die Knochen gesprochen. Habe ihm alles der Reihe nach geschildert: möglicherweise verbrannte Leiche am Montagmorgen gesichtet, Licht im Wald in der Nacht von Montag auf Dienstag, teilweise verbrannte Überbleibsel, wahrscheinlich menschlich, am Donnerstag im selben Gebiet gefunden.«

»Du solltest vielleicht auch den Beutel untersuchen lassen. Er sah handgewebt aus.«

»Ja, Mann, wir sind dabei. Aber der Super ist noch nicht überzeugt. Will abwarten, ob die Testergebnisse die Knochen als menschliche bestätigen. Es gibt schließlich genug Leute, die tote Haustiere oder sogar Müll in den Fluss werfen oder im Wald vergraben. Er will nicht mehr Männer auf die Sache ansetzen, bevor wir wissen, womit wir es zu tun haben. Wenn ich von Anfang an mehr Druck ausgeübt hätte …«

»Hör mal, Mark, wenn ich dir irgendwie helfen kann …«

»Danke, Danny. Ich will dir auf keinen Fall deinen Urlaub verderben, aber Teufel, wie es scheint, steckst du sowieso schon mitten drin in der Sache.« Reston lachte, es klang rau vor Erschöpfung.

»Also, heute Nachmittag dann, wenn du kannst. Ein paar Befragungen. Don Quichotte und Sancho Pansa wieder vereint, was?«

»Du brauchst mir bloß die Uhrzeit zu nennen.«

»Ich hole dich um zwei ab.«

Halford unterbrach die Verbindung und wählte seine Lieblingsnummer beim New Scotland Yard.

Detective Sergeant Maura Ramsden nahm nach dem ersten Läuten ab.

»Sagen Sie mir alles, was ich über eine Künstlerin namens Olivia Markham wissen sollte«, überfiel er sie.

Seine Untergebene musste sofort gehört haben, wie ernst es ihm war, denn sie schlug nicht den neckenden Ton an, der außerhalb des Dienstes zwischen ihnen üblich war. »Tut mir Leid, Chef«, antwortete sie. »Nie von ihr gehört.«

»Eine Töpferin. Sie lebt hier in Mayley mit einem Fotografen namens Lyle Botting zusammen. Hübsches, kleines Anwesen, ein altes Spinnereibesitzerhaus, das sie zu einem Atelier umgebaut hat, viele Kunden, berühmt-berüchtigt in der Gegend, ordentlicher Umsatz, große Pläne. Vor zwei Tagen ist sie spurlos verschwunden. Ihr Freund hatte sich versteckt und wurde heute Morgen im Moor aufgegriffen.«

»Was hat der Freund dazu zu sagen?«

»Bis jetzt noch nichts. Aber irgendetwas macht mir Kopfzerbrechen, Maura. Und da Sie meine bessere Hälfte sind …«

»In Ordnung. Olivia Markham, geschrieben M-a-r-k-h-a-m, und Lyle Botting, geschrieben B-o-t-t-i-n-g. Hab's notiert. Werde sehen, was ich herausfinden kann. Sonst noch jemand?«

»Eine Art Geistlicher oder Prediger, Gerald Thornsby. Er ist wegen Einbruchs vorbestraft. Schauen Sie mal, ob Ihnen etwas besonders bemerkenswert vorkommt.«

»Werde ich. Und jetzt, Chief Inspector, seien Sie so nett und sagen mir, dass das alles nichts mit Mrs. Grayson zu tun hat.«

Aus den Tiefen des Crown & Drover kam ein Scheppern und dann brüllendes Gelächter. »Würde ich gerne, DS Ramsden«, gab

Halford zurück. »Aber Ihr scharfer Detektivverstand würde mir ja doch nicht glauben.«

Chalice Hibbert wollte nicht gesehen werden – das konnte Gale daran erkennen, dass sie hinter Nadianna zwischen den Bäumen zurückblieb und den Kragen ihres Lodenmantels hochgeschlagen hatte, um so viel von ihrem roten Haar zu verbergen wie möglich. Gale stand vor dem Cottage und fragte sich, wie eine so auffällige und beeindruckende Frau auf die Idee kommen konnte, sie wäre zu übersehen. Für den Moment jedoch beschloss sie mitzuspielen und beugte sich zu Katie Pru hinunter, die auf den Stufen vor dem Haus saß.

»Das sind aber interessante Farben, die du verwendet hast.« Sie zeigte auf das noch nasse Wasserfarbengemälde ihrer Tochter. »Willst du mir etwas über dein Bild erzählen?«

»Es ist der Mund von einem Wal. Siehst du? Er hat ganz neue Zähne.«

»Aha.« Gale war die Verbindung zwischen den Knochenstücken und einem Wal nicht ganz klar, aber sie vertraute auf Katie Prus Logik. »Macht Sinn, dass Wale auch mal neue Zähne brauchen.«

»Er hatte die alten satt. Er wollte blaue haben. Ich habe meine auch satt.«

»Fang nicht an, deine Zähne anzumalen, Katie Pru. Sie haben genau die richtige Farbe.«

»Orange mag ich gern.«

»O nein, mein Schatz …«

Aus dem Augenwinkel sah Gale, wie Nadianna sich zu der rothaarigen Gestalt am Waldrand umwandte und frustriert die Hände zum Himmel hob. Was immer die beiden da miteinander austrugen, sie mussten es vor ihren Augen tun, beschloss Gale. Sie würde sich nicht diskret zurückziehen.

Sie stand auf. »Wie war dein Spaziergang, Nadianna?« Mit erhobener Stimme: »Und was ist mit dir, Chally? Hast du Lust auf was Heißes zu trinken?«

Chalice stand wie festgewachsen, unentschieden zwischen Flucht und Annäherung. Sie entschied sich für Letzteres und trat mit einem verlegenen Lächeln auf die Lichtung.

»Schön, dich zu sehen«, sagte Gale. »Verheilt die Wunde an deinem Bein gut?«

Die junge Riesin lächelte und kritzelte auf ihren Palmtop.

JA, DANKE. DANKE AUCH FÜR DIE BLUMEN UND DAS BUCH VON DEM SPINNEREIMÄDCHEN AUS GEORGIA. HABE MICH GEFREUT.

»Wirklich? Dann hast du also schon mal reingelesen?«

Als Chalice ihrem Blick auswich, schüttelte Gale entschuldigend den Kopf. »Macht nichts, du brauchst dich nicht dazu verpflichtet zu fühlen. Ich dachte nur, es könnte dir gefallen. Es ist weniger ein Tagebuch als eine Geschichtensammlung. Manche Menschen haben ein Talent dafür, ihr Leben in Geschichten darzustellen. Aber ich habe es dir aus einem anderen Grund geschenkt. Die Autorin hat eine interessante künstlerische Auffassung von ihrer Arbeit in der Spinnerei, und nachdem ich deine Töpferarbeiten gesehen hatte, dachte ich, du könntest etwas mit ihren Beobachtungen anfangen.«

Zu Gales Füßen tauchte Katie Pru ihren Pinsel in eine Tasse mit orangener Farbe. »Miss K. P.«, warnte sie.

»Der Wal möchte orangenen Lippenstift.«

»Hauptsache, das Orange bleibt auf den Lippen des Wals.«

Als Gale wieder aufsah, starrte Chalice sie an; sie hob fragend die Augenbrauen, aber die junge Frau sah zur Seite. Gale verschränkte die Arme und warf einen Blick in den Himmel. »Es ist ziemlich kühl. Wie wär's mit einer Tasse Tee, Mädels?«

»Gale.« Nadiannas Ton war flehend. »Chally …«

Schrecken zeichnete sich auf Chalices Gesicht ab. Sie machte mit erhobener Hand einen Schritt auf Nadianna zu, aber diese wich ihr aus.

»Chally braucht Hilfe«, bat Nadianna. »Sie will nicht mit dir darüber reden, aber ich finde, das sollte sie. Wirklich, Chally, du kannst Gale vertrauen. Du musst mit jemandem sprechen, der dir helfen kann, und ich kann es nun mal nicht.«

Das Mienenspiel des Mädchens aus Yorkshire war ergreifend – Wut auf die Verräterin, aber auch große Furcht. Und Verzweiflung. Tiefe Röte stieg in ihre Wangen, ihr Mund öffnete sich.

»Bihe.« Ihr Schrei war mitleiderregend. »Bihe ...«

Die wirtschaftliche Situation West Yorkshires war in den Jahren 1850 bis 1861 im Allgemeinen gut; in dieser Zeit wurden 29 neue Spinnereien gebaut.

G. Graysons Notizen

21. Kapitel

Bei Gerald Thornsby war niemand zu Hause, daher fuhren Reston und Halford zum nächstwahrscheinlichen Aufenthaltsort, der Spinnerei. Thornsbys zerbeulter weißer Fiat stand auf der Wiese vor dem Krempelhaus, aber das Haus selbst war leer. Die Kriminalbeamten umrundeten die eigentliche Spinnerei und suchten nach einem Winkel in dem verfallenen Gebäude, der einem Prediger auf der Suche nach einem warmen Plätzchen zusagen könnte. Sie fanden ihn hinter einem Seiteneingang an der Ostseite. Ohne anzuklopfen stieß Reston die Tür auf, und die beiden Männer standen entgegen ihrer Erwartung nicht in einem verlassenen Fabrikraum, sondern in einem gemütlichen Arbeitszimmer, das vom Duft frisch gebrühten Kaffees durchzogen war.

Thornsby sah überrascht vom Sofa auf. Vor ihm kniete Zoë Axon, eine Schüssel voll Wasser neben sich auf dem Boden, das lange blonde Haar um einen nackten Fuß des Mannes geschlungen.

Thornsby schüttelte seinen Fuß los und stand unbeholfen auf. »Nun, meine Herren, von Anklopfen haben Sie wohl noch nichts gehört.« Er rieb mit den Händen über die Gesäßtaschen seiner Jeans und hakte dann in einer Verlegenheitsgeste die Daumen in die Vordertaschen. »Fußwaschung. Ein altes Ritual.«

»Tatsächlich.« Halford schloss die Tür und lehnte sich dagegen.

»Ja, tatsächlich. Auch ein sehr wirkungsvolles Ritual. Ich habe regelmäßig daran teilgenommen, als ich in Amerika war – um meine Demut zu zeigen.«

Zoë steckte ihr Haar zurück. »Gegenüber Gott natürlich. Was dachten Sie denn?«

Reston antwortete nicht. »Miss Axon«, sagte er, »Chief Inspector Halford und ich möchten Mr. Thornsby einige Fragen stellen. Wenn Sie uns bitte allein lassen ...«

»Wie ich schon sagte, Mr. Reston«, unterbrach Thornsby, »ich habe keine Geheimnisse ...«

»Ich bestehe aber darauf, Mr. Thornsby.« Reston sah Zoë auffordernd an. »Miss Axon?«

»Schon gut.« Sie nahm ihren Mantel von einem Haken an der Wand und riss die Tür mit einem Ruck auf, so dass Halford zur Seite springen musste. »Ich bin im Krempelhaus, Gerald. Hol mich ab, wenn sie gegangen sind.«

Halford wartete, bis Zoë die Tür hinter sich geschlossen hatte, ehe er sich an Thornsby wandte. »Wie alt ist sie?«

Thornsby lachte. »Wollen Sie mich jetzt als Pädophilen hinstellen, Mr. Halford? Ich versichere Ihnen, dass Miss Axon über achtzehn ist. Im Übrigen besteht keine sexuelle Beziehung zwischen uns. Ich halte nichts von Sex außerhalb der Ehe. Deshalb lebe ich zurzeit enthaltsam.«

Halford zuckte nicht mit der Wimper. »Danke für die Information.«

»Dachte, ich stelle das lieber gleich klar.« Er sah lächelnd von einem zum anderen. »Kann ich Ihnen einen Kaffee anbieten?« Als die Beamten ablehnten, schenkte er sich selbst eine Tasse ein und fragte: »Nun, meine Herren, womit kann ich dienen?«

Reston setzte sich auf das Sofa. »Wir möchten wissen, wo Sie am Montagmorgen zwischen sieben und acht Uhr waren.«

Seine Tasse von sich abhaltend, sank Thornsby in einen weich gepolsterten, mit Tweed bezogenen Sessel.

»Hier«, antwortete er.

»Hier?«, wiederholte Reston. »Sie meinen, in diesem Raum?«
»Ja, und auf dem Spinnereigelände im Allgemeinen.«
»Arbeiten Sie regelmäßig montagmorgens ab sieben hier?«
»Ich habe eigentlich keine regelmäßigen Arbeitszeiten, Mr. Reston. Ich arbeite nach Bedarf. Aber es stimmt, dass ich oft frühmorgens hierher komme, um zu arbeiten. Dann kann ich am besten schreiben.«

Halford sah sich um. Der Raum war kleiner, aber besser ausgestattet als der in Thornsbys Wohnung – Polstermöbel statt Plastikstühle, ein massiver Holztisch, ein David-Hockney-Druck über dem Sofa. »Hübsch«, sagte er. »Ich hätte nie einen solchen Raum in der Spinnerei vermutet. Sie sieht von außen so heruntergekommen aus.«

»Das Äußere täuscht oft, Mr. Halford. Es gibt einige Teile dieses Gebäudes, die noch in relativ gutem Zustand sind.« Er zeigte auf eine zweite Tür. »Dort geht es zum Beispiel zu einem Lagerraum. Es müsste natürlich alles renoviert werden, aber die Substanz ist in vielen Teilen in Ordnung.«

»Denken Sie an eine Renovierung, wie Olivia Markham sie plant?«

»Nein.« Thornsbys Lächeln wurde angespannt. »Eben nicht wie Olivia Markham sie plant. Die Spinnerei sollte mit Respekt behandelt werden.«

»Warum?«

»Warum? Sie ist ein historisches Gebäude, sie bedeutet den Leuten dieses Ortes viel. Das ist etwas, was Olivia nicht zu begreifen scheint.«

Halford beugte sich vor, um den Hockney-Druck genauer in Augenschein zu nehmen. Der aus Bradford stammende Maler hatte seine schimmernde Palette über die Hügellandschaft West Yorkshires gebreitet. »Ich verstehe, warum Sie lieber hier arbeiten als in Ihrer Wohnung. Es ist … heimeliger.«

»Die Wohnung dient der Kirchenarbeit. Dies ist mein privates Arbeitszimmer.«

»Ich dachte, es wäre umgekehrt.«

»Für die Kirchenmitglieder ist es einfacher, zu meiner Wohnung zu kommen als hierher.«

»Zoë tut offenbar beides.«

»Zoë findet Wege, beides zu tun. Ein höchst engagiertes Mädchen.«

»Was ist mit den anderen Mitgliedern Ihrer Gemeinde? Haben sie alle Autos?«

»Aber nein. Wir sind keine wohlhabende Gemeinschaft. Die wenigen, die über einen fahrbaren Untersatz verfügen, helfen den anderen.«

»Warum haben Sie dann überhaupt die Spinnerei als Treffpunkt gewählt, wenn sie so unbequem zu erreichen ist?«

»Es kommt darauf an, welche Prioritäten man setzt«, antwortete Thornsby ruhig. »Als wir noch weniger Mitglieder waren, haben wir uns abwechselnd bei einem von uns zu Hause getroffen. Aber als die Gemeinde wuchs, brauchten wir einen größeren Versammlungsort. Wir fanden, dass Ungestörtheit wichtiger war als leichte Erreichbarkeit. Wie Sie sicher wissen, Mr. Halford, glauben nicht alle Menschen an freie Religionsausübung, auch wenn sie das Gegenteil behaupten.«

»Sie kämpfen also mit Miss Markham um dieses Gebäude, weil Sie es als ungestörten Versammlungsort für Ihre Gemeinde behalten wollen.«

»Mein Kampf gegen Olivia hat mit Moral und nicht mit Besitz zu tun.«

Halford entgegnete nichts darauf und lehnte sich wieder gegen die Tür. Reston übernahm.

»Lassen wir das für den Moment auf sich beruhen. Am Montagmorgen waren Sie also hier. Können Sie uns sagen, ob Sie eine besondere Beobachtung gemacht haben?«

Thornsby nahm einen großen Schluck Kaffee. »Ich vermute, Sie wollen wissen, ob ich Nadianna Jesup im Wasser beobachtet habe. Heißt das, Sie glauben Miss Jesup jetzt, dass sie eine Leiche im Fluss gesehen hat?«

»Ich ziehe die Möglichkeit in Betracht, ja«, erwiderte Reston. »Deshalb wäre ich Ihnen dankbar, wenn Sie uns alles erzählen würden, was für die Ermittlungen hilfreich sein könnte.«

»Aber das ist kein offizielles Verhör, oder? Es hat bisher noch keine gerichtliche Entscheidung über das Vorliegen eines Mordfalls gegeben.«

»Das ist richtig.«

»Was ist mit der zweiten Beobachtung, die meine Kirchenmitglieder gemacht haben?«

»Wir sind bereit, der Möglichkeit nachzugehen, dass Miss Jesup am Montagmorgen eine Leiche im Wasser gesehen hat. Dabei wollen wir es vorläufig belassen.«

»Natürlich wollen Sie das. Also gut. Die Antwort ist: Ja, ich habe Nadianna am Montagmorgen im Fluss gesehen. Sie hatte eine Kamera dabei, und ich dachte mir natürlich, dass sie die Spinnerei fotografiert, also habe ich sie nicht gestört. Nicht dass ich überhaupt auf mich aufmerksam machen wollte. Es war ein ganz unerwarteter Anblick, geradezu poetisch.«

»Haben Sie etwas im Wasser bemerkt, das die bewusste Leiche hätte sein können?«

»Wenn das der Fall wäre, hätte ich es inzwischen wohl erwähnt, oder?«

»Ich weiß es nicht«, entgegnete Reston. »Sie haben auch nicht erwähnt, dass Sie Miss Jesup gesehen haben, obwohl unser Interesse an einer solchen Information deutlich war, möchte ich meinen.«

»Ich habe eine junge Frau im Fluss gesehen, die fotografierte. Ich sah ihr ein paar Minuten lang zu, genoss den Anblick, den um sie herumwallenden Nebel, und ging dann meiner Wege.«

»Wo waren Sie, als Sie sie beobachteten?«

»Direkt hier vor der Tür. Man hat von dort einen praktisch unverstellten Blick flussabwärts.«

»Ich habe Miss Jesups Fotos von Experten untersuchen lassen. Nirgends ein Hinweis auf Sie.«

»Ich war sehr diskret. Wie gesagt, ich wollte sie nicht stören.«

»Haben Sie sonst noch jemanden gesehen an diesem Morgen?«, fragte Halford.

»Sonst noch jemanden?«

»Ja. Als Sie über das Spinnereigelände gingen. Irgendwelche anderen Leute?«

Thornsby rutschte in seinem Sessel tiefer. »Lassen Sie mich nachdenken. Nein, ich kann mich an niemanden erinnern.«

»Aber sicher sind Sie sich nicht?«

»Nein.«

»Manchmal sehen Sie morgens also andere Leute?«

»Natürlich. Hin und wieder kommen ein paar Gemeindemitglieder vorbei, um mitzuarbeiten. Gelegentlich auch Touristen oder Wanderer. Die Spinnerei liegt sehr schön …«

Reston unterbrach ihn. »Haben Sie je Olivia Markham oder Chalice Hibbert gesehen?«

»Olivia und Chalice? Aber ja. Das Atelier liegt doch genau gegenüber. Olivia wohnte dort, also sah ich sie natürlich ab und zu, obwohl ich sie nicht gerade als Frühaufsteherin bezeichnen würde. Chalice dagegen habe ich öfter zu dieser frühen Stunde gesehen.«

»Auch an diesem vergangenen Montagmorgen?«

Thornsby runzelte die Stirn. »Nein. Ich kann mich nicht erinnern.«

»Was ist mit sonntags abends?«, wollte Halford wissen.

»Sonntags abends?«

»Nun, ich nehme an, dass Sie und Ihre Gemeindemitglieder sich sonntags hier versammeln. Kommt auch manchmal jemand sonntags abends hierher?«

»Nicht oft.«

»Aber manchmal?«

»Ja.«

»Wer?«

»Na ja, ich. Wenn alle wieder weg sind, liegt ein himmlischer Frieden über diesem Ort. Deshalb bleibe ich manchmal länger.«

»Und am vergangenen Sonntagabend? Sind Sie da auch länger geblieben?«

Ein kurzes Zögern, aber Thornsbys Antwort klang unumwunden. »Ja, das bin ich tatsächlich.«

»Allein?«

»Ja.«

»Wie lange etwa?«

»Ich bin gegen halb zwölf nach Hause gefahren.«

»Und Sie haben niemanden gesehen.«

»Hier in der Spinnerei, nein.«

Halford näherte sich ihm. »Sie haben niemanden gesehen, zu keinem Zeitpunkt an diesem Abend?«

Halford war sich bewusst, dass Reston ihn beobachtete. Thornsby starrte in seine Kaffeetasse.

»Vielleicht doch.«

»Wie bitte?«

»Also gut. Gegen zehn oder ein bisschen später habe ich gesehen, wie Chalice Hibbert bei der Töpferei vorfuhr.«

»Gegen zehn Uhr abends. Kam das öfter vor?«

»Kann ich nicht sagen. Ich bleibe nicht häufig so lange. Aber ich muss zugeben, dass es mir merkwürdig vorkam.«

»Warum?«

»Na ja, dazu muss man Olivia kennen. Sie ist Alkoholikerin, und ich weiß einfach, dass sie sich abends regelmäßig betrinkt. Daher wäre normalerweise nichts Merkwürdiges daran gewesen, dass Chalice so spät zum Atelier kam, weil sie wusste, dass ihre Chefin ausgebootet sein würde und sie in Ruhe arbeiten könnte.«

»Aber am Sonntagabend war es anders?«

»Das Ungewöhnliche bestand darin, dass Olivia meiner Meinung nach überhaupt nicht betrunken war. Etwa eine Viertelstunde bevor Chalice eintraf, sah ich sie draußen vor dem Haus unruhig auf und ab gehen.«

»Sie sind sicher, dass ›unruhig auf und ab gehen‹ die richtige Beschreibung ist?«

»Ja. Ich weiß noch, dass ich dachte: O gut, vielleicht hat sie sich das Saufen abgewöhnt. Sie verhielt sich einfach anders, als wenn sie getrunken hatte. Aber dann fuhr Chalice mit ihrem Auto vor, und etwas sehr Seltsames geschah. Olivia begann zu schwanken, brach über der Motorhaube zusammen und grölte laut, so als wäre sie total blau.«

»Konnten Sie hören, was sie sagte?«

»Nur ein paar Wortfetzen. Ich kann mich nicht mehr genau erinnern, aber sie sagte Chalice, sie solle wieder verschwinden, was Chalice auch tat. Aber dann passierte noch etwas Komisches. Olivia ging torkelnd ins Atelier zurück, während Chalice wendete, doch dann öffnete sie noch einmal die Tür und sah hinaus, als wollte sie sich davon überzeugen, dass Chalice wirklich weg war.«

»Was würden Sie sagen, wie lange der Zwischenfall dauerte?«

»Weniger als fünf Minuten.«

»Und Sie sind sicher, dass es Chalice war?«

»Sie ist ja nicht leicht zu verwechseln, oder? Nein, es war ganz bestimmt Chalice. Sie könnte den kleinen Escort wahrscheinlich auf einer Schulter tragen.«

»Noch eine letzte Frage, Mr. Thornsby«, sagte Reston. »Haben Sie je etwas Verdächtiges im Wald bemerkt?«

Thornsby sah ihn fragend über den Rand seiner Kaffeetasse an. »Was meinen Sie?«

»Wir suchen nach einem Zeugen, der in dieser Woche das Licht einer Taschenlampe im Wald gesehen hat.«

»Ich wüsste niemanden. Außerdem ist es ein sehr alter Wald.«

»Soll heißen?«, fragte Halford.

»Soll heißen, dass die Leute in der Umgebung so ihre Bräuche haben, was den Wald betrifft. Es ist nicht meine Sache zu entscheiden, ob sie verdächtig sind oder nicht.«

»Geschickte Antwort, Sir«, bemerkte Halford, »aber Sie müssen wohl etwas deutlicher werden.«

»Ich vermute lediglich, dass einige der jüngeren Leute den Wald zu nächtlichen Rendezvous aufsuchen.«

»Können Sie mir die Namen nennen? Wir würden gern mit ihnen sprechen.«

»Mr. Reston, ich gelte bei den Leuten hier als Vertrauensperson. Ich kann ihr Vertrauen nicht enttäuschen.«

»Wir sind nicht daran interessiert, in irgendwelchen Privatangelegenheiten herumzuschnüffeln. Wir wollen die Betreffenden nur fragen, ob sie etwas gesehen haben.«

»Tut mir Leid.«

»Mr. Thornsby ...«

Plötzlich wurde der gemütliche Raum eng und stickig, und der zum Prediger mutierte Ex-Einbrecher ging Halford entsetzlich auf die Nerven. Wäre es seine eigene Ermittlung gewesen, hätte er durchhalten müssen, aber so öffnete er einfach die Tür und trat ohne einen Blick zurück nach draußen.

Er schlenderte zum hinteren Teil der Spinnerei. Die Tür des Krempelhauses stand offen, und Zoë Axons klare Altstimme drang heraus. Er konnte sehen, wie sie hin und her ging, eine hübsche, junge Frau, eingerahmt von groben Steinmauern. Halford kannte das Lied nicht, das sie sang, aber er wusste auch wenig über Musik. Es klang irgendwie keltisch, und er fand es fremdartig und wunderschön.

»Ich habe Sie heute früh schon singen gehört«, sagte er, als sie verstummte. »Sie haben gar keine schlechte Stimme.«

»Keine schlechte, aha.« Ihr Blick war neckend. »Heruntermachen durch flaues Lob nennt man so etwas, glaube ich.«

»Also gut, eine schöne Stimme. Ihre Mutter kann sich glücklich schätzen. Meine beklagte sich immer, weil keines ihrer Kinder singen konnte.«

»Was für ein komischer Grund zur Klage für eine Mutter. Meiner ist das schnurzegal.«

»Das kann ich nicht glauben.«

»Es stimmt aber. Mein Vater denkt genauso. Eine hübsche Stimme ist keine nützliche Fähigkeit.«

»Aber Sie können zu Hause wohnen und unentgeltlich für Gerald arbeiten. Das klingt, als ob Ihre Eltern Ihre Entscheidungen respektieren.«

»Sie sehen meine Arbeit als eine Art Berufsausbildung an. Für sie hat das nichts mit Berufung zu tun, und unsere Gruppe betrachten sie nicht als Kirche. Mam und Paps sind typische Zweimal-im-Jahr-Kirchgänger, zu Ostern und zu Weihnachten. Sie glauben, wenn man nicht in einem hohen Gebäude mit Turm und Kreuz obendrauf zusammenkommt, kann Gott einen nicht hören. Das Kreuz scheint für sie eine Art Funkstation mit Direktverbindung zu Jesus zu sein.«

»Sie verbringen offenbar viel Zeit hier.«

»Ja, ziemlich. Ich helfe, die Gottesdienste vorzubereiten – selbst solche formlosen Zusammenkünfte wie unsere brauchen einige Vorbereitung. Und ich mache ein wenig sauber … Organisationsarbeit …«

»Es wäre also möglich, dass Ihnen in letzter Zeit etwas Ungewöhnliches aufgefallen ist.«

Sie sah ihn wachsam an. »Was zum Beispiel?«

»Ich weiß es nicht – etwas, das nicht passte, das Sie störte oder beunruhigte.«

»Wenn mich etwas stört, heißt das nicht, dass es wichtig ist.«

»Hmm.« Halford sah über den Fluss zu der ausgebrannten Ruine von Markhams Töpferei. »Zoë, Sie wissen, wie schwierig diese Untersuchung ist. Wir haben es mit einer oder sogar zwei gesichteten Leichen und einer vermissten Person zu tun. Ob es Ihnen gefällt oder nicht, Ihre Kirchengemeinde ist darin verwickelt, allein schon durch die geographischen Gegebenheiten. Je schneller wir das alles aufklären können, desto schneller wird Ihre Gemeinde wieder zur Ruhe kommen. Wenn Sie also etwas wissen, das uns helfen könnte, sollten Sie es mir sagen – oder Mr. Reston.«

»Nein, Ihnen.« Das kam spontan heraus und musste sie selbst erschreckt haben, denn eine leichte Röte überzog ihr Gesicht.

»Nein«, sagte sie ruhiger. »Wenn ich etwas zu sagen hätte, würde ich es Ihnen sagen.«

Halford fragte sanft: »Und haben Sie mir etwas zu sagen?«

»Es ist bestimmt nicht von Bedeutung, aber wenn Sie meinen, es könnte Ihnen helfen … Am Dienstagnachmittag …«

»Der Nachmittag vor dem Brand.«

Sie nickte. »Ich war hier und schaffte die Kisten mit den Altkleidern aus dem Krempelhaus in den Lagerraum im Hauptgebäude hinüber. Als ich zwischendurch draußen eine Pause machte, sah ich, wie Chalice aus dem Atelier taumelte.«

»Taumelte?«

»Ganz recht. Sie hielt sich den Bauch und weinte.«

»Sie konnten aus dieser Entfernung sehen, dass sie weinte?«

»Ich war bis hinunter zum Ufer gegangen, ich konnte sie ziemlich deutlich sehen.«

»Hat sie Sie ebenfalls gesehen?«

»Das bezweifele ich. Sie hatte Schmerzen oder war verzweifelt.«

»Haben Sie ihr etwas zugerufen?«

Sie zögerte. »Das hätte ich wohl tun sollen. Aber ich kenne sie nicht sehr gut. Und sie macht mir Angst, auch wenn das gemein klingt. Ich habe es immer für das Beste gehalten, sie in Ruhe zu lassen.«

»Warum macht sie Ihnen Angst?«

»Einfach … Sie brauchen sie doch nur anzusehen.«

»Ihre Erscheinung macht Ihnen Angst?«

»Ja, und dass sie … na ja, sie ist bestimmt furchtbar stark bei ihrer Größe. Sie muss stark sein, um dauernd diesen Brennofen zu beladen, meinen Sie nicht? Es ist nicht schön, dass ich so empfinde, aber so ist es nun mal, Mr. Halford, ich habe Angst vor ihr.«

»Was passierte, nachdem sie aus dem Atelier kam?«

»Sie stieg in ihr Auto und fuhr davon.«

»Wann war das?«

»Früher Nachmittag, so gegen drei.«

»Was für ein Auto fuhr sie?«

»Den roten Escort.«

»Ist ihr jemand aus der Werkstatt gefolgt?«

»Nein.«

»Haben Sie noch andere Autos dort gesehen?«

»Nein. Olivia parkt ihres immer auf der anderen Hausseite, so dass es von hier aus nicht zu sehen ist.«

»Sonst noch etwas, das Sie mir erzählen möchten?«

»Nein, das ist alles.«

»Sicher?«

»Ja, ganz sicher.«

Halford lächelte sie freundlich an. »Danke, Zoë. Wir werden der Sache nachgehen.« Er ließ den Blick über das Gelände schweifen, das alte Gebäude, den Fluss. »Diese Kirche bedeutet Ihnen viel, nicht wahr?«

»Natürlich. Sie hat Alan gerettet.«

»Alan gerettet?«

»Drogen. Wir dachten – ich und meine Eltern –, wir dachten, sie würden ihn umbringen.«

»Was für Drogen?«

»Es ist lange her, Mr. Halford. Sie brauchen nichts in der Sache zu unternehmen. Ich wollte nur sagen …«

Halford unterbrach sie mit einer Handbewegung. »Aber wenn es so lange zurückliegt, hat Alan sich selbst gerettet. Warum sagen Sie, die Kirche hätte es getan?«

Sie schüttelte den Kopf. »Gerald war es. Er lernte Alan irgendwo in Leeds kennen und bekehrte ihn zu Christus. Es geschah in einer einzigen Nacht – Gerald hielt Wache bei Alan und sorgte dafür, dass er clean blieb, bis Jesus ihm erschien.« Sie schwieg einen Moment. »Das ist die Wahrheit, Mr. Halford. Auf diese Weise habe ich von den Visionen erfahren. Jesus kam in menschlicher Gestalt zu meinem Bruder und rettete ihn. Seitdem hat Alan nie wieder etwas angerührt.«

Die träumerische Sinnlichkeit, die er zuvor bei ihr bemerkt hatte, war verschwunden. Sie sprach ernst und überzeugt. »Ich habe selbst schon solche radikalen Veränderungen bei Menschen erlebt«, sagte Halford verständnisvoll. »Es freut mich, dass Alan es geschafft hat. Und nachdem er von den Drogen frei war, fing er an zu studieren?«

»Genau. Er war schon immer sehr klug. Mam und Paps sind auch dafür, dass er studiert. Er soll aus Mayley herauskommen und eine bessere Zukunft haben.«

»Und was ist mit der Tochter mit der schönen Stimme?«

»Oh, Alan wird mich später mitnehmen. So war das schon immer zwischen uns. Aber ich weiß natürlich nicht, ob ich überhaupt mitkommen werde, wenn es mal so weit ist. Ich habe hier schließlich meine Arbeit.« Sie sah ihm ins Gesicht. »Ich sehe, dass Sie skeptisch sind, aber meine Arbeit ist wirklich wichtig. Ich tue wichtige Dinge.«

»Ich bin nicht skeptisch. Ich habe genug Gier und Gewalt erlebt, um Achtung davor zu haben, wenn jemand etwas Uneigennütziges tut.«

Ihr Lächeln war strahlend, und die Sinnlichkeit kehrte zurück. »Das dachte ich mir. Deshalb habe ich Ihnen das alles erzählt.«

»Wie meinen Sie das, Zoë?«

»Wir brauchen einen Freund, weil wir hier leicht angreifbar sind – wir sind überall leicht angreifbar. Leute wie wir haben wenig Verbündete. Sie werden unser Freund sein, nicht wahr, Mr. Halford?«

»Sie glauben, Ihre Gemeinde braucht einen Freund, Zoë?«

Sie nickte. Er betrachtete sie einen Augenblick lang und beschloss, ein Risiko einzugehen.

»Um die Tatsache aufzuwiegen, dass Olivia sich nicht gerade als Freundin gezeigt hat?«

Sie verschränkte die Arme über ihrem schmalen Brustkorb. »Sie war bestimmt keine Freundin.«

»Gerald und sie haben sich nicht besonders gemocht, oder?«

»Nein. Er fand ihre so genannten Blumen obszön.«

»Ich habe von einem Streit zwischen Gerald und Olivia gehört, bei dem Sie auch zugegen gewesen sein sollen. Es muss wohl während einer Versammlung Ihrer Gemeinde passiert sein. Olivia kam herein und beschimpfte Gerald. Man sagte mir, sie hätte Sie durch das Zimmer gezerrt. Können Sie sich daran erinnern?«

Zoë hatte die Arme um sich geschlungen, als fröre sie, ihr ganzer Körper war nur noch ein dünner Strich.

»Natürlich.«

»Können Sie mir sagen, worum es dabei ging?«

»Sie wollte Gerald drohen, dachte, sie könnte uns dazu bringen, die Spinnerei aufzugeben.«

»Sie hat einen vulgären Ausdruck gebraucht, nicht wahr?«

»Ja. Ein Wortspiel, es sollte witzig sein, war aber nur vulgär.«

»Hat sie auf etwas Bestimmtes angespielt?«

Wäre Zoë nicht aus Fleisch und Blut gewesen, hätte sie sich wahrscheinlich in Luft aufgelöst, so sehr zog sich ihr Körper zusammen. Es war, als ob sie in sich selbst verschwände. »Olivia war ein schwieriger Mensch«, sagte sie vorsichtig. »Ich will mich nicht mehr an sie erinnern.«

Halford nickte und legte ihr eine Hand auf die Schulter.

»Danke, Zoë«, sagte er. »Sie waren eine große Hilfe.«

Tottys Freund Nummer eins war der einzige gewesen, den Chalice gemocht hatte. Mit drei Jahren konnte sie noch auf dem Schoß eines Mannes sitzen, ein Elfenkind mit ihren lockigen, roten Haaren und den smaragdgrünen Augen. Sie hatte schnell herausbekommen, dass er entzückt von ihr war, ein Grinsen überzog sein ganzes Gesicht, wenn sie ins Zimmer stürmte. Er hob sie hoch – damals konnte man sie noch hochheben – und ließ sie auf seinen Knien reiten. *Meine Challychally, kleines Mädelmädel, kleines Challymädel* – rauf und runter, rauf und runter, ihre Stimme fiel in den monotonen Singsang mit ein. Freund Nummer eins hatte sie nicht missbraucht, um dann bei Nacht und Nebel zu verschwinden wie Freund Nummer drei; er hatte Totty nicht ständig beschimpft und die Türen geknallt wie Nummer zwei. Er war in die kleine Kammer gekommen, die Chalices Kinderzimmer war, und hatte sich zu ihr aufs Bett gesetzt.

»Ich gehe fort, kleine Chally. Ich will es eigentlich nicht – nein, das stimmt nicht. Jedenfalls muss ich gehen, auch wenn ich dich nicht verlassen möchte. Du bist für mich wie eine kleine Schwester geworden. Ich habe dich sehr lieb. Ich werde dich immer lieb haben. Das darfst du nicht vergessen, versprich es mir.«

Sie hatte es versprochen, obwohl sie nicht wusste, warum und wozu. Noch Wochen danach lugte sie erwartungsvoll durch die Vorhänge oder horchte nach seinen Schritten auf dem nassen Pflaster. Sie hatte andere Schritte gehört, andere Stimmen in den Wohnungen rundum. Er kam nie zurück, und sie verstand erst mit elf, dass er das auch nie beabsichtigt hatte. Zu diesem Zeitpunkt fiel ihr gleichzeitig auf, dass sie nicht mehr an seine Worte gedacht hatte, sie hatte vergessen, dass er sie lieb hatte. Sie hatte sogar seinen Namen vergessen.

Keine hübsche, runde Geschichte, dachte Chalice, bestimmt nicht wie die, von der Gale Grayson erzählt hatte. Sie kam nicht zu einem ordentlichen Ende – sie hatte zwar einen Anfang, das schon, aber das Ende war trübe und schlammig wie Algen, kein starkes, festes Schilfrohr, das man bis zu seinen Wurzeln biegen konnte. Dafür kannte sie das Thema der Geschichte; es ist immer hübsch, wenn die eigenen Erinnerungen ein Thema haben. Dieses Thema hieß Vertrauen. Mit neunzehn wusste Chalice Hibbert, dass sie ihr Vertrauen im Alter von drei Jahren verloren hatte.

Sie saß unbehaglich auf einem der abgenutzten Zweiersofas vor dem Kamin des Cottages. Es war für sie ein Zweiersofa im besonderen Sinn – hier hatten sie und Alan die ersten Male miteinander geschlafen, zu begierig und leidenschaftlich, um es noch die Treppe hinauf in eines der Schlafzimmer zu schaffen –, und sie merkte, wie sie fast besessen an dem Cordbezug herumzupfte. Ihr gegenüber saßen zwei Frauen, die sie um etwas scheinbar Einfaches gebeten hatten: ihnen zu vertrauen. Sie wussten nicht, was sie verlangten.

Sie hob ihre Malachitperlen an, sammelte sie in der hohlen Hand und spielte damit. Gale holte tief Luft und beugte sich ein Stück vor.

»Ich wünschte, wir könnten etwas tun, damit du dich wohler fühlst, Chally.«

Damit sie sich wohler fühlte. Hatte die Frau eine Ahnung, was das für eine Herkulesaufgabe wäre?

Neben dem kalten Kamin hockte Katie Pru und starrte sie an, ihre Farben in kleinen Töpfchen um sich herum verteilt.

Chalice griff nach ihrem Palmtop.

KENNST DU DICH MIT TAGEBÜCHERN AUS?

»Mit Tagebüchern?« Gale sah sie überrascht an. »Ja, ich denke schon. Ich habe im Zuge meiner Forschungen schon viele Tagebücher gelesen, aus den verschiedensten Epochen. Tagebücher von englischen Schiffbauern aus der Zeit des Bürgerkriegs, Tagebücher von Frauen aus dem amerikanischen Süden. Auf das Buch, das ich dir geschenkt habe, bin ich gestoßen, als ich über Frauenarbeit in den Südstaaten geforscht habe. Warum fragst du?«

Mit den Jahren hatte Chalice sich an die verlegene Stille gewöhnt, die eintrat, während sie schrieb, und gelernt, sie zu ignorieren. Doch jetzt war sie sich Gales gespannter Erwartung sehr bewusst. Dennoch ließ sie sich Zeit, um ihre Gedanken möglichst präzise zu formulieren.

Sie hielt ihren Palmtop in die Höhe.

DU FORSCHST GERADE ÜBER DIE LUDDITEN. HAST DU LUDDITENTAGEBÜCHER GELESEN?

»Ich glaube nicht, dass welche existieren. Ein paar Briefe, Flugschriften. Aber ein authentisches Tagebuch eines Ludditen« – Gale schüttelte bedauernd den Kopf – »gibt es nicht, soweit mir bekannt ist. Das meiste, was wir über die Ludditen wissen, stammt von den Leuten, die sie verfolgt haben.«

HIER IN DER GEGEND HAT MAN NOCH VIEL SYMPATHIE FÜR SIE.

»Und zu Recht. Schließlich war ihr Anliegen nicht falsch, sie konnten nur nichts gegen den technischen Fortschritt ausrichten.«

ES KONNTE WOHL NIEMAND VERHINDERN, WAS GESCHAH.

Gale beobachtete sie mir großem Interesse. »Du meinst die industrielle Revolution? Nein, manche Dinge sind unaufhaltsam. Die Spinnereien mit ihren Maschinen arbeiteten einfach ökonomischer als die Weber zu Hause an ihren Webstühlen. Ich wusste nicht, dass du dich für Geschichte interessierst, Chally.«

MAN BEGEGNET IHR HIER AUF SCHRITT UND TRITT.

Gale lächelte. »Ich weiß, was du meinst. Da, wo ich herkomme, ist es genauso.«

Auf dem Fußboden malte Katie Pru ein großes, blaues Oval auf das Papier. Chalice sah zu, wie sie anschließend eine Reihe von grünen Punkten darauf tupfte.

»Also, Chally«, begann Gale sanft, »wobei kann ich dir helfen?«

Hier kam die erneute Einladung, dieser Frau zu vertrauen. Die Stimme der Südstaatlerin enthielt die Andeutung eines Lispelns; ihre braunen Augen zeigten ein Mitgefühl, das so tief und vollkommen war wie eine von Chalices Teeschalen. Nadianna saß neben Gale. Vor ein paar Tagen noch hatte Chalice das Verhältnis der beiden Frauen als unsicher und gehemmt eingeschätzt, aber inzwischen hatte sich etwas verändert. Es bestand vielleicht kein vollkommenes Vertrauen zwischen ihnen, aber doch eine solide Grundlage davon, und sie fühlte eine Welle der Traurigkeit über sich hereinbrechen. Wem konnte sie vertrauen? Alan nicht, nicht ihrer Schwester. Tränen schossen ihr in die Augen und brannten auf ihrem Gesicht wie stark gesalzene Chips. Im Wald hatte sie Nadianna vertraut, indem sie ihr von den Teeschalen erzählte und sie um Hilfe bat. Aber Nadianna hatte sie im nächsten Atemzug verraten, oder? Sie mochte es gut gemeint haben, aber sie hatte Gale ohne Erlaubnis in ihr Geheimnis miteinbezogen.

In der kleinen Welt von Mayley war Vertrauen ein Ding der Unmöglichkeit.

Michael hätte Nathan nie vertrauen dürfen.

Michaels Tagebuch

25. April 1812

Schon wieder eine Beerdigung. Schon wieder musste ich als Einlader die Runde durchs Dorf machen. Mayley hat gestern Nell Dodd begraben. Ich habe meine Martha über die Köpfe der Trauernden hinweg beobachtet, und ich wäre kein Mensch, wenn ich nicht zugeben würde, dass das Gespenst des Verlusts mich mit Entsetzen erfüllt.

Nathan steht nun alleine da mit drei kleinenSöhnen. Heute hat er mir den mittleren übergeben. Dickie wird für mich arbeiten und in meinem Haus als mein Kind leben, obwohl ich kaum weiß, wie ich ihn durchfüttern soll. Nathan ist nur noch ein Schatten seiner selbst. Es wird alles gut werden, sagte ich ihm. Er wird unter meinem Dach leben, bis bessere Zeiten kommen. Und wann soll das sein, Bruder? wollte er wissen. Wir werden selbst für bessere Zeiten sorgen, antwortete ich. Gräme dich nicht länger. Er starrte mich aus hohlen Augen an. Was hast du vor? fragte er. Du bist jetzt zu müde, um davon zu erfahren, sagte ich. Schlaf und denk an deine lieben Kinder, die wir alle beschützen werden. Als er sich zum Gehen wandte, sagte er: Sei vorsichtig, Michael. Ich hoffe, du weißt, was du tust.

Ich weiß, was ich tue.

Diese Woche kam es zu heftigen Unruhen in Middleton, jenseits der Grenze in Lancashire gelegen. Sieben Mitbürger wurden getötet, viele verwundet. Gestern brannte die Fabrik in Westhoughton ab. Zwei Dutzend Leute wurden verhaftet, darunter zwei Frauen und ein verkrüppeltes Kind von zwölf Jahren. Wir fürchten, dass man sie alle hängen wird.

Mein Sohn John kam heute in den Crown & Drover. Ich jagte ihn wieder fort unter dem Vorwand, er habe noch genug Arbeit zu Hause zu erledigen, aber die Wahrheit ist, dass unsere jetzigen Pläne uns alle an den Galgen bringen können und ich ihn keiner Gefahr aussetzen will.

Unser Plan ist folgender: Am Abend des 30. April, nach Einbruch der Dunkelheit, werden wir uns am Rand des Blandon Wood treffen. Von dort sind es noch zwei Meilen zu gehen bis zur Yates-Spinnerei. Wir werden gut bewaffnet und ausreichend bemannt sein – andere Ludditen haben versprochen, uns zu unterstützen. Wir werden die Türen einschlagen und die Maschinen zerstören. Wir werden nicht dasselbe Schicksal erleiden wie die anderen in Cartwrights Spinnerei in Rawfolds. Wir werden auf Verrat vorbereitet sein.

Auf jenen Cartwright – ich spucke aus, während ich seinen Namen schreibe – soll vor sechs Tagen im Wald von Bradley geschossen worden sein. Die Kugel verfehlte ihn jedoch. Am Dienstag wurde einer der Soldaten, die sich geweigert hatten, auf die Ludditen in Rawfolds zu schießen, vor eine große Versammlung geführt, um dreihundert Peitschenhiebe als Strafe zu erhalten. Cartwright beantragte, die Strafe auf fünfundzwanzig Hiebe herabzumildern, aber glaube niemand, der grausame Spinnereibesitzer habe das aus Menschlichkeit getan. Die Versammlung war gegen ihn.

Nun werden wir uns versammeln, und Gott sei mit uns.

Dem Zensus von 1851 zufolge waren sogar die Haushalte, in denen ein Weber Arbeit an seinem Handwebstuhl hatte, zum Überleben darauf angewiesen, dass andere Familienmitglieder Arbeit in den Spinnereien fanden.

G. Graysons Notizen

22. Kapitel

Der Himmel schimmerte silbrig, als Halford und Reston das Spinnereigelände verließen und auf die Straße nach Mayley einbogen. Feiner Nieselregen besprühte die Windschutzscheibe. Hustend zündete Reston sich eine Zigarette an und drehte sein Fenster ein Stück herunter.

Er stieß eine Rauchwolke aus. »Was sollte das mit den Fragen nach Chalice Hibbert am Sonntagabend? Eine von den berühmten Halford-Eingebungen?«

»Nicht ganz. Wenn am Montagmorgen in der Nähe der Spinnerei eine Leiche in den Fluss geworfen wurde, ist es denkbar, dass es in der Sonntagnacht nicht weit davon zu irgendwelchen ungewöhnlichen Aktivitäten kam. Aber ich bin nicht sicher, ob Olivias durchtriebene Show vor Chalice als Aktivität zu bezeichnen ist.«

»Unruhiges Hinundhergehen lässt auf Nervosität schließen.«

»Und ihre Nüchternheit lässt darauf schließen, dass sie etwas Wichtiges plante. Was bei jemandem wie dieser Markham alles Mögliche gewesen sein könnte.«

»Jedenfalls hätte sie heute Abend etwas Wichtiges vorgehabt.« Reston deutete mit dem Kinn auf das Handschuhfach. »Sieh mal da rein.«

Halford zog einen gelben Umschlag heraus, in dem sich ein Zeitungsausschnitt des *Manchester Guardian* befand. »›Markham-Ausstellung abgesagt‹«, las er laut und sah auf das Datum. »Die Ausgabe von heute.«

»Gestern Nachmittag riefen die ersten Reporter im Präsidium an. Eine Galeristin hatte für heute Abend eine Verkaufsausstellung von Olivias Arbeiten geplant und konnte die große Künstlerin nicht erreichen. Sie telefonierte herum, bekam Chalices Nummer, und Totty erzählte ihr die Neuigkeiten. Daraufhin verständigte die Galeristin zuerst die Presse, bevor sie mich anrief.«

»Was hast du ihr gesagt?«

»Dass das Atelier abgebrannt ist und wir wegen Brandstiftung ermitteln. Und dass wir weder Miss Markham noch Mr. Botting ausfindig machen könnten – was gestern Abend noch stimmte – und sie uns bitte kontaktieren möchte, wenn sie von einem von beiden etwas hört. Ich muss sagen, sie klang nicht sehr besorgt, sondern eher stinkwütend, als sie auflegte.«

Halford überflog den Artikel. »Scheint, als hätte es eine große Sache werden sollen. Kannst du dir vorstellen, dass Olivia Markham sich eine so gute Werbung entgehen lassen würde?«

»Nie im Leben.«

Halford ließ den Artikel wieder in den Umschlag gleiten und schob ihn zurück ins Handschuhfach. »Ich habe mich gerade ein wenig mit Zoë Axon unterhalten.«

»Was Interessantes erfahren?«

»Vor allem glaube ich, dass Zoë und Thornsby lügen, was ihre Beziehung angeht. Vor ein paar Monaten platzte Olivia in eine Versammlung der Kirchengemeinde hinein und machte nach Aussage von Alan Axon eine Anspielung auf Thornsbys Ani*mös*itäten, worauf sie Zoë aus der Gruppe herauspickte und durch den Raum schleifte. Alan erklärte ihr Verhalten damit, dass sie sturzbetrunken war, und Zoë schwört, dass sie keine Ahnung hat, was Olivia meinte – es sei einfach ein Machtspielchen von ihr gewesen.«

»Aber du denkst, dass sie Gerald und Zoë unter Druck setzen wollte?«

»Möglich wär's.«

»Also ist sie eine Erpresserin.«

»Oder eine geschickte Manipuliererin. Etwas in dieser Art.«

Totty Hibbert rumpelte gerade mit dem roten Escort auf den Bürgersteig vor ihrem Haus, als Reston und Halford parkten und ausstiegen.

Es ist sicher nie eine angenehme Erfahrung, Männer des Gesetzes auf sich zukommen zu sehen, aber Tottys plötzliches Erbleichen, als sie ihre Wagentür aufstieß, erschien Halford wirklich auffällig. Sie beruhigte sich jedoch schnell wieder und setzte eine geschäftsmäßige Miene auf.

In einen tadellosen Hosenanzug aus weißer Wolle gekleidet, ging sie ihnen entgegen. »Es ist nichts mit Chally, oder? Sie hat sich doch nicht schon wieder verletzt?«

»Nein, Ma'am«, antwortete Halford. »Aber wir würden Chalice – und auch Ihnen – gern ein paar Fragen stellen.«

»Worüber?«

»Über Miss Markham und Lyle Botting. Ich weiß nicht, ob Sie davon gehört haben, aber Mr. Botting ist heute Morgen verhaftet worden ...«

»Natürlich habe ich davon gehört, alle haben davon gehört. Hat Lyle gesagt, wo Olivia steckt?«

Reston deutete auf die Haustür. »Bitte, Miss Hibbert, wenn wir vielleicht hineingehen könnten ...«

Sie warf ihnen einen ungeduldigen Blick zu. »Ich glaube nicht, dass Chally zu Hause ist. Und nennen Sie mich um Himmels willen Totty, Mark. Alle hier rufen Sie bei Ihrem Vornamen, also könnten Sie uns ebenfalls den Gefallen tun.«

Sobald sie das Cottage betraten, fühlte Halford sich von einladender Wärme und Gemütlichkeit umgeben. Dies war die Wohnung einer stolzen Hausfrau – kein Staub in den Ecken, keine Spinnweben an den Deckenlampen. Der Duft von Vanille lag in der Luft.

Im Flur hingen acht Teller nebeneinander in einer Reihe, und

Halford stellte mit Interesse fest, dass es sich nicht um die üblichen Sammelteller mit Weihnachts- oder Landschaftsmotiven handelte, sondern um dicke, grobe Scheiben, die aus spiralförmig gerollten Tonstreifen geformt worden waren.

»Schön«, sagte er und meinte es ehrlich. »Sie sehen beinahe aztekisch aus. Hat Chalice sie gemacht?«

»Nein, ich«, antwortete Totty, die gerade ihre Jacke auszog. »Vor vielen Jahren. Ich habe damals mit dieser Technik experimentiert und wollte ein ganzes Service machen – Teller, Tassen, Schalen –, bin aber nie dazu gekommen.«

»Chalice hat ihr Töpfertalent also von Ihnen.«

»O nein. Ich habe sie vielleicht auf den Geschmack gebracht, aber ihr Talent gehört ihr ganz allein.«

Halford betrachtete die Teller genauer und sah, dass sie nur zum Teil aus Tonspiralen bestanden. Zusätzlich waren kleine Tonklumpen dicht nebeneinander gesetzt worden, um eine kieselige Oberfläche zu erzielen. Diese Technik verlieh den Tellern eine Dicke und Festigkeit, die Halford spontan gefiel – wenn er einen davon in den Händen wiegen würde, käme sein Gewicht vermutlich dem eines kleinen Kindes gleich.

»Ich glaube, Sie sind zu bescheiden«, sagte er. »Arbeiten Sie gar nicht mehr mit Ton?«

»Nein. Das ist Challys Sache. Ich habe alles vergessen.«

»Aber Ihre Finger erinnern sich bestimmt noch.«

»Ich fürchte, ich habe keine Zeit mehr dafür, Mr. Halford. Ich habe mich auf eine andere Arbeit verlegt.« Sie legte ihre Jacke über das Treppengeländer und rief: »Chally? Bist du zu Hause?« Sie wartete einen Moment, zuckte dann die Achseln. »Hätte mich auch gewundert. Ist viel zu beschäftigt.«

»Wo kann sie denn sein, jetzt, da das Atelier abgebrannt ist?«

»Macht wahrscheinlich irgendwelche Besorgungen.«

»Vielleicht könnten wir dann kurz mit Ihnen sprechen?« Reston deutete auf das Wohnzimmer.

»Bitte, machen Sie es sich bequem. Ich habe nicht viel Zeit, muss mich mit einem Paar in einem Cottage in der Nähe von Haworth treffen.«

Das Zimmer war Halfords Erwartung entsprechend geschmackvoll eingerichtet – nicht üppig und plüschig, wie Gale Chalices Zimmer beschrieben hatte, aber auch keineswegs spartanisch. Die Wände hatten einen himmelblauen Anstrich und brachten die rot-weiß gestreifte Couch und einen Sessel mit beigem Zackenmuster auf weißem Untergrund gut zur Geltung. Auf einem kleinen Schreibtisch vor dem einzigen Fenster stand ein Computer, im Kamin flackerte ein künstliches Feuer. Zu beiden Seiten des Kamins erhoben sich große Tonköpfe wie reich verzierte Kaminböcke; das kurze, lockige Haar des einen und das breite Gesicht des anderen ließen sie sofort als Darstellungen der Hibbert-Schwestern erkennen.

Totty hockte am Rand der Couch und nickte zu Halfords gemurmeltem Kompliment. »Ja, nun können Sie verstehen, warum ich so stolz auf sie bin«, sagte sie. »Aber Sie sind bestimmt nicht hier, um über Challys künstlerische Fähigkeiten zu sprechen.«

»Stimmt«, räumte Halford ein und nahm in dem Sessel Platz, während Reston sich die Hände am elektrischen Feuer wärmte. »Uns würde interessieren, was Ihre Schwester über die für heute Abend geplante Ausstellung von Miss Markham weiß.«

Totty runzelte die Stirn. »O Gott, diese Ausstellung. Die arme Chally musste sie wochenlang vorbereiten, sich um das Buffet und die Einladungen und all das kümmern.«

»Entschuldigen Sie, Totty«, sagte Reston, »aber wie hat sie das gemacht? Einen Partyservice zu finden, die ganze Organisationsarbeit, meine ich?«

»Was glauben Sie denn, wie sie es gemacht hat, Mark? Per Fax, per E-Mail. Es gibt heutzutage andere Kommunikationsmöglichkeiten als Trommeln und Rauchzeichen – und Gequassel.«

»Ja, natürlich«, schaltete sich Halford ein. »Hat Ihre Schwester Ihren Computer benutzt, um die Organisationsarbeit für Miss Markham zu erledigen?«

»Nein, das habe ich nicht zugelassen. Der Computer wird einzig und allein für ›Hibberts Cottages‹ benutzt. Ich unterstütze Challys Kunst, wo immer ich kann, aber mein Geschäft ist nicht dazu da, Olivia Markhams Fließbandware zu subventionieren.«

»Hat Chalice Ihnen gegenüber verlauten lassen, wie Miss Markham die heutige Ausstellung einschätzte?«

»Sie war ziemlich wichtig für Livy. Chally erzählte mir, dass sie viel Geld in diesen Abend investiert hätte.«

»Was hat Chalice sonst noch darüber gesagt?«

»Dass die Ausstellung ihr gehörig auf die Nerven ginge.«

»Wenn sie zurück ist, würden wir gern mit ihr über die Vorbereitungen reden, die sie getroffen hat. Aber jetzt habe ich noch eine andere Frage: Hat Chalice etwas erwähnt, das am Sonntagabend in der Werkstatt vorgefallen ist?«

»Wohl kaum, weil sie am Sonntagabend nicht in der Werkstatt war.«

»Wir haben einen Zeugen, nach dessen Aussage sie für kurze Zeit dort gewesen ist. Ihr Auto wurde identifiziert.«

»Ihr Zeuge irrt sich. Sie war hier bei mir.«

»Sind Sie da ganz sicher?«, fragte Halford. »Könnte sie nicht mit dem Auto weggefahren sein, ohne dass Sie davon wussten?«

»Ja, natürlich kann sie wegfahren, ohne dass ich davon weiß. Neulich hat sie es ja auch getan, als sie dieses Kind rettete. Aber sie kann nicht lange wegbleiben, ohne dass ich es merke. Wir brauchen das Auto beide beruflich, so dass ich auf genaue Absprachen achte. Außerdem lege ich Wert darauf, mir die Sonntagabende freizuhalten, damit wir sie zusammen verbringen können.«

»Wann gehen Sie gewöhnlich sonntags zu Bett?«

»Gegen Mitternacht.«

»Tatsächlich?« Halford ließ sich seine Überraschung anmerken. »Ich hätte gedacht, dass eine selbstständige Geschäftsfrau …«

»Eine selbstständige Geschäftsfrau braucht auch nicht mehr Schlaf als ein selbstständiger Geschäftsmann. Ich gehe regelmäßig um Mitternacht ins Bett und stehe um fünf Uhr auf.«

»Sie machen mich neidisch.« Halford grinste sie an. »Ich bin zu nichts zu gebrauchen, wenn ich nicht meine vollen acht Stunden Schlaf bekomme.«

Sie zuckte die Achseln. »Das kann ich kaum glauben bei einem hochrangigen Polizeibeamten. Wie auch immer, jeder tut, was er tun muss.«

»Wohl wahr. Übrigens wäre ich Ihnen sehr verbunden, wenn Sie Ihrer Schwester noch einmal meinen Dank dafür ausrichten würden, dass sie Katie Pru Grayson am Mittwochabend geholfen hat. Vielleicht wäre ich rechtzeitig bei ihr gewesen, aber diese Moorlöcher sind trügerisch. Möglicherweise hätte ich es nicht geschafft.«

»Ich werde es ihr ausrichten, aber ich bin sicher, sie würde Ihnen antworten, dass sie nur getan hat, was jeder getan hätte, der ein Kind in Not sieht.«

»Es war ein unglaubliches Glück, dass sie sich dort in der Nähe aufhielt.«

»Das hatte nichts mit Glück zu tun. Wie ich Ihnen schon neulich nachts beim Arzt erklärte, Mr. Halford, fährt Chally immer zu den Windrädern, wenn sie einen ruhigen Ort zum Nachdenken braucht. Nach dem Brand im Atelier und Olivias Verschwinden musste sie eine Weile für sich sein.«

»Das ist verständlich. Und sie nahm Ihren Wagen.«

Totty verschränkte die Arme über der Brust. »Das habe ich Ihnen bereits gesagt. Sie fuhr ohne mein Wissen weg.«

»Da ich sie zum Arzt gefahren habe, muss Ihr Wagen dort stehen geblieben sein. Wie haben Sie ihn wiederbekommen?«

»Eine Freundin fuhr mich am nächsten Tag hin. Was sollen diese Fragen?«

»Ist Ihnen irgendetwas Ungewöhnliches an dem Auto aufgefallen, irgendeine Veränderung?«

Sie sah ihm ruhig ins Gesicht, und wieder wurde er an seinen ersten Eindruck von ihr erinnert – ein halb gezähmtes, wütendes Tier, das die Dummköpfe um sich herum nur mit Mühe erträgt.

»Mit dem Auto war alles in Ordnung. Aber Sie finde ich langsam reichlich aufdringlich.«

»Können wir einen Blick auf Ihren Wagen werfen?«

Sie sah auf ihre Armbanduhr und stand auf. »Tut mir Leid. Heute nicht. Ich bin spät dran. Sie haben jetzt genug von meiner Zeit in Anspruch genommen.«

Das Mill Cottage war das erste von Totty Hibberts Ferienhäusern gewesen und blieb das einzige, das ihr selbst gehörte. Zu Anfang war es ihr ganzer Stolz, und Chalice hatte ihre Schwester oft auf die alle vierzehn Tage stattfindenden Putzexpeditionen dorthin begleitet. Während Totty Waschbecken schrubbte und Fußböden bohnerte, war Chalice durch den Wald gestreift und hatte es genossen, wie klein sie sich auf einmal zwischen den hohen Bäumen fühlte.

Daher kannte Chalice noch immer jeden Pfad im Blandon Wood. Sie wusste, welche im Kreis verliefen, welche Sackgassen waren und welche von Nord nach Süd führten. Sie kannte sogar die fast wieder vom Wald verschluckten Pfade, auf denen Unbefugte vor langer Zeit die Spinnerei unbeobachtet umgangen hatten.

Jetzt zwängte sie sich durch die Bäume und wich den zurückschnellenden jungen Ästen aus. Zu ihrer Rechten konnte sie die hellen Mauern der Spinnerei ausmachen, die durch die dichten Zweige betrachtet wie ein Mosaik wirkten. Sie trat leise auf, umrundete die Rückfront des Gebäudes und sah den Kotflügel eines neben dem Krempelhaus geparkten Autos herauslugen. Dann hörte sie Stimmen, eine hohe, melodiöse und ein tieferes Murmeln. Die erste konnte sie sofort identifizieren, die Frage war nur, mit welchem ihrer beiden Männer – ihrem Bruder oder ihrem Pastor – Zoë Axon gerade sprach. Nicht dass es sie wirklich interessierte. Chalice interessierte im Moment nur eines: unbemerkt die Töpferwerkstatt zu erreichen.

Sie schlich weiter, während das Stimmengemurmel ununterbrochen andauerte. Bald befand sie sich außer Hörweite und begann zu laufen.

Die Packpferdbrücke war schlüpfrig vom regendurchweichten

Laub, und sie rutschte aus, als sie sie rennend überqueren wollte, und fiel auf ihr verwundetes Bein. Der Schmerz war heftig und unerwartet, so dass sie sich die Faust in den Mund stopfte, um den Schrei zu unterdrücken. So schnell wie möglich kämpfte sie sich wieder hoch und humpelte ans andere Ufer und auf das Grundstück der Töpferei zu.

Am Fuß des Hügels blieb sie stehen. Vor ihr erhob sich die verkohlte Ruine düster am Hang, und bis dahin boten nur halb verfallene Trockenmauern und zwei spärliche Baumgruppen Deckung. Sie wusste nicht, ob das Haus bewacht wurde – schließlich handelte es sich um einen Tatort, wenn ein Verdacht auf Brandstiftung bestand, oder? Aber sie würde es riskieren müssen.

Sie sprang von Mauer zu Baum, bis sie sich hinter das lange Stück Trockenmauer ducken konnte, das dem Haus am nächsten war. Vorsichtig hob sie den Kopf. Auf der anderen Seite des Flusses sah sie Thornsbys klapprigen Fiat stehen, doch ansonsten schien das Spinnereigelände verlassen. Das gleiche galt für die Töpferwerkstatt. Das Absperrband, das das Anwesen umgeben hatte, war verschwunden, aber sie konnte seine Streifen noch vor dem Hintereingang erkennen. Offiziell war der Zutritt also nach wie vor verboten. Sie kümmerte sich nicht darum, nichts war ihr im Moment gleichgültiger.

Chalice sprintete auf das Haus zu und warf sich, ohne zu stoppen, gegen die Hintertür. Sie fiel in die Küche, das Geräusch splitternden, versengten Holzes hallte in den Hügeln wider. Dann klopfte sie sich ab und sah zur Tür hinaus auf die Spinnerei. Wenn jemand das Geräusch gehört hatte, zog er es jedenfalls vor, nicht darauf zu reagieren.

Sie eilte von der Küche in die Werkstatt, mit jedem Schritt klebte mehr Ruß an ihren feuchten Schuhsohlen. Dort angekommen untersuchte sie die Oberseite des Brennofens, wo der Blumenhaufen zusammengeschmolzen war. Alles weg. Verdammter Mist. Die Leute von der Branduntersuchung waren noch einmal dagewesen. Vielleicht hatten sie nicht gewusst, wonach sie suchen sollten. Und selbst wenn sie etwas gefunden hatten, hatten sie möglicherweise die Bedeutung nicht erkannt.

Vor dem Sofa ging sie auf die Knie und hielt die Luft an, um keine Asche aufzuwirbeln. Schweiß rann über ihr Gesicht, ihren Rücken, zwischen ihren Brüsten. Sie merkte, dass sie betete: *Bitte, lieber Gott, lass sie da sein. Bitte, lieber Gott.*

Sie legte ihre Wange auf den kalten Steinfußboden und sah angestrengt unter das Sofa. Dort war sie. Beide Stücke. Sie streckte die Hand aus und zog sie zu sich heran.

Eine ruhige Stimme hinter ihr sagte: »Miss Hibbert.«

Sie holte erschrocken Luft, atmete Ruß ein und bekam einen Hustenanfall, wobei ihr Kopf gegen die zusammengeschmolzenen Sprungfedern des Sofas stieß.

Constable Swain eilte zu ihr und klopfte ihren Rücken. Der Husten ließ nach und wurde durch einen stechenden Schmerz in der Brust ersetzt. Sie weigerte sich, den Kopf zu heben, sie wollte nichts sehen. Was sollte sie dem Polizisten sagen?

»Miss Hibbert«, sagte der Constable freundlich. »Sie müssen mit mir kommen. Ich glaube, Inspector Reston würde gern mit Ihnen sprechen.«

Bernie Portman stand hinter der Theke und räumte gerade Gläser weg, als Halford das Gasthaus betrat. »Ah, Mr. Halford«, sagte er und kam aus dem Lärm des Pubs in den ruhigeren Vorraum, wo der Schreibtisch stand, der als Rezeption diente. »Ich habe eine Nachricht für Sie.« Er reichte Halford ein zusammengefaltetes Stück Papier. »Es läuft doch alles gut, oder?«

Halford faltete den Zettel auf und deutete zum Pub hin. »Hier scheint jedenfalls alles bestens zu laufen. Mehr Betrieb als gewöhnlich, oder?«

»O ja. Ist schließlich besser als Fernsehen, oder? Echte Kriminalpolizei in unserem verschlafenen Ort. Heute haben drei Reporter angerufen und Zimmer für das Wochenende reserviert. Das werden ein paar einträgliche Tage für mich.«

»Gewöhnen Sie sich lieber nicht daran, Bernie. Nächste Woche wird es schon wieder eine andere Sensation sein, auf die sich alle stürzen.«

»Ach, das weiß ich. Aber wenn ein kleiner Urlaub mit der Frau dabei herausspringt, bin ich schon zufrieden. Was wir diese Woche dazuverdienen können, wird gut darauf verwendet sein, unseren strapazierten Nerven eine Erholungspause zu gönnen.«

Halford klopfte zum Gruß mit den Fingerknöcheln auf den Schreibtisch und eilte die Treppe hinauf. In seinem Zimmer zog er den Mantel aus und griff zum Telefon.

Zoë musste bereits am Telefon ihrer Eltern gewartet haben, denn sie nahm schon nach einmaligem Klingeln ab.

»Zoë, hier ist Chief Inspector Halford. Sie haben versucht, mich zu erreichen?«

»Das stimmt.« Ihre Stimme war zögerlich, nervös. »Ich wollte Ihnen noch etwas erzählen.«

»Ich höre.«

»Es war am Tag des Feuers, am Dienstag. Ich habe Ihnen gesagt, dass Chalice gegen drei vom Atelier wegfuhr.«

»Richtig.«

»Es ist nur so, dass ich später, ungefähr um sechs, wieder hinübersah und der Escort zurückkam.«

»Was meinen Sie, er kam zurück?«

»Ich sah, wie er vor der Töpferei hielt. Doch dann wendete er und parkte bei den Bäumen unterhalb des Hauses.«

»Um sechs muss es schon dunkel gewesen sein. Sind Sie sicher, dass es der Escort war?«

»Ziemlich sicher. Selbe Form, selbe Größe. Ich habe genau hingesehen.«

»Sie haben das den Ermittlungsbeamten gegenüber am Abend des Brandes nicht erwähnt.«

»Nein. Vielleicht ist es ja auch gar nicht wichtig. Aber ich habe darüber nachgedacht, und um unserer Kirche willen – je schneller alles aufgeklärt wird, desto besser.«

»Da haben Sie Recht, Zoë. Ich werde Mr. Reston berichten, was Sie mir gesagt haben. Er wird wahrscheinlich einen Constable zu Ihnen schicken, der Ihre Aussage aufnimmt.«

Stille in der Leitung. Dann leise: »Ist gut. Ich bin einverstanden.«

»Danke. Wir sind auf jede Information angewiesen, wenn wir die Unschuldigen vom Verdacht befreien und diejenigen, die möglicherweise in ein Verbrechen verwickelt sind, finden wollen. Das verstehen Sie doch, nicht wahr?«

»Ja, Sir«, flüsterte sie. »Auf Wiederhören.«

Er legte auf und starrte immer noch auf das Telefon, als es zu klingeln begann.

Es war Maura Ramsden. »Ich habe noch keinen vollständigen Bericht über die fraglichen Personen, Chef, aber etwas, das Sie vielleicht interessieren könnte.«

»Bin ganz Ohr.«

»Wussten Sie, dass Olivia Markham geschieden ist?«

»Ich glaube, jemand hat es mal erwähnt. Fahren Sie fort.«

»Der Exmann ist ein Mr. Richard Row aus Chelsea. Sie heirateten im Oktober 1991 und wurden 1995 wieder geschieden.«

»Gut. Allerdings nur mäßig interessant.«

»Jetzt wird's interessanter. Mr. Richard Row aus Chelsea ist vorbestraft und saß 1994 eine Strafe wegen Misshandlung der Ehefrau ab.«

»Ziemlich interessant.«

»Und nun kommt das Interessanteste: Mr. Rows Vermieterin hat ihn gestern als vermisst gemeldet. Die Miete war vor zwei Wochen fällig, und er vertröstete sie immer wieder. Im Protokoll steht, sie habe Row zum letzten Mal am Freitagmorgen gesehen.«

Vor dem amerikanischen Bürgerkrieg stammten achtzig Prozent der in West Yorkshire verarbeiteten Baumwolle aus den Südstaaten. Bis zum Herbst 1862 war über die Hälfte der Baumwollweber von Mayley arbeitslos und vom Verhungern bedroht. Die Zeit ging als die große Baumwoll-Hungersnot in die Geschichte der Region ein.

G. Graysons Notizen

23. Kapitel

Lyle Botting wirkte bestürzt. Halford, der ihn durch das Observationsfenster des Verhörraums beobachtete, bemerkte, wie er wiederholt an sich herunterblickte, als ob seine Gliedmaßen verschwunden wären und er seine eigene Gestalt nicht wiedererkennen würde. Seine schwarzen Hosen waren zerrissen und starr vor Dreck, ein vermutlich ehemals weißes Hemd hing zerknittert und schmutzig um seinen Oberkörper. Als Halford den Fotografen zum letzten Mal gesehen hatte, war sein dunkles Haar zu einem gepflegten Pferdeschwanz zusammengebunden gewesen. Jetzt fiel es in klebrigen Strähnen um sein verständnisloses Gesicht. Kurzum, Lyle Botting sah ziemlich heruntergekommen aus.

Sein Anwalt, ein adretter, gewandter Mann in den Dreißigern, saß neben ihm am Tisch. Er stand auf, als Reston und ein weiblicher Sergeant den Raum betraten. Nach den obligatorischen Begrüßungen setzte sich Reston den beiden Männern gegenüber. Er machte dem Sergeant ein Zeichen, das Tonbandgerät einzuschalten, nannte Datum, Uhrzeit und Anlass des Verhörs sowie die anwesenden Personen und legte dann ein Fax vor Botting auf den Tisch.

Restons Stimme drang klar aus dem Lautsprecher in das Beobachtungszimmer. »Mr. Botting. Können Sie mir sagen, ob Sie diesen Mann erkennen?«

Das aus seiner Polizeiakte stammende gefaxte Foto des vermissten Richard Row war nicht besonders scharf, aber es wirkte wie ein Elektroschock auf Lyle Botting. Er begann zu zittern wie Espenlaub.

Der Rechtsanwalt legte einen Arm um seine Schultern. »Ist alles in Ordnung, Lyle?« Zu Reston: »Vielleicht sollten wir …«

Aus Bottings Mund kam ein tiefes Heulen – ein animalischer Laut, der in seiner Brust entstand und in einem bösartigen Knurren endete. Der Anwalt zog seinen Arm vor Schreck so ruckartig zurück, dass er mit dem Stuhl halb nach hinten kippte.

»Das Miststück!« Aus Bottings Mund sprühte Speichel. »Herrgott, dieses Miststück!«

Nach einem Blick auf Reston beugte sich der Anwalt behutsam zu seinem Klienten hin. »Lyle, ich würde gern etwas mit Ihnen besprechen …«

Botting fuhr ihn an: »Ich weiß, was ich tue! Ich werde hier nicht schweigend rumsitzen, ohne mich zu wehren. Es war nicht meine Schuld. Sie hat mir das angetan.«

Reston fragte ruhig: »Wer, Mr. Botting?«

»Livy, das Biest.« Botting sah Reston mit aufgerissenen Augen an. »Ich habe nicht … es war alles ihre …« Sein Mund öffnete und schloss sich, aber es kam kein weiterer Laut heraus.

»Meinen Sie mit Livy Olivia Markham?« Als Botting benommen nickte, sagte Reston: »Mr. Botting hat die Frage durch Kopfnicken bejaht. Würden Sie ebenfalls bejahen, Mr. Botting, dass Sie diese Aussage freiwillig machen? Mr. Botting nickt. Was hat Miss Markham getan?«

Es war, als würde man jemanden nach einem Schlag in die Magengrube in Zeitlupe k. o. gehen sehen: Botting riss seinen Mund auf, dann klappte er zusammen und fiel mit dem Oberkörper auf den Tisch, sein Rücken zuckte krampfhaft unter dem schmutzigen Hemd.

»Ich könnte … sie umbringen.« Das war für Halford kaum zu verstehen, aber Botting drehte den Kopf zur Seite wie ein Schuljunge, der auf seinem Pult ein Nickerchen hält, und wiederholte: »Ich könnte sie umbringen.«

»Was hat sie getan?«, bohrte Reston.

»Es war nicht meine Idee.« Botting hob den Kopf nicht vom Tisch. »Glauben Sie mir, dass es nicht meine Idee war?«

»Ich werde es glauben, solange ich kann. Sagen Sie mir, was passiert ist.«

Für Halford war es ein merkwürdiges Gefühl, dass der Mann mit dem Kopf auf dem Tisch in seine Richtung starrte, ohne ihn zu sehen. Er wurde an seinen ersten Mordfall erinnert, als er am Tatort nur langsam begriffen hatte, dass der Tote, der ihm direkt in die Augen zu schauen schien, schon lange nichts mehr sehen konnte. Doch dieser Mann hier bewegte seinen Mund.

»Er kam, weil er Geld wollte. Sie waren mal verheiratet, Row und Livy. Das war das Erste, was sie mir von sich erzählte – dass sie London und eine schreckliche Ehe hinter sich gelassen hätte, um hier neu anzufangen. ›Olivia Markham, die Ungebundene‹, sagte sie immer. Sie sei durch die Hölle gegangen, sagte sie, er hätte sie misshandelt. Aber hier in Mayley habe sie neue Stärken entwickelt. Und dann hat er sie aufgespürt.«

»Sie unternahm aber auch keine Anstrengungen, sich zu verstecken«, gab Reston zu bedenken.

»Warum sollte sie? Man fängt kein neues Leben an, indem man sich versteckt. Sie dachte, die Entfernung würde sie schützen und er würde es nach dem Knast nicht wagen, sich ihr zu nähern. Sie wollte so einflussreich werden, dass sie ihn wie einen Käfer wegschnippen konnte, falls nötig.«

»Sie sagten, er sei wegen Geld gekommen. Waren Sie dabei?« Botting nickte. »Können Sie beschreiben, was vorgefallen ist?«

»Er tauchte am Freitagabend auf, ziemlich spät. Livy und ich schliefen schon oben. Er hämmerte an die Tür, war betrunken. Teufel, vielleicht war sie auch betrunken, aber ich hatte sie schon seit ein paar Stunden nicht mehr mit einem Glas in der Hand gesehen. Er wollte Bargeld – tausend Pfund sofort auf die Hand –, aber er war noch hinter etwas anderem her. Er wollte an ihrem Spinnerei-Projekt beteiligt werden.«

»Wirklich? Und was sagte sie?«

»Sie sagte, er solle sich verpissen. Aber Row stand einfach da und rührte sich nicht vom Fleck. ›Ich kenne dich gut, Livy-Schätzchen‹, sagte er, ›vergiss das nicht. Ich kann ein paar Geschichten über dich erzählen …‹ Ich befahl ihm zu verschwinden, aber er beachtete mich gar nicht. Fuhr fort, ihr zu drohen. ›Hauen Sie ab‹, brüllte ich und stieß ihn sogar weg, aber Livy starrte ihn nur an und sagte, er wüsste keine Geschichten über sie. ›Aber ja‹, meinte er, ›und die Leute werden sie auch glauben.‹«

Reston sah verwirrt auf. »Wissen Sie, was er damit meinte?«

»Zu dem Zeitpunkt noch nicht.«

»Aber Sie haben es herausgefunden?«

»Ja.«

»Also, wovon hat Row gesprochen?«

»Er wollte sie vernichten.«

Sogar durch die Glasscheibe hindurch konnte Halford sehen, wie Bottings Augen rot wurden. Seine Wangen blähten sich, und Halford fürchtete, er würde sich wieder übergeben, aber er ließ nur den Kopf sinken und war noch schwerer zu verstehen.

»Ich habe ihn nicht umgebracht«, stöhnte er. »Am Sonntagabend bin ich ins Atelier gekommen, und da saß er auf dem Sofa, als wäre er zum Tee eingeladen. Aber seine Hände waren mit Isolierband gefesselt, und er hatte eine Plastiktüte über dem Kopf. Livy saß auf der anderen Seite des Raums, ganz gelassen, als ob sie ihn … ich weiß nicht … beobachten würde. Ich bin durchgedreht, aber sie blieb vollkommen ruhig. Er hätte Lügen über mich erzählt, und die Leute hätten ihm geglaubt, sagte sie. Ich werde hier respektiert, aber ich bin nicht beliebt. Respekt verwandelt sich schnell in Hass. Er hätte nicht viel tun müssen, um mich fertig zu machen.«

Reston fragte: »Sie glauben also, das war ihr Motiv, ihn zu töten? Damit er keine Lügen über sie verbreitete?«

Halford konnte durch die Scheibe den toten Ausdruck in Bottings Augen erkennen.

»Alles, was Livy hat, ist ihr Ruf als Künstlerin und das Interesse der Medien an ihr. Sie weiß das. Hier in Mayley wird sie nur geduldet. Ein bisschen schlechte Presse, und sie könnte alles verlieren.«

»Sie kamen also herein und fanden ihn auf dem Sofa – erstickt?«

»Livy hatte ihm Geld versprochen, wenn er am Sonntagabend wiederkäme. Sie machte ihm einen Drink und tat Beruhigungsmittel in sein Glas. Als er besinnungslos war, hat sie …« Seine Stimme versagte.

»Um welche Uhrzeit sind Sie am Sonntag im Atelier eingetroffen?«

»Gegen fünf Uhr nachmittags.«

»Was geschah dann?«

»Sie hatte schon einen Plan gefasst. Sie wollte ihn im Brennofen verbrennen. Aber er passte nicht hinein …«

Die Spulen des Aufnahmegeräts drehten sich; der Anwalt war vor seinem Klienten zurückgewichen, sein Mund stand ungläubig halb offen.

Reston drängte: »Und?«

»Sie wollte, dass ich ihn zerhacke. Ich schrie sie an, sie wäre verrückt, und rannte aus dem Atelier. Dann lief ich einfach nur herum, vielleicht drei Stunden lang.«

»Sie kehrten also gegen acht wieder in die Werkstatt zurück? Warum sind Sie nicht zur Polizei gegangen?«

Seine Stimme war nur noch ein Flüstern. »Ich wollte es. Ich hätte es tun sollen. Aber ich konnte nicht … Ich meine, der Mord war nun einmal geschehen. Ich konnte den Mann nicht wieder lebendig machen. Trotzdem, ihn einfach umzubringen … Also ging ich zurück, um mit Livy zu reden, um einen Weg zu finden, wie wir es der Polizei melden konnten. Aber als ich … Sie hatte es schon getan.«

»Es getan?«

»Sie … Das Atelier war … ein Schlachthaus. Das Blut … mit so viel hatte sie nicht gerechnet. Sie tobte herum und ich … oh Gott, ich schickte sie nach oben, damit sie sich abduschte. Dann steckte ich die Beine und die Arme in den Brennofen. Was sollte ich tun? Als sie wieder herunterkam, ließ ich sie den Ofen anstellen. Ich konnte es nicht. Sie drückte den Schalter wie bei einer harmlosen Lampe. Dann kam Chalice, und ich war geradezu erleichtert. Sie wird etwas merken, dachte ich, und dann ist es vorbei.«

Ein trockenes Schluchzen schüttelte seinen Körper.

»Hat Chalice gesehen, was passiert war?«

»Nein. Livy ließ sie nicht herein, sie schickte sie weg. Aber wir hatten eine Riesenschweinerei angerichtet. Livy sagte, sie könnte das Atelier mit dem Schlauch abspritzen, das Blut würde sich leicht vom Steinfußboden abspülen lassen. Doch die Knochen verbrannten nicht schnell genug. Wir versuchten es mit dem Torso, aber der brauchte auch zu lange. Also säuberte sie den Brennofen, tat die Knochenreste, die nicht verbrannt waren, in einen Stoffbeutel und den … das andere in eine große Plastiktüte. Ich steckte den Beutel in meine Jackentasche, nahm die Plastiktüte über die Schulter und ging.«

»Wohin wollten Sie?«

»Keine Ahnung. Ich wollte ihn nur irgendwo draußen im Moor begraben, aber ich brach zusammen. Ich konnte nicht fassen, was ich getan hatte. Warum hatte ich ihr geholfen? Wieso glaubte ich bloß, dass sie das alles wert war? Ich war am Ende, konnte nicht mehr aufhören zu weinen.«

Der Anwalt war in sich zusammengeschrumpft, angewidert und aschfahl im Gesicht.

»Und dann, Lyle?«, fragte Reston.

»Bei Tagesanbruch kämpfte ich mich weiter. Es verschwinden ja ständig Leichen im Moor, nicht wahr? Sie werden nie gefunden … Aber als ich über die Packpferdbrücke ging, rutschte ich aus und fiel gegen die Brüstungsmauer. Ich hörte, wie das Plastik riss und … er herausrutschte. Als ich mich umdrehte, fiel er schon ins

Wasser. Er wurde von einem Strudel erfasst und eine Ewigkeit herumgewirbelt, bis die Strömung ihn endlich davonspülte.«

»Was machten Sie mit dem Beutel, in dem die Knochen waren?«

»Ich versteckte ihn unter einem Baumstamm. Später wollte ich ihn holen, bei Nacht, aber ich konnte ihn nicht finden.«

»Was geschah als Nächstes?«

»Ich ging in meine Wohnung und betete. Um eine starke Strömung, um dichtes Ufergestrüpp, um tausend Dinge, die verhindern sollten, dass ... das Schreckliche je gefunden wurde. Aber dann hörte ich, dass die Amerikanerin es gesehen hatte – Nadianna, die Fotografin, die ich meine alte Dunkelkammer benutzen ließ. Und diese Kirchengemeinde begann auch davon zu reden ...«

Ein raues Lachen drang durch den Lautsprecher an Halfords Ohren. »Ich habe nie an Gott geglaubt, aber wenn es ihn gibt, hat er einen schwarzen Humor.«

Reston stand auf, und Halford bemerkte die Erschöpfung in seinem Gesicht. »Also sahen Sie den einzigen Ausweg darin, Olivia Markham umzubringen und das Atelier mit sämtlichen Beweisen in Brand zu stecken.«

Botting wurde plötzlich so zornesrot, dass es Halford den Atem verschlug.

»Ich? Verdammt, nein, Mark! Livy hat das Studio angezündet. Sie ist nicht tot, sie hat sich aus dem Staub gemacht. Das wissen Sie genau. Das Miststück hat sich verdrückt, um mir alle Schuld in die Schuhe zu schieben.«

Die Räumlichkeiten der Polizeiwache von Mayley konnten nicht anders als beengt bezeichnet werden – es gab einen winzigen Vorraum und ein nicht viel größeres Dienstzimmer. Dennoch fühlte Chalice sich darin klein und eingeschüchtert. Detective Sergeant Swain saß ihr am Schreibtisch gegenüber, sein schmales Gesicht voller Besorgnis, und legte den Kopf zuerst auf die eine, dann auf die andere Seite, wie ein Vogel, der ein ausgesprochen seltsames Tier in seinem Nest vorgefunden hat.

»Wir haben Ihre Schwester angerufen.« Er zögerte und begann mit einem Bleistift auf die zwischen ihnen liegende zerbrochene Tonmaske zu trommeln, rief sich aber gleich wieder zur Ordnung. »Ich meine, ich weiß natürlich, dass Sie volljährig sind, aber ... na ja, sie sollte benachrichtigt werden, finden Sie nicht?«

Nein, dachte Chalice und empfand plötzlich ein leises Vergnügen. Swain wusste nicht, was er mit ihr machen sollte. Sie musterte ihn, während er mit seiner Unsicherheit rang, und kam ihm nicht zu Hilfe. Der kleine Bobby würde allein entscheiden müssen, wie er mit der Dorfriesin umgehen sollte. Sie merkte, wie sie noch ein Stückchen wuchs.

Er beugte sich vor, ein magerer, ernsthafter junger Mann mit geduldiger Stimme.

»Chalice, Sie verstehen doch, wozu das Polizeiabsperrband dient, oder? Wir schützen damit den Tatort – und auch Menschen. Der Brand in der Töpferwerkstatt wird immer noch untersucht, verstehen Sie. Das Team von der Branduntersuchung hat das Haus bisher nicht freigegeben. Außerdem ist es nicht sicher dort. Sie hätten sich verletzen können.«

Ihr Palmtop zerrte an ihrer Manteltasche. Sie dachte nicht daran, ihn herauszuholen.

Swain fuhr sich mit der Hand durch seine braunen Locken und zeigte auf die Maske.

»Erzählen Sie mir etwas über dieses Stück.«

Schweigen.

»Also, können Sie mir sagen, wer das sein soll? Ist es jemand, den Sie kennen? Vielleicht Ihr Freund?« Er lächelte, als würde er die Frage einem kleinen Mädchen stellen, das noch nichts mit einem Freund anzufangen wusste. »Gutaussehender Junge. Einer von hier? Ich weiß, dass Ihnen die Maske wichtig ist, Sie haben sich dafür in Gefahr begeben. Warum?«

Chalice dehnte sich mit jeder Sekunde mehr aus. Bald würde sie den ganzen Raum ausfüllen und könnte mit der Polizeiwache als Hut auf dem Kopf über das Moor spazieren. Totty hatte sich geirrt. Nicht ihre Töpferkunst war ihre Entschädigung, ihr Gewinn, sondern ihr Schweigen.

Der Polizist betrachtete sie eine Weile, seufzte dann und warf den Bleistift auf den Tisch.

»Also schön. Warten Sie in dem anderen Zimmer. Ihre Schwester wird gleich hier sein.«

Und das war sie. Totty stürmte mit windzerzausten Haaren und unordentlichen Kleidern in die Wache, sah Chalice kaum an und marschierte direkt auf Sergeant Swain zu.

»Was ist hier los? Warum halten Sie meine Schwester fest?«

Der junge Beamte versuchte ein beruhigendes Lächeln. »Wir halten Chalice nicht fest, Miss Hibbert. Sie hat unbefugt die Töpferei von Miss Markham ...«

»Chalice hat sie nicht unbefugt betreten. Sie arbeitet dort.«

Swain zauderte kurz, behielt aber sein Lächeln bei. »Sie hat vielleicht dort gearbeitet, Miss Hibbert, aber Sie werden mir zustimmen, dass man jetzt nicht mehr von einem Arbeitsplatz sprechen kann. Und ihr Betreten war unbefugt, weil das Gelände eindeutig als Tatort eines Verbrechens abgesperrt und mit ›Zutritt verboten‹-Schildern markiert war. Sie musste eine Tür einschlagen, um hineinzugelangen. Ich könnte sie ohne weiteres anzeigen. Ich könnte sie auch ohne weiteres zu einer Befragung mit ins Präsidium nehmen.«

»Das würde Ihnen nicht viel nützen«, argumentierte Totty. »Sie wusste nicht, was sie tat.«

Unter anderen Umständen hätte Chalice diese Behauptung als Demütigung empfunden; unter anderen Umständen hätte Totty sie nie geäußert. Doch jetzt kümmerte Chalice sich nicht darum und konzentrierte sich auf Sergeant Swains Gesicht.

»Es fällt mir schwer, das zu glauben«, entgegnete er. »Aber ich sehe auch keine Notwendigkeit, sie länger hier zu behalten.« Er stand auf. »Nur eine kurze Frage, bitte. Könnten Sie sich die Tonmaske hier drüben auf dem Tisch ansehen und mir sagen, was Sie darüber wissen?«

Totty warf einen Blick auf das Objekt und zuckte die Achseln. »Chalice macht alle möglichen Masken. Ich weiß nichts Spezielles über diese. Warum fragen Sie?«

»Nun, sie scheint Ihrer Schwester sehr wichtig zu sein. Sie ist in die Werkstatt eingebrochen, um sie zu holen.«

»Und warum auch nicht? Sie hat sie schließlich gemacht.«

»Weil es sich um einen Tatort handelt, Miss Hibbert. Nur befugte Polizeibeamte dürfen dort Dinge entfernen.«

»Ich bin sicher, Chalice hat diese Feinheit des Polizeiwesens inzwischen vollauf begriffen, Sergeant. Gibt es irgendwelche Einwände dagegen, dass ich meine Schwester jetzt mit nach Hause nehme?«

Swains Vogelkopf neigte sich zur Seite, während er Totty neugierig musterte. »Nicht die mindesten«, murmelte er. »Aber denken Sie daran, dass wir früher oder später eine Antwort brauchen.«

Sie waren schon beim Auto, als Totty plötzlich herumfuhr und Chalice am Arm packte.

»Was zum Teufel hast du dir dabei gedacht?«, zischte sie. »Eine Polizeiabsperrung zu durchbrechen! Ist dir klar, in was für eine Gefahr du dich gebracht hast? Du hältst wohl alle anderen für blöd, was, auch die Polizei? Großer Gott!«

Sie riss die Beifahrertür auf. »Los, steig ein. Ich werde dich nach Hause bringen.«

Chalice starrte ihre Schwester mit offenem Mund an, ehe sie sich auf den Sitz klemmte. Totty knallte die Tür zu, stapfte zur Fahrerseite und stieg ebenfalls ein.

»Das ist kein verdammtes Spiel, Chalice«, knurrte Totty und rammte den Zündschlüssel ins Schloss. »Das Atelier ist abgebrannt, Olivia wird vermisst, und Lyle ist verhaftet worden.« Der Schreck musste sich auf Chalices Gesicht abgezeichnet haben, denn ihre Schwester sah sie triumphierend an. »Hast du nicht gewusst, was? Warst den ganzen Tag draußen und hast mit deinem kleinen Freund gebumst und nicht mitbekommen, dass Lyle in Halifax in

Untersuchungshaft sitzt. Die Polizei war heute Nachmittag bei uns – Reston und der lange Kerl aus London. Sie wollen mit dir reden, Chalice. Sie wollen unser Auto durchsuchen.«

Totty kniff Chalice auf einmal hart in die Wange, um sie zu zwingen, sie anzusehen. Ihre Nägel waren so scharf und hart wie der Ausdruck in ihren Augen.

»Ich frage dich noch einmal: Was weißt du?«

Ihr Blick war furchtsam und furchterregend zugleich. Chalice riss den Kopf zur Seite und spürte, wie die Haut an ihrer Wange aufgeschlitzt wurde.

»Verflucht.« Totty zog ihre Hand zurück und sah entsetzt, wie Chalices Blut Halbmonde unter ihren Nägeln bildete. »Jetzt müssen wir obendrein noch den Kratzer in deinem Gesicht erklären.« Sie griff in ihre Handtasche und zog ein Papiertaschentuch heraus. »Wir brauchen eine Geschichte, Chally, eine gute Geschichte. Und wenn du schlau genug bist, kannst du damit deinen Arsch aus dem Schlamassel ziehen.«

Halford stand in der Gasse neben dem Crown & Drover und überlegte, ob er sich hineinzwängen sollte. Der Pub war gestopft voll, Lärm plärrte in die dämmerigen Straßen hinaus. Durch die offen stehende Tür konnte er die Leute an den dicht besetzten Tischen sehen – Männer mit zotteligen Haaren und Fotografenwesten, frisch frisierte Frauen in Hosenanzügen und Kostümen. Reporter und Einheimische machten eine Party aus ihrem Voyeurismus – und das noch bevor Reston Gelegenheit zu einer offiziellen Verlautbarung über Bottings Geständnis gehabt hatte. Aber es war ja nicht sein Fall, rief Halford sich in Erinnerung. Er konnte tun und lassen, was er wollte.

Er kehrte dem Pub den Rücken und schlenderte durch Mayleys enge Sträßchen, ohne eine klare Vorstellung zu haben, wohin er ging, ohne überhaupt zu wissen, wie er gehen musste, falls er ein bestimmtes Ziel gehabt hätte. Nach einer Woche in Mayley fand er sich zwar mit dem Auto zurecht, doch zu Fuß war der Ort nach wie vor unbekanntes Terrain. Er bog in regenglänzende Gassen und dunkle Gartenpfade ein und schnürte durch Mayley wie ein neugieriges Tier, das in alle Löcher und Durchgänge schlüpfte, die ihm interessant schienen.

Wenn er sich gestattet hätte, darüber nachzudenken, wäre ihm von vorneherein klar gewesen, wo er am Ende herauskommen würde. Schmutz und Abfall ließen ihm die Gasse sofort vertraut erscheinen. Die Kachel mit der Aufschrift FREUDE UND FÜLLE klirrte leise, als er anklopfte.

Thornsby öffnete die Tür in einem abgetragenen blauen Bademantel. Halford sah auf seine Uhr, es war noch vor acht.

»Entschuldigen Sie, ich bin ein wenig durch die Gegend spaziert. Wenn ich gewusst hätte, dass es mich hierher zieht, hätte ich vorher angerufen.«

Der Prediger trat einen Schritt zurück, um Halford hereinzulassen. »Ist das die intuitive Methode zur Lösung eines Kriminalfalls? Den Geist reinigen und abwarten, wohin die Füße einen tragen? Das kommt einem Akt des Glaubens sehr nahe, Chief Inspector.«

»Oh, ich handle ständig aus dem Glauben heraus. Ich muss nur dafür sorgen, ihn durch Beweise zu untermauern.«

Aus einem Schrank in der Ecke des Zimmers brachte Thornsby eine Flasche Merlot zum Vorschein. »Ich trinke nicht oft, aber hin und wieder … Möchten Sie auch ein Glas?«

»Ein kleines, danke.«

Thornsby verschwand durch eine Tür und kam mit zwei Gläsern und einem Korkenzieher zurück. Halford ließ seine lange Gestalt auf einem der harten Plastikstühle nieder, nahm ein Glas und kostete den würzigen Wein. Der Prediger setzte sich, wie schon beim letzten Mal, auf den Boden und ließ die Flüssigkeit im Glas kreisen.

»Ich habe von Zoë gehört, dass Sie nach Olivias kleinem Auftritt bei einer unserer Versammlungen gefragt haben.«

»Ja«, antwortete Halford. »Und ich habe das Gefühl, dass Zoë nicht ganz ehrlich zu mir war.«

»Das war sie auch nicht. Genauso wenig wie ich.« Thornsby zog eine Grimasse. »Olivia überraschte Zoë und mich, als wir in der Spinnerei miteinander schliefen. Sie hatte uns regelrecht nachspioniert. Es war das einzige Mal, dass wir sexuellen Kontakt hatten, das schwöre ich. Ich predige Enthaltsamkeit vor der Ehe, und dazu stehe ich. Es war ein einmaliger kleiner Fehltritt.« Er sah stirnrunzelnd in sein Glas. »Olivia war ein sehr unangenehmer Mensch.«

»Das klingt, als wären Sie sicher, dass sie tot ist.«

»Tot oder aus dem Staub gemacht, das kommt aufs Gleiche hinaus. Wenn sie für das Feuer verantwortlich ist, kann sie sich hier nicht mehr blicken lassen. Sie ist erledigt. Und das behagt mir sehr, muss ich sagen.«

»Keine besonders christlich-vergebende Haltung.«

»Oh, Vergebung hat damit nichts zu tun, Inspector. Ich habe ihr vergeben. Es geht darum, sich nicht das Leben vergiften zu lassen. Und Olivia war eine Giftspritze.«

»Sie hat Ihnen und Zoë also gedroht, als sie in Ihre Versammlung hereinplatzte?«

»Das war jedenfalls ihre Absicht. Aber sie hat nicht bedacht – und ich auch nicht, bis ich mich heute beim Lügen ertappte –, dass ich viel zu viel durchgemacht habe, um solche dummen Spielchen noch ernst zu nehmen. Gut, ich hätte nicht mit Zoë schlafen sollen, aber ich habe es getan. Ich hätte Sie nicht anlügen sollen, aber ich habe es getan. Und ich hätte Zoë nicht in eine Lage bringen dürfen, in der sie sich zur Lüge gezwungen sah.«

»Hat Olivia Ihre Beziehung zu Zoë noch bei einer anderen Gelegenheit angesprochen?«

»Nein, nicht ausdrücklich. Sie hat mir bloß hin und wieder anzügliche Blicke zugeworfen, wie um mir zu sagen: ›Ich weiß, was du getan hast.‹ Wahrscheinlich dachte sie, dass sie ihr Wissen irgendwann gegen mich verwenden könnte, um unsere Kirche aus der Spinnerei zu vertreiben. Aber ich bin stärker als sie. Egal, was ich getan habe, es wird meine Arbeit als Priester nicht beeinträchtigen.«

»Was ist mit Zoë?«

Thornsby balancierte sein fast volles Glas auf einem Knie und zog die Füße zum Lotussitz auf die Oberschenkel. Das Glas wackelte noch nicht einmal. »Das ist das Erstaunliche an Zoë, Mr. Halford. Sie ist sogar noch stärker als ich.«

Im Jahr 1873 konnte die örtliche Textilindustrie noch Gewinne verzeichnen; ab 1879 befand sich das ganze Land in einer schweren Wirtschaftskrise, die zwanzig Jahre dauern sollte.

G. Graysons Notizen

24. Kapitel

Samstag

Es war noch dunkel – die Morgensonne erklomm irgendwo über West Yorkshire den Horizont und hatte das Himmelsstück über dem Cottage noch nicht erhellt –, aber Nadianna wollte auch nichts sehen.

Sie saß auf den Steinstufen vor der Haustür, die Füße in ungeschnürten Schuhen, und zog den Mantel ihres Vaters eng um ihren Körper.

Die Leiche hatte also einen Namen oder vielmehr, wie Halford etwas pedantisch erklärt hatte, einen mutmaßlichen Namen. Die Untersuchung der Knochenfragmente war noch nicht abgeschlossen, aber man konnte mit einiger Sicherheit davon ausgehen, dass Lyle Botting sich eine solche Horrorgeschichte nicht ausgedacht hatte. Und der handgewebte Beutel war zu einem Kunsthandwerker zurückverfolgt worden, der vor drei Monaten einmal sein Atelier neben Olivias aufgeschlagen hatte.

Richard Row. Niemals hätte sie dem Mann mit der verdorrten Grimasse einen so schlichten Namen gegeben. Malachi Bowleggedy, Zephaniah Whiskercheeks und unzählige andere kuriose Namen wären ihr für ihr grausiges Rumpelstilzchen eingefallen. Am

Ende hätte sie, wie die Königin im Märchen, ihr erstgeborenes Kind hergeben müssen, weil sie nicht auf so etwas Einfaches wie Richard Row gekommen wäre.

Hinter ihr ging das Licht in der Küche an und beleuchtete den Wiesenstreifen zwischen dem Cottage und dem Wald. Ein Lüftchen ließ die Zweige tanzen und brachte den kupferartigen Geruch von Frost und dürrem Laub mit sich. Einige Minuten vergingen, dann hörte sie, wie sich die Tür hinter ihr öffnete.

»Hier«, sagte Gale und hielt ihr eine dampfende Tasse hin. Nadianna nahm sie, lächelte zum Dank und nahm einen Schluck von dem starken, süßen Tee.

Gale setzte sich zu ihr auf die Treppe. »Lässt es sich hier draußen besser nachdenken?«, fragte sie.

»Eigentlich nicht. Aber ich bin in meinem Zimmer auf und ab gewandert, und der Fußboden knarrte so laut, dass ich beschloss, lieber rauszugehen, als das ganze Haus aufzuwecken.«

Hinter sich hörten sie ein klatschendes Geräusch. »Das Haus ist wach«, bemerkte Gale lakonisch, und beide Frauen drehten sich um und sahen Katie Pru am Küchenfenster stehen. Das Kind, das von seinem Publikum nichts wusste, nahm ein Bild von einem Stapel auf dem Tisch, spuckte darauf und knallte es mit der Vorderseite nach außen an die Fensterscheibe.

»Natürlicher Klebstoff«, kommentierte Gale und schlang die Arme um ihre Knie. »Tja, ich schätze, wir machen uns heute wieder an die Arbeit. Lyle Bottings Geständnis bedeutet, dass der Fall so gut wie erledigt ist.«

»So gut wie.« Nadianna wickelte sich einen Schnürsenkel um die Finger und sagte nicht, wie sehr es sie verstörte, dass die Leiche jetzt einen Namen hatte. Durch den Namen wurde der Kadaver zu einer Person mit einer Geschichte, und das entsetzte sie.

Aber sie hätte wissen müssen, dass Gale ein Gespür für solche Gedanken besaß. Als sie einen weiteren heißen Schluck von ihrem Tee nahm, hörte sie die Freundin sagen: »Ich frage mich, was er wohl für ein Mensch war.«

Es war die Witwe eines Selbstmörders, die diese Frage stellte; andere hätten es wahrscheinlich vorgezogen, den fremden Toten so fremd wie möglich bleiben zu lassen. Doch Nadianna fragte sich noch etwas anderes: Würde sie den Toten, den sie ja mit eigenen Augen gesehen hatte, je vergessen, ihn je loslassen können? Sie glaubte es nicht. Genauso wenig, wie sie ihre Mutter loslassen konnte. Oder ihre Schwester Ivy. Oder ihr Baby. Sie waren alle miteinander verbunden, untrennbar. Alle diese verlassenen Seelen.

Gale nahm einen Kiesel in die Hand und schleuderte ihn in Richtung der Bäume. »Du bist also überhaupt nicht erleichtert?«

Nadianna überlegte. »Doch, ich bin erleichtert. Aber ich werde nun für immer mit ihm verbunden sein, verstehst du. Ich werde für immer mit Richard Row verbunden sein.«

Gale öffnete den Mund, um zu protestieren, schloss ihn aber schnell wieder. Die Tür des Cottages schwang auf, und der Strahl einer Taschenlampe hüpfte über die Bäume.

»Mama«, sagte Katie Pru. »Ich möchte tanzen.«

»Nur zu«, sagte Gale. »Aber bleib auf dieser Seite vom Haus. Und auf der Lichtung, junge Dame. Geh nicht in den Wald. Es dauert noch eine Stunde, bis es richtig hell ist.«

Katie Pru sprang die Stufen hinunter, den Kirschhut auf dem Kopf und ihr hell hervorblitzendes Nachthemd noch unter dem blauen Mantel. Sie rannte zur Mitte der Lichtung, wo sie in ihren Stiefeln herumwirbelte und sang, während der Taschenlampenstrahl über die Bäume zuckte wie eine flackernde Kerze.

»Was hältst du von Chalice?«, fragte Nadianna.

»Schwer zu sagen. Ich habe im ganzen Cottage nach ihren Teeschalen gesucht, aber die einzigen Stücke von ihr sind die Becher in der Küche.«

»Irgendetwas macht ihr schwer zu schaffen.«

Gale warf ein neues Steinchen ins Dunkle, zielte weit weg von Katie Pru. »Wir können ihr nicht helfen, wenn sie sich uns nicht anvertraut.«

Der Lichtstrahl stieg höher und sprang von Ast zu Ast. Katie

Pru hielt die Taschenlampe mit einer Hand auf ihrem Kopf fest und drehte sich wie wild.

»Ich glaube, sie weiß, wo Olivia ist.«

»Da bin ich mir nicht so sicher«, sann Gale. »Aber etwas weiß sie, das denke ich auch.«

»Wirst du es Mr. Halford sagen?«

Ein Kiesel schnellte aus Gales Hand und löste ein Blatt von einem niedrigen Ast. »Teufel, wenn ich das nur wüsste«, sagte sie leise. Katie Pru hörte auf zu tanzen; der Lichtstrahl beschrieb einen weiten Bogen über den Himmel und richtete sich auf das Küchenfenster.

»Hey, Mama«, rief Katie Pru. »Hast du meine Bilder gesehen?«

»Ja, Schatz, ich habe sie mir vorhin angeschaut. Sie sind sehr schön.«

»Chally ist der Wal.«

Gale bückte sich nach einem weiteren Kiesel, hielt aber mit den Fingern auf dem Boden inne. »Was hast du gesagt, Schatz?«

»Chally ist der Wal.« Katie Pru beleuchtete die Fensterscheiben. »Siehst du? Ich habe ihr Bild gemalt.«

Die Bilder waren ordentlich nebeneinander an den kleinen, quadratischen Scheiben angebracht. Eine große Strichfigur mit welligem rotem Haar, die eine winzige Strichfigur im Arm hielt. Ein Gesicht mit riesigen, grünen Augen, eingerahmt von einem grünen Schal. Und dann die Walbilder: ein Wal mit einem Schal, ein Wal mit einer grünen Kette, ein Wal, der ein Kind mit ausgebreiteten Armen auf seinem Buckel trug.

»Hm, warum hast du Chally als Wal gemalt?«, fragte Gale. »Weil sie so groß ist?«

»Nein. Sie ist gar nicht so groß. Sie ist nur eine Erwachsene. Aber sie ist der Wal. Ich habe sie gehört. Sie hat geweint.«

»Geweint?«

»Mhmm.«

»Wo?«

Katie Pru zeigte auf den Wald.

»Du hast gesehen, wie Chally weinte?«

»Nein. Ich hatte mich hinter einem Stein versteckt. Ich hatte Angst hinzusehen.«

»Ja, das war bestimmt beängstigend. Warum hat sie wohl geweint?«

»Sie mag keine Polizisten.«

Gale sah ihr forschend ins Gesicht. »Woher weißt du das, Kleines?«

»Ich hab gehört, wie der Wal das gesagt hat.«

»Wie ... Hast du den Wal mehr als einmal gehört, Katie Pru?«

»Mhmm.«

»Mehr als zweimal?«

Aber Katie Pru war schon wieder weg, tanzte über die Wiese und schwenkte ihren Lichtstrahl von Wipfel zu Wipfel.

»Katie Pru«, rief Gale ihr nach. »Nur noch eine Frage: Bist du sicher, dass du den Wal sprechen gehört hast? Chalice kann nämlich nicht sprechen, weißt du.«

Katie Pru kniff die Augen zusammen und wirbelte mit ausgebreiteten Armen um die eigene Achse. »Ich weiß!«, rief sie. »Es muss hier eine ganze Herde Wale geben.«

Das Morgengrauen versprach Regen, als Halford sich mit Reston auf dem Grundstück der Markham-Töpferei traf. Die Spurensicherung war schon bei der Arbeit – zwei Männer befanden sich im Haus, und ein Mann und eine Frau knieten draußen neben den Pflastersteinen, die fächerförmig vor der Eingangstür angeordnet waren. Die Frau kratzte mit einer Rasierklinge an einem Stein herum und schüttelte die Ausbeute in eine kleine Plastiktüte.

»Sieht schlecht aus«, murmelte sie. »Wünschte, wir wären ein paar Tage früher gerufen worden.«

Reston zog die Stirn in Falten, sagte aber nichts. Er nahm Halfords Arm und zog ihn ein paar Schritte vom Haus weg.

Weißt du, wie oft es seit Sonntagabend geregnet hat? Mindestens drei leichte Schauer und ein richtig schöner Wolkenbruch. Wir haben eine ungefähr neunundneunzigprozentige Chance, rein gar nichts zu finden.«

»Du hast ein unterschriebenes Geständnis«, tröstete ihn Halford.

»Hältst du Bottings Geständnis für wahr?«

»Das meiste davon.«

»Genau, und es ist der Rest, der mir Sorgen macht. Es wäre ein gar zu schönes Weihnachtsgeschenk, wenn wir Blutspuren von zwei verschiedenen Personen in den Ritzen dieser Steine finden würden. Und wenn die Analyseergebnisse mit der vermissten Leiche und der vermissten Person übereinstimmen würden.«

Die Frau von der Spurensicherung öffnete eine zweite Plastiktüte und beugte sich so tief über einen Stein, dass ihre Stirn den Boden streifte. »Ich wünsche dir wirklich schöne Feiertage, Mark«, sagte Halford, »aber du müsstest ein echter Glückspilz sein, damit es dazu kommt.«

»Danke für die aufmunternden Worte, Danny.«

»Die Suche nach Markham ist in vollem Gang?«

»Ja. Ich hätte sie schon viel früher anordnen sollen. Der Superintendent war ziemlich frostig, als ich gestern Abend mit ihm sprach. Falls Markham noch lebt, hatte sie ungefähr achtzig Stunden, um zu verschwinden. Und falls sie tot ist, ist die Spur jetzt eiskalt.«

»Du bist müde, Mark«, sagte Halford freundlich. »Du hast die Grippe noch längst nicht überwunden.«

»Verdammter Mist. Hab ich dir nicht gesagt, Danny, dass ich Ärger bekomme, wenn ich zu wenig Männer in den Fluss schicke, um nach der Leiche zu suchen? Und hab ich nicht auch gesagt, dass ich Ärger bekomme, wenn ich zu viele Männer einsetze und kein Ergebnis vorweisen kann? Eine beschissene Falle. Der Superintendent hat mit der Bezirkspolizei von Manchester gesprochen – sie werden bei der Suche nach Row helfen. Die Wasserreservoirs und die Nebenarme des Sette müssen abgesucht werden, und natürlich der Calder, in den er mündet. Der Super hat angedeutet, dass er mich am liebsten von dem Fall abziehen würde, und das kann ich ihm noch nicht mal verdenken. Ich hätte hart bleiben sollen, hätte mehr Männer anfordern sollen und notfalls einen Rüffel riskieren.«

Aber du hast Nadianna doch auch nicht geglaubt, dachte Halford im Stillen. Der Kollege von der Spurensicherung hatte sich von den Pflastersteinen entfernt und untersuchte sorgfältig den Boden vor dem Eingang zum Atelier. Er bückte sich, strich mit der Hand über ein Grasbüschel, ging einen Schritt weiter vor.

»Was steht heute auf dem Plan?«, fragte Halford.

»Muss diese Kirchenmitglieder noch mal befragen. Olivia sitzt vielleicht in Spanien und schlürft Champagner, aber sie könnte genauso gut aus dem Fenster da oben gefallen sein. Und ich werde mir einen verdammten Durchsuchungsbefehl für Chalice Hibberts Auto besorgen.«

»Die Sache mit dem Moorloch lässt dir keine Ruhe, was?«

»Allerdings lässt sie mir keine Ruhe. Glaubst du wirklich, dass sie bei Dunkelheit dort oben herumgestrichen ist, um ihre Gedanken zu ordnen?«

»Möglich wär's. Ich mache auch gern lange Spaziergänge.«

»Aber überleg mal, wo das Auto am Tag des Brands gesehen wurde. Nach Zoë Axons Aussage fuhr Chalice gegen drei Uhr nachmittags damit beim Atelier vor. Und Zoë sagte dir, sie hätte es gegen sechs noch einmal gesehen. Und dann stand der Wagen später am Abend, so gegen zehn, oben im Haworth-Moor. Das ist zumindest ziemlich auffällig. Ein Moorloch ist ein guter Platz, um etwas verschwinden zu lassen.«

Halford nickte. »Das mit dem Auto ist tatsächlich auffällig. Aber es dürfte schwer sein, ohne Leiche einen Durchsuchungsbefehl zu bekommen.«

»Deswegen werde ich mir ja diese Kirchenleute noch mal vornehmen. Sie sollen mir sagen, ob sie nicht statt einer überirdischen Erscheinung vielleicht etwas Handfestes aus Fleisch und Blut gesehen haben.«

Der Spurensicherungsbeamte hockte an einer Ecke vor der

Hauswand. Plötzlich stand er abrupt auf, winkte und rief Reston zu: »Wir haben was gefunden, Sir. Sollten Sie sich mal ansehen.«

Um das Haus herum verlief ein Kiesstreifen, der mit vereinzelten Grasbüscheln durchsetzt war. In der Mitte eines dieser Büschel lag eine halb verdeckte, beige Form, glänzend und rund wie ein Osterei. Der Spurensicherungsmann trat zur Seite, und Halford und Reston gingen in die Hocke, um den Gegenstand genauer in Augenschein zu nehmen.

Die Schale lag auf der Seite zwischen den Grashalmen, klein genug, um in Halfords Handfläche zu passen. Was von ihr zu sehen war, war perfekt – keine Sprünge, keine Risse –, ein Blütenkelch, der von einem dickeren Boden in eine immer dünner werdende Wand überging und in einem hauchzarten Rand endete.

Maschinell hergestellt, dachte Halford zuerst, aber als er sich zur Seite beugte, um nach einem Herstellernamen zu suchen, entdeckte er stattdessen ein Töpfersiegel in Form eines mittelalterlichen Kelches.

»Keine weiteren Stücke hier in der Nähe«, sagte der Spurensicherungsexperte. »Noch nicht einmal Scherben. Und auf dieser Seite gibt es kein Fenster, durch das die Schale während des Feuers hätte hinausgeschleudert werden können, falls das überhaupt möglich wäre.«

»Sie ist datiert. Stammt aus diesem Jahr«, sagte Reston.

»Merkwürdig. Das Team von der Branduntersuchung hätte sie doch bemerken müssen.«

»Wenn sie zu der Zeit schon hier lag«, sagte Halford.

»Wenn sie schon hier lag. Wäre hochinteressant, wenn nicht.« Reston erhob sich und klopfte dem Spurensicherungsexperten auf die Schulter. »Gute Arbeit, Timmy. Macht ein Foto.«

Luther Yates und sein Bruder David gaben die unproduktive Yates-Spinnerei auf und wanderten nach Georgia aus, wo sie im Jahr 1890 die Baumwollspinnerei von Statlers Cross errichteten. Diese neue Spinnerei wurde nicht mehr mit Dampf, sondern mit Gas und Elektrizität betrieben.

G. Graysons Notizen

25. Kapitel

Chalice war zwölf, als sie Michaels Tagebuch fand. Das Cottage hatte sich nicht als die Goldgrube erwiesen, die Totty erhofft hatte, und die vierzehntäglichen Säuberungsaktionen dehnten sich auf dreiwöchentliche, dann monatliche aus und fanden schließlich nur noch statt, wenn das Haus vermietet werden sollte. Als die Schwestern nach längerer Abwesenheit mal wieder nach dem Rechten sahen, war eine der Schieferschindeln vom Dach gefallen und zerbrochen. Ein Vogel war gegen ein Fenster geflogen und hatte einen spinnwebartigen Sprung in der Scheibe verursacht; hinter dichten Efeuranken entdeckte Chalice einen Haufen Knochen und Federn. Jemand hatte versucht, durch die Hintertür einzubrechen, das Schloss hatte zwar gehalten, aber das Holz war beschädigt, und Regen und Laub waren ins Haus geweht worden. Sie begannen mit dem Saubermachen, und als Totty in die Stadt fuhr, um Material und einen Handwerker zu holen, schlenderte Chalice die Treppe hinauf, weil sie keine Lust mehr hatte weiterzuarbeiten.

Sie schlenderte herum, atmete den schwachen Modergeruch ein und drehte die Matratzen zum Lüften um. Gelangweilt öffnete sie sämtliche Schränke, machte sich darauf gefasst, weitere Tierkadaver zu finden, stieß aber nur auf vertrocknete Insekten in staubigen Schubladen. Es gab einen alten Wandschrank im oberen Stockwerk, in dem Totty einen Besen aufbewahrte. Als Chalice den Kopf hineinsteckte, stellte sie überrascht fest, dass der Schrank zum Dach hin offen war und sie das Gebälk sehen konnte, wenn sie sich ganz in ihn hineinzwängte. Zuerst erkannte sie die seltsame rechteckige Form nicht, die an einem der unteren Balken befestigt war. Als ihre Augen sich an die Dunkelheit gewöhnt hatten, sah sie, dass es sich um eine kleine Holzkiste handelte, die mit drei verwitterten Seilen festgebunden und mit einem Schnappschloss verschlossen war. Neugierig geworden stemmte sie sich im Schrank hinauf und stützte sich dann mit den Ellbogen auf einen vorstehenden Rand, während sie die Seile löste und ihren Fund aus seinem Versteck befreite.

Die Holzkiste roch verfault – wäre sie noch etwas länger dort oben geblieben, sagte sich Chalice, hätte man nichts mehr darin finden können –, aber das Buch selbst war nahezu trocken und roch nach etwas, das sie nicht benennen konnte. Es hatte einen schwarzen, bröseligen Einband; kleine Stücke blieben an ihren Händen hängen, und als sie sich den Schweiß von der Stirn wischte, klebten sie an ihren Lidern und brannten in den Augen. Sie saß halb im Schrank, die langen Beine aus der Tür gestreckt, und legte sich das Buch auf die Knie, um es vorsichtig aufzuschlagen. Braune Flecken bedeckten die Seiten wie Sturmwolken. Wasserspuren, dachte sie und fragte sich, ob die Person, die es so sorgfältig unter den Dachbalken versteckt hatte, unbewusst darauf gehofft hatte, dass es zerstört würde. Doch trotz der Wasserflecken war die Schrift gut zu lesen.

Michaels Tagebuch blieb zwei Jahre lang ihr Geheimnis. Im Nachhinein konnte Chalice nicht sagen, warum sie Totty nie davon erzählt hatte. Vielleicht, weil sie es als eine Trophäe betrachtet hatte, als einen Lohn für ihre Größe, die ihr gestattete, Dinge zu sehen, die anderen verborgen blieben.

Aber es war ein furchtbares, belastendes Geheimnis. Eines Nachts, als sie immer wieder die toten Kinder vor sich sah und nicht schlafen konnte, hatte sie eine Stunde lang untröstlich geweint. Totty, der ebenfalls Tränen der Erschöpfung über die Wangen liefen, hatte an ihrem Bett gehockt.

»Bitte, Chally, ich bin müde. Was ist denn los?« Als keine Antwort kam: »Warum tust du mir das an?« Und dann, grausam, verzweifelt: »O Gott, was ich alles für dich aufgegeben habe! Dabei bist du noch nicht mal mein eigenes Kind. Werd endlich erwachsen, verdammt!«

Damals hatte Chalice zum ersten Mal begriffen, dass Tottys Wut und Verzweiflung sich nicht länger gegen die abwesende Mutter oder die Abfolge ihrer unzuverlässigen Liebhaber richtete, sondern gegen sie, ihre kleine Schwester. Totty empfand ebenso viel Abneigung und Unwillen wie Liebe ihr gegenüber. Nicht lange danach war es im Haus in der Garrett Alley mit seiner Meeresdekoration eng und stickig geworden, als hätten sie alle Luft zum Atmen verbraucht. Chalice richtete sich im Schuppen ein und vertiefte sich in ihre Arbeit. Außerdem fand sie heraus, welche Buslinie den steilen Hang der Old Ground Lane hinauffuhr, so dass sie jederzeit im Blandon Wood herumstreifen konnte, unabhängig von Totty und ihrem Cottage.

Auf einem dieser Streifzüge wagte sie sich bis zu der verfallenen Spinnerei vor, wo sie zwei Teenager entdeckte, die lachend über das Gelände liefen und zu den zerbrochenen Fenstern hineinbrüllten. Eine Stunde lang stand sie zwischen den Bäumen verborgen und beobachtete das Paar. Sie sah, wie sie die goldblonden Köpfe zusammensteckten und beim Rennen die Arme ausbreiteten. Etwas an ihrer freien, ungezwungenen Art zog sie an, und Chalice Hibbert, die stumme Riesin von Mayley, trat aus dem Wald und ging auf sie zu.

Auch jetzt trat sie wieder aus dem Wald. Sie hatte ein Päckchen an die Brust gedrückt, überquerte die Lichtung und klopfte an die Tür des Mill Cottage.

Nadianna machte auf. »Es war falsch von mir, dein Vertrauen zu missbrauchen, Chally«, stieß sie atemlos und ohne Einleitung hervor. »Ich dachte, es wäre das Richtige, aber das war es nicht. Es tut mir Leid.«

Chalice nickte nur und ließ sich von Nadianna ins Wohnzimmer führen. Gale stand vor dem Kamin, aber das Kind schien nicht da zu sein.

»Chally«, sagte Gale leise. »Ich muss dir etwas sagen. Katie Pru hat dich im Wald mit einem Mann gehört. Sie hörte, wie der Mann sagte, dass ihr etwas vor der Polizei verbergen müsstet.«

Am Vortag hätte eine solche Nachricht Chally in Panik versetzt – als sie noch der Überzeugung gewesen war, dass sie einen Freund hatte, der sie liebte, und eine Schwester, die zumindest ihr Bestes wollte.

Sie griff in ihre Manteltasche, zog einen Zettel heraus und reichte ihn Gale. Als Gale ihn in der Hand drehte, kritzelte Chalice auf ihren Palmtop: BITTE LIES DAS.

Gale las laut vor.

Ich weiß nicht, wo ich anfangen soll. Wir waren einfach normale Teenager, die einen Ort gefunden hatten, an dem sie sich heimlich treffen konnten – wie in dem Film ›Denn sie wissen nicht, was sie tun‹, kennst du den? Am Anfang gab es nur uns drei – und ein Cottage, ein altes Haus und eine verfallene Spinnerei, deren Geschichte niemand mehr kannte. Wir waren so einsam, und wir glaubten nicht, dass wir etwas Böses taten, aber vielleicht taten wir es ungewollt wie die Jugendlichen im Film. Wir glaubten an drei Dinge: dass wir immer zusammenbleiben würden, dass Gott mit uns war und dass das Buch uns … etwas bringen würde.

Chalice beobachtete Gales Gesicht. Als die ältere Frau aufsah, zeichnete sich Verwirrung darauf ab. Chalice setzte sich mit dem Päckchen auf eins der Sofas, entfernte vorsichtig das Papier und reichte Gale das Buch.

LIES DAS, schrieb sie. DANN SAG MIR, WAS HIER PASSIERT.

Halford erkannte das Gesicht der zerbrochenen Maske sofort; Alan Axons unbändiger Haarschopf und sein gutmütiges Grinsen waren unverwechselbar.

Hinter ihm polterte Reston in das Verhörzimmer. »Ich habe gerade mit Totty Hibbert telefoniert. Sie sagt, ihre Schwester wäre jetzt zu Hause. Ich habe Swain hinbeordert, aber es gibt Probleme mit diesem vermaledeiten Durchsuchungsbefehl, deshalb muss ich zum Präsidium. Würde es dir etwas ausmachen, mit Swain zu den Hibberts zu fahren?«

»Ganz und gar nicht.« Halford deutete auf die Maske. »Erkennst du den jungen Axon?«

»Axon? Tatsächlich?« Reston musterte die beiden Stücke und schüttelte den Kopf. »Wenn du meinst. Ich sehe keine Ähnlichkeit, aber ich kenne den Jungen auch nicht so gut. Wenn das wichtig sein sollte, können wir nur hoffen, dass sie es freiwillig zugibt – es ist teuflisch schwer, so etwas zu beweisen.«

»Als ich mit Zoë Axon sprach, hatte ich den Eindruck, dass sie Chalice kaum kennt.«

»Vielleicht stimmt das ja. Geschwister müssen nicht alles miteinander teilen.« Reston wandte sich wieder zur Tür. »Swain. Nehmen Sie diese Maske als Beweisstück auf und treffen Sie sich mit Chief Inspector Halford am Auto.«

Swain brauchte weniger als eine Viertelstunde, um die Maske zu verpacken, sie wegzuschließen und mit Halford zum Haus der Hibberts in der Garrett Alley zu fahren. Aber dort empfing Totty sie mit einem Handtuch um die nassen Haare und der Neuigkeit, dass Chalice doch nicht zu Hause sei.

»Ich habe keine Ahnung, wo sie steckt.« Totty lehnte sich an die Haustür und klang gelassen, aber Halford bemerkte ihre geschwollenen Augenlider und ihr steifes Rückgrat. »Als Mark anrief, dachte ich, sie wäre im Schuppen. Aber da ist sie nicht. Sie könnte überall sein – sie steht ja schließlich nicht unter Hausarrest.«

»Wir müssen nur noch einiges zu dem gestrigen Vorfall klären, Miss Hibbert«, erklärte Swain. »Nur noch ein paar Fragen.«

»Sie haben sie fast zu Tode erschreckt, als sie sie auf die Wache zerrten wie eine x-beliebige Landstreicherin. Sie hat nichts Schlechtes getan, verstehen Sie. Ihr einziges Verbrechen war es, zur falschen Zeit am falschen Ort zu sein – mit den falschen Leuten.«

»Könnten Sie mir das näher erklären, Miss Hibbert?«

»Ich meine Olivia Markham und Lyle Botting. Denken Sie, wir lesen keine Zeitungen? Sie sind voll davon. Ich hoffe, Sie haben sich auf den Presseansturm vorbereitet. Die Reporter schwirren in der Gegend herum wie die Fliegen.«

Halford ergriff das Wort. »Sie hat also nicht das Auto genommen?«

Totty richtete langsam ihren Blick auf ihn. »Was haben Sie gesagt?«

»Ihr Wagen – er steht um die Ecke. Wenn Chalice unterwegs ist, dann offenbar auf andere Weise.«

»Na und?«

Halford warf einen Blick auf den gepflegten Vorgarten, die sauber geschrubbten Steinstufen vorm Haus. »Sie haben neulich erwähnt, dass Sie die Benutzung des Autos genau einteilen. Deshalb wussten Sie auch so sicher, dass Ihre Schwester am Sonntagabend zu Hause war. Aber anscheinend verlässt sie sich nicht nur auf das Auto, um irgendwohin zu kommen, oder?«

»Natürlich nicht. Sie geht oft zu Fuß, nimmt den Bus ...«

»Hat sie Freunde mit Autos?«

Tottys Miene wurde finster. »Sie hat keine Freunde. Chally war nie besonders gut darin, Freundschaften zu schließen. Und Kinder sind berüchtigt für ihre Grausamkeit gegenüber allen, die anders sind.«

»Gilt das auch für Alan Axon?«

Halford hatte den Ausdruck, der sich auf den Zügen seines Gegenübers abzeichnete, schon öfter gesehen. Es war der wissende Ausdruck einer Person, die erwartet hat, dass man ihrem Geheimnis auf die Spur kommt, und nun triumphierend feststellt, dass ihre Vorhersage eingetroffen ist. »Warum erwähnen Sie ihn?«, fragte sie.

»Ich habe die Maske auf der Polizeiwache gesehen. Sie sagten selbst, Ihre Schwester würde Gesichter gut treffen.«

»Sie sind ein schlauer Bursche«, sagte Totty spöttisch. »Also schön, Sie haben es herausgefunden – und nun?«

»Ist sie jetzt gerade bei Alan?«

»Ich sagte Ihnen doch, ich habe keine Ahnung.«

»Wissen Sie, ob sie am Dienstagabend über das Auto verfügt hat?«

»Das ist beinahe eine Woche her. Ich kann mich nicht erinnern.«

»Versuchen Sie es, Miss Hibbert. Es war der Abend des Feuers. Chalice hatte das Auto tagsüber, um zur Arbeit ins Atelier zu fahren, richtig? Hatte sie es auch noch am Abend, so gegen sechs?«

Totty legte einen Finger an die Lippen. »Dienstag. Nein, ich musste mich mit Kunden in der Nähe von Wakefield treffen. Um sechs war ich noch dort.«

»Wann sind Sie hier losgefahren?«

»Kurz nach halb sechs. Bin wahrscheinlich erst nach sieben von Wakefield aus zurückgefahren.«

»Sind Sie sicher?«, fragte Swain. »Führen Sie einen Terminkalender?«

»Natürlich.«

»Hätten Sie etwas dagegen, ihn uns zu zeigen?«

Der Blick, mit dem sie ihn bedachte, war feindlich und gelassen zugleich. »Ich habe eine ganze Menge dagegen. Aber wenn Sie unbedingt wollen …« Sie wand sich den Handtuchturban vom Kopf und trat zur Seite. Die feuchten Locken standen wie kleine Haken von ihrem Kopf ab. »Kommen Sie herein, Gentlemen. Was Sie meiner Schwester auch vorwerfen, ich kann beweisen, dass sie unschuldig ist.«

Sie folgten ihr in das Wohnzimmer mit den blauen Wänden, wo sie die oberste Schublade des Mahagonischreibtischs aufzog und einen ledergebundenen Terminkalender herausholte.

»Hier«, sagte sie, die entsprechende Seite aufschlagend. »Die Trippings, am Dienstag um sechs.«

»Keine Telefonnummer dabei«, bemerkte Swain. »Wir würden gern überprüfen, dass Sie sich wirklich mit ihnen getroffen haben. Wenn es keine Telefonnummer gibt, genügt auch die Adresse.«

Totty klappte den Kalender langsam zu. »Das dürfte schwierig sein. Ich habe nie mit ihnen telefoniert und kenne ihre Adresse nicht. Wir haben uns in einem Pub getroffen. Der Name fällt mir gleich wieder ein. Etwas westlich von Wakefield.«

»Wie haben Sie denn mit den Leuten korrespondiert?«, fragte Halford.

»Per E-Mail. Immer per E-Mail.«

»Dann geben Sie uns ihre E-Mail-Adresse.«

»Das ist ein bisschen problematisch. Die Datei mit meinen E-Mail-Adressen ist nämlich aus Versehen gelöscht worden.«

»Überhaupt kein Problem«, lächelte Halford. »Ich bin sicher, die Polizei von West Yorkshire verfügt über ein ganzes Heer von fähigen Computerspezialisten.«

Totty legte den Kalender in die Schublade zurück. »Ah, aber dazu müssten Sie sich meinen Computer vornehmen, und das läuft nicht ohne Durchsuchungsbefehl.« Sie wandte sich an Swain. »Ich habe Ihnen bereits deutlich gemacht, dass ich sehr wohl weiß, wo die Grenze ist. Und ich werde Ihnen nicht gestatten, sie zu überschreiten.«

Es war erstaunlich, wie Leid und Schmerz auf Papier konserviert werden konnten. All das Elend, die Wut. Aber dieses halb auseinanderfallende Buch stellte mehr dar als das Vermächtnis eines bitteren, alten Mannes, der die Taten seines jüngeren Selbst der Nachwelt überliefert. Michaels Tagebuch war ein Phänomen, ein Wunder. Es durfte eigentlich gar nicht existieren.

Gale saß am Küchentisch des Cottages, das alte Tagebuch ruhte auf einem frischen Blatt aus Katie Prus Zeichenblock. Chalice saß ihr gegenüber, hatte während der vergangenen zwei Stunden dort gesessen und zugesehen, wie Gale blinzelnd Michaels winzige Buchstaben entzifferte. Zwischendurch hatte Nadianna ein Sandwich für Katie Pru gemacht und war mit Kind und Kamera zur Spinnerei aufgebrochen. Jetzt verspürte Gale eine plötzliche Panik, als sie an ihre Tochter im Schatten dieser traurigen Steine dachte. So viel Schmerz.

Sie schob das Buch von sich.

»Chalice«, sagte sie. »Du weißt, was du da für einen Schatz hast.«

Chalices Wangenmuskeln arbeiteten, und ihre Daumen hakten sich um die Tischkante.

»Ein unglaublicher Glücksfall, vom geschichtswissenschaftlichen Standpunkt aus«, fuhr Gale fort. »Namen, Daten, Pläne, organisatorische Details. Es ist ein wichtiger historischer Fund – aber Alan weiß das sicher auch, nicht wahr?«

Tränen traten in die grünen Augen der jungen Frau. Sie antwortete mit einem kurzen Nicken.

»Wie lange ist das Buch schon in deinem Besitz?«

Sieben Finger erhoben sich über der Tischkante.

»Monate?« Kopfschütteln. »Jahre?«

Die Tränen rannen über Chalices Wangen.

»Erzähl mir von euch dreien und dem Tagebuch«, forderte Gale sie sanft auf.

Keine Reaktion außer dem Kneten der Daumen an der Tischkante. Gale stand auf, ging zu einer Anrichte und riss ein weiteres Blatt von Katie Prus Block ab. Sie reichte es Chalice zusammen mit einem Stift und hockte sich neben sie. »Hör zu, du musst mich einweihen, wenn ich dir helfen soll. Etwas macht dir Angst. Du hast auf deinem Zettel geschrieben, die drei Teenager hätten ungewollt Böses getan. Inwiefern haben sie Böses getan, Chalice?«

Chalice setzte den Stift an, zögerte, setzte von neuem an. Schließlich drei Worte:

Olivia ist tot.

Gale schüttelte den Kopf. »Mr. Halford hat mir von Lyle Bottings Geständnis erzählt. Er behauptet, Olivia sei nicht tot. Und Daniel glaubt, dass er im Großen und Ganzen die Wahrheit sagt.«

Chalice schüttelte entschieden den Kopf und kritzelte erregt auf das Papier. *Sie wäre nie freiwillig hier weggegangen. Ego. Wut. Stolz. Sie hat mich weggejagt, hätte selbst Lyle weggejagt. Eher hätte sie ganz Mayley davongejagt, als selbst zu verschwinden. Sie ist tot.*

Gale seufzte. »Chally, das alles verwirrt mich völlig. Warum hast du mir das Buch gebracht? Was hat das Buch mit Olivia zu tun?«

Chalice öffnete den Mund, Tränenbäche liefen hinein. Ihr Blick war flehend, ehe sie den Kopf senkte und weiterschrieb.

Wir haben einen Eid geschworen – Alan & Zoë & ich. »Den Verräter bis ans Ende der Welt zu verfolgen«. Olivia war die Verräterin. Sie wollte es anderen sagen. Uns verraten.

»Ich verstehe das nicht. Hat Olivia denn von dem Buch gewusst?«

Nicken.

»Hat einer von euch Olivia etwas angetan?«

Die Tränen versiegten abrupt, nur glänzende Spuren blieben im Gesicht zurück.

»Schhh«, brachte Chalice hervor. »Schhhw.«

Gale nahm den Stift und drückte ihn ihr wieder in die Hand. »Erzähl's mir. Hilf mir zu verstehen. Weißt du, wer Olivia etwas angetan hat?«

Alan. Zoë. Bitte, finde heraus, ob es wahr ist. Ich will nicht an die andere Möglichkeit denken.

Dem Kirchenregister der Unitarier von Mayley zufolge kamen fünfundzwanzig von achtundneunzig männlichen Gemeindemitgliedern im Ersten Weltkrieg ums Leben. 1927 schließlich war die Zahl der Mitglieder derart geschrumpft, dass die Kirche schließen musste, eine Entwicklung, von der Kirchengemeinden in der ganzen Grafschaft betroffen waren.

G. Graysons Notizen

26. Kapitel

Totty Hibbert beendete die Befragung, indem sie mit verschränkten Armen an der Haustür wartete, bis Halford und Swain sich mit einem Nicken verabschiedet hatten und zu ihrem Wagen getrottet waren.

»Naives Frauenzimmer«, schnaubte Swain beim Einsteigen. »Wird nicht schwer sein, diese Trippings aufzuspüren, vorausgesetzt natürlich, sie existieren. Und wenn sie nicht existieren, wird sie erst recht Schwierigkeiten bekommen.«

Als sie um die Ecke bogen, warf Halford einen letzten Blick auf Totty, die immer noch in der Tür stand. Sie rührte sich nicht, ihr sehniger Körper war angespannt wie ein Bogen. »Ich denke, sie weiß, dass ihr Alibi nicht viel taugt. Sie versucht nur, Zeit zu gewinnen.«

»Dann muss sie sich aber beeilen, Sir. Wir werden dieser Sache auf den Grund gehen, und Gnade ihr Gott, wenn sie auf der falschen Seite des Gesetzes steht.«

Das war die Art von pathetischem Fernsehkrimikommentar, die Halford sich schon vor langer Zeit abgewöhnt hatte. Er lächelte den jungen Constable kurz an.

»Sie fahren jetzt zurück zur Wache, oder? Lassen Sie mich dort an der Ecke raus, und sagen Sie Inspector Reston, er soll mich anrufen, wenn er zurück ist.«

»Jawohl, Sir. Danke, Sir.«

Der Geruch von gebratenen Würstchen hing in der Luft, als Halford durch eine von Reihenhäusern gesäumte Straße ging, aber alle nach vorne liegenden Fenster waren geschlossen, so dass er die Quelle nicht ausmachen konnte.

Gerade war er an der Kreuzung mit der Highstreet angekommen, als das Handy in seiner Tasche klingelte. Er ließ die Klappe aufschnappen, und sein Magen zog sich beim Klang von Gales nervöser Stimme zusammen.

»Kannst du zum Cottage kommen?«, fragte sie.

»Ist alles in Ordnung?«

»Ich hoffe es.« Tiefes Durchatmen. »Kannst du sofort kommen?«

Er verfiel in Trab, noch ehe er das Telefon wieder zugeklappt hatte, und rannte zu seinem Wagen, der hinter dem Crown & Drover geparkt war. Kaum eine Viertelstunde später hatte er den Blandon Wood durchquert und betrat das unverschlossene Cottage.

Gale und Chalice hockten schweigend in der Küche. »Setz dich«, sagte Gale, die Anspannung in ihrer Stimme war jetzt von Erschöpfung überlagert. »Ich würde dir auch eine Tasse Tee anbieten, aber du müsstest sie woanders trinken.« Sie zeigte auf etwas, das wie ein Stapel gepresster Tabakblätter zwischen zwei Lederkladden aussah. »Kann nicht riskieren, dass etwas darauftropft.«

»Schon gut«, erwiderte Halford und zog einen Stuhl unter dem Tisch hervor. »Ein ziemlich altes Buch. Gehört es Ihnen, Chalice?«

Die Angesprochene nickte düster. Ihre großen Hände lagen gefaltet auf der Tischplatte, die Daumen waren so fest aufeinander gepresst, dass die Kuppen lila schimmerten. Er griff über den Tisch und löste sanft zuerst den einen, dann den anderen Daumen. »Das ist nicht gut für sensible Künstlerhände. Es wäre für uns alle ein Verlust, wenn Sie sich wehtun würden.«

Seine Geste war freundlich und beruhigend gemeint, aber er war nicht auf den Blick schierer Verzweiflung gefasst, der ihn traf.

Er ließ seine Hand auf der Faust des Mädchens und sah Gale fragend an.

»Erinnerst du dich an unser Gespräch über die Ludditen?«, fragte sie. »Weißt du noch, was ich über historische Zeugnisse sagte und wie wenige es aus der Sicht der Ludditen gibt? Das hier ist das Tagebuch eines Ludditen. Chalice hat es vor sieben Jahren unter einem Dachbalken in diesem Cottage gefunden. Ich habe bisher nur Teile daraus gelesen, aber es ist ... erschütternd. Und vor allem natürlich ein äußerst wertvoller Fund.«

Halford spürte, wie Chalices Finger sich unter seinem Griff bewegten. Als er die Hand hob, zog sie ein Blatt Papier vom anderen Ende des Tischs heran und schob es ihm hin.

Mein Geständnis stand in starren Blockbuchstaben ganz oben.

Halford bedeckte das Blatt mit der Hand. »Chalice, Sie brauchen einen Anwalt ...«

Sie packte seinen Arm und schüttelte ihn, ihre Mimik war eindringlich.

»Es ist nicht das Geständnis eines Verbrechens, Daniel«, erklärte Gale. »Chalice hat nichts Schlechtes getan.« Sie machte eine Pause und fuhr sich erschöpft mit der Hand übers Gesicht. »Sie glaubt, dass Olivia tot ist. Und sie hat eine Ahnung, wer dafür verantwortlich sein könnte.«

Halford sah Chalice an. »Dann sollten Sie mit mir auf die Wache kommen. Mr. Reston braucht ...«

Chalices breite Handfläche knallte auf den Tisch, so laut wie ein Revolverschuss. Sie schüttelte den Kopf, dass die roten Haare flogen.

»Hehen«, stammelte sie und tippte mit dem Zeigefinger auf das Blatt. »Hehen ...«

»Ich habe es bereits gelesen«, sagte Gale. »Das heißt, ich war dabei, als sie es schrieb. Falls daran etwas Strafbares sein sollte, bin ich auch beteiligt.«

»Also gut, Gale«, erwiderte Halford. »Ich werde Chalices Text lesen. Aber bring das Buch zuerst an einen sicheren Ort. Und wenn es dir nichts ausmacht – ich könnte jetzt eine Tasse Tee vertragen.«

Chalices Schrift war gedrängt, als hätte sie Schwierigkeiten, weite Gedanken auf engem Raum zu fassen. Das wunderte Halford, er hätte eher etwas Fließendes, Großzügiges von ihr erwartet, nicht diese exakten, gleichmäßigen Buchstaben. Aber vielleicht waren es gerade Exaktheit und Gleichmaß, wonach die Hände einer Töpferin strebten. Er begann zu lesen.

Mein Geständnis

Die einzigen Menschen, denen ich von dem Buch erzählte, waren Alan und Zoë. Ich begegnete ihnen in der Spinnerei. Als ich sie zum ersten Mal sah, hielt ich sie für Elfen – sie waren so blond und zart. Neben ihnen fühlte ich mich geradezu monströs. Doch dann nahm Zoë meine Hand und zog mich mit sich. Sie waren meine ersten und einzigen Freunde.

Ich zeigte ihnen das Buch am Tag nach meinem vierzehnten Geburtstag. Alan erkannte seinen Wert sofort. »Das ist ein ganz besonderes Buch, Chally«, sagte er. »Die Leute werden es lesen, es veröffentlichen wollen. Man wird darüber forschen. Michael Dodd wird zu einem Helden werden, und viele werden in ihren eigenen Büchern über ihn schreiben wollen.«

Wir gingen in die Bibliothek und lasen alles, was wir über die Ludditen finden konnten. Nichts war wie Michaels Geschichte. Gerichtsakten, Zeitungsartikel, Volksballaden. »Siehst du?«, sagte Alan. »Nichts, das so genau und persönlich wäre. Pass auf, Chally. Wenn wir erst älter sind, wird uns dieses Buch berühmt machen.«

Also schmiedeten wir einen Plan – wir schworen sogar einen Eid. Wir gründeten einen Geheimbund: Wir würden uns heimlich in der Spinnerei treffen und niemandem von dem Buch erzählen, bis wir alt genug wären. Dann würden wir es an die Öffentlichkeit bringen. Das Buch würde uns berühmt machen und uns Bewunderung eintragen, denn im Gegensatz zu den Mädchen aus Cottingley, die angeblich Waldgeister gesehen hatten, war unsere Entdeckung kein Trick. Michaels Tagebuch war Wirklichkeit.

Die Spinnerei wurde zu unserem Zufluchtsort, den wir in Ehren hielten wegen dem, was dort geschehen war. Wir gaben uns das Versprechen, ihn zu beschützen.

Dann hörte Totty, dass Olivia nach Räumlichkeiten für ihr Töpferatelier suchte; eines Tages picknickten Alan und Zoë und ich in der Spinnerei und sahen, wie Olivia mit ihrem Wagen vor dem alten Spinnereibesitzerhaus hielt. Innerhalb von wenigen Wochen hatte sie sich dort eingerichtet, und wir waren gezwungen, ständig aufzupassen, damit sie uns nicht entdeckte. Zu dieser Zeit arbeitete ich hier und da für verschiedene Töpfereien, aber Totty wollte, dass ich eine Lehre bei Olivia anfing. Als sie erfuhr, dass Olivia eine Assistentin einstellen wollte, bewarb ich mich.

Ein, zwei Monate ging alles gut. Aber irgendwann wurden wir unvorsichtiger. Eines Tages sah Olivia uns drei um das Gebäude herumschleichen und wurde natürlich sofort neugierig. Sie war so marktschreierisch und laut mit ihrer Art von Kunst, dass Heimlichkeit und Verschwiegenheit bei anderen sie ungeheuer reizte. Ich weiß nicht, wie lange sie uns schon beobachtet hatte, ehe wir es bemerkten. Wir sahen zum Atelier hinüber, und da stand sie am Fenster und glotzte. Danach ließ sie mir keine Ruhe mehr. »Was macht ihr dort? Du kannst es mir ruhig erzählen. Drogen? Ich werde nichts verraten. Perverse Sexspielchen zwischen Geschwistern? Was machst du dabei, Chalice – siehst du nur zu? Komm schon, ihr drei seid viel zu alt, um noch so unschuldig zu tun.«

Sie gab sich scherzhaft, aber man musste Olivia nicht lange kennen, um zu wissen, dass sie nie scherzte.

An dieser Stelle brach ihr Bericht ab. Halford spürte Chalices Blick auf sich, als er einen Schluck Tee nahm.

»Hier haben Sie aufgehört«, sagte er. »Keine Lust mehr weiterzuschreiben?«

Er lächelte, als sie den Kopf schüttelte. »Kluges Mädchen, das weiß, wann man etwas nicht zu Papier bringen soll. Ich vermute, Olivia hat die Sache mit dem Buch herausbekommen?«

Der Palmtop erschien auf dem Tisch. Sie schrieb kurz etwas und drehte ihn zu Halford um. ICH HABE ES IHR GESAGT.

»Warum?«

ICH DACHTE, ES WÄRE NICHT MEHR WICHTIG. ALAN KAM MIT SEINEM STUDIUM GUT VORAN. ICH KAM MIT MEINER TÖPFEREI VORAN. WIR WAREN DABEI, UNS EIN EIGENES LEBEN AUFZUBAUEN.

»Wie reagierte Olivia, als Sie ihr davon erzählten?«

BEGEISTERT. TOLLE WERBUNG FÜR MAYLEY. BUSSE AUS BIRMINGHAM UND GLASGOW.

»Und die Spinnerei im Mittelpunkt der Aufregung.«

NOSTALGIE VERKAUFT SICH GUT. NOCH BESSER IN VERBINDUNG MIT EINER TRAGISCHEN GESCHICHTE.

»Aber das kleine Paradies von Ihnen dreien wäre zerstört worden.«

JA. UND DAS BUCH WÄRE ANDEREN WISSENSCHAFTLERN ÜBERGEBEN WORDEN. NICHT ALAN.

»Das glaubten Sie?«

Der Stift zögerte über dem Bildschirm. ALAN GLAUBTE DAS. ES MACHTE MIR ANGST.

»Warum?«

Neuerliches Zögern.

»Ich habe von seiner Drogenabhängigkeit gehört«, sagte Halford ruhig.

WIR HATTEN SO VIELE HOFFNUNGEN AUF DAS BUCH GESETZT.

»Sie hatten Angst, Alan würde aus Frustration rückfällig werden?«

Ein Nicken.

»Verstehe.« Er sah zu Gale, die an der Spüle stand und sich nachdenklich ein Geschirrtuch um die Hände wickelte. »Hören Sie, Chalice, es wäre am besten, wenn Sie mit mir auf die Wache kämen und dies Mr. Reston zeigten. Falls es sich hier um einen Mordfall handelt, wollen Sie doch nicht mittendrin stecken ...«

Die junge Frau starrte ihn zornig an und riss ihm das Blatt mit ihrer Aussage aus den Fingern.

ICH STECKE SCHON MITTENDRIN. ICH WERDE NIE MEHR UNBETEILIGT SEIN KÖNNEN. VIELLEICHT WAR ES MEINE BESTE FREUNDIN, ZOË. ODER MEIN LIEBHABER, ALAN. ABER AM EHESTEN VERDÄCHTIGE ICH MEINE SCHWESTER. OLIVIA HAT MICH GEFEUERT. SIE HAT MIR WEHGETAN. TOTTY WUSSTE DAS.

»Wann war das, Chalice?«, fragte Halford. »Wann hat Olivia Sie gefeuert?«

Sie seufzte, Tränen fielen auf ihre Hand. DIENSTAG.

»Am Nachmittag vor dem Feuer?«

Nicken.

»Wie hat Totty erfahren, dass Olivia Ihnen wehgetan hat?«

SIE WAR ZU HAUSE, ALS ICH ZURÜCKKAM. ICH KONNTE KAUM STEHEN.

»Können Sie sich erinnern, wann das genau war?«

Ihr Blick war ausdruckslos, wie betäubt. Sie ist schon lange vor uns darauf gekommen, dachte Halford.

ICH KAM UM 15.30 UHR NACH HAUSE. ZWEI STUNDEN SPÄTER FUHR SIE FORT.

»Sagte sie Ihnen, wohin sie wollte?«

SICH MIT KUNDEN IN WAKEFIELD TREFFEN.

»Das hat sie Constable Swain auch gesagt. Und es durch ihren Terminkalender bestätigt.«

SIE HAT GELOGEN. DIE LEUTE HATTEN ABGESAGT. ICH HABE DIE E-MAIL GELESEN. SIE HAT MICH ANGELOGEN.

Halford runzelte die Stirn. »Wir müssen Reston unterrichten. Ich fahre Sie hin.« Er wandte sich an Gale. »Tu mir den Gefallen und halte Katie Pru und Nadianna von der Spinnerei fern. Einiges von dem, was Chalice uns gesagt hat, passt nicht mit anderen Informationen zusammen. Bis Reston die Sache aufgeklärt hat, ist es besser, die Spinnerei zu meiden.«

Gale ließ das Geschirrtuch los. »Sie sind jetzt gerade unten bei der Spinnerei. Ich habe sie dorthin geschickt, damit ich in Ruhe mit Chalice reden konnte.«

»Wie lange ist das her?«

»Über eine Stunde.«

Halford war schon aufgesprungen. »Wir nehmen das Auto.«

Durch den Sucher der Kamera konnte Nadianna die Schnauze von Thornsbys altem Fiat hinter der Spinnerei hervorschauen sehen. Den wollte sie nicht auf dem Foto haben, also nahm sie ihr Stativ und richtete die Kamera auf das Flussufer aus, wo Katie Pru prustende Geräusche auf einem Grashalm machte, den sie zwischen die Daumen geklemmt hatte.

Das Kind sah enttäuscht auf. »Ich kann es nicht tröten machen, Nadianna. Mach du mal.«

Es war ein gutes Bild – Katie Prus blauer Jeansoverall gegen den moosgrünen Hintergrund, dazu der Kontrast zwischen der angestrengten Konzentration in den Augen des Kindes und seinen komisch aufgeblasenen Wangen. Nadianna stellte die Entfernung ein und drückte auf den Auslöser.

»Okay, K. P.« Sie überprüfte, ob das Stativ fest stand, und riss dann einen Grashalm aus. »Wollen doch mal sehen, ob aus diesem englischen Gras etwas rauszuholen ist.«

Sie klemmte den Halm zwischen ihre Daumen und pustete. Der plötzliche, trompetende Schrei schreckte ein Krähenpaar von einem Baum auf. Sie krächzten empört und erhoben sich kreisend in die Lüfte.

»Was um Himmels willen war das?«

Nadianna fuhr herum und sah Zoë in einer offenen Tür im Haupttrakt der Spinnerei stehen.

»Oh, Zoë, hast du mich erschreckt. Tut mir Leid, wir wollten nicht stören. Ich wusste zwar, dass jemand hier ist, aber ich dachte, ihr wärt im Krempelhaus. Wir sind jetzt leiser.«

»Schon gut, ihr stört niemanden. Ich treffe nur mit Alan und

Gerald die letzten Vorbereitungen für den Wohltätigkeitsbazar.« Zoë ging ein Stück auf sie zu und rief: »Das ist doch Katie Pru, oder? Macht es Spaß, hier zu spielen, kleine Miss?«

Katie Pru antwortete nicht. Sie suchte sich einen neuen Grashalm, legte ihn an den Mund und pustete.

»Ich kann es nicht tröten machen«, beschwerte sie sich. »Es kommt nur Spucke raus.«

»Dabei kann ich dir leider nicht helfen«, sagte Zoë. »Aber drinnen gibt es irgendwo ein Kazoo, das garantiert trötet. Möchtest du es haben?«

Katie Pru stand auf und rannte nach einem Nicken von Nadianna zu Zoë. Mit dem Stativ und der Kameratasche über der Schulter folgte Nadianna ihnen.

Im Gebäude angekommen, stieß sie einen überraschten Laut aus. »Meine Güte. Ich hätte nicht gedacht, dass das Innere der Spinnerei in einem solch guten Zustand ist.« Sie stellte ihre Ausrüstung ab und berührte die Sofalehne. »Von außen sieht sie völlig verfallen aus.«

Zoë lächelte. »Das hier ist Geralds Arbeitszimmer. Gemütlich, nicht wahr? Es gibt noch ein paar mehr benutzbare Räume in diesem Teil. Sie dienten früher wahrscheinlich mal als Büros. Nur das obere Stockwerk ist so heruntergekommen.« Sie zeigte auf eine Tür in der gegenüberliegenden Wand und griff nach Katie Prus Hand. »Kommt mit. Gerald und Alan sind dort drüben.«

Der zweite Raum war zwar größer, aber lange nicht so gemütlich. Keine Läufer auf dem Boden, keine Bilder an den Wänden. Er hätte einige Verschönerungsarbeiten vertragen können, dachte Nadianna, denn es gab noch nicht einmal Fenster, nur zwei altersdunkle Türen unterbrachen die kahlen Wände.

Der Putz war an einige Stellen in dicken Brocken von den Mauern gefallen. Kisten mit verblichenen Kleidern und Haushaltswaren bedeckten den Boden, und in einer Ecke türmten sich eingedellte Farbeimer und Benzinkanister. Als Nadianna schnuppernd die Luft einatmete, drang Staub in ihre Nasenlöcher, so dass sie niesen musste.

»Oh, bloß nicht«, sagte Thornsby und lud sich eine der Kisten auf die Schulter. »Sonst fahren Sie noch nach Hause und erzählen allen, Sie hätten sich hier bei uns eine Lungenentzündung geholt.«

Nadianna deutete auf die Kisten. »Sind das die Sachen, die vorher im Krempelhaus waren?«

»Ja«, antwortete Gerald. »Dort haben wir sie aussortiert und hier zwischengelagert. Alan und ich laden sie jetzt ins Auto und fahren damit ins Gemeindezentrum von Mayley, wo diese Woche der Bazar stattfindet.«

»Das muss ich Gale erzählen. Sie liebt Flohmärkte und Bazare. ›Jagd nach persönlicher Geschichte‹ nennt sie das.«

Gerald verlagerte die Last auf seiner Schulter und ging auf die Außentür zu. »Ich bringe das jetzt zum Wagen. Sie können sich gerne ins Arbeitszimmer setzen, Nadianna, wenn Ihnen der Staub zu viel wird.«

»Es geht schon.« Während Alan und Gerald die Kisten hinausschleppten, sah sich Nadianna weiter um. »Nach dem, was der Mann vom Verein für Heimatgeschichte Gale am Telefon erzählte, hatten wir nicht mehr als eine Ruine erwartet. Ich würde gerne Fotos hier drinnen machen. Wenn möglich mit den Kisten.«

Zoë zuckte die Achseln. »Klar, kein Problem. Mehr als sechs Kisten passen sowieso nicht in Geralds Auto. Sie werden sie heute bestimmt nicht alle wegschaffen können.«

»Meine Kamera ist im Arbeitszimmer. Kann ich gleich anfangen?«

»Von mir aus. Wenn es dich nicht stört, dass die Männer hier herumtrampeln«, sagte Zoë etwas geistesabwesend. »Katie Pru? Das Kazoo ist in einer der Kisten dort drüben. Wir suchen es, und dann kannst du es mit nach Hause nehmen, damit deine Mutter es erst einmal abwäscht.«

Trotz Halfords gegenteiliger Versicherungen war Gale überzeugt, dass sie zu Fuß durch den Wald schneller gewesen wären. Die Straße wand sich endlos vor ihnen, und Gale zerrte an ihrem Sitzgurt und hielt sich sehr gerade, während Halford den Wagen durch die engen Straßen lenkte. Sie wusste, dass er es bereute, sie beunruhigt zu haben, aber sie war nicht in der Lage, ihm seine Schuldgefühle zu nehmen. Dazu hatte sie zu viel Angst. Als er einen Anruf beendete und sein Handy wegsteckte, sah sie ihn besorgt an.

»Ich habe Swain Bescheid gesagt. Es wird ihr nichts passieren, Gale«, sagte er. »Katie Pru kennt Swain. Falls er vor uns dort ist, wird er den großen Bruder spielen und sie auf seinen Schultern reiten lassen.«

»Ich weiß. Fahr einfach.«

Sie drehte sich zu Chalice um. »Es gibt kein Telefon in der Spinnerei, oder?«

Eine dumme Frage – als die Töpferei brannte, war die Feuerwehr eben deshalb so spät eingetroffen, weil es kein Telefon dort gab. Chalice sah sie mit großen Augen an, und Gale las Kummer darin. Doch wenn die junge Frau ihnen etwas verheimlicht hatte, so wollte Gale es im Moment nicht wissen.

»Chalice«, sagte Halford. »Ich möchte mehr über die Rivalität zwischen Olivia und Thornsby erfahren. Können Sie mir etwas darüber sagen? Von dem Schlagabtausch in der Zeitung habe ich gehört, aber gibt es noch etwas anderes?«

Chalice machte keine Anstalten zu antworten. Am Straßenrand tauchte die Bushaltestelle an der Old Ground Lane auf. Halford riss das Lenkrad herum und bog in die Haltebucht ein.

Gale sah ihn verdattert an. »Was machst du?«

»Swain wird vor uns an der Spinnerei sein. Wenn es Schwierigkeiten gibt, wird er sich darum kümmern.«

»Es ist mir egal, ob Swain vor uns dort ist. Vor allem will *ich* dort sein.«

Er nahm ihre Hand und drückte sie beruhigend.

»Chalice«, versuchte er es von neuem. »Sie müssen nicht mit mir sprechen, wenn Sie nicht wollen. Aber ich wünschte, Sie würden uns sagen, ob es noch etwas gibt, das die Polizei wissen sollte, ehe wir bei der Spinnerei ankommen.«

Keine Reaktion.

»Daniel ...«

Er drückte Gales Hand fester.

»Chalice, haben Sie eine Ahnung, warum Zoë mir einreden wollte, dass sie Sie kaum kennt, dass sie sogar Angst vor Ihnen hat?«

Ungläubigkeit zeichnete sich auf Chalices Zügen ab, aber sie antwortete immer noch nicht.

»Können Sie sich vorstellen«, beharrte Halford grimmig, »warum jemand nach dem Brand eine Ihrer Teeschalen vor dem Atelier deponiert haben sollte?«

Gale sah, wie Chalices Gesicht in sich zusammenfiel. Das war die einzig treffende Beschreibung – ihre Wangen sanken ein, und sie sah plötzlich um Jahre älter aus. Während Halford ihre Hand so fest hielt, dass sie schmerzte, und ihr Herz zum Zerspringen klopfte, beobachtete Gale, wie Chalice Hibbert alterte.

Seufzend löste Halford die Handbremse und verließ die Haltebucht. Als sie südwärts den Hügel hinunterfuhren, tippte Chalice Gale auf die Schulter und machte mit der anderen Hand die Geste des Telefonierens.

»Das Telefon«, übersetzte Gale. »Sie will das Handy.«

Halford angelte es aus seiner Manteltasche und reichte es nach hinten. Chalice drückte ein paar Tasten, lauschte und wartete. Nach einer halben Minute klappte sie das Telefon zu und gab es zurück.

»Wen wolltest du anrufen, Chalice?«, fragte Gale hilflos.

TOTTY IST NICHT ZU HAUSE. SCHNELL ZUR SPINNEREI, BITTE.

Im Jahr 1956 wiederholte sich das Feuer in der Yates-Spinnerei von 1812 spiegelbildlich in Georgia, als die Baumwollspinnerei von Statlers Cross abbrannte und nach Arbeitskämpfen ganz geschlossen wurde.

G. Graysons Notizen

27. Kapitel

Kazoos, die erst von einer Mutter sauber gemacht werden mussten, bevor man hineinblasen konnte, brachten keinen Spaß. Katie Pru sah das bunte Ding in Zoës Hand an, hielt die eigenen Hände aber auf dem Rücken verschränkt.

»Willst du es nicht?«, fragte Zoë. »Gut, dann tue ich es in die Kiste zurück. Ein anderes Kind freut sich bestimmt darüber.«

Katie Pru nahm das Kazoo und beäugte es eine Sekunde lang, ehe sie es in den Mund steckte.

Nadianna ließ sich aus der Mitte des Raums vernehmen. »Pfui, Katie Pru. Du hast doch gehört, was Zoë gesagt hat. Wir werden das Ding erst einmal ordentlich mit Seife abwaschen, wenn wir wieder im Cottage sind. Ich mache jetzt ein paar Fotos – nur ein paar –, und dann können wir gehen. Willst du mir das Kazoo solange geben?«

Gras ist besser, entschied Katie Pru, als sie sich zwischen den Kisten hindurch einen Weg zu Nadianna suchte. Niemand hatte je von ihr verlangt, das Gras zuerst mit Seife abzuwaschen.

»Es dauert nur eine Minute, K. P. Setz dich solange irgendwo still hin. Nur ein paar Aufnahmen, ich verspreche es.«

»Ein paar heißt ein oder zwei«, verdeutlichte Katie Pru.

Nadianna fummelte an der Kamera herum, hielt irgendein Gerät in die Höhe und las etwas darauf ab. »Na schön, vielleicht mehr als ein oder zwei. Wie wär's mit zehn? Kannst du bis zehn zählen?«

Natürlich konnte sie bis zehn zählen, aber sie wettete, dass Nadianna nicht richtig zählen würde. Erwachsene zählten immer anders als Kinder.

Sie machte ein paar Riesenschritte an den Kisten vorbei und ließ sich gegen die Wand sinken. Kein Kazoo. Kein Gras. Sie betrachtete die Pappkartons, von denen einige vor Kleidern überquollen, andere mit Plastikgeschirr gefüllt waren. Geschirr war prima, Kleider auch, aber dann fiel ihr der Fuchskopf ein, der am ersten Tag so grimmig über den Rand eines Kartons hinweggeguckt hatte, und sie verschränkte die Hände hinterm Rücken.

Nadianna kniete in einer Ecke. »Eins, zwei«, sagte Katie Pru. Die Kamera klickte, aber Nadianna sagte nichts.

Katie Pru rollte sich auf den Bauch. Ein Raum voller Kisten und Kartons, mit denen sie nichts anfangen konnte, gefiel ihr nicht.

Von draußen hörte sie Stimmen – Alan und Zoë und der andere Mann, den sie nicht kannte.

»Mehr können wir nicht mitnehmen bei dieser Fuhre, Zoë«, hörte sie Alan sagen.

»Wir sind in einer knappen Stunde wieder zurück«, fügte der andere Mann hinzu. »Pass schön auf alles auf, mein Mädchen, ja?«

»Wird gemacht«, antwortete Zoë.

Ein Auto fuhr los, und Katie Pru schloss die Augen und lauschte dem Jaulen des Motors, bis sie ihn nicht mehr hören konnte. Sie hätte in dieses Auto klettern sollen. Sie hätte sich zwischen den Kisten verstecken und mit dem Auto davonfahren sollen.

»Drei, vier«, sagte sie zu Nadianna.

»Noch eine Minute, K. P. Zoë, gibt es hier einen Stuhl, auf den ich mich stellen kann?«, rief Nadianna.

»Eine Sekunde«, rief Zoë zurück. »Ich bringe einen mit.«

Eine Minute, eine Sekunde. Die beiden waren eben Erwachsene. Erwachsene hatten einfach keine Ahnung.

Sie streckte die Arme aus und ruderte mit geschlossenen Augen auf dem Bauch vorwärts. Sie war eine Elritze, und sie würde so lange eine Elritze sein, bis sie gegen die Wand stieß. Aber sie stieß nicht gegen die Wand. Ihre Hände trafen auf etwas Weiches, Gekräuseltes. Sie machte die Augen auf. Es war ein Stück Stoff, wahrscheinlich aus einer der Kisten gefallen.

»Hier«, hörte sie Zoë sagen. »Darauf kannst du dich stellen. Ich helfe dir.«

Katie Pru machte sich flach wie eine Schlange, stopfte das Tuch zusammengeknüllt unter ihren Arm und tastete die Stelle ab, wo es gelegen hatte. Im Boden war ein Loch, als ob eine Waschbärenfamilie eine Nacht lang dort gegraben hätte, um sich eine geheime Höhle unter den Steinen zu bauen. Das Stück Stoff war nicht aus einer Kiste gefallen. Jemand hatte es dorthin gelegt, um zu verstecken, was darunter lag.

»Ich bleibe hier und halte den Stuhl fest«, sagte Zoë.

»Danke«, antwortete Nadianna.

Ein schmales Brett bedeckte den Boden, und als sie es anhob und darunterspähte, sah sie einen Karton voller Schalen.

Vorsichtig zog sie eine aus dem Loch. Sie war wunderschön, blau wie der Himmel. Katie Pru steckte sie in ihren Overall. Dann hob sie, wieder ganz vorsichtig, eine zweite heraus. Eins, zwei, dachte sie, stopfte das Tuch in das Loch zurück und hüpfte davon.

Nadianna streckte die Hände aus und ließ sich von Zoë vom Stuhl helfen. »Danke für deine Unterstützung«, sagte sie. »Hoffen wir, dass die Fotos die Mühe wert sind.«

»Ich würde deine Fotos gerne sehen, wenn du Abzüge gemacht hast«, sagte Zoë. »Dieses alte Gebäude bedeutet mir viel. Ich bin gespannt, wie eine Fotografin es sieht.«

Nadianna runzelte die Stirn. »Ich habe mir noch gar keine Gedanken darüber gemacht, wie ich jetzt meine Filme entwickeln soll. Mr. Bottings Dunkelkammer ist ja von der Polizei versiegelt worden. Hoffentlich kann ich dir die Fotos noch zeigen, ehe ich wieder abreise. Wenn nicht, lasse ich mir etwas anderes einfallen.« Sie sah sich erneut in dem Raum um, nahm die grob verputzten Wände, die bunten Kisten, den unebenen Steinfußboden in sich auf. »Hier ist mehr Leben, als ich je gedacht hätte. Wenn man bedenkt, dass ich meine Fotoserie unter dem Zeichen des Todes begonnen habe … Einer meiner Lehrer hat mich davor gewarnt – man soll nie vorherbestimmen wollen, was bei einer Arbeit herauskommt.«

»Das ist auch eine Art Glauben, nicht wahr?«, sagte Zoë zögernd. »Ich weiß, du glaubst nicht, dass du eine Vision gehabt hast …«

Nadianna drückte einen Knopf der Kamera und lauschte auf das Geräusch des zurückspulenden Films. »Es war keine Vision. Ich habe einen Mann gesehen. Er hatte einen Namen.«

»Aber du warst genau zum rechten Zeitpunkt dort. Du hättest auf dem Weg zum Fluss nur über eine Wurzel zu stolpern brauchen und hättest ihn verpasst.«

»Weißt du, ich möchte eigentlich nicht mehr darüber reden.«

»Ich denke nur … Manchmal geschieht etwas, und es ist, als würde uns dadurch eine Erlaubnis erteilt. Zum Beispiel, dass du genau in diesem Moment dort im Wasser standst. Vielleicht wurde dir die Erlaubnis erteilt, deine Fotos zu machen.«

Nadianna schüttelte den Kopf und packte ihre Kameraausrüstung zusammen. »Das alles ist ein schlimmes Erlebnis, das wir überwinden müssen. Nichts weiter. Katie Pru, die zehn Minuten sind um. Können wir nach Hause gehen?«

»Eine Minute noch«, gab Katie Pru zurück. »Ich füttere gerade die zwei Bären.«

»Ach so.« Nadianna brachte die Schutzkappe des Objektivs an und verstaute die Kamera in der Tasche. »Ich dachte, es wären drei Bären im Märchen.«

»Ich habe aber nur zwei Schalen mit Haferbrei. Also füttere ich nur zwei Bären.«

»Verstehe. Dann füttere sie schnell und tu die Schalen wieder dorthin zurück, wo du sie gefunden hast. Mr. Thornsby will sie später abholen, und wir beide müssen jetzt nach Hause, sonst macht sich deine Mama Sorgen.«

Das Kind murmelte etwas zur Antwort, und Nadianna sah auf. »Komm schon, Katie Pru. Bring sie zurück.«

»Ich hab gesagt, Mr. Thornsby will sie gar nicht! Wenn er sie wollen würde, hätte er sie nicht in das Loch getan.«

»Was für ein Loch?« Nadianna richtete sich halb auf, hielt aber inne, als sie das Geräusch eines vor der Spinnerei ankommenden Autos hörte. Es war nicht Geralds Auto – der alte Fiat machte ein charakteristisches, jaulendes Geräusch.

»Ihr habt noch viel zu tun heute«, sagte Nadianna zu Zoë. »Katie Pru und ich machen uns jetzt besser auf den Weg.«

Zoë antwortete nicht. Als Nadianna zu ihr hinsah, ging die junge Frau gerade mit hochrotem Gesicht auf Katie Pru zu. »Was ist los, Zoë?«

Draußen waren schnelle Schritte im Laub zu hören, die auf das Krempelhaus zuliefen.

»Schließ die Tür ab, Nadianna.«

»Warum? Was ist los?«, wiederholte Nadianna. »Zoë, sag mir, was hier vorgeht.«

»Ich habe die Außentür aufgelassen«, flüsterte Zoë. »Sie werden uns finden.«

»Wer? Wer wird uns finden? Zoë, wer ist das da draußen?«

Die Schritte kamen wieder näher, eilten an der Seite des Spinnereigebäudes entlang. Nur noch wenige Sekunden, und die Person dort draußen würde den Eingang zum Arbeitszimmer finden.

»Wovon redest du?« Nadiannas Ärger wuchs, genauso wie ihre Angst. »Wer ist das?«

»Mach einfach die verdammte Tür zu!«

Hilflos rannte Nadianna zu der Tür, die den Lagerraum vom Arbeitszimmer trennte. Sie wollte sich gerade dagegenwerfen, als Totty Hibbert hereinstürmte. Die Tür knallte gegen Nadianna, die stürzte und auf die Kisten fiel. Der Schmerz fühlte sich an, als ob hundert Schlangen in ihren Rücken bissen. Sie schnappte nach Luft und versuchte aufzustehen, brach aber wieder zusammen. Tränen brannten in ihren Augen.

»Wo ist Chalice?«, fragte Totty drohend, ohne sich um Nadianna zu kümmern. »Los, Zoë. Ich weiß, dass sie bei deinem Bruder ist. Sag mir, wo sie sind.«

Durch den Tränenschleier konnte Nadianna sehen, wie Totty auf Zoë zuging und Zoë Schritt für Schritt zurückwich, wobei ihr Mund sich lautlos öffnete und schloss. Hinter ihnen saß Katie Pru auf dem Boden und beobachtete die Szene gebannt, eine Schale halb an den Mund gehoben.

»Sag mir sofort, wo dieser Abschaum von deinem Bruder ist, Zoë. Ich habe bei euch zu Hause angerufen, aber eure Eltern haben keine Ahnung, wo er steckt. Ich weiß genau, dass Chalice bei ihm ist. Sag mir, wo sie sind.«

Zoës Augen sprühten Funken.

»Alan ist nicht hier, Totty. Er ist mit Gerald in die Stadt gefahren.«

»Du lügst. Chalice muss mit mir kommen. Sag mir, wo sie sind, oder ich bringe dich um, bei Gott.«

Zoë schwieg. Nadianna kämpfte sich schwankend auf die Beine.

»Chalice ist im Mill Cottage«, sagte sie. »Sie ist bei Gale. Bitte geht von Katie Pru weg. Wenn ihr euch streiten müsst, tut es bitte woanders.«

Totty sah an Zoë vorbei auf das Kind am Boden. Ihr Blick wurde starr.

»Mein Gott«, sagte sie.

»Du hast es gehört, Totty. Chalice ist im Cottage.« Zoë versuchte, Totty am Jackenärmel zu zerren, aber diese schüttelte sie ab, immer noch starrend. »Du musst sie holen. Wir beide wissen, dass sie etwas sehr Schlimmes getan hat.«

Totty sah auf. »Wo hat das Kind die Teeschalen her?«

Zoë versuchte erneut, Totty am Arm zu fassen. »Ich weiß, was Chalice getan hat. Ich habe sie gesehen. Totty« – sie griff nach den behandschuhten Händen der anderen, die zu Fäusten geballt waren – »hör mir zu. Du musst Chalice von hier wegbringen. Du weißt, was sonst mit ihr passieren wird.«

Mit dem Fuß schob Nadianna eine Kiste beiseite und wankte auf Katie Pru zu, die immer noch bewegungslos und mit offenem Mund auf dem Boden hockte. »Katie Pru«, sagte sie. »Komm zu mir.«

»Wo hat sie die Teeschalen her?« Totty wollte sich Zoë entziehen, aber die Nägel des Mädchens gruben sich in ihren Unterarm. Sie werden sich schlagen, dachte Nadianna, hob Katie Pru in ihre Arme, stieß Kartons zur Seite und schleppte sich zur Tür. Hinter ihr begann Totty zu schreien.

»Was zum Teufel machen diese Teeschalen hier? Sie waren verschwunden ... Wer hat sie gestohlen? Eine von euch miesen, kleinen Ratten ... Ich will wissen, wer sie gestohlen hat.«

»Hol sie dir, Totty«, entgegnete Zoë ruhig. »Du kannst sie gern mitnehmen.«

»Das werde ich auch, verdammtes Miststück.«

Tottys wütende Stimme wurde zu einem gedämpften Knurren. Nadianna stieß die äußere Tür auf und rannte ins Freie, den Hügel hinunter. Katie Prus Beine schlugen gegen ihre Oberschenkel und bremsten ihren Lauf zu einem hektischen Watschelgang. Als sie den Fluss erreichten, setzte sie Katie Pru ab und stolperte mit ihr am Ufer entlang.

»Komm weiter, K. P.«, drängte sie. »Wir müssen deine Mama finden.«

Als sie ungefähr dreißig Meter flussabwärts gegangen waren, hörten sie den Schrei. Er schnitt durch die Mauern der Spinnerei und kam als Echo von den Hügeln zurück.

»Nadianna!« Ein Wagen bremste scharf vor der Spinnerei; die Beifahrertür flog auf, und Gale sprang heraus und rannte zum Ufer hinunter, wo sie Katie Pru in die Arme schloss.

»Jemand hat gerade dort drin geschrien«, keuchte Nadianna. »Zoë und Totty sind in der Spinnerei.«

»Lass uns zurück zum Cottage gehen«, sagte Gale. »Die Polizei ist unterwegs. Sie brauchen uns nicht. Komm, Nadianna. Gehen wir.«

Gale vergrub Katie Prus Kopf an ihrer Schulter und eilte den

Fluss entlang davon. Nadianna folgte ihr zuerst, doch dann blieb sie stehen und drehte sich noch einmal nach der Spinnerei um.

Was sie sah, hätte sie nicht auf Film bannen können – nicht auf ein Foto jedenfalls, und auf bewegten Bildern hätte das Schreckliche etwas Groteskes bekommen.

Eine Frau, deren Kleider und Haare in Flammen standen, taumelte aus der Tür der Spinnerei. Sie wand sich und zuckte, schlug sich mit den Händen ins Gesicht. Halford sprang aus dem Auto und raste auf sie zu, seinen Mantel ausgebreitet, um die Flammen zu ersticken, aber er konnte sie nicht mehr erreichen. Eine riesige Gestalt schoss über das Gelände und riss die brennende Frau in ihre Arme, die Flammen peitschten die Luft. Dann rutschte und rannte die Riesengestalt zum Flussufer und schleuderte die brennende Frau mit einem mächtigen Wurf in den Sette.

Halford stürzte den Hang hinunter und sah, wie Chalice hinter ihrer Schwester ins Wasser sprang. Als er das Ufer erreicht hatte, hielt sie Totty am Fußknöchel gepackt, damit die Strömung sie nicht davontrug.

»Nicht loslassen, Chalice«, schrie er. »Ich habe schon den Rettungswagen gerufen. Halten Sie sie fest.« Noch ehe er in den Fluss tauchen konnte, war Swain schon klatschend hineingesprungen und hatte die zuckende Frau gepackt.

»Sehen Sie in der Spinnerei nach, Sir.« Swain atmete schwer, während er Totty ans Ufer zog. »Vielleicht ist noch jemand dort drin. Kommen Sie, Chalice, schaffen wir sie heraus. An Land können wir ihr besser helfen.«

Halford rannte keuchend wieder hinauf. Als er die Tür der Spinnerei erreicht hatte, kam Zoë hustend hinter dem Gebäude hervorgewankt.

»Ist noch jemand dort drin?«, fragte er und fing sie in seinen Armen auf.

Sie schüttelte den Kopf. Er schob sie beiseite und lief hinein. Rauch hing in der Luft, aber kein dichter Qualm. Im Lagerraum züngelten kleine Flammen um die Kleiderkisten herum. Er fand einen Feuerlöscher hinter der Tür des Arbeitszimmers und erstickte die Flammen mit ein paar Schaumstrahlen.

Dann eilte er zu der Tür am anderen Ende des Lagerraums, doch der Raum dahinter war höhlenartig feucht und frei von Rauch. Nachdem er sich noch einmal davon überzeugt hatte, dass das Feuer gelöscht war, ging er hinaus und atmete tief die frische Luft ein.

Zoë lehnte an seinem Wagen, die blonden Haare waren offen, der hauchdünne Rock nicht angesengt.

»Ich habe mich umgesehen und konnte sonst niemanden finden«, sagte er. »Sind Sie sicher, dass außer Ihnen niemand im Gebäude war?«

»Ich … bin sicher.«

»Wie ist es zu dem Feuer gekommen?«

Sie sah ihn an, verdrehte ohne Vorwarnung die Augen und klappte zusammen. Er packte sie um die Taille und drückte sanft ihren Kopf in Richtung der Knie; nach ein paar Sekunden umfasste sie sein Handgelenk und richtete sich wieder auf.

»Totty hat sich selbst übergossen«, sagte sie. »Totty hat sich selbst angezündet.«

Unten am Ufer beugten sich Swain und Chalice über Tottys reglose Gestalt. »Sie hat es selbst getan? Wie?«

»Im Lagerraum stehen Flaschen mit Lampenöl, wir benutzen es für die Campinglampen bei unseren Gebetsversammlungen. Totty nahm eine und schüttete sich das Zeug über den ganzen Körper.«

Ihre Zähne klapperten, ihre Blässe war besorgniserregend. Er öffnete die hintere Wagentür und half ihr auf den Rücksitz, wobei er sich so stellte, dass er den Blick auf das Flussufer und die traurigen Vorgänge dort versperrte.

»Inspector Reston wird gleich hier sein«, sagte er. »Er wird von Ihnen wissen wollen, was genau passiert ist.«

»Ich bin nicht sicher, was genau passiert ist. Nadianna und Katie Pru waren da, und dann kam Totty herein und spielte verrückt und wollte wissen, wo Chalice und Alan sind. Ich wusste nicht, was ich machen sollte. Ich sagte ihr … ich sagte ihr, dass sie Chalice wegbringen muss, weil Chalice sonst verhaftet wird …«

»Warum haben Sie das gesagt?«

»Na ja, ich habe zwei und zwei zusammengezählt. Ich habe gesehen, wie es angefangen hat, wie Chalice gebückt und verletzt aus dem Atelier kam und wie ihr Auto ein paar Stunden später wieder davor stand. Das habe ich Ihnen doch gesagt, wissen Sie noch? Ich habe gemerkt, dass Sie überrascht waren.«

»Ja, ich erinnere mich.«

»Also habe ich es Totty schließlich ins Gesicht geschrien. Ich habe gesagt: Ich weiß, dass Chalice Olivia ermordet hat! Tottys Gesicht wurde furchtbar fleckig und rot, als ob es anschwellen würde. Dann holte sie aus und schlug mich.« Zoë drehte den Kopf, so dass Halford die roten Striemen einer Ohrfeige auf ihrer Wange sehen konnte. »Es brennt immer noch.«

Halford legte seine Hand kühlend an die Stelle, und Zoë schmiegte sich an sie. Sie sah zu ihm auf, ihre Augen röteten sich. »Als ich ihr verriet, woher ich es weiß, wurde sie ganz still, als würde sie nachdenken. Auf einmal sah sie mir direkt ins Gesicht und sagte, ich solle genau zuhören, sie würde nur einmal sagen, was sie zu sagen hätte, und ich müsse Zeugin sein und es allen anderen berichten. Dann sagte sie, sie hätte Olivia umgebracht.«

»Was waren ihre genauen Worte?«

»Sie sagte ganz einfach: ›Ich habe Olivia umgebracht.‹ Sie wäre zum Atelier gefahren, um mit Olivia zu reden, aber die wäre zu betrunken gewesen. Sie stritten sich, Totty schlug sie. Olivia fiel auf das Sofa. Das Kissen lag neben ihr, und Totty dachte: Warum nicht? und erstickte sie. Dann steckte sie das Atelier in Brand.«

»Das hat sie Ihnen alles erzählt?«

»Ja.«

Ein schreckliches Geheul stieg vom Fluss auf. Halford drehte sich um und sah Chalice neben ihrer Schwester knien, die eigenen verbrannten Arme steif von sich gestreckt. Swain versuchte vergeblich, sie zu trösten. Halford schloss für einen Moment die Augen.

»Vielleicht sollten Sie mit dem Rest warten, bis Inspector Reston hier ist, Zoë. Er muss jeden Augenblick eintreffen.«

Aber sie fuhr fort, mit einer sanften, tranceartigen Stimme.

»Sie ging in die Ecke des Lagerraums und schnappte sich einen Kanister mit Kerosin. Ich versuchte sie aufzuhalten, aber sie drohte, mich auch anzuzünden. ›Ich bin mittlerweile sehr geschickt darin.‹ Das waren ihre letzten Worte. Dann zog sie ein Feuerzeug heraus ...«

Zoë hatte sich eine Haarsträhne so fest um den Finger gewickelt, dass die Spitze blau geschwollen war. Halford beugte sich zu ihr herunter.

»Das ist eine furchtbare Erfahrung, die Sie da gemacht haben, Zoë. Sie werden Ihre Familie brauchen. Geben Sie mir die Nummer Ihrer Eltern, ich rufe sie gleich an.«

Sie sah zu ihm auf, ihre Lippen waren wieder rot und voll, ihre blauen Augen leuchteten.

»Es war keine furchtbare Erfahrung. Gott hat mich sehen lassen, dass jetzt alles gut ist. Aber das wissen Sie ja selbst, nicht wahr, Mr. Halford?«

Seit den sechziger Jahren liegt der wirtschaftliche Schwerpunkt der Region auf dem Tourismus. Viele Spinnereien sind zu Museen umgebaut worden; eine selbstorganisierte Tour zu den Schauplätzen der Geschichte der Ludditen nimmt einen ganzen Tag in Anspruch.

G. Graysons Notizen

28. Kapitel

Sonntag

Großer Kummer ist wie ein Pferch – das hatte Gale erfahren, als ihr Mann gestorben war und sie sich in manchen Nächten wie ein Wildpferd aufgebäumt und gegen das Gatter geworfen hatte, das sie gefangen hielt. In anderen Nächten war sie ganz gefügig gewesen, war angebunden und stumpf in der Mitte des Korrals verharrt.

Alan Axon hatte zwar keinen geliebten Menschen verloren, aber sein Kummer war dennoch von der einpferchenden Art. Als Gale ihn zusammen mit Halford und Reston endlich fand, saß er auf dem Klappstuhl in Chalices Schuppen und fuhr mit den Fingern den Rand einer beigefarbenen Teeschale nach. Nach einem Nicken von Reston betrat Gale leise den engen Raum und legte Michaels Tagebuch vor ihn auf den Tisch.

»Chalice hat das im Cottage liegen lassen«, sagte sie. »Ich wollte es ihr zuerst ins Krankenhaus bringen, aber dann dachte ich, dass es bei Ihnen sicherer wäre.«

Alan sah nicht auf. Sein Zeigefinger fuhr über eine Blase in der Glasur der Schale, und er kratzte daran herum, als könnte er sie ablösen.

»Wie haben Sie mich gefunden?«

»Als Sie letzte Nacht nicht nach Hause kamen, ging Ihr Vater Sie suchen. Er sah auch hier nach, sah Sie durch das Fenster, aber er beschloss, Sie lieber allein zu lassen.«

Alan stieß ein heiseres Lachen aus. »Inzwischen weiß also ganz Mayley, dass Chalice und ich ein Paar sind. Meine Eltern hatten nicht genug Phantasie, um von alleine darauf zu kommen. Ist ja auch scheißegal. Chalice ist mehr wert als sie alle zusammen.«

»Wir waren heute Morgen im Krankenhaus«, sagte Halford. »Als wir Chalice fragten, ob Sie sie schon besucht hätten, verneinte sie. Chalice braucht Sie, Alan. Jemand muss ihr helfen, Tottys Tod zu überwinden.«

Alan antwortete nicht. Er stellte die Teeschale umgekehrt auf den Tisch und schnippte sie mit dem Finger von sich.

»Chalice hat Ihnen also das Buch gezeigt. Hat den verdammten Eid gebrochen. Niemand sollte davon erfahren. Aber sie hat es ausgeplaudert. Sie hat auch Olivia davon erzählt. Nur eine halbe Zunge im Mund, aber alles herumtratschen.«

Der Schmerz war deutlich aus seinen grausamen Worten herauszuhören. Gale beugte sich zu ihm herunter.

»Sie wissen, dass das nicht stimmt, Alan. Chalice hat mir von dem Buch erzählt, weil sie meine Hilfe brauchte. Und sie hat Olivia davon erzählt, weil sie glaubte, Sie drei wären an einem Punkt angelangt, an dem Geheimhaltung nicht mehr wichtig ist. Sie wollte lediglich, dass Ihnen das Buch beruflich nützt. Und das wird es auch.« Sie machte eine nachdenkliche Pause. »Viele Historiker sehnen sich ihr ganzes Leben lang nach einer solchen Quelle. Sie haben Ihre schon als Kind gefunden.«

»Ach ja?« Er fuhr auf und kickte den Klappstuhl wütend mit dem Fuß in eine Ecke. »Und was hat es mir genützt? Meine Freundin liegt mit schweren Verbrennungen im Krankenhaus. Olivia und Totty sind tot.«

Er begann zu weinen und trat wieder nach dem Stuhl, der aber außer Reichweite war. Er stampfte auf den Fußboden und bearbeitete den Tisch mit seinen Fäusten, doch dann war die Energie plötzlich verpufft. »O Gott«, murmelte er. »Ich bin so schrecklich müde.«

Gale nahm den Klappstuhl und zog ihn wieder an den Tisch, setzte sich und schlug Michaels Tagebuch auf.

»Im Grunde ist es eine Geschichte von Verrat, nicht wahr, Alan? Wohlüberlegter Verrat aus einem bestimmten Grund. Michael hat Verrat begangen, indem er dieses Tagebuch schrieb und Namen und Pläne schriftlich niederlegte, damit seine Feinde die Wahrheit nicht verzerren konnten – obwohl er wusste, dass er damit seinen Eid brach. Und auch Nathan hat Verrat begangen und ging am Ende als der Sieger hervor.«

Die Schrift war sehr verblasst – Nathan Dodd hatte nicht auf die Seiten, sondern auf die Innenseite des hinteren Buchdeckels geschrieben. Die Feuchtigkeit hatte dort größeren Schaden angerichtet. Gale sah Alan an, der sein Gesicht in den Händen vergraben hatte. Dann begann sie, laut vorzulesen.

3. März 1837

Dieses Buch habe ich vorige Woche gefunden, unter der persönlichen Habe meines Bruders. Michael wollte, dass es gefunden wird. Es lag in einem Schrank, in einer kleinen Kiste, auf der die Uhr unseres Vaters ruhte. Die Uhr ist uns immer lieb und teuer gewesen, und Michael wollte mich wissen lassen, dass das Buch ihm ebenfalls teuer war.

Lieb und teuer, aber es enthält nur die halbe Geschichte. In den letzten Jahren seines Lebens quälte es ihn unablässig, dass er nicht die Wahrheit über den Tod seines Sohnes kannte. Er hatte gesehen, wie er aus einem brennenden Gebäude fiel, wie sein junger Körper von den Flammen verzehrt wurde, aber er wusste nicht, warum John sich in jener Nacht in der Spinnerei aufhielt. Der Gedanke, dass all sein sorgfältiges Planen zum grausamen Tod der Kinder geführt haben könnte, nagte an ihm. Am Ende wurde der Körper meines Bruders von Schuld verzehrt.

Ich werde Michaels Geschichte nun zu Ende schreiben, denn unter allen Lebenden kenne ich allein die Wahrheit.

Nach dem Tod meines Sohnes Benjamin und meiner Frau Nell war ich untröstlich. Eines meiner drei überlebenden Kinder musste ich in Michaels Haushalt geben, weil mir die Mittel fehlten, es aufzuziehen. Ich sah meine beiden verbliebenen Söhne an und wusste nicht, wie ich sie ernähren und kleiden, geschweige denn ihnen eine gute Erziehung bieten sollte. Wenn mein Leben schon so armselig ist, fragte ich mich, was werden sie dann für eine Zukunft haben? Eines Abends, als ich alleine ins Feuer starrte, erkannte ich, dass Michael und seine Ludditen Dummköpfe waren. Sie konnten die Spinnerei nicht zerstören. Was hätten sie auch davon gehabt? Glaubten sie etwa, sämtliche Spinnereibesitzer Englands würden sich ihnen beugen, damit sie ihr altes Leben fortsetzen konnten? Glaubten sie, die Mächtigen kümmerte ihr Schicksal oder das ihrer Kinder auch nur im Geringsten? Ich glaubte das nicht. Die Mächtigen würden gewinnen, Macht siegt immer. Ich konnte meine Kinder retten oder sie töten, den Herren wäre das vollkommen egal. Also beschloss ich, sie zu retten.

Ich ging zu William Yates, dem Eigentümer der Yates-Spinnerei, und berichtete ihm von dem geplanten Angriff. Mein Bruder Michael war zwar mutig, aber er konnte seine Geheimnisse nicht für sich behalten. Vielleicht dachte er, ich wäre zu sehr mit meinem Kummer beschäftigt, um mir Einzelheiten zu merken. Oder er glaubte, mein einfältiger Bruder, dass er einem Blutsverwandten trauen konnte. Mir hätte er nicht trauen sollen. Yates plante, die Spinnerei mit bewaffneten Männern zu besetzen und einen Gegenangriff zu führen wie Cartwright in Rawfolds, aber ich wollte kein Blutvergießen. Überlassen Sie es mir, flehte ich ihn an. Ich kenne diese Männer, ich weiß, was sie aufhalten wird. Bemannen Sie die Spinnerei, aber bemannen Sie sie mit Menschen, die sie nicht in Gefahr bringen werden.

Und so geschah es. Am Abend des geplanten Überfalls überredete ich Michaels Sohn John, meinen Neffen, seine Freunde zu einem geheimen Treffen in der Spinnerei zu versammeln. Zuerst wollte John nicht auf mich hören, denn diese Kinder werden in dem Glauben erzogen, dass jede Spinnerei eine Höhle des Teufels ist, aber ich erklärte ihm, dass sie ihren Vätern den Weg bereiten und ihnen bei ihrem Werk helfen sollten. Aber es muss heimlich geschehen, warnte ich. Du darfst noch nicht einmal deinem Vater etwas davon sagen, sonst wird er es dir verbieten. Er hält dich noch für ein Kind, John. Aber ich weiß, dass du kein Junge mehr bist. Durch diese Tat wirst du dich meinem Bruder als Mann beweisen.

Worte, durch die ein Vierzehnjähriger leicht zu beeindrucken ist. John erklärte sich einverstanden, und am Abend des 30. April 1812 versteckte er sich zusammen mit fünf anderen Jungen und Mädchen im Alter von elf bis fünfzehn in Mayleys Spinnerei. Ich ließ sie hinein. Sie hatten Anweisung, sich im oberen Stockwerk aufzuhalten und auf den Beginn des Angriffs zu warten. Yates wird zweifellos die Soldaten rufen, sagte ich, aber viele Soldaten feuern nicht auf Ludditen. Und niemand wird auf euch sechs schießen.

So lauteten meine Anweisungen. Als ich die Spinnerei verließ, schloss ich die Tür ab und sorgte dafür, dass sie auch von innen nicht geöffnet werden konnte. Die Ludditen würden merken, dass ihre Kinder in der Spinnerei eingeschlossen waren, und von der Zerstörung Abstand nehmen. Das war mein Plan.

Ich weiß nicht, warum die Kinder nicht sofort zu den Fenstern rannten, um sich bemerkbar zu machen, sobald sie die Äxte an der Tür hörten. Denn da der Eingang verschlossen war, mussten ihn die Angreifer mit ihren Beilen bearbeiten, um hineinzugelangen. Ich habe keine Vorstellung, warum die Kinder sich erst zeigten, als sie schon in Flammen standen. Falls mein Bruder es wusste, so vertraute er es mir nie an, und Gott hat auf all meine Fragen und Bitten immer hartnäckig geschwiegen.

Ob Michael je ein Verdacht gekommen ist? Wenn ja, war er ein viel zu gebrochener Mann, um mich zur Rede zu stellen. Sein

Körper welkte dahin, seine Kinder verließen ihn. Seine Frau starb verbittert und gottlos.

Meine eigenen Kinder haben überlebt – mehr als das, sie sind prächtig gediehen. Durch meine Arbeit in der Spinnerei konnte ich ihnen alles geben, was sie brauchten. Meine zweite Frau hat mir viel Glück geschenkt. Ich bin ein gesegneter Mann.

Was soll ich nun mit Michaels Buch anfangen? Es zerstören und jedes Zeugnis vernichten? Es der Amtsgewalt übergeben, damit sie über seinen Wert entscheidet? Zwanzig Jahre nach dem Tod der Kinder werden Informationen über die Ludditen in einigen Kreisen immer noch hoch gehandelt.

Nichts davon werde ich tun. Ich werde das Buch meines Bruders irgendwo verstecken. Soll ein anderes Zeitalter sich mit ihm befassen, sollen sich ferne Nachfahren an meinem Verrat ergötzen.

Damit endete der Nachtrag, und Gale klappte das Buch zu. Alan hatte den Kopf gesenkt, sein Gesicht war naß vom Weinen.

»Sagen Sie, Alan«, ließ sich Reston von der Tür vernehmen. »Ist auch hier Verrat im Spiel?«

Die Antwort war nur ein Flüstern. »Ich weiß es nicht.«

»Aber Sie hegen einen Verdacht.«

»Ich bin zu verwirrt, um einen Verdacht zu hegen.«

»Nach Aussage Ihrer Schwester«, insistierte Reston, »hat Totty Hibbert vor ihrem Tod den Mord an Olivia gestanden. Ich versuche, Beweise dafür zu finden, aber die sind dünn gesät in diesem Fall. Deshalb hoffe ich auf Ihre Hilfe.«

Alans einzige Reaktion bestand darin, sich die Nase mit dem Handrücken abzuwischen.

Reston fuhr fort: »Denn so wie ich es sehe, könnte Totty es zwar getan haben. Sie hatte Mittel, Motiv und Gelegenheit. Aber das hatten mehrere andere Personen auch. Chalice zum Beispiel. Zoë. Sie selbst.«

Alan schüttelte den Kopf. »Nicht Chalice.«
»Nennen Sie mir einen stichhaltigen Grund.«
»Am Nachmittag vor dem Feuer war ich mit Chalice zusammen. Sie rief mich an. Ich dachte zuerst, sie wollte sich mit mir im Wald treffen, aber sie weinte, als ob etwas ganz Furchtbares passiert wäre. ›Hierher‹, sagte sie. Das war ungewöhnlich für Chalice. Meistens weigert sie sich zu sprechen, selbst Worte, die sie deutlich artikulieren kann. Sie machte mir Angst. Also ging ich zu ihr. Sie war verletzt, Olivia hatte sie wohl geschlagen. Aber vor allem war sie wütend.«
»Um welche Zeit war das?«
»Am frühen Abend. Vor sechs.«
»War Totty auch zu Hause?«
»Nein.«
»Haben Sie zufällig das Auto der beiden vorm Haus gesehen?«
»Nein, ich glaube nicht. Nein.«
»Wann sind Sie wieder gegangen?«
»Gegen Viertel vor sieben. Ich musste zur Gebetsversammlung um sieben.«
»Hat Chalice etwas über ihre Schwester gesagt?«
»Nicht dass ich wüsste. Sie wollte nur … dass ich bei ihr war.«
»Sie hat Ihnen also nichts von Tottys abgesagter Verabredung erzählt?«
»Davon weiß ich nichts.«
»Hat Sie jemand beim Betreten oder Verlassen des Hauses gesehen?«
»Weiß ich nicht.«
Reston runzelte die Stirn. »Ein ziemlich dünnes Alibi, Alan.«
Alan zuckte die Achseln. »Es ist das einzige, das ich habe.«
»Das Sie und Chalice haben.«
»Ja, ich und Chalice.«
»Was ist mit Zoë?«
Speichel sammelte sich in Alans Mundwinkeln. Er schüttelte den Kopf.

»Ihnen ist Zoës Erklärung zu den Geschehnissen in der Spinnerei bekannt?«, fragte Reston. »Möchten Sie etwas dazu sagen?«

»Nein.«

»Es gibt ein Detail, das mir sehr merkwürdig erscheint. Wissen Sie, was die Spurensicherung entdeckt hat? Es standen drei Kerosinkanister im Lagerraum – zwei bei den anderen Vorräten in der Ecke und einer in der Mitte des Raums. Wir gehen davon aus, dass Totty sich mit diesem übergossen hat.«

»Und?«

Halford trat dicht an Alan heran. »Die anderen beiden Kanister waren leer, Alan. Es könnte natürlich Zufall gewesen sein, aber irgendwie ist es doch komisch, dass Totty angeblich gleich nach dem griff, der das Kerosin enthielt, finden Sie nicht?«

Sein Schluchzen schüttelte den ganzen Körper.

»O Gott, ich kann es nicht glauben. Chalices Schwester ist tot, und Chalice ... ihre Hände. Sie sind so schlimm verbrannt. Sie waren ihre Stimme. Wie soll sie jetzt sprechen?«

»Alan«, mahnte Halford sanft. »Gehen Sie ins Krankenhaus und sprechen Sie mit den Ärzten. Vielleicht können sie Ihnen wegen der Hände Hoffnung machen. Es gibt heutzutage Möglichkeiten ... Chalice braucht Sie. Sie sollten bei ihr sein.«

»Sie kennen Chalice nicht. Sie hasst es, bemitleidet zu werden.«

»Und Sie bemitleiden sie?«

»Ich bemitleide uns alle. Wir sind eine verdammt bemitleidenswerte Bande.«

Gale fühlte, wie eine altbekannte Wut von ihr Besitz ergriff. »Hören Sie auf, Alan. Chalice liebt Sie. Aber was noch wichtiger ist: Es geht ihr schlecht, und sie braucht Sie. Sie können jetzt nicht nur an Ihre eigenen Bedürfnisse, Ihre eigenen Ängste denken. Reißen Sie sich zusammen und seien Sie für sie da.«

»Und wenn sie nicht die Einzige ist, die mich braucht? Wenn noch ein anderer Mensch, den ich liebe, mich braucht?«

»Dann sollten Sie besser dafür sorgen, dass Sie stark genug für beide sind. Oder sich entscheiden.«

Sie merkte nicht, dass sie weinte, bis sie Salz auf ihren Lippen schmeckte. Sie war sich Restons versteinerter Haltung und Halfords besorgter Blicke bewusst.

»Was immer Sie glauben mögen«, sagte sie zu Alan, »wichtig ist allein, dass sie Sie braucht.«

Nadianna stand auf der Treppe des Cottages und lauschte angestrengt auf die Geräusche des Flusses. Irgendwo dort im Dunkeln, viele Meter unter ihr, hinter Bäumen und Büschen und Dorngestrüpp rauschte er in seinem Bett, aber sie konnte ihn nicht hören. Das Rascheln der Blätter und das kalte Pfeifen des Windes übertönten ihn. Eine irrationale Wut stieg in ihr auf. Er hatte kein Recht, einfach ungestört weiterzufließen, sie als Zeugin zurückzulassen und ihr bis ans Lebensende schreckliche Bilder in den Kopf zu schwemmen.

Sie legte die Hände auf ihren dicken Bauch, atmete tief ein und entspannte dabei bewusst jeden Muskel. Diese Übung hatte Gale ihr am Tag von Tottys Tod im Krankenhaus beigebracht, als sie auf einen Arzt warteten, der feststellen sollte, ob ihr Sturz dem Baby geschadet hatte. Gale hatte ihre Hand gehalten, während der Arzt den Herzschlag des Ungeborenen abhörte. »Kräftiges Kind«, hatte er gesagt. »Auf das würde ich jede Summe setzen. Und ich bin ein erfahrener Wetter.« Sie war vor Erleichterung zusammengebrochen und hatte in Gales Armen geweint.

Die Haustür öffnete sich hinter ihr, und ein heller Streifen fiel auf die Lichtung. Halfords Stimme drang tief und beruhigend zu ihr heraus. »Katie Pru schläft schon. Kommen Sie doch wieder herein.«

»Ich versuche nachzudenken, aber ich kann nicht. In meinem Kopf geht es drunter und drüber. Ich bin so wütend auf mich selbst.«

Halford öffnete die Tür ein Stück weiter. »Es gibt keinen Grund, sich zu geißeln. Warum kommen Sie nicht zu Gale und mir ins Warme?«

Zögernd ging sie ins Haus. Gale saß am Küchentisch, vor sich einen leeren Kaffeebecher.

»Hat die frische Luft geholfen?«, fragte sie.

»Nicht viel. Ich kann nicht aufhören zu grübeln. Woran erinnere ich mich? Was ist genau geschehen? Was wurde gesagt, und wer hat es gesagt? Zum Glück hat Mr. Reston meine Aussage gleich an Ort und Stelle aufgenommen. Jetzt bin ich nämlich völlig durcheinander. Was glauben Sie, Mr. Halford? Hat die Polizei genug in der Hand für eine Verhaftung?«

Den Vormittag hatte sie im Fotolabor des Polizeipräsidiums in Halifax verbracht und besorgt zugesehen, wie ein Laborant ihre am Vortag gemachten Fotos vom Lagerraum der Spinnerei entwickelte. Sie war so erschöpft, dass sie nicht mehr wusste, was sie genau fotografiert hatte. Sie erinnerte sich an eine Aufnahme von Katie Pru am Fluss, Bilder von den kahlen Wänden und den bunten Kleiderkisten. Sie konnte sich jedoch nicht erinnern, Katie Pru in dem Raum abgelichtet zu haben, und als der Film entwickelt war, wurde ihre Befürchtung bestätigt. Sie hatte kein Foto von Katie Pru und Chalices blauen Teeschalen gemacht.

»Wir werden bei der gerichtlichen Untersuchung am Mittwoch aussagen, aber ich denke, der Richter wird die Beweislage nicht ausreichend finden, um eine Ermittlung wegen Mordes anzuordnen«, antwortete Halford. »Vielleicht lässt er Reston auch gewähren, aber ich bezweifele es. Tottys Geständnis und ihr Selbstmord stellen eine bequeme Lösung dar. Verschwundene und gezielt an bestimmten Stellen platzierte Teeschalen sind dagegen eine sehr vage Angelegenheit. Es würde alle glücklicher machen und den Etat weniger belasten, wenn man den Fall einfach zu den Akten legen könnte.«

»Aber ich habe die Teeschalen gesehen. Ich verstand zu dem Zeitpunkt nicht, was sie bedeuteten, aber ich weiß, dass ich sie gesehen habe. Und Katie Pru hat sie nach anderen Schalen bei Chalice zu Hause identifiziert – es waren die gleichen, abgesehen von der blauen Glasur. Zählt das denn gar nicht?«

Halford lächelte bedauernd. »Katie Pru ist erst vier Jahre alt. Und Sie haben die Schalen nur kurz und von weitem gesehen, während Sie mit anderen Dingen beschäftigt waren. Es wäre von Vorteil gewesen, wenn Restons Leute die versteckten Schalen in der Spinnerei gefunden hätten – dann hätten wir wenigstens versuchsweise eine Verbindung zwischen dem Versteck und der einen Schale, die nach dem Brand vor dem Atelier deponiert wurde, herstellen können. Aber das von Katie Pru entdeckte Loch war leer. Und Ihre Erinnerung allein wird nicht ausreichen, Nadianna.«

»Aber Daniel, Chalice macht sich große Sorgen wegen dieser verschwundenen Teeschalen«, wandte Gale ein. »Sie denkt, dass jemand den Verdacht auf sie lenken wollte. Und das denke ich auch.«

»Wäre möglich«, erwiderte Halford. »Aber Chalice befürchtete auch, dass Totty diese Person war.«

»Du glaubst also, dass Totty zuerst Chalice den Mord in die Schuhe schieben wollte und dann plötzlich ein schlechtes Gewissen bekam?«

»Der Richter könnte es durchaus so sehen. In Familien kommt es immer wieder zu Grausamkeiten, aus den unterschiedlichsten Motiven.« Er zögerte kurz. »Das weißt du selbst genau, Gale.«

»Aber Sie haben doch gesagt, dass Tottys Fingerabdrücke nicht auf dem Benzinkanister waren«, widersprach Nadianna. »Dafür die von anderen Leuten.«

»Geralds und Zoës, was nicht weiter verwunderlich ist. Außerdem wurden Reste von verbrannten Wollhandschuhen an Tottys Händen gefunden, obwohl gestern kein besonders kalter Tag war. Man könnte argumentieren, dass sie vorsätzlich handelte, dass sie das alles geplant hatte.«

»Sie machte auf mich überhaupt nicht den Eindruck, dass sie vorsätzlich handelte«, entgegnete Nadianna. »Ich konnte Panik spüren, Zorn, Angst. Sie wollte Chalice unbedingt finden.«

»Hören Sie, Nadianna, ich spiele hier nur den Advokaten des Teufels«, sagte Halford. »Für meinen Geschmack gibt es zu viele unbeantwortete Fragen bei dieser Geschichte. Unter anderem haben wir noch nicht einmal eine Leiche, wir wissen nicht, wo Olivia ist. Es wurden Haare, die von ihr stammen könnten, im Kofferraum des Wagens der Hibbertschwestern gefunden, aber da Chalice in der Töpferei arbeitete, gäbe es dafür auch eine harmlose Erklärung. Und selbst wenn wir davon ausgehen, dass Olivia ermordet wurde, so hat Chalice zumindest ein schwaches Alibi für die fragliche Zeit, Totty dagegen gar keines. Zoë hat das Auto im Wald gesehen, und noch ein anderer Zeuge glaubt, es erkannt zu haben. Wir wissen, dass Olivia Chalice geschlagen oder ihr irgendwie wehgetan hat und Totty davon wusste. Sie hätte zum Atelier fahren können, um Olivia zur Rede zur stellen, der Streit hätte eskalieren können. Brennmaterial war reichlich in der Töpferei vorhanden. Totty hatte also ein Motiv, die Gelegenheit, die Mittel und kein Alibi. Obendrein gibt es ein angebliches Geständnis, gefolgt von Selbstmord.«

»Das war es dann also.«

»Höchstwahrscheinlich, wenn nicht noch etwas anderes auftaucht.«

»Ich komme immer wieder auf dieses Tagebuch und die drei Kinder zurück – sie waren ja noch kaum Jugendliche«, sagte Gale. »Sie sind alle drei hier aufgewachsen, kennen die Geschichten von Hunger, Arbeitslosigkeit, Verzweiflung. Über ein Jahrhundert voll Hoffnungslosigkeit und Elend. Als sie heranwuchsen, galten Tourismus und Geschichtsnostalgie als der einzige Weg zum Wohlstand – wenn dieser Weg auch umstritten war. Dann kamen Michael Dodd und sein Bericht vom Idealismus und der Tragödie der Ludditen ins Spiel. Das ist starker Tobak, Daniel, wäre es für jeden gewesen. Was für ein Lebenselixier für drei intelligente Kinder, die glaubten, keine Zukunft zu haben.«

Halford beugte sich vor und strich ihr eine Haarsträhne aus dem Gesicht. »Was willst du damit sagen, Gale?«

»Es hängt mit etwas zusammen, das Michael geschrieben hat. Mit seinem Motiv, dieses Tagebuch zu führen – damit seine Feinde seine Geschichte nicht nach ihrem Belieben zurechtbiegen könnten. Er wollte nicht, dass die Spinnereibesitzer und die Regierenden das letzte Wort hatten, was die Ludditen betraf, denn er wusste, das letzte Wort würde eine Halbwahrheit sein. Er wollte Einfluss darauf haben, was die Leute nach seinem Tod über ihn dachten.« Sie schüttelte traurig den Kopf. »Totty kann keinen Einfluss mehr ausüben. Was wir über sie wissen, ist von Chalices Befürchtungen und Zoës nicht erhärteter Zeugenaussage geprägt. Zwei junge Frauen, die dank Olivia ihre Welt zusammenbrechen sahen. An Tottys Stelle würde ich ihnen nicht gern mein Vermächtnis überlassen.«

»Es ist alles eine Frage von Beweisen, Gale.«

»Es ist auch eine Frage von Wahrscheinlichkeit und Intuition. Totty war nicht direkt durch Olivia bedroht, aber die drei jungen Leute waren es. Oder dachten zumindest, sie wären es.«

Nadianna unterbrach sie. »Und Zoë hat Sie angelogen, Mr. Halford, als sie sagte, sie würde Chalice kaum kennen.«

»Sie behauptet, sie hätte es getan, um den Geheimbund zu schützen.«

»Trotzdem hat sie gelogen. Und sie war allein in der Spinnerei, als Olivia ermordet wurde. Und die beiden leeren Kanister ...«

»Genau, Daniel. Zoë hat die ganze Kirchenarbeit organisiert. Sie wusste bestimmt, welcher Kanister noch voll war.«

»Alles richtig«, räumte Halford ein. »Aber warum hätte Zoë den Verdacht auf Chalice lenken sollen?«

»Vielleicht war sie wütend, weil Chalice den Schwur gebrochen hat«, sagte Gale. »›Alles daransetzen, jeglichen Verräter unnachgiebig zu bestrafen ...‹ Oder sie befürchtet, dass Alan, wenn die Zeit kommt, sich zu entscheiden, Chalice wählen und sie selbst hier zurücklassen könnte.«

Halford verschränkte seine Finger mit denen Gales und senkte ihre Hände sanft auf den Tisch. »Gute Argumente, meine Damen. Wir werden sehen, was der Richter sagt. Aber Intuition ist nur etwas wert, wenn sie zu Beweisen führt. Und die sind im Moment äußerst rar.«

Epilog

Freitag, 9. November

Liebe Chally,
ich habe nicht vorgehabt, dies zu schreiben, und ein Teil von mir hofft immer noch, dass ich eines Tages, wenn ich alt bin und aus dir eine berühmte und erfolgreiche Künstlerin geworden ist, auf diese Zeilen stoßen und über meine eigene Dummheit lachen werde. Doch der andere Teil ist ohne Hoffnung. Falls du den Brief findest, wenn ich nicht mehr lebe oder nicht mehr im Besitz meiner geistigen Kräfte bin, musst du selbst entscheiden, was damit zu tun ist.

Hier meine Beichte: Am Dienstag, dem 6. November, kamst du weinend und mit blauen Flecken von deiner Arbeit in der Töpferei nach Hause, weil Olivia Markham dich offenbar geschlagen hatte. Soweit ich weiß, war das ihr erster körperlicher Angriff gegen dich, wenn auch sicher nicht ihre erste Gemeinheit. Olivia war eine träge, boshafte Frau, die dein Talent und deine Hingabe an die Arbeit ausbeutete. Sie war eine Hexe, und sie hat dich ausgenutzt. Ich glaubte, dass wir gemeinsam den Spieß umkehren und sie als Sprungbrett für deinen Erfolg benutzen könnten, aber du hast sie viel früher durchschaut als ich. Du wusstest, sie würde nie zulassen, dass du sie überflügelst. Dazu war ihr Selbstwertgefühl viel zu brü-

chig. Ich mache mir Vorwürfe, dass ich dich in diese missliche Lage brachte, indem ich dich drängte, bei ihr zu arbeiten.

Nachdem du mir erzählt hattest, was passiert war, ließ ich dich weinend in deinem Zimmer zurück. Ich wollte mit Olivia reden, ihr sagen, dass ich die Polizei rufen würde, wenn sie dich nicht anständig behandelte. Ich dachte, ich könnte alles richten, dir helfen. Aber du brauchtest eine andere Art von Trost. Ich hatte die Autoschlüssel vergessen, und als ich zurückkehrte, hörte ich, wie du oben am Telefon jemandem ganz deutlich zu verstehen gabst, dass er zu dir kommen sollte. Ich hob den Hörer unten im Wohnzimmer ab und erkannte Alans Stimme. Warum hast du mir nie etwas davon erzählt?

Tief verletzt fuhr ich zu Olivia, und das erklärt vielleicht auch meine düstere Vorahnung, als ich mich dem Atelier näherte. Sobald das Haus in Sicht kam, wusste ich, dass etwas Furchtbares geschehen war. Ich wendete und parkte den Wagen in dem Gehölz am Flussufer. Olivia war bereits tot. Sie lag auf dem Sofa mit einem Kissen über dem Gesicht. Im Atelier stank es nach Alkohol und Urin. Ich hob das Kissen an, warum, weiß ich nicht, vielleicht um festzustellen, ob sie wirklich tot war. Jemand hatte ihr eine blaue Teeschale in den Mund gestopft. Eine von deinen Schalen, Chally. Es fällt mir schwer zu glauben, dass du ein solches Sakrileg mit einem von deinen wunderschönen Stücken begehen könntest. Dann bemerkte ich, dass die anderen Schalen aus dem Schrank verschwunden waren. Warum solltest du deine Teeschalen mitnehmen und nur die eine, die dich belasten musste, zurücklassen? Ich berührte die Schale nicht. Der Letzte, der sie angefasst hat, muss der Mörder sein. Vielleicht warst du es ja nicht. Dann bete ich, dass der Mörder Fingerabdrücke hinterlassen hat und sich das Beweisstück immer noch in Olivias Mund befindet. Falls du es doch warst, vernichte diesen Brief. Niemand muss davon erfahren.

Ich verschloss die Tür und wartete, bis es völlig dunkel war, um das Auto hinters Haus zu fahren. Dann lud ich Olivias Leiche in den Kofferraum. Es dauerte länger, als ich gedacht hatte – sie wog zwar nicht viel, aber totes Gewicht ist erstaunlich schwer. Nach zehn Minuten war es erledigt. Doch ich wollte den Verdacht von dir ablenken, und so kam ich auf die Blumen – Olivias grässliche, vulgäre Blumen. Ich arrangierte sie schön dramatisch im Atelier, damit die Polizei es für die große Abschiedsgeste einer exhibitionistischen Künstlerin auf der Flucht halten sollte. Ich weiß nicht, ob sie darauf hereingefallen sind.

Den Brand zu legen war ein Kinderspiel. Ich drapierte Tücher und Bettlaken im Raum; Terpentin und Alkohol lagen unterm Schrank. Es bedurfte nur eines Streichholzes, und das Atelier stand in Flammen.

Ich brauchte einen Tag, um zu entscheiden, was ich mit der Leiche tun sollte, und musste dich dabei die ganze Zeit vom Auto fernhalten. Du hast mir einen gehörigen Schrecken eingejagt, als du ohne mein Wissen zum Moor hinaufgefahren bist. Wenn du in den Kofferraum gesehen hättest, wäre der Fall der vermissten Olivia Markham schnell aufgeklärt worden.

Nichts von dem, was ich geschildert habe, bereue ich. Ich hoffe nur, dass nicht du es getan hast, sondern dass Lyle sich nicht mehr von Olivia herumkommandieren lassen wollte oder Gerald plötzlich beschloss, ihrem Gezänk ein Ende zu bereiten, oder ein Fremder vorbeikam und sie ihn beleidigte. Falls du es getan hast, so weißt du jetzt, dass ich dich schützen wollte.

Mein erster Einfall war, sie in einem Moorloch bei den Windrädern zu versenken, weil ich die Gegend kenne, doch das war gleichzeitig ein Grund, der dagegen sprach. Also vergrub ich sie neben einem Felsen am südlichen Hang des Rishworth-Moors. Von dem Felsen aus hat man einen Blick auf das Wasserreservoir von Booth Wood. Was du mit dieser Information anfängst, ist deine Sache.

Wenn du dieses Verbrechen nicht begangen hast, tut es mir Leid, dich auf eine Weise verkannt zu haben, die unverzeihlich ist. Die Wahrheit ist, Chally, dass ich deine Größe sehen kann, aber auch deine Kälte. Du hast viel von mir genommen, während du heranwuchst. Aber das war nicht allein deine Schuld. Du sollst nicht da-

für leiden, dass das Schicksal – und ich – dich auf einen gefährlichen Weg gestoßen haben.

Ich schreibe dies, um meine Handlungen und Beweggründe für den Fall festzuhalten, dass ich mich selbst nicht mehr dazu äußern kann. Den Brief werde ich an einem Ort verstecken, an dem du ihn jetzt noch nicht finden wirst, aber wahrscheinlich irgendwann einmal. Ich weiß noch nicht genau, wo, vielleicht in den Kartons im Schuppen. Jedenfalls wird er für eine Weile gut versteckt sein.

Bitte verurteile mich nicht. Was ich getan habe, geschah aus Liebe zu dir, wie alles andere auch.

Deine Schwester Totty

Danksagung

Folgenden Personen möchte ich für ihre Hilfe bei der Erfindung der Romanwelt von Mayley und seinen Bewohnern danken: Valerie Gilbert, die ihr Wissen ebenso großzügig weitergab wie sie sparsam mit Kritik an der ungeschickten Schriftstellerin in ihrem Töpferkurs umging; Trevor Leighton, Leiter der Abteilung Branduntersuchung der Behörde für Brand- und Zivilschutz von West Yorkshire, der meine pedantischen Fragen geduldig beantwortete; Vyvyan Hughes und Robert Lowery, die mir bei allen Fragen rund um die Fotografie zur Seite standen; Alicia Griswold, die ihre Auffassungen über Künstlertum und künstlerisches Schaffen mit mir teilte; Sabrina Wylly-Klausman, Scott Schmid und Bob Coughlin, die mir zuverlässige Freunde und Kritiker waren; May und Ted Fussey und all ihren Freunden und Verwandten, die meine neugierigen Fragen geduldig ertrugen; meiner Lektorin Kate Miciak für ihre Kompetenz und Geduld; und last, aber auf keinen Fall least Hazel Hinchliffe und Mike Meadow, die mir ihre Herzen und ihren unerschöpflichen Wissensschatz über die Geschichte Nordenglands öffneten. Eventuelle fehlerhafte Darstellungen und Ungenauigkeiten, ob beabsichtigt oder nicht, sind ganz allein auf mich zurückzuführen.

Darüber hinaus möchte ich zwei Bücher erwähnen, die sich bei meiner vorbereitenden Lektüre zu diesem Roman als besonders ergiebig erwiesen: Kirkpatrick Sales *Rebels Against the Future: The Luddites and Their War on the Industrial Revolution* und *Pennine Valley: History of Upper Calderdale,* herausgegeben von Bernard Jennings. Den Autoren gilt meine höchste Wertschätzung.